La Succession

Jean-Paul Dubois

상
속

La Succession

장
폴

뒤
부
아

Jean-Paul Dubois

장편소설

임미경 옮김

밝은세상

상속

초판 1쇄 인쇄일 2020년 1월 20일 | **초판 1쇄 발행일** 2020년 1월 31일
지은이 장폴 뒤부아 | **옮긴이** 임미경 | **펴낸이** 김석원
펴낸곳 도서출판 밝은세상 | **출판등록** 1990. 10. 5 (제 10 – 427호)
주 소 (10881) 경기도 파주시 문발로 119, 202호
전 화 031–955–8101 | **팩 스** 031–955–8110 | **메일** wsesang@hanmail.net
블로그 blog.naver.com/balgunsesang8101 | **인스타그램** www.instagram.com/wsesang

ISBN 978-89-8437-393-8(03860) | **값** 15,000원
잘못된 책은 구입한 곳에서 교환해드립니다.

일러두기
각주는 모두 옮긴이 주입니다.

츠바키, 아르튀르, 루이에게

세실 르탕드르, 엘렌 르탕드르에게

여러분 앞에 설 수 있어서 기쁘다.

무엇보다 여러분 앞에 서 있을 수 있어서 기쁘다.

-조지 베스트

(60-70년대 맨유 축구선수. 1999년 20세기 최고의 선수 가운데 한명으로 뽑힌 뒤 한 말.
파티와 축제의 삶이라는 이미지 한편에 천재적 재능을 사장시키고 스스로 죽음을
재촉한 선수라는 평이 따라다닌다. 알코올중독으로 인한 간 손상으로 사망하기 직전
그가 마지막으로 남긴 말은 "Don't die like I did."였다. : 옮긴이)

목차

하루하루, 그 행복

  기적 같은 날들이었다. 경이로운 그 4년간 나는 오로지 행복을 속성연마하고 집중 실천하는 데 몰두했다. 매일, 이른 아침에 잠에서 깨어나 여전히 살아있다는 기쁨을 맛볼 수 있기까지 28년을 기다려야 했다. 달리면서 호흡을 고르고, 자유롭게 숨 쉬고, 두려움 없이 수영하고, 그날 하루가 마치 그림자가 붙어 다니듯 나와 함께 있는 것 말고는 다른 아무것도 바라지 않는 기쁨, 그래서 밤이 와도 그 상태 그대로 그냥 좋은, 불안하게 삐걱거리던 그 땅에서 멀리 떨어져 무념무상의 평화로움에 취해보는 그 기쁨을 누리기까지 그 긴 시간을 기다린 것이다. 모든 게 어긋나 흔들리던 그 땅에서 나는 도망쳐왔다. 무엇보다 그들, 자궁이라는 자연의 통로를 통해 나를 세상에 내던지고 양육하고 공부시키고 고장내버린 사람들로부터 멀리

도망쳐왔다. 그들은 분명 자기네 유전자 가운데 최악의 것, 그 찌꺼기 염색체를 내게 옮겨놓았을 것이다.

나는 이 찌꺼기 염색체에 대해 자신 있게 이야기할 수 있다.

1983년 11월 중순부터 1987년 12월 20일까지 나는, 그러니까 아주 행복했다. 내게 주어진 모든 것에 만족했고, 어릴 적부터 유일하게 꿈꾸어온 그 직업에서 나오는 수입으로 소박하게 살았다. 내 직업은 펠로타 선수였다.

나는 플로리다, 정확히는 마이애미 하이알라이[1]에서 뛰는 바스크 펠로타 프로선수단에 속해있었다. 선수들은 프론톤(펠로타 경기장)의 삼면 벽을 배경으로 춤을 추듯 뛰어올라 버들가지로 짠 큼직한 펠로타 라켓을 허공에 휘두르는 대가로 연봉을 받았다. 회양목을 둥글게 깎아 염소 가죽을 씌운 공을 라켓으로 쳐 시속 300킬로미터 속도로 세계 최대의 벽을 향해 날려 보내는 것이다. 버들가지장갑을 손에 낀 교황 백 명이 들어찬 바티칸 궁 성벽을 상상해보라. 마이애미국제공항의 비행기들이 그 벽 꼭대기를 스치듯 날아가곤 했다. 당시 그 프론톤은 마이애미에서 가장 활발하게 이루어지던 어떤 활동의 본거지였다. 한 가지 인정해야 할 점이 있는데, 그 도시는 노동 없이 먹고 즐기는 계층을 양산해내는 일에 대해서는 몸을 사린 적이 없었다.

---

1) jai alai, '즐거운alai 축제jai'라는 의미의 바스크어.
　 스페인과 쿠바에서 바스크 펠로타, 혹은 그 경기장을 가리키는 말로 쓰인다.

프론톤은 바스크의 바다 같은 짙은 초록색 벽이 삼면을 둘러싼 경기장이었다. 예전에 내가 이 정도 훌륭한 시설을 갖춘 경기장에서, 이 정도 빠른 속도로, 이 정도로 높은 수준의 경기를 하자면 꽤나 큰돈을 써야했을 것이다. 그때는 단지 지역 토너먼트 경기에 참가하는 데도 돈이 들었지만 지금은 그럴 필요가 없었다. 내 호주머니에서 돈을 꺼내기는커녕 오히려 구단과 전속계약을 맺을 때 책정한 연봉을 받아가며 경기했다. 키니엘라(도박경기) 경기에 나서 삼면 벽을 향해 공을 날려보내는 값으로, 내게 베팅한 1만 명이 넘는 관객들로부터 환호성을 끌어내는 대가로 주어지는 돈이었다. 어떤 날은 관객 수가 무려 1만5천 명에 육박했다. 그 관중들에게 나는 그저 돈을 거는 대상, 이를 테면 패리뮤추얼 베팅의 경주마, 혹은 트랙 위의 한 마리 그레이하운드와 다르지 않았지만, 내게는 오히려 그런 처지라는 게 편했다. 경기를 하면서 굳이 그들에게 신경 쓸 필요는 없었으니까. 나는 오로지 내 자신을 위해 경기했다. 어릴 적, 자폐아처럼 세상과 단절되어 내 라켓 속에 똬리를 틀었을 때처럼 엔다에, 생장드뤼즈, 잇타수 바닷가에서, 그곳의 개방코트[2]에서, 펠로타 공에 달라붙어 벽면을 끝없이 두드릴 때 그랬던 것처럼 말이다.

게다가 내가 어디서 왔는지를 생각해보면, 돈을 여기저기

2) 플라스리브르.
　　대개는 자유롭게 이용할 수 있으며, 3면 프론톤과는 달리, 벽 하나로 이루어져 있다.

퍼지르며 달리는 하찮은 경주마 처지일지라도 나로서는 일이 아주 잘 풀린 셈이었다. 내가 유년기를 보내며 한 일이란 완벽하게 괴상한 네 사람, 비틀어지고 간혹 끔찍하기까지 한 그 4인 가족이 심드렁한 눈길로 쳐다보는 가운데 전혀 쓸모없고 무의미한 것들을 배우고 익히고 연마한 것뿐이었으니까.

할아버지 스피리돈 카트라킬리스가 그 무엇보다 자랑스러워한 무용담은 당신이 한때 스탈린의 주치의였고, 그 인물의 뇌조각을 훔쳐 툴루즈로 가져왔다는 이야기였다. 비사리오노비치 주가시빌리가 뇌출혈로 쓰러져 사망한 며칠 뒤 부검이 있었고, 주치의 가운데 하나였던 할아버지도 참여했는데, 그때 뇌조각을 몰래 잘라내 빼돌렸다가 가져왔다는 것이다. 할아버지는 그 모험을 감행하고 나서 한참 뒤인 1974년에 여러모로 특이한 상황에서 자살했다.

내 아버지 아드리앙 카트라킬리스도 개인의원을 운영하는 의사였고, 역시 특이했다. 아버지는 그나마 이국적인 느낌은 덜했지만 할아버지처럼 마음을 놓을 수 없게 하는 점은 마찬가지였다. 아버지는 종종 알아들을 수 없는 말을 혼자 중얼거렸고, 뜬금없이 목청을 높여 '스트로피나치오' — '걸레조각'이라는 의미의 이탈리아 말이다 — 라고 외치곤 했다. 게다가 날이 따스해지기 무섭게 쇼트팬츠 차림으로 진료실에 앉아 의원을 찾아온 환자들을 맞았다. 아버지의 이런 괴짜행동은 하루이틀 이어온 습관이 아니었다. 이미 병원 수련의 시절부터 당직을 설 때 팬티만 입고 환자들을 진료해 사람들의 입방아에 오르내렸다고 하니까.

나의 어머니 안나 갈리에니는 남편의 그런 기행에 대해 단한 번도 진지하게 관심을 보인 적이 없었고, 그러거나 말거나 먼지 한 톨만큼도 염려하지 않았다. 어머니는 남동생 쥘 곁에서 시간을 보내는 것만으로도 하루가 부족할 정도였다. 어머니와 쥘 삼촌은 외가에서 물려받은 작은 시계공방을 함께 꾸려갔다. 태엽으로 움직이는 온갖 형태의 시계를 수리하는 일이 이들 남매의 본업이었다. 어머니는 이 동생을 우리 집에 데려와 함께 살았다. 저녁시간에도 어머니는 역시 쥘 삼촌과 나란히 긴 소파에 붙어 앉아 TV를 보았다. 매일 늦게까지 그러고 있다 보면 이윽고 쥘 삼촌이 잠이 들어 그 큰 머리를 누나의 쇄골 위에 얹어놓곤 했다. 쥘은 누나 안나에게 늘 찰싹 달라붙어 있었고, 안나는 동생 곁을 잠시도 떠나지 않았다.

쥘 삼촌은 1981년 봄, 자신의 생에 스스로 종지부를 찍었다. 계절이 여름으로 바뀔 무렵 어머니는 동생이 저지른 일을 따라했다. 그러면서 어머니는 나름 각별한 연출 솜씨를 발휘했는데, 그 때문에 아버지가 난감해하기는 했지만 감정상으로는 별 영향을 받은 것 같지 않았다.

그 가족의 아이인 나는 따라서 온종일 뇌조각을 응시하는 할아버지, 쇼트팬츠 차림으로 유사 홀아비생활을 하는 아버지, 자기 남동생과 준 부부관계에 있는 어머니, TV연속극을 켜놓고 자기 누나 품에 안겨 잠들길 좋아하는 삼촌을 보며 자랐다. 나는 그 사람들 사이에 내가 왜 끼여 있는지 이해할 수 없었고, 그걸 모르기는 그들도 분명 마찬가지였다.

물론 이렇게 가족관계가 혼란하게 뒤엉켜있었지만 그런 우리가족도 저마다 자살로 생을 마감하면서 마지막에는 어느 정도 질서를 회복했다. 서로 사랑하는 일에 적응하지 못했고, 또한 신뢰와 행복, 그런 게 비록 허상에 불과할지라도, 자기 아이에게 조금도 그런 것들을 만들어주지 못한 가족의 내력도 그런 식으로 마무리되어 갔다. 무엇보다 묘한 일은 죽음이 연거푸 우리 집을 거쳐 갔음에도 살아있는 사람들은 그걸 거의 의식하지 못했다는 점이었다. 우리 가족들은 늘 있는 듯 없는 듯 집안을 오가는 가사도우미를 볼 때처럼 그저 서로를 멀뚱히 보고만 있었다.

내 이름은 폴 카트라킬리스, 의사면허가 있다. 환자를 진료한 적은 없었다. 하이얼리어 드라이브의 한 아파트에 세 들어

살며, 낡아서 바닥에 구멍이 숭숭 뚫린 자동차 한 대와 배수가 잘 되지 않는 낡은 배 한 척을 소유했다. 볼보 디젤엔진을 단 요트인데, 정기적으로 내 운명을 떠맡았다. 요트는 이 도시 남쪽, 물도 전기도 들어오지 않는 한 계류장에 정박해있었다.

툴루즈에서 태어나고 자랐어도 내가 좋아하는 일은 단 하나, 바스크 지방의 전통스포츠인 펠로타 경기를 하는 것이었다. 툴루즈는 세상 모든 비행기가 조립되는 대도시인데도 바스크 펠로타 선수들 대부분은 그 도시를 바욘이나 게르니카에서 먼 변두리로 생각하거나 그렇게 취급하기 일쑤였다. 이곳 플로리다에서 만나는 필리핀 혹은 아르헨티나 선수가 나에게 집에 가면 근처에 하이알라이가 있느냐고 묻는 경우가 있는데, 그럴 때마다 내가 해줄 수 있는 대답이라고는 한 가지뿐이었다.

"아니, 없어. 벽 하나짜리 코트뿐이야."

마이애미에서 겨울은 성수기였다. 미국 북동부 호수지대와 중부 평원지대에 사는 사람들, 또 추위에 움츠린 캐나다인들에게도 플로리다의 영원한 여름은 예전부터 하나의 종교나 다름없었다. 겨울이 되면 그들은 플로리다예배서와 기후신앙으로 무장하고 몰려와 호텔과 바, 쿠바 취향이거나 유대인 식이거나 아르헨티나 풍인 레스토랑, 세미놀인디언(플로리다 남부 원주

민 : 옮긴이)의 카지노들을 가득 채웠다. '누드 걸' 클럽들도 빼놓지 않았다. 그 스트립클럽들은 천지개벽 이래 매일 밤 성탄축하파티가 열리는 곳이었다.

1987년 12월 10일, 우리는 오전에 경기를 시작해 판돈을 점점 끌어 모으면서 저녁에는 경기장을 관객으로 가득 채웠다. 키니엘라 경기는 새벽 한 시까지 계속됐다. 관중은 때로는 비행기 엔진처럼 포효하다가, 또 어떤 때는 윙윙거리며 돌아가는 공장 소음 같은 낮고 깊은 신음을 흘렸다. 게다가 이 공장은 돈을 만들어냈고, 인간 세상에 있을 수는 있지만 결코 말로 표현되거나 모습을 드러내서는 안 되는 온갖 종류의 것들을 생산해냈다. 이 공장은 이야기와 소문, 범죄도 제작했다. 불과 몇 년 사이에 플로리다 하이알라이 리그 소속 감독 세 사람이 마피아에게 시달리다가 각각 다른 방식으로 목숨을 잃었다. 첫 번째 희생자는 골프 코스를 돌다가 날아온 총알 한 발에 두 개골이 꿰뚫려 즉사했다. 두 번째 희생자는 몸이 토막 난 상태로 자신의 자동차트렁크에 차곡차곡 실려 있었다. 세 번째 희생자는 도무지 행방을 알 수 없었는데, 해변의 비옥한 모래땅에서 하루가 멀다 하고 쑥쑥 자라나는 어느 고층건물의 기초를 다지는 데 기여했을 가능성이 컸다.

하이알라이를 벗어나 바깥으로 나서자 밤이 비로소 밤처럼 느껴졌다. 남부의 밤, 하루 종일 서서히 익은 도시가 자극적이면서도 께느른한 유혹을 제공하는 밤이었다. 푸드 트럭들이 피워 올리는 뽀요 아사도(통닭구이) 냄새와 근처 비행장의 747기들이 흘린 등유 냄새에 섞여 어떤 희미한 향기 하나가 풍겨왔다. 망그로브 숲에서 멀리 떨어진 이곳에서만 맡을 수 있는 그 향기는 어둠이 깊어질수록 보이지 않는 짙은 안개처럼 널리 퍼져나갔다.

나는 수비로 몇 점을 따서 60달러를 추가수당으로 챙겼다. 그리 큰 액수는 아니었지만 이렇게 조금씩 쌓아나가다 보면 월말에는 추가수당만으로도 내 월급 1천8백 달러와 맞먹는 돈이 모일 때도 있었다. 제일 잘 나가는 선수들은 매월 8천에서 1만 달러까지 벌었다. 관객들을 자리에서 벌떡 일으켜 돈을 걸게 만드는 스타플레이어들이 바로 그들이었다. 그에 비해 우리, 즉 나와 동료들은 이 사업의 2군 선수들로 경기 수를 채우는 역할을 했다. 우리는 매일 형형색색의 안전모를 쓰고, 기묘한 작업도구를 챙겨들고 일터로 가는 이상한 나라의 노동자들이었다. 하현달이 떴을 때 잘라낸 밤나무 공 안에 자기 영혼을 둥글게 뭉쳐 넣고, 버들가지로 엮은 금색 보호 장구를 몸에 두른 노동자들.

3년 사이에 나는 자동차를 세 대 샀고, 그 중 두 대를 되팔았다. 하나는 생선비린내가 밴 낡은 머큐리 브로엄으로 멕시코에서 촬영된 예전 TV드라마에서나 볼 수 있는 구닥다리였다. 다른 하나는 1964년 식 지프 왜고니어로 문짝 아랫부분과 후방 트렁크에 인조월넛무늬목 마감재를 덧댄 차였다. 이 두 대를 되팔아 남긴 얼마간의 돈으로 이번에는 차 바닥이 군데군데 부식되고, 프런트 펜더와 전조등 둘레에 녹이 번져가는 1961년산 카르만 기아를 손에 넣었다.

그날 밤 나는 마지막 키니엘라 경기에서 한조로 뛴 조이 에피파니오와 함께 저녁을 먹으러 갔다. 나는 쿠바에서 온 이 선수를 무척이나 좋아했다. 그에게는 '네르비오소(흥분 상태)'라는 별명이 붙었는데, 그의 성격과 습관을 단적으로 표현해주는 말이었다. 사실 인간이 그보다 더 부산스러울 수 있을 거라고는 상상하기 어려웠다. 나는 그가 단 일초라도 움직임을 멈춘 경우를 본 적이 없다고 자신 있게 말할 수 있다. 라커룸에서조차 그는 어떻게든 이리저리 돌아다니고, 몸을 움직이고, 쉴 새 없이 뭔가를 손으로 만지작거리거나 발로 툭툭 차고, 출입문에 매달리다가, 빈 종이컵으로 축구를 시작해 너덜너덜해질 때까지 사방으로 굴리고 다녔다. 네르비오소에게는 특별한 활력이 넘쳐흘렀다. 마치 강박행동을 하는 큰 햄스터 같았다. 이

햄스터는 연료전지로 움직였고, 그래서 필요할 때마다 매번 주저 없이 코카인을 들이마셔 연료를 충전하곤 했다. 에피파니오는 뛰어난 펠로타 선수, 자유형 경기에 강한 공격수였다. 잠은 거의 자지 않았고, 삶을 꽉 채워 살았는데, 그 자신의 말로는 남는 시간을 전부 '킴바르'하고 또 '신가르'하는데 쓴다고 했다. 킴바르든 신가르든 모두 쿠바어로 '성교하다'라는 뜻이었다.

우리는 밤에도 문을 여는 '칸티나(간이식당)'를 향해 차를 몰았다. 가는 동안 에피파니오는 발밑 녹슨 자동차 바닥에 숭숭 뚫린 구멍틈새로 빠르게 스쳐지나가는 도로표면을 주시하곤 했다. 마치 눈앞에서 바람소리를 내며 어지러운 속도로 미끄러져가는 일종의 컨베이어벨트처럼 보였다. 그는 거기에 마음을 빼앗겼다. 아마도 자기 삶의 모든 것이 그처럼 빠르게, 그런 리듬으로 달려가기를 바랐을지도 모른다. 그래서 마침내 자신이 그 세계와 하나로 일치되는 느낌을 맛보고 싶었을지도.

테이블에 앉아 구운 닭 간과 검정콩을 부지런히 삼키는 도중에 그가 장딴지로 의자다리를 툭툭 치며 내게 말했다. 그는 마이애미에서는 성수기라는 이 계절, 그러니까 겨울이 달갑지 않다고 했다. 이 도시는 여름에 제물을 바치기 위해 만들어진 도시라고 했다. 비가 억수처럼 퍼붓고, 천둥번개가 바다를 부수고 건물을 할퀴어대는 여름, 태풍이 휘몰아쳐 신호등이 춤추고, 건물의 지붕들이 날아가고, 표지판이 부러지고, 온 세상이 미쳐 돌아가는 그 여름 말이다. 그는 어떻게든 돌발적인 상황에 대처해보려고 출동하는 경찰차의 사이렌소리, 광풍에 숨막힌 앰뷸런스들의 헐떡이는 부르짖음, 어떤 대가를 치르더라도 견뎌내야 할 그 분노가 좋다고 했다. 에피파니오가 해준 말로는 그럴 때마다 그는 그 혼돈 속으로 나온다고 했다. 집밖으로 나와 허리케인을 향해 발길을 떼어 놓다보면 자기 안에서 회오리치는 바람, 그 자신의 허리케인이 그 순간에 대비해 미리 목구멍으로 부어넣은 알코올과 합해져 미친 듯이 몰아친다고 했다. 그렇게 그는 거리로 나와 한 걸음 또 한 걸음 앞을 향해 걸어간다고 했다. 그 자신이 치르게 될 대가가 무엇이든, 한 걸음씩 떼어놓을 때마다 어떤 값을 치러야하든 끝까지, 그 자신이 쓰러지든 아니면 허리케인이 먼저 진이 빠지든, 그렇게 멈추지 않고 계속 앞으로 나아간다고 했다. 지금껏 결과는 매번 허리케인이 먼저 무릎을 꿇었다고 했다.

내가 이곳에서 4년간 행복했던 건 바로 그런 이유들 때문이었다. 이곳에서 맞이하는 하루하루가 내게 그런 기회, 펠로타를 하려고 바스크, 아르헨티나, 쿠바에서 온 동료들과 함께 마닐라, 페루 심지어 뉴욕에서 온 선수들과 함께 식사할 기회를 마련해주었다. 그들은 어떤 맹목적인 믿음, 시들지 않는 한 가지 욕망을 품고, 한 세계의 기원을 찾아 이 도시에 왔다. 그 세계는 한 손에 담길 정도로 작디작은, 너무 작아 겨우 숨을 쉴 수 있는 세계였지만, 그곳에 가닿기 위해서라면 우리는 천지창조 때 쏟아져 나온 그 모든 괴물들과 맞설 마음의 준비가 되어 있었다. 그 괴물들이 에피파니오가 결국 잡아채서 주머니에 꺾어 넣었다는 그 어마어마한 번개를 닮은 것들일지라도.

나는 조이를 집까지 태워다주었다. 식당으로 갈 때와 마찬가지로 그의 눈길은 차 바닥 틈새로 휙휙 지나치는 도로에 머물러 있었다. 집 앞까지 오고 나서야 그의 눈길은 자신이 세 들어 사는 아파트 창문으로 옮겨갔다. 아파트 안쪽에 불빛이 있었다. 그는 눈보라와 맞서러 가는 사람처럼 두 손을 비비더니, 예전 한때 하바네로[3]였을 적 그 욕심 많은 웃음을 흘리며 말했다.

"킴바르하고 또 신가르해야지."

하이얼리어 드라이브, 볼품없는 이 거리는 사람들이 오가는 걸 제외하면 별다른 일이 없는 동네였다. 사람들이 오가는 모습이 내가 사는 집에서도 내려다보였다. 겨울이고, 날씨는 온

[3] 쿠바 수도 라 하바나 사람.

화하고, 나는 이곳에 있다는 것만으로도 더 바랄 게 없을 만큼 만족했다. 고인이 된 스피리돈 카트라킬리스 그리고 쌍둥이나 다름없는 갈리에니 남매는 굴절되어 판독이 불가능해진 논리로 구축한 그들의 복잡한 우주를 떠돌고 있었다. 살아있는 사람, 맨다리 쇼트팬츠 차림의 내 아버지는 여전히 지상에 남아 있긴 하지만 나의 정신은 이미 오래 전에 그를 우주로 쏘아 보냈다.

1987년 12월 20일 아침, 나는 배를 묶어놓은 곳으로 갔다. 배 이름은 '셰뇨르 칸사도', 스페인어로 대략 '노곤한 양반'이라는 뜻이었다. 클링커 식[4]으로 건조한 배로, 소나기가 쏟아질 때 겨우 몸을 피할 수 있을 만큼 좁은 선실과 6노트 속도를 내는 스크루가 있었다. 흘러간 시절을 떠돌다가 온 배였다. 여전히 물에 뜨기는 했지만 고마력 에빈루드 보트들이 마리너나 머큐리의 날렵한 최신모델들과 성능을 겨뤄야 하는 코코넛그로브 마리나로 비집고 들어갈 엄두는 나지 않았다. 배는 이 도시 남단의 한 공영주차장과 연이어서 가설해놓은 부교에 묶여 있었다. 나는 낡은 왜고니어와 맞교환하는 방식으로 이전 주인으로부터 배를 넘겨받았다. 은퇴를 앞둔 하이알라이 구단 직원으로 에버글레이즈 국립공원 쪽에 작은 집을 한 채 가진 사람이었다. 목조 방갈로인데 서서히 늪지에 파묻혀가는 중이

4) 외판을 물고기비늘처럼 겹쳐 이어붙이는 배 건조방식.

라고 했다. 그가 세뇨르 칸사도의 키를 넘겨주며 말했다. "이 배는 자넬 절대 놔주지 않을 거야. 내 마누라와 꼭 닮았거든. 무슨 말이냐 하면 자네가 이 배를 끝까지 데리고 살아야한다는 거지."

하늘은 잿빛이었고, 점점이 떠있는 검은 구름들이 멍 자국을 연상하게 했다. 서쪽에서 바람이 불어왔다. 이 계절에는 문제를 일으키는 일이 없는 가벼운 산들바람이었다. 밧줄에서 풀려난 세뇨르 칸사도는 천천히 육지에서 멀어지며 피셔아일랜드 쪽으로 방향을 잡았다. 그렇게 30분가량 앞으로 나아가다가 왼쪽으로 방향을 틀어 마이애미와 마이애미비치를 가르는 좁은 내해 비스케인 만으로 접어들었다. 대기에서 뭔지 모를 어떤 맛이 느껴졌다. 혀와 코에 뭔가를 지문처럼 남겨놓는 맛이었다. 뭍에서 멀리 떨어져 바다 한가운데로 나갔을 때 느낄 수 있는 맛과는 아주 달랐다. 이 바다에서 떠돌고 있는 냄새는 강력한 요오드와 염분까지 변질시키는 인간의 흔적이었다. 내해의 이쪽 편과 저쪽 편에서 들끓어 오르는 활기의 찌꺼기였다. 그것도 한겨울에, 심지어 일요일, 12월 20일에 말이다. 수면은 당구대 표면 같은 매끄러운 윤기가 돌았다. 잔물결 한 점 없었다.

배에 오르는 순간부터 나는 정말이지 행복했다. 그런 점에서 보자면 나는 꽤 대견한 면이 있었다. 사실 난 배 멀미를 고질적으로 달고 있었으니까. 배의 조종간을 잡고 있어야 할 처지인데도 멀미는 어쩔 수 없었다. 이 울렁증에는 어떤 약도 듣지 않았다.

파도가 높아지면 내 몸속의 모든 내용물들이 사방으로 뿔뿔이 흩어지는 듯했고, 갑판 위에 뱃속에 들어 있는 잔존물들을 모두 쏟아내야 했다. 애초에 속을 깨끗이 비우고 배에 올랐어야 했겠지만 먹어야 힘을 쓰는 체질이라 위장에 밀어 넣었던 것들이었다. 나는 영국인이 휴가여행 왔을 때의 방식으로 열심히, 끈기 있게 토했다. 내 배 위에서. 하지만 나는 배를 타고 바다로 나가는 일이 무엇보다 좋았다. 닻이라도 들어 올릴 수 있을 만큼 얼얼한 맛이 나는 민트캔디 '피셔맨스프렌드(Fisherman's Friend)' 한 봉지를 매번 챙겨갔다. 봉지 뒷면에 다음과 같은 문구가 있었다. '1865년에 약사 제임스 로프트하우스는 악천후를 무릅쓰고 거친 바다로 나아가야 하는 어부들이 〈언제나 친구와 함께〉 하도록 이 〈어부의 친구〉를 정제형태로 만들었다.' 의사인 나도 귀가 솔깃해지고 기대감을 품게 만드는 문구였다. 어부들이 해쓱하게 납빛이 된 얼굴로 갑판 난간에 몸을 기대고 있다가 제임스 로프트하우스가 개발한 이 민트캔디를 먹자 별안간 펄펄 기운을 내는 장면이 그려졌다. 캔디가 그들의 위장을 제자리에 갖다놓은 것이다. 바다의 상태가 어떻든 닻을 올리기만 하면 나는 이 특효약캔디를 입에 물고 캔디 안의 솔비톨, 아스파담, 마그네슘스테아레트, 박하유가 기적을 행해주기를 기다렸다.

노스베이빌리지를 오른쪽으로 바라보며 나아가고 있을 때 바다 한가운데서 수면을 열심히 헤젓고 있는 생명체가 눈에 들어왔다. 배에서 100여 미터 떨어진 거리였다. 이치를 따지자면 큰 물고기일 거라고 생각해야 마땅했다. 하지만 멀리서 척 보기에도 물고기가 아니라 동물이 분명했다. 바다에 빠져 있는 현재 상황을 기꺼워하지 않는다는 사실도 분명해보였다.

나는 그쪽으로 배를 몰았다. 최대한 접근해 모터를 껐다. 어떤 개였다. 체중이 15킬로그램이 될까 말까한 작은 개 한 마리가 바다 속으로 가라앉지 않으려고 기를 쓰며 앞발로 물을 차고 있었다. 활짝 열려 세상을 응시하는 두 눈은 가까스로 삶에 매달린 두 개의 갈고리처럼 보였다. 나는 배를 천천히 전진시켜 배 옆구리를 개 가까이 갖다 댔다. 갑판 너머로 몸을 숙이고 가까스로 개의 두 앞발을 그러잡고 배위로 끌어올렸다. 녀석은 물방울을 털어낼 힘도 없는 듯 몸을 심하게 떨어대기만 했다. 나는 큰 수건으로 개를 감싸준 다음 내가 앉은 조종석

옆자리에 눕혔다. 그 순간 녀석의 눈길 속에 뭔가 스쳐갔다. 지친 나머지 두려움도 잊은 듯 개는 슬그머니 머리를 들어 올리고는 꽤 한참동안 나를 탐색했다. 그러고는 마치 우리가 예전부터 함께 지내온 사이라도 되듯 주둥이를 내 허벅지에 기대고 곧바로 잠이 들었다.

가장 가까운 해안에서 우리가 있는 바다 사이의 거리를 생각할 때 개가 홀로 헤엄쳐 이 지점까지 왔을 리 없었다. 아무리 잘 봐줘도 떠돌이 잡종견이지 족보 있는 사냥개는 아니었다. 누군가가 배에서 녀석을 내던진 게 분명했다. 우리 주변에 떠있는 배는 세 척이었다. 모두 육지를 뒤로하고 북쪽을 향해 수면을 가로지르고 있었다. 낡은 볼보엔진으로 기대할 수 있는 6노트 속도로 할 수 있는 일이란 당장 부교로 되돌아가 배를 다시 묶어두고 개를 위해 무슨 조치를 취해야할지 알아보는 것뿐이었다.

배를 대고 시동을 끄자 개가 잠을 깨더니 마치 해변에서 한바탕 신나게 놀다가 지쳐 늘어지게 잠을 자고 난 듯이 몸을 쭉 펴고 기지개를 켰다. 물에 젖은 털이 여전히 몸에 찰싹 달라붙은 상태라 녀석의 생김새를 제대로 파악하기 어려웠다. 목줄도 없었고, 대개는 귀에 있는 식별용문신도 없었다. 개가 배에서 풀쩍 뛰어 부교로 옮겨 오더니 말을 건네듯 나를 쳐다보았다. 마치 "자, 우리 이제부터 뭘 할까?"라고 묻는 듯했다.

카르만 기아의 문을 열어주자 개가 훌쩍 뛰어 올라 조수석에 자리 잡았다. 이런 식으로 삶은 한 인간과 개의 만남을 주선해주었다. 어느 일요일 겨울바다 한가운데서, 순리대로라면 인간은 앞을 바라보며 계속 북쪽으로 항해했을 테고, 개는 배와 조금 떨어진 거리에서 허우적거리다가 기운이 빠져 물속으로 가라앉아야 했겠지만, 이런 각자의 도정(道程)을 교차시켜 서로를 만나게 했다.

집을 향해 차를 몰면서 나는 한 손으로 개의 주둥이를 쓰다듬었다. 개는 조금도 경계심을 내보이지 않았다. 바다에 가라앉기 직전에 건져준 인간이 악당일 리 없다는 걸 잘 알고 있는 눈치였다. 개를 구하러 나섰던 사람이 없었던 만큼 별안간 나타나 개를 돌려달라고 할 사람은 없을 듯했다. 개가 원한다면 나와 함께 지내도 괜찮다는 의미였다. 녀석에게 왓슨이라는 이름을 지어주었다.

이삼 일째 우편함을 열어보지 않았다. 우편물이 그리 많지는 않았다. 편지가 세 통 와있었는데, 그 중 한 통은 발신지가 프랑스였다. 봉투에 적힌 아버지의 글씨체를 금방 알아보았다. 봉투 안에 사진이 두 장 들어있었다. 그중 한 장은 아버지의 자동차인 1969년형 트라이엄프 비테스 카브리올레의 측면 사진이었다. 다른 한 장은 차 계기판의 주행기록계를 근접 촬영한 것이었다. 주행거리를 마일로 표시하는 주행기록계에 '77777'이라는 숫자가 선명하게 적혀 있었다. 그뿐이었다. 그 두 장의 사진 말고 다른 소식은 없었다.

1983년, 내가 마이애미에서 자리를 잡고 얼마 지나지 않아 아버지가 딱 한번 편지를 보내왔고, 그때를 마지막으로 우리 부자는 줄곧 소식을 끊고 지내왔다. 그 당시 받은 편지에는 트라이엄프 사진도 없었고, 주행기록계 숫자를 끌어들인 익살도 없었다. 단지 한 구절 '언젠가는 네가 물려받을 거다.'라는 말이 전부였다.

나는 먹을거리를 꺼내 왓슨에게 환영만찬을 베풀어주고 나서 소파에 앉아 아드리앙 카트라킬리스가 보내온 사진 두 장을 유심히 들여다보았다. 사진을 주의 깊게 살피다 보면 아버지의 복잡한 뇌 피질 무늬를 판독해낼 어떤 기호나 수수께끼를 풀어줄 실마리를 찾을 수 있을지도 모른다는 기대감 때문이었다. 아버지가 지난 4년 동안 줄곧 방기와 무관심으로 일관하며 침묵을 지키다가 달랑 낡은 자동차 사진을 보내온 속내가 궁금했다.

고급형 3스포크 메탈핸들, 스미스 속도계, 4단 변속기에 오버드라이브증속장치, 2리터 6기통 엔진과 SU기화기를 갖춘 네이비블루 컬러 우핸들 자동차였다.

나는 아버지가 그 차를 언제 어떻게 구입했는지 떠올려보았다. 기억을 되짚을 때마다 매번 한없이 우울해지는 시절의 일이었다.

나는 그 차에 올라앉은 어머니의 모습을 마지막으로 보았을 때를 생각했다.

자동차 배기관이 흘리던 그 독특한 소음을 떠올렸다.

후방 펜더의 뾰족하고 날렵한 모양새, 찌푸린 V형태로 배열되어 고집 세고 융통성 없고 항상 욕구불만이라는 인상을 자아내던 네 개의 전조등도 기억해냈다.

77777마일, 즉 125,169킬로미터를 달린 차.

그래서 뭐가 어떻다는 뜻일까?

왓슨이 눈밭에서 썰매를 끄는 개처럼 서너 바퀴 몸을 구르더니 소파 위로 훌쩍 뛰어올라 내 옆에 누웠다. 털이 여전히 축축했다. 바다냄새가 왓슨의 기억으로부터 피어올라 이제 우리 주위를 떠돌았다. 보이지는 않지만 피부를 스치듯 생생한 냄새, 개와 나를 이어주는 것이 무엇인지, 우리라는 이 동질의 느낌이 어디에서 기인하는지 각인시켜주는 냄새였다.

현재 시각 오후 3시 30분, 오늘은 경기가 없었다. 내 곁에 개

한 마리가 있었고, 사진 두 장이 있었다. 카르만 기아의 바닥에 난 구멍을 그대로 내버려둘 경우 왓슨에게 몹시 위험한 일이 생길 수도 있겠다는 생각이 들었다. 카센터에 가서 철판을 덧대 바닥에 난 구멍을 막아달라고 할 필요가 있었다. 그다지 어렵지 않은 수리였다. 쿠바인들이 운영하는 카센터에서 늘 하는 작업이었으니까.

오후 3시 30분, 내 유년기와 청소년기의 도구 펠로타 라켓이 내 삶을 일구어놓았다. 그때까지는 모르고 있었지만 이제 그런 삶을 누릴 시간은 아주 조금밖에 남아있지 않았다.

기껏해야 몇 시간밖에.

현관 선반 위에서 깜박이는 자동응답기 표시등이 내가 앉은 자리에서도 눈에 들어왔다. 사실은 현관문을 열고 들어왔을 때 이미 깜박이고 있었다. 이 집에 살기 시작한 이래 수없이 그래왔듯 내게 매번 크게 다르지 않은 메시지를 전해주던 그대로 깜박이고 있었다. 이를테면 경기장으로 가는 길에 들러 자기를 함께 태우고 가달라는 메시지, 일을 끝내고 맥주 한잔 하자는 친구의 메시지, 지난밤 '킴바르하고 또 신가르하면서' 보낸 이야기를 떠벌리고자 하는 네오비오소의 메시지, 차를 다 고쳐놓았으니 찾아가라는 노스웨스트 2번가 프렌들리 카센터에서 보낸 메시지, 일상의 소소한 메시지들.

2년도 더 된 일이지만 이따금 내게 전화를 걸어오는 한 여자가 있었다. 이름은 소라야 루엥고, 마이애미 시청 총무과 직원이었다. 총무과는 사무용지 보급부터 시 보유 소방차 교체에 이르기까지 시청에서 필요한 온갖 요구사항을 처리해주는 부서였다. 소라야는 총무과의 상공인 지원팀에서 상담업무를 맡고 있었다. 시청 업무규칙에 따르면 상담은 영어 혹은 스페인어 가운데 택일이 가능했다. 마이애미 시청은 인구구성을 고려해 행정업무를 볼 때 2개 언어를 병용하도록 규정하고 있었다. 어떤 자신감에서 비롯된 생각인지는 모르지만 소라야는 마이애미가 라틴아메리카의 진짜 수도라고 주장했다. 그 증거로 매번 자신이 좋아하는 유머를 들이댔다. "레이건이 카스트로를 만났어. 쿠바 국가평의회 의장님이 맞상대인 레이건에게 물었지. '관타나모를 언제 우리에게 돌려줄 거요?'라고 하자 레이건이 대답했어. '당신이 우리에게 마이애미를 돌려주면.'이라고." 리틀아바나 구역에 가서 그녀의 유머를 풀어놓을 경우 꽤 환영받았을 것이다. 애석한 일은 그녀가 만나는 사람들 대부분이 이미 그 이야기를 알고 있다는 것이었다.

우리 관계가 어떤 성격이었는지 잘 모르겠다. 어떤 사이였는지 굳이 묻는다면 내 대답은 간단했다. 그녀와 함께 있는 게 좋았다. 함께 식사하고, 수영하고, 배를 타고, 이야기를 나누고, 섹스하는 게 좋았다. 때때로 그녀의 '에초 아 마노(Hecho a mano 핸드메이드)' 담배를 피우는 재미도 좋았다.

아마도 소라야는 어리둥절했을 것이다. 나를 생각할 때 주로 그런 느낌이 들었을 거라는 의미다. 그녀는 내 나이대의 남자가 의사면허도 있으면서 자기가 살던 나라, 자기가 살던 곳, 자기 가족을 떠나 마이애미를 삶의 터전으로 잡은 사실을, 게다가 내가 '바스크 목동들이나 하는' 유치한 놀이인 '세스타푼타'를 직업적으로 한다는 사실을 이해하지 못했다. "아무리 바스크 남자라고 해도 그런 놀이를 직업으로 삼는다는 건 이상해. 하물며 당신은 바스크 사람도 아니잖아. 게다가 의사야. 왓츠 롱 위드 유?(What's wrong with you? 대체 뭐가 잘못된 거야?)"

'왓츠 롱 위드 유?'는 그녀가 즐겨 쓰는 영어표현이었다. 이 말을 할 때면 '롱'의 ㄹ발음이 혀 위에서 또르르 굴러 사방에 들러붙었다. 그런 말을 들을 때마다 나는 그저 웃어 보였을 뿐이었다. 내 안에 뭔가가 잘못 되었든 아니든 그날 저녁이나 그 다음날, 버들가지 장갑을 손에 끼고 펠로타 공을 던지고, 받아서 되던지고, 내 팔에 그럴 힘이 남아있는 한 수없이 던지고, 받아서 되던지다가, 그럴 때다 싶으면 '왼쪽 벽[5]'을 박차고 뛰어올라 그 '길 잃은 공'을, 모든 목동들이 그러하듯 우리 안으로 다시 몰아넣곤 했다.

5) 하이알라이 코트에서 정면 벽과 직각을 이루는 긴 벽.

소라야 루엥고를 배에 태워 바다로 나갈 때마다 나는 우리 사이에 융화할 수 없는, 어떤 존재론적 균열이 있다는 느낌이 들곤 했다. 무엇보다 섬 여자들 ─ 소라야는 쿠바인 유전자를 가졌다 ─ 이 대부분 그렇듯 그녀도 바다를 다량의 불쾌한 액체로 여겼다. 그녀에게 바다는 '돌로르 엔 엘 쿨로(Dolor en el culo 똥구멍 통증, '곤란한 것'이라는 의미 : 옮긴이)'였고, 매우 부차적으로는 간단히 볼일을 보는 구역이기도 했다. 그녀에게는 배 주위를 어슬렁대는 상어 한 마리를 목격한다거나 만타가오리와 함께 수영을 한다는 건 생각만 해도 끔찍한 일이었다. 내가 명색만 디젤엔진인 작은 배로 육지를 벗어나 멀리 수평선 쪽으로 방향을 잡는 걸 볼 때, 만약의 사태에 대비해 상비품으로 챙겨온 것이라고는 피셔맨스프렌드뿐인 걸 볼 때, 발이 젖을 지경이 되어 펌프를 작동시켜 갑판의 물을 퍼낼 때, 아침식사로 먹은 체리잼 토스트를 갑판 너머로 게우는 모습을 볼 때마다 그녀는 엔진소음을 누르기 위해 한껏 높아진 목소리로 내게 경쾌한 주문을 읊었다.

"왓츠 롱 위드 유?"

그 4년간 내게 잘못되었던 게 뭐냐고? 솔직히 전혀 모르겠다. 나는 그 4년간을 하루하루 아무런 수식도 덧붙지 않은 행복 그 자체로, 그때까지의 불운에 대한 보상으로 생각했다. 매일 아침 눈을 뜨면 내가 억세게 운 좋은 선수여서 배당금 대박을 낸 기분이었다. 사실 이런 표현을 쓰는 게 여전히 거북스럽기는 하다. 하지만 정말이지 달리 내 상태를 표현할 말을 찾지 못하겠다.

언젠가 숨 막힐 듯 후덥지근한 열기에 짓눌린 여름날 밤이었다. 소라야는 만나기로 약속한 장소에 오지 않았고, 전화해도 받지 않았다. 다음날 다시 전화해봤는데 여전히 응답이 없었다. 며칠 동안 계속 그녀의 집을 찾아갔지만 그때마다 문이 굳게 잠겨 있었다. 시청에 가서 같은 과 직원에게 그녀를 만나러 왔다고 말했다. 그녀가 사흘 전부터 출근하지 않는다는 대답이 돌아왔다. 세 들어 사는 건물 관리인이 그녀의 집 열쇠를 여벌로 갖고 있었다. 마침 나와 얼굴을 익힌 사이여서 집안을 살펴봐달라는 내 부탁을 들어주었다. 집을 둘러보고 돌아온 관리인이 안에 사람이 아무도 없고, 딱히 이상한 점도 없더라고 했다. 한주일이 지나갔다. 이어서 또 한주일이 흘러갔다. 그녀는 여전히 시청에 출근하지 않았다. 집으로 돌아오지도 않았다. 얼마 후 건물관리인이 내게 소식을 알려주었다. 이삿짐운송업체에서 그녀의 짐을 전부 실어갔다는 것이었다. 어디로 이사하는지 행선지를 알 수 있는 실마리는 전혀 남기지 않았다.

그녀에게 무슨 일이 일어난 것인지 알 수 없었다. 경찰서에 가서 사정을 이야기했지만 내 말에 관심을 갖지 않았다. "사람이란 왔으면 또 어디론가 가는 법이죠. 갈 때는 말없이 떠나는 경우도 있고요. 이 도시는 그런 사람들만으로도 미어터진다고요."

소라야 루엥고가 사라지고 나서 몇 달 동안 나는 잠들기 전 대개는 그녀를 생각했고, 혼잣말로 묻곤 했다. "대체 뭐가 잘못된 거야?"

거실의 어둑한 구석에서 자동응답기가 깜박일 때, 한 시절의 끝이 다른 한 시절의 시작과 맞닿아 이어지는 그 순간에, 나는 최선의 소식을 기대했다. 하지만 이번 소식이야말로 최악이었다. 자동응답기 스피커에서 흘러나온 언어는 프랑스어였다. 끔찍하게도 프랑스어였다. 정확하고 냉담한, 너무 또렷해 거의 연극대사 같은 목소리가 브리켈 애비뉴 1895번지의 프랑스 영사관으로 가급적 빠른 시일 내에 방문해주길 요청했다. 협박에 가까운 어조였다. 내가 바다에 나가있는 동안 자동응답기에 녹음된 내용이었다. 나는 영사관 담당자와 통화를 시도했다. 하지만 신호음에 이어 번번이 틀에 박힌 인사말과 업무개시시간 안내를 앵무새처럼 읊어대는 자동응답기 소리만이 들려왔다.

왓슨이 내 뒤를 따라와 차에 올랐다. 나는 차 바닥에 압축보드를 깔아 왓슨의 발이 빠지지 않게 했다. 낡은 넥타이를 엮어 개목걸이를 만들고, 밧줄을 적당히 잘라 연결했다. 카르만이 출발해서 미처 1백 미터를 달리기도 전에 '나의 개' — 그러고 보면 이곳은 반려견 등록절차도 아주 간단하다 — 는 이 땅 위에 자신의 온 무게로 잠들어 있었다.

영사관 출입문의 벨을 누르고 잠시 기다린 뒤 대기실로 안내되어 들어갔다. 그곳에서 또 잠시 기다린 다음, 입을 풀로 붙여놓은 듯 말이 없는 한 남자를 따라 어느 방으로 들어갔다. 사무실은 아니었고, 창고라고도 할 수 없었다. 몸을 걸칠만한 의자 하나 없었다. 창문도 환기구도 없었다. 받침다리가 붙은 등 하나가 빈 책꽂이 가장자리에 놓여 있는 게 전부였다.

왓슨이 내 옆에 있었다. 움직임 없이, 세상의 중심을 응시하듯 나를 바라보고 있었다. 출입문 밑모서리가 마룻바닥을 스치며 문이 열렸다. 아열대의 분방함을 고려하더라도 외교관의 이미지와는 거리가 먼 한 남자가 들어서면서 불쑥 이름을 물었다. "안녕하십니까, 성함이 어떻게 되시죠?" 나는 얼떨결에 이름을 밝혔다. 남자는 왓슨의 존재가 마땅찮다는 듯이 힐끔 쳐다보더니 다시 말했다. "여권을 보여주시겠습니까?" 남자는 여권을 받아 오듀본[6]의 조류도감을 들여다보듯이 한참 살폈다.

6) 조류연구가, 소설 후반에 다시 언급된다.

"카트라킬리스 씨, 영사관에 방문해달라고 요청한 이유는 한 가지 비통한 소식을 전하기 위해서입니다. 부친인 아드리앙 카트라킬리스 씨의 부음을 알리고자 오시라고 했죠. 사망 시각은 프랑스 시간으로 어제 오후 4시 10분이라고 합니다. 프랑스영사관 이름으로 삼가 조의를 표합니다. 우리도 부친의 사망과 관련된 정황에 대해서는 더 이상 아는 게 없습니다만 가족상을 당한 재외프랑스인을 돕기 위해 여기 몇 가지 안내 자료와 대처요강을 준비해놓았습니다." 남자가 손을 내밀어 악수를 청했다. 어느 사이 내가 묻고 있었다. "당신은 누구죠?" 남자가 대답으로 뭔가 웅얼거렸지만 입 밖으로 흘러나오면서 몇 가지 소리로 조각나는 바람에 제대로 알아들을 수 없었다.

나는 다시 카르만에 올라탔다. 주차장이었다. 왓슨이 출발을 기다리고 있었다. 눈앞의 주행기록계를 응시했다. 숫자가 77777을 넘어선 것은 오래전 일이었다.

77777

왓슨은 내게 몸을 기대고 잠들어 있었다. 고른 숨소리가 들려왔다. 아마도 꿈속에서 소스라치고 있는지 이따금 다리 하나가 경련하듯 움칠거렸다. 아버지의 사망일에 나는 이 개를 바다에서 구해냈고, 왓슨이라는 이름을 지어주었다. 그러고 보니 나는 작은 기적을 이룰 수 있었다. 프론톤 벽을 박차고 뛰어올라 시속 250킬로미터 이상의 속도로 펠로타 공을 날려보내고 수많은 관객들의 환호를 이끌어냈던 것만 봐도 알 수 있는 일이었다. 게다가 나는 세스타푼타 프로선수협회 회원이었다. 또한 조이 '네르비오소' 에피파니오의 친구였다. 그가 그러하듯이 나도 이따금 '킴바르하고 또 신가르했다.' 나는 스페인어를 할 수 있었고, 어떤 날은 심지어 바스크 말도 알아들었다. 그렇다, 나는 나름의 방식으로 작은 기적을 이룰 수 있었다.

어제 1987년 12월 19일 대략 오후 4시 10분까지 나는 의사 아드리앙의 유일한 아들이었다. 그는 일반의원을 운영해왔고, 내가 유년기와 청소년기를 보낸 집은 부분적으로 그의 진료실이었다. 어제 그 시각 이후로 나는 카트라킬리스 가족의 마지막 생존인물이 되었다. 이 말이 큰 의미를 지닌 건 아니었지만 내게는 중요했다. 수년에 걸쳐 이 가족의 구성원이 하나 둘 차례대로 자살했으니까. 방금 전 내가 영사관에서 받아온 번호로 프랑스에 전화를 걸어 아버지 역시 카트라킬리스 가족의 규칙을 따랐다는 사실을 알게 되었으니까. 전화를 받은 담당경찰은 아버지가 정확히 어떤 행동을 했는지 구체적으로 알려주지도 않으면서 "그 행동의 의도에 대해서는 일말의 의심도 있을 수 없다."고 잘라 말했다. 가족 넷 중에서 넷이 그랬다. 나를 세상에서 존재하게 해준 카트라킬리스들과 갈리에니들이 모두 그랬다. 심지어 그들은 나로 하여금 꼼짝없이 그들을 닮도록 해놓고는 스스로에게 죽음을 안겼다. 그 가운데 가장 최근이 바로 77777, 이 눈금이 넘어간 직후 실행된 아버지의 죽음이었다.

프랑스로부터 날아온 사진 한 장, 주행기록계 숫자를 싸구려 카메라로 찍어 보낸 그 사진이 내 삶을 뒤엎어놓기에 충분했다. 그 사진은 아버지의 부고보다 더 확실한 방식으로 내가 누구인지 일깨워주었다. 내가 어디에 뿌리를 두고 있는지, 내가 거쳐야했던 고환과 난소가 누구의 것인지, 그 음경, 귀두, 또 갈리에니의 자궁에서 보낸 그 긴 시간을 떠올리게 했다. 그들은 살아가는 일에 적합하지 않은, 이 지상에서 그 자신의 무게를 견뎌낼 힘이 없는 사람들이었고, 나를 만들어 세상에 내놓았으면서도 끝내 망가뜨려놓았다. 내가 이곳, 하이얼리어 드라이브의 구석진 아파트까지 오게 된 건 그 붕괴현장에 더 이상 끼어있지 않기 위해서였다. 그 작은 자치구의 운명에서 벗어나기 위해서였다. 그런데 그가 다시 나타난 것이다. 옹색한 쇼트팬츠 차림에 무모증 얼굴을 하고서 말이다. 그 오후 진료, 거리낌 없는 트림, 거만한 진단, 엉터리 라틴어도 따라왔다. 그가 다시 와서 이곳에서 나를 들볶고 있었다. 양몰이 개처럼 내 뒤를 밟으면서, 내 자취마다 코를 대고 쿵쿵거리면서, 나의 냄새에서 내 가족의 그 곰팡내를 확인하고 있었다. 그는 어느 겨울 일요일, 내가 가까운 바다에 나가있을 때 왔다. 수수께끼 같은 우편물로 자신의 죽음을 예고해놓고 곧바로 왔다. 자동차의 그 주행 마일 수, 다섯 개의 7은 그의 정신을 표현하는 상형문자였다. 그는 미리 생각해놓은 숫자 7 다섯 개를 일렬로 배열하기 위해 시간을 주행해왔다. 그렇게 해서 자신의 조악한 수학공식을 궤도에 띄워놓았다. 내가 그 숫자들을 보는 순간 그의 거만한 목소리가 내 귀에 울리게 하려는 의도였다. "어째서 7이냐고? 이것이 네 번째 소수(素數), 절대 '나눌 수 없다는', '슈퍼 싱글'이라는 프라임 넘버이니까. 또 이 숫자는 두 번째 메르센 소수이고, 첫 번째 뉴먼쌩스윌리엄스 소수이고, 우달 소수, 캐롤 소수이니까." 그런 방식으로 그는 평온한 정적을 흔들었다. 암시하고 점점이 흘리고 슬쩍 내비쳤다. 가면 씌운 자신의 언어, 뇌세포의 그 악습, 일반의의 그 도착적 일반화 취향을 남김없이 활용해 저소음으로 고통을 가해왔다. 그러고는 끝없이 증폭되는 환상의 파열음을 내며 죽었다. 뒤범벅된 거듭제곱들, 전이와 단일유전자의 잡탕 속에서, 연분수와 승수를 입에 가득 물고, 그렇지만 자식에게는 단 한마디의 말도 남기지 않았다.

게다가 그는 일부러 이 자동차를 선택했다. 운전대가 오른쪽에 있는 이 영국자동차는 내가 과거 어느 시점부터 한사코 피해온 차였다. 아들이라면 봐서는 안 될 장면을 목격했으니까.

카트라킬리스 부자와 갈리에니 남매는 예술가들이었다. 그들은 죽음이 계속 이어지게 하는 방식으로 죽을 줄 알았다. 서툰 배우가 커튼콜에 미련을 두듯이, 그들도 자신의 죽음을 반복해서 무대 앞으로 불러내게 만들었다. 기억이 깊이 배어들도록 자신들의 악취를 무대에 뿌려놓을 줄 알았다. 그 기억을 고정시켜 불행의 축으로 삼고, 그것에 아픔을 묶어놓을 줄 알았다.

나는 그의 요도 안에 남아 한사코 나오지 말았어야 했다. 그 벽면에 악착같이 들러붙어 버텼어야 했다. 요도관을 빠져나오지 않음으로써, 의료보험급여에 얹혀사는 의사의 그 비루한 음경이 부질없이 요동치며 사정하는 일을 막았어야 했다.

나는 아버지가 그 트라이엄프 비테스 카브리올레를 언제 어떤 상황에서 구입했는지 빠짐없이 기억하고 있다. 1978년 초봄이었다. 당시 아버지는 자동차에 전혀 관심이 없었다. 왕진을 갈 때는 소형 르노4L을 이용했고, 매번 바스크로 가서 보내는 휴가철에는 시트로엥 DS19로 자신의 그 대단한 가족들을 실어 날랐다.

그러했던 그가 자동차 수집벽이 있는 한 목재상을 진료하게 된 계기로 웨스트미들랜즈 코번트리 자동차공장의 생산품들에 열광하게 되었다. 갑작스럽고 이해할 수 없는 취미였다. 아버지는 사실 그 목재상을 얼간이라 비웃었고, 그가 진료실에 올 때마다 그 바보짓에 장단을 맞춰주는 일도 일종의 재미라고 말했다. 경주용 자동차에 빠져 사는 그 목재상은 매번 진찰이 끝나 건강은 별 문제없다는 말을 들으면서 웃옷 단추를 다시 채우자마자 자신이 최근에 사들인 자동차와 이제까지 모아놓은 자동차 이야기를 늘어놓기 시작했다. 아버지는 그 자동차광에게 들은 말을 이따금 저녁 식탁으로 가져와서 자기 구미대로 흉내내보였다. "그 차종을 한 대 더 샀다 이 말입니다, 선생님. 포르쉐 카레라, 배기량 3리터짜리요. 그렇지만 그걸로 끝낼 겁니다. 이제 더 사들일 생각은 없다고요. 그 시리즈로만 열한 대째거든요. 너무 많다고요. 집사람한테도 선언해놓았지만 남자로서 맹세하는데 그 차가 마지막이라고요. 그걸타고 무덤까지 가기로 마음먹었다 이 말입니다."

그의 말을 듣는 동안 아버지는 어리숙한 표정을 지어보이면서 평소와는 다른 코맹맹이 소리를 섞어 그 남자에게 되물었다. "그런 차들은 속도가 대단하겠군요. 적어도 130, 140마력은 되겠죠?" 그러면 의자에 앉아 몸을 좌우로 흔들고 있던 목재상은 의사선생의 오류를 바로잡아줄 수 있게 된 즐거움으로 얼굴이 달아올랐다. "그럴 리가요, 선생님. 230, 240마력이라고요." 둘의 대화는 늘 이런 식으로 이어졌다. 내가 받은 느낌으로 볼 때 아버지는 가족을 대하든 환자들을 대하든 언제나 인간영혼을 건드려보려는 본능적 욕구, 찰흙을 주무르듯 영혼으로 뭔가 놀이를 하려는 욕구가 있었던 것 같다.

어쨌거나 하루는 이 목재상이 진료실의 상대적인 그 은밀성을 즐기느라 나름 은밀한 정보라고 생각하는 어떤 중고 트라이엄프 비테스에 대한 이야기를 아버지에게 꺼냈다. 4기통 카브리올레인데, 놀랄 만큼 상태가 좋다고 했다. 1969년 식인데도 코번트리의 자동차공장에서 금방 나온 새 차 같다고 했다. 그날 저녁식탁에서 닥터 카트라킬리스는 그 환자를 비웃지 않았다. 오히려 그 반대였다. 그를 두둔하면서 자동차에 대해서라면 놀라운 식견과 안목을 갖춘, 친절하기 그지없는 인물이라고 추어올렸다. 그러고 나서 그 자동차 이야기를 진지하게 꺼내놓았다. 한 세계의 탄생을 세세히 설명하는 해설자 같은 태도였다. "1969년에 출시되었을 때 버밍엄에 사는 데니스 메이슨이라는 사람이 그 차를 구입했는데, 당시 그의 나이가 일흔 한 살이었어. 나이가 뜻밖으로 많긴 하지. 홀아비였고 친지나 자식이 없어 그 차를 자신의 유일한 가족으로 여겼다더군. 그래서 차를 아주 조심스럽게 다루었고, 울버햄프턴으로 출퇴근하는 용도로만 사용했다는 거야. 그때까지도 그곳에서 소규모 사업체를 운영하고 있었대. 뒷좌석이나 조수석에 누군가가 올라탈 일은 없었던 거지. 내부는 흠집 하나 없대. 우드 계기판에서부터 바닥깔개에 이르기까지 처음 그대로라는군. 4년 전에 그 메이슨 씨가 말년을 보내려고 프랑스로 오면서 그 자동차도 가지고 왔어. 그 사람은 제르 주에서 사망했다더군. 여기서 50킬로미터쯤 되는 곳이야. 이주 전의 일이지. 메이슨 씨는 가족이 없어 전 재산을 영국의 자선단체들에 기부했어. 그

트라이엄프에 대해서는 프랑스에서 누군가 잘 관리해줄 새 주인을 찾기를 바랐다는군. 목재상과 거래하는 법무사가 그 차의 매도업무를 맡았어. 매도에 따른 수익은 프랑스 소아암재단에 기부될 예정이야."

아버지는 음식을 한 입 삼키고 나서 물을 마셨다. 그러고는 우리를 쳐다보지도 않은 채로 말했다. "내가 그 차를 샀어."

그렇게 해서 1978년 봄, 그 트라이엄프 비테스는 우리가족 속으로 들어왔다. 머뭇거리며 대문을 통과해 들어왔다. 운전대가 오른쪽에 있다는 점과 지극히 영국적인 그 외양이 아버지를 소심하게 만든 것 같았다. 아버지는 차를 몰아 집과 마당을 한 바퀴 돌고 나서 곧장 차고로 들어갔다. 참나무 목재로 짠 육중한 차고 문이 닫혔다.

당시 나는 스물두 살이었다. 의학 공부 중이긴 했지만 펠로타 연습을 위해, 또 경기에 나가기 위해 쉼 없이 바스크의 해변으로 가던 시절이었다. 나는 모든 경기에 참가했다. 특히 봄철과 여름철, 플로리다의 스타플레이어들이 바스크로 몰려와 이 지역 토너먼트 경기에 나서는 계절에는 해변에서 거의 붙어살다시피 했다. 나는 경기를 했고, 다른 선수들이 경기하는 모습을 지켜보았고, 그러면서 배웠고, 다시 경기를 하면서 그렇게 배운 것을 그대로 시도해 보았다. 아버지는 바욘에 갈 때 이용하라면서 나에게 트라이엄프를 내주곤 했다. 호의나 너그러움으로 그런 건 아니었다. 순전히 그 자동차에 손톱만큼도 애착이 없었기 때문이다. 아버지는 그 차가 브레이크가 신통찮고, 소음이 너무 심하고, 승차감이 아주 형편없다고, 한마디로 아주 대충 만든 차이고, 아주 영국 자동차답다고 했다. 게다가 오른쪽 운전석에 앉아 왼손으로 변속기를 조작한다는 건 아버지가 보기에는 정신박약자나 할 법한 행동이었다. 이런 이유로 아버지는 자신의 시트로엥 DS, 께 드 자벨의 시트로엥 공장에서 빚어내는 그 프랑스적 정통성으로 되돌아갔다. 내 경우는 트라이엄프를 몰고 비다흐나 생장드뤼즈로 가면 자동차 운전석의 위치 때문에 '영국인'이라는 호칭으로 불리곤 했다. 펠로타 세계에서 그 호칭이 과연 칭찬일 수 있을지는 확신할 수 없었다.

시간이 지나면서 나는 그 자동차에 정이 들었다. 함께 장거리를 수없이 달리면서 마침내 그 차의 어떤 매력을 알아보게 되었다. 변속기 레버의 둥근 손잡이는 고관절처럼 내 왼손 안에서 자연스럽게 맞물렸다. 단위가 마일인 만큼 스미스속도계가 가리키는 숫자는 조촐한 편이었지만 도로의 직선구간에 들어서면 주위의 차들을 순식간에 추월하곤 했다. 자만심은 조금도 없었지만 그래도 어떤 희열감은 있었다.

툴루즈에서 대서양연안으로 가는 여정은 두 가지였다. 하나는 제르 주를 통과해 가는 방법으로, 우선 오슈로 가서 생몽 포도주 생산지인 포도농원들, 망시에, 노가로의 자동차경주 트랙을 지나 랑드 주로 넘어간 뒤, 다시 국도를 따라 몽드마르상, 닥스를 지나는데, 닥스까지만 가도 벌써부터 피페라드(바스크의 오믈렛 : 옮긴이) 냄새가 풍겨왔다. 이 여정 말고도 마르트르 톨로잔을 거쳐 바욘에 갈 수도 있는데, 이쪽으로 방향을 잡으면 생고당 펄프공장에서 나는 악취를 통과하여 란메장 고원의 청량한 대기 속으로 들어갔다가 굽이진 캅베른 고갯길을 타고 내려가게 된다. 이어서 타르브, 포를 지나, 락크에 가까워지면 부디 바람이 반대로 불어 천연가스 정제소들이 내뿜는 메르캅탄의 그 썩은 달걀 냄새를 흐트러뜨려주기를 기대하면서 오르토즈, 페르오라드, 비아로트를 뒤로하고 아두르 강변을 따라 달리면 마침내 앙글레에 도착하게 되는 것이다. 하지만 이 모든 여정 가운데 내가 가장 좋아한 코스는 앙글레에서 내처 달려 비탈길을 따라 비다르를 가로지르는 길이었다. 특별히 시선을 끄는 풍경도 없었고, 기대감을 불러일으키는 볼거리도 없이 한동안 계속 길이 이어지다가 별안간 오른편에 기적을 펼쳐놓곤 했다. 느닷없이 시야가 탁 트이면서 바다, 어떤 무한성의 징후, 비죽비죽한 절벽 해안이 한눈에 들어오는 순간, 열린 차창으로 바다냄새가 휘몰아쳐 들어왔다. 그럴 때마다 어릴 적 함께 뛰어놀던 친구가 철이 바뀌고 해가 바뀌어도 여전히 같은 장소에서 나를 기다리고 있는 걸 발견한 기분이 들었다. 비다르가 군데군데 시야를 열어 보여주는 그 풍경은 내륙 출신인 나 같은 사람에게는 더 나은 어떤 삶의 예고 같았다.

그 트라이엄프 자동차는 또한 내 어머니의 죽음을 지켜본 증인이자 공모자였고, 어떻게 보면 어머니의 살해범이기도 했다. 한낱 자동차 한 대를 두고 이런 식으로 말한다는 게 우스꽝스럽다는 건 안다. 하지만 1981년 7월 9일 목요일, 어머니가 툴루즈에서 자살한 날 이 자동차가 수행한 역할이 바로 그것이었다.

그날 나는 일찍 일어났다. 짐을 챙겨 엔다예로 달려가기 위해서였다. 그곳에서 토요일에 열리는 경기에 참가해야 했다. 내 버들가지 장갑은 전용케이스 안에 들어 있었고, 의학은 관심사 제일 바깥으로 밀려나 있었다. 날씨는 벌써부터 후덥지근해서 온몸의 기운이 빠져나가는 기분이었다.

그 집은 휑하게 넓어 늘 비어있는 것 같았다. 그곳에서 각자는 자기 장소에 처박혀 자신을 위해 살았다. 침실에 틀어박히거나 서재에 들어앉아 있다가 오는지도 가는지도 모르게 오고 갔다. 나로서는 그런 분위기가 전혀 이상하지 않았다. 나도 그런 무관심에 에워싸여 성장했으니까.

아버지는 진료를 시작해야했고, 어머니는 시계공방으로 가야 했다. 할아버지 스피리돈은 1974년에 삶을 마감했는데, 그가 사라져 세상에 없다는 사실을 가족 누군가는 알아차렸을지 잘 모르겠다.

처음에는 냄새가 심상치 않았다. 어쩐지 속이 뒤집히는 냄새였다. 가스가 새어나오는 것 같았는데, 주방에서 나는 냄새와는 아주 달랐다. 이어서 소리가 났다. 거리가 멀어서 겨우 들을 수 있을 정도였다. 그 소리는 나지막이 둔중하게 울렸다. 콘트라베이스가 울리는 소리 같기도 했다. 정원은 아무런 움직임 없이 적막했다. 차고 쪽으로 가까이 갈수록 소리는 더욱 선명해지고 있었다. 그것이 트라이엄프 엔진이 윙윙거리는 소리라는 걸 곧바로 알아차렸다. 육중한 차고문은 안쪽에서 잠긴 상태였다. 문을 열기 위해 한참 동안 씨름을 하다가 벌어진 틈에 가까스로 한 손을 밀어 넣어 빗장을 벗겨낼 수 있었다. 차고 안은 배기가스가 가득 차 푸르스름했다. 눈과 목구멍이 따가워 발을 안쪽으로 들여놓을 수 없었다. 매연의 농도가 어느 정도 옅어지고, 새 공기가 흘러들면서 내 눈앞에 어머니의 등이 나타났다. 어머니는 조수석에 앉아 옆의 창유리에 머리를 기대고 있었다. 흡사 긴 여행에 지쳐 깜박 잠이 든 사람처럼 보였다. 맥박을 짚어보았다. 숨을 쉬고 있는지 확인하려 했다. 그러고 나서 차 시동을 껐다. 차 지붕덮개는 접혀있었다.

응급구조대가 달려와 그 자리에서 인공호흡을 시도했다. 하지만 어머니는 숨이 멎은 지 이미 한참 전이었다. 차 엔진이 뜨거웠다. 어머니는 우리가 잠든 동안 밤새 차고에 있었던 게 분명했다. 아버지는 아무것도 알아차리지 못했고, 아침이 되자 진료실로 나가 모닝커피를 앞에 놓고 편도선을 들여다보고 소염제를 처방했다. 그러는 사이 바로 옆에서 아내가 트라이엄프 자동차에 앉은 채 고밀도 카본다이옥사이드에 잠겨 죽어가고 있었다. 그 자동차가 어머니를 죽였다. 하지만 고독, 우울, 동생의 죽음, 가족 간의 무관심, 그리고 우스꽝스러운 쇼트팬츠 안에 움츠린 아버지가 죽인 것이기도 했다.

자동차 배기가스 질식은 생을 끝내는 방식들 가운데 가장 덜 공격적이면서 과격하게 철저한 것이었다. 대기 중에 이산화탄소의 농도가 2퍼센트만 되어도 호흡이 빨라진다. 4퍼센트가 되면 숨이 가빠진다. 10퍼센트가 되면 호흡곤란으로 진땀이 나고 몸이 떨리며 시야가 흐릿해진다. 농도가 15퍼센트로 올라가면 의식을 잃고, 20퍼센트 이상이 되면 심장이 멎는다. 심장과 함께 호흡도 멎고, 모든 기억도 멈춘다. 기쁨, 냄새, 감정, 습관의 기억들이 멈춘다. 자동차 열쇠, 손목시계 바늘이

가리키는 시간, 경기 스코어. 그밖에도 우리를 세계와 이어주던 모든 것들, 하나의 생을 구성하는 그 모든 찬란한 범속함, 그것들이 완전히 멈추어버린다.

이런 식으로 안나 갈리에니는 죽었다. 쏟아지는 이산화탄소에 잠겨 땀을 흘리다가 눈이 멀고, 이내 숨이 막혀 죽었다. 코벤트리[7]에서 생산된 엔진들은 이산화탄소를 쏟아내는 데 인색한 적이 없었다.

아내가 죽은 날 저녁, 아버지는 식탁 자신의 자리에 앉아 아무 일도 없었다는 듯이 식사를 했다. 식탁 둘레에 놓인 스피리돈, 쥘, 안나의 의자가 비어있었지만 그렇다고 그의 식욕에 영향을 미치지는 않았다. 그에게는 아들이 남아 있었다. 그는 이 아들이 언젠가는 의사 일을 물려받으리라 생각했을 것이다. 당장은 학업이 지지부진하고 무엇보다 펠로타 경기에 정신이 팔려 있었지만 언젠가는 대를 이어 의사가 될 거라 기대했을 것이다. 내가 펠로타에 빠져들게 된 이유를 보자면 바스크 지방을 좋아한 어머니 탓이 컸다. 매년 휴가철만 되면 어머니는 가족 모두를 이끌고 바스크 지방에 가서 계절이 끝날 때까지 눌어붙어 지냈다. 아버지는 나를 소심하고 게으른 아이라고 여겼는데, 그런 아들을 볼 때마다 종종 이 미래의 디아푸아뤼스[8]가 유전적으로 카트라킬리스보다는 갈리에니를 더 많이

7) 트라이엄프 자동차공장이 있는 영국 도시.
8) 몰리에르 희곡 《상상으로 앓는 사나이》에 등장하는 의사. 말없는 인물.

닮았다는 생각이 들었을 것이다.

그날 저녁, 매일 그래왔듯이 아버지는 숙성된 베트말 치즈[9]를 한 조각 잘라냈다. 아버지는 지방함량이 낮아 다소 식감이 푸석한 그 작은 덩어리를 썹으며 내게로 고개를 돌려 말했다. "저, 트라이엄프, 네가 가질래?"

하이얼리어 드라이브를 내려와 95번 도로를 타고 남쪽으로 달렸다. 맥아더 코즈웨이 다리를 건너 사우스 비치로 향했다.

왓슨은 내 곁을 떠나지 않았다. 내 발자국을 따라 백사장을 걸으면서 녀석은 나의 움직임에 리듬을 맞추었다. 우리는 한 시간 넘게 바다를 바라보며 나란히 앉아 있었다. 녀석은 주둥이를 내 허벅지에 올려놓고 파도소리를 들으며 포근한 어둠속에 잠겨 있다가, 개가 떠맡을 필요 없는 근심거리, 가령 한 가족의 붕괴를 마주하면서 느끼는 이 묘한 무력감을 감당해야하는 일은 인간에게 맡겨두고 잠이 들었다. 그날 밤 나에게 이 자그마한 개가 곁에 있다는 사실은 분명 하나의 축복이었다. 녀석은 기어이 이 땅에 눌어붙어있겠다는 의지, 이 세상에서 살아가겠다는 고집을 내게 구현해주었다. 어떻게든 버텨보겠다는, 밝은 빛을 볼 수 있기까지 견뎌내겠다는 다짐을 내 눈 앞에 들이밀었다. 사실 어떤 종류의 빛이든 어둠보다는 나았다. 이

9) 피레네 아리에 주의 특산치즈.

개가 보여준 생의 의지는 카트라킬리스 가족이 지니고 있던 생의 의지를 전부 합한 것보다도 컸다. 카트라킬리스들 가운데 어느 누구도 녀석이 그랬던 것처럼 바닷물과 맞서 싸우지는 않았을 것이다. 바다에 가라앉지 않으려고 버둥거리며, 프로펠러 돌리듯이 네 발을 휘저으며 버텨내지 않았을 것이다. 그들은 몰랐을 테니까. 어떻게 하면 땅에 붙어 있을 수 있는지, 혹은 바닷물 위에 떠 있을 수 있는지 결단코 깨우칠 수 없었으니까.

이제 나는 프랑스로 돌아가 아버지의 장례를 치러야했다. 몇 가지 처리해야 할 일도 주어졌다. 그 일을 해야 하는 유일한 사람, 즉 가족들 중에서 마지막으로 남은 사람일 경우 반드시 맡아야 할 일들이었다. 내가 죽으면 그 일들을 맡을 사람이 없을 거라는 생각이 들었다. 그렇긴 해도 그때가 되면 또 나름 모든 일들이 주어진 상황에 맞게 처리될 것이다. 한 사람이 죽으면 매번 그 다음 사람을 위해 자리를 비워주어야 한다. 사회보장번호가 차례차례 지워지고, 생명보험사는 별 수 없이 돈을 꺼내주고, 우편배달부들은 주소를 지워버리고, 은행은 다른 고객을 찾아 두리번거린다. 그런 일들이 마무리되어야 한 존재의 이 소소한 흔적들도 음울하고 궂은 어느 겨울 하루처럼 저절로 사라진다.

이제 나는 프랑스로 돌아가 아버지의 얼굴을 마지막으로 봐야 했다. 아버지가 무엇을 준비해 나를 놀라게 할지는 알 수 없었다. 어쨌거나 아버지를 닮은 무엇, 내가 당신에 대해 간직해야할 어떤 모습이나 기억일 것이다.

그나마 한 가지 믿는 구석은 있었다. 그 순간에 내 곁에 개가 있다는 사실이 의지가 되어줄 게 분명했다. 지난해 게르니카의 어느 펠로타 선수도 마이애미에 올 때 개를 데려온 적이 있었다. 그는 개를 데려오느라 어마어마한 비용이 들었다면서 일주일 내내 우는 소리를 했다. 항공사에서 책정한 동물운송 요금을 내느라 월급의 반절이 들었다고 했다.

오션 드라이브의 식당들이 쏟아내는 소음이 이따금 우리가 있는 해변까지 흘러왔다가 북쪽에서 불어오는 서늘한 바람을 만나 바다 쪽으로 쓸려나가곤 했다. 그 바람은 지금 계절이 겨울이며, 북쪽 저 멀리 높은 위도로 올라가면 눈이 내리고 있을 거라는 사실을 우리에게 일깨워주었다.

집으로 돌아오는 길에 에피파니오에게 들렀다. 네르비오소는 내가 전한 소식을 듣자 근육이 뻣뻣하게 마비된 것 같은 표정을 지었다. 그는 맥없이 "오스티아, 호데르." 라는 말을 계속해서 중얼거렸는데, 대략 '맙소사, 빌어먹을.'이라는 의미였다. 누가 보면 그의 아버지가 세상을 떠났다고 생각할 만큼 낙심하는 바람에 내가 오히려 그를 위로하는 입장이 되었다. 그가 개에 대해 물었다. "쿠알 에스 에르테 페로?(이 개는 뭐야?)" 그러고는 머리를 절레절레 흔들더니, 들릴락 말락 작은 소리로 또다시 "오스티아, 호데르."를 웅얼거리기 시작했다. 그가 TV쪽으로 가더니 VTR 뒤에 감춰둔 봉지 하나를 꺼내 타일 위에 대충 일직선으로 부어놓고 버터나이프처럼 생긴 도구로 선을 가지런하게 다듬었다. 그런 다음 큼직한 빨대를 콧구멍에 끼우더니 평소 애용하는 그 강장제를 단숨에 빨아들였다.

내가 당분간 마이애미를 떠나있을 거라고, 그러니 이따금 내 집에 들러 우편물을 거둬주었으면 한다고 말했다. 가끔 배도 살펴봐달라고 했다. 그는 "케 미에르다, 푸타 마드레, 케 미에르다(빌어먹을, 젠장, 빌어먹을)."를 한 묶음 쏟아냈다. 그렇게 하겠다고 대답하는 그의 방식이었다. 그러고 나서 긴 의자에 앉아 눈길을 허공에 던져두고 개를 쓰다듬기 시작했다. 오랫동안 함께 지내온 개를 대하는 것 같은 손길이었다.

다음날 하이알라이에 가서 사무국장 가브리엘 바르보사, 일명 가비에게 내가 처한 상황을 이야기했다. 가비는 조의를 표하거나 위로의 말을 건네느라 시간을 들이는 대신 곧바로 물었다. "얼마동안 자리를 비울 작정인데?" 3주 정도면 기본적인 절차를 마무리할 수 있을 거라고 대답해주었다 "아버지 장례를 치르는데 3주일이나 걸린다고? 빌어먹을, 프랑스인들은 팔자 좋군. 3주일을 쓰다니. 우리 노인네가 떠났을 때 나는 다음 날 아침에 바로 묘지에 모셨어. 그날 오후에는 경기장에 나왔지. 아무튼 자네가 원하는 대로 해. 하지만 자네 대신 뗠 누군가를 불러올 수밖에 없어. 달리 방법이 없잖아. 빌어먹을, 3주일이라니."

프론톤에서는 이미 경기가 열리고 있었다. 나는 관중석으로 들어가 앉았다. 내 주위에 자리 잡은 도박꾼들은 마치 목숨이 걸려있기라도 한 듯 매 경기에 매달렸다. 관중석에서 바라보는 프론톤은 더 아름답고 벽은 더 높았다. 펠로타 공들이 벽을 치고 튕겨 나올 때마다 권총에서 총알이 발사되는 것 같은 소리가 났다. 헬멧을 머리에 쓴 펠로타 선수들이 북방의 울창한 침엽수림 같은 짙은 초록빛 벽을 배경으로 달리고, 회전하고, 한 발을 축으로 삼아 뛰어올랐다. 멀리서 바라보니 그들의 모습이 아주 작았다. 엄지와 검지 사이에 가둘 수 있을 정도였다. 마치 장난감병정 한 분대가 움직이는 것 같았다. 아버지가 죽기 전에 한 번쯤 아들인 나를 만나러 플로리다에 와주길 바랐었다. 내가 한 포인트라도 득점을 올리고, 도박을 즐기는 관중들이 손에 쥔 베팅표를 흔들며 환호하는 모습을 한 번이라도 꼭 보아주길 바랐었다. 아버지는 그런 내 모습을 보았어야 했다. 아버지는 내가 펠로타 경기를 하는 모습을 보러온 적이 없었다. 이곳 플로리다는 물론 엔다에, 생장, 비아리츠, 빌바오, 게르니카, 몰레옹, 그 어디로도 나를 보러온 적이 없었다. 사실 바르보사의 말이 옳았다. 그런 남자를 매장하는데 3주일이나 시간을 들이는 건 너무 과했다.

툴루즈에 내리자 추위와 습기가 나를 맞았다. 공항을 나서면서 왓슨은 그동안 호흡해오던 공기와는 전혀 다른 느낌을 감지한 듯 코를 쿵쿵거렸다. 녀석은 이 미지의 세계를 이해할 지표를 탐색하느라 주둥이를 가볍게 떨었다. 아마도 녀석은 겨울을 처음 경험하는 듯했다.

아버지가 자살을 앞두고 집의 중앙난방을 끊지 않고 그냥 두어서 다행이었다. 내가 이 집에 다시 온 건 거의 4년 만이었다. 변한 건 아무것도 없었다. 여전히 이 집은 그 어디에도 정이 가지 않는, 크고 위압적인 모습 그대로였다. 정원은 그 안에서 끊임없는 싸움이 벌어지고 있다는 인상을 풍겼다. 무성한 잎사귀를 달고 뻗어 오르던 정원수들의 기세가 계절이 바뀌면서 한풀 꺾였는데도 그런 인상이 여전히 남아 있었다.

나는 이 위험한 장소에 개와 함께 와 있었다. 경찰이 내게 보내온 통고문에는 시체공시소로 가기 전에 먼저 경찰서로 와달라는 내용이 들어있었다. 이미 숨이 끊어져 시체공시소에 누워있는 사람에 대해 무얼 더 알려주겠다는 건지 이해할 수 없었다. 나도 이미 알 수 없게 된 사람인데 말이다. 자살상황에 대해서라면 부가적인 설명이 따라올 거라는 생각이 들었다. 자살상황, 아마도 그것에 대해 내게 알려줄 게 있을 듯했다.

왓슨은 구식 주물 라디에이터를 등진 채 쿠션 위에 몸을 웅크리고 앉아 잠들기를 즐겼다. 라디에이터에서 은근한 온기가 퍼져 나왔다. 소리 없는, 모헤어처럼 부드러운 온기였다. 내 방은 여전히 그 오래되고 익숙한 무엇이었다. 창문은 세로로 높은 여덟 칸 격자창들이었는데, 예전과 마찬가지로 찬바람이 새어들었다. 창문 걸쇠는 갈수록 뻑뻑해져서 잘 잠기지 않았고, 홑겹 창유리는 백여 년 전 유리 제작기술의 결함 탓에 불과 3밀리 두께만으로도 창문너머 바깥세상을, 현실이고자 애쓰는 그 세계를, 군데군데 몽환적인 윤곽으로 빚어내고 있었다.

랑즐리에 수사관의 방은 미디 운하가 내다보이는 덕분에 경찰서 특유의 사무적이고 냉랭한 느낌이 한결 덜했다. 내 아버지 자살사건의 담당경찰인 그는 다소 의례적인 태도로 나를 맞으며 의자를 권했다. 온갖 사연이 있는 절도범, 살인범, 강간범들이 앉았을 자리였다. 개중에는 아버지가 어떤 사정으로 죽는 바람에 그 의자에 앉아야했던 사람들도 있을 것이다. 수사관은 서류철에 묶어놓은 사건조서 하나를 풀어 잠시 훑어보더니 나에게 신분증을 요구했다. 내 신분증을 서류와 대조하고 나서 다시 돌려준 그가 뭔가 생각에 잠긴 채 뺨을 몇 번 문질렀다. 그 자신조차도 이해하기 힘든 일을 낯선 사람에게 설명해야 하는 상황에 처해 당혹스러워하는 몸짓이었다. "경찰서에 먼저 들러달라고 요청한 이유는 부친에게 정확히 어떤 일이 벌어졌는지 알리기 위해서입니다. 검시 결과로 보자면 자살이 분명합니다. 그렇지만 자살을 결행한 장소가 사람들이 오가는 거리이다 보니 경찰도 이 사건에 대해 관심을 기울이지 않을 수 없었죠. 부친께서 혹시 모종의 약물을 복용하고 계셨습니까? 아니면 우울증이나 유사한 어떤 증상으로 치료를 받는 중이었나요?" 나는 그를 차근차근 이해시켜야 했다. 시신을 검시했다는 그 담당자가 내 아버지에 대해, 그의 내면에 대해 뭔가를 알게 되었다면 그게 무엇이든 아들인 나보다 오히려 더 많은 걸 알게 된 것이라는 사실을 납득시켜야 했다. 내가 아버지와 8천 킬로미터나 거리를 띄우고 살았고, 지난 4년 동안 한 번도 만난 적이 없다는 사실을, 어릴 적이나 청소년기에도 어쩌다가 아버지의 얼굴을 보았을 뿐이라는 사실을 이해시켜야 했다. 아버지가 복용한 약물이 있다면 십중팔구 당신 스스로 처방했을 거라고, 카트라킬리스 가족에게 우울증은 선천적인 고질병이나 다름없다고, 가족 가운데 네 사람이 얼마간 시간 간격을 두고 자살한 사실만 봐도 미루어 짐작할 수 있는 일이 아니냐고 말해주었다.

"알겠습니다, 알겠습니다." 듣고 있던 랑즐리에 수사관은 자신이 맡은 사건에 예기치 않은 사연이 덧붙자 몹시 당황해 같은 말을 허겁지겁 두 번이나 반복했다. 상대의 불행에 동정심을 표하려고 애쓰던 그의 얼굴에 정반대의 감정이 드러나 있었다. "사실, 사건 자체는 간단합니다. 다만 부친이 택한 방식을 이해하기 힘듭니다. 이를테면 세부적인 실행방식이 그렇다는 겁니다." 그러니까 악마란 디테일에, 삶의 잔주름에 숨어있다는 뜻이었다. "지난 일요일, 오후 4시쯤 부친께서는 샤를드피트 거리에 있는 9층짜리 아파트건물 옥상에서 뛰어내렸습니다. 그날 그 아파트에는 왕진 차 갔었다고 하더군요. 아파트건물 4층에 거주하는 환자를 진료한 다음 곧바로 옥상으로 올라갔죠. 즉사였습니다. 보도에 세워져있던 스쿠터 위로 떨어졌어요. 한 가지 궁금한 게 있는데 부친께서는 일요일에도 왕진을 다녔습니까?" 그랬다. 아버지는 환자의 요청이 있을 때면 휴일에도 상관없이 왕진을 갔다. 치과를 포함해 의사들을 한데 모아 뒤섞어놓은 현대식 병원을 달가워하지 않았고, 예전 방식인 가족 주치의 역할을 좋아했다. 의사 일이 아버지에게 돈벌이 수단만은 아니었던 게 확실했다. "이상한 부분이 더 있습니다. 검시관을 무척이나 곤혹스럽게 한 문제인데, 제가 만나 뵙자고 한 이유도 바로 그 점에 대한 설명을 듣고자 해서입니다. 어떤 문제냐 하면, 부친께서 뛰어내리기 전에 취한 행위들은 제가 지금껏 한 번도 본 적이 없어서요. 스카치테이프로 아래턱을 두상에 붙여놓았어요. 이 말도 정확한 표현은 아니고, 아무튼 설명하기가 힘들군요. 스카치테이프 한 롤을 전부 사용해 턱이 움직이지 않도록 고정시켜놓았습니다. 입을 꽉 다물어 아래턱을 올려붙인 상태에서 스카치테이프를 감아 아랫니와 윗니를 완전히 밀착시켜놓은 겁니다. 무슨 말인지 아시겠습니까?" 히에로니무스 보스의 그림처럼 악몽을 닮은 그 모습을 설명하느라 수사관은 스카치테이프가 감겨져 있던 궤적을 손으로 그려보였다. 그의 손이 정수리에서 턱 끝을 잇는 무한 타원궤도를 따라 회전했다. "이상한 일이 한 가지 더 있습니다." 랑즐리에가 얼마나 곤혹스러워하는지 느낄 수 있었다. 이 수사관은 한 가족의 영역, 그때까지 그런 게 있으리라고 상상도 못해봤을 그 영역 속으로 마지못해 발을 들여놓은 셈이었다. 업무상 어쩔 수 없이 해야 할 일들이겠지만 그 자신도 도저히 납득하기 힘든 이야기를 전할 때마다 배달하기 난처한 짐을 건네는 사람의 기분이었을 것이다. "안경입니다. 부친이 어떤 방식으로 아래턱을 고정시켜두었는지 방금 전에 말씀드렸죠. 안경 역시 스카치테이프를 이용하는 방법을 썼어요. 이렇게 설명하는 게 정확한지는 잘 모르겠습니다. 표현하기가 어려워요. 뭐냐 하면 스카치테이프로 안경다리를 목덜미에 단단히 고정해놓은 겁니다." 그의 손이 또 하나의 타원형을 그렸다. 이번에는 뒤통수, 양쪽 귀, 이마를 감아 도는 궤도였다. 랑즐리에는 뺨을 문지르고는 컴퓨터 화면을 들여다보더니 내게 물었다. "부친이 왜 그랬는지 혹시 그 이유에 대해 알고 있습니까? 자살에 대해 묻는 게 아니라 왜 스카치테이프를 사용해 그런 행위를 했는지 그 이유에 대해 묻는 겁니다."

그 순간 나는 아드리앙 카트라킬리스가 특기이자 주요 활동 영역인 기발한 상상 분야에서 장인의 경지에 올랐다는 사실을 깨달았다. 아버지가 경찰의 추리를 무색하게 만들고, 아들을 아연실색하게 만드는 솜씨, 두 팔로 무릎을 감싸 안고 주저앉아 얼굴을 떨구게 하는 솜씨로 보아 장인 가운데 최소한 삼류 급은 되지 않을까 생각했다. "아들이시니까 짚이는 구석이 있을 텐데요. 우리도 나름 스카치테이프로 턱을 감은 이유가 뭔지 생각해봤는데 아마도 비명이 터져 나오는 걸 방지하기 위해서였던 것 같아요. 안경을 목 뒷덜미에 단단히 고정시켜둔 이유는 죽음의 과정을 끝까지 지켜보기 위한 의도로 추측됩니다. 이건 뭐……." 랑즐리에는 머뭇거리며 자신이 세운 가설을 조심스레 꺼내놓더니 차가운 얼음물에 발을 들여놓은 사람처럼 몸을 부르르 떨었다. "네, 그럴 수도 있겠죠."라고 대답했다. 안 될 게 뭐 있나? 죽음의 순간을 끝까지 눈으로 지켜보며 비명을 지르고 싶지 않을 수도 있지.

"일단 부친의 시신을 스카치테이프를 제거하지 않은 상태로 시체공시소에 안치할 수밖에 없었다는 점을 말씀드려야겠군요. 부친이 사망했던 순간의 모습을 있는 그대로 보길 원할 수도 있겠다는 생각이 들어서요. 원하신다면 지금이라도 연락해 스카치테이프를 제거해달라고 할 수도 있습니다. 어떻게 할까요?"

내가 만약 다른 가족의 아들이었다면 스카치테이프를 제거하고 시신을 씻겨달라고 부탁했을 것이다. 하지만 나는 아드리앙 카트라킬리스의 아들이었다. 아버지는 내게 보여주려고 그런 수고를 마다하지 않았다. 나는 그가 연출해놓은 모습 그대로 시신을 보아야 할 의무가 있었다. 그의 그림과 그가 선택한 액자를, 말하자면, 존중해주어야 했다. 그것이 그를 기리는 내 방식이었다.

"마지막으로 한 가지 더 있습니다. 부친이 가입한 보험사와 가입내역을 알려주셔야 합니다. 스쿠터 주인에게 전달해 손해배상을 받을 수 있게 해야 하거든요."

내가 방을 나설 때 랑즐리에가 복도까지 몇 걸음 따라 나왔다. 그런 다음 아무 말도 건네지 않고 우두커니 서서 내가 천천히 멀어져가는 모습을 지켜보았다. 마치 물속으로 서서히 가라앉는 그물추를 지켜보는 것 같은 얼굴이었다. 운하 양편 제방 위로 다양한 연령의 남녀가 조깅을 하고 있었다. 오래된 이 둑길은 예전에는 거룻배를 말 몇 마리에 연결해 땅 위로 끌어올리던 길이었다. 달리는 사람들을 보니 현대판 노역에 처한 짐승들이 떠올랐다. 그들이 뒤에 매달아 끌고 가는 건 나이를 먹어간다는 빈약한 희망이었다. 왓슨은 집에 남아 있었다. 녀석은 내가 돌아오리라는 걸 알았고, 현관까지 따라 나와 배웅해주고 나서 복도로 돌아가 잠을 청했다. 그 자리에 있으면 내가 온 걸 금세 알아차릴 수 있기 때문이었다. 사흘 전, 녀석은 마이애미 비스케인 만의 바닷물 속으로 가라앉지 않기 위해 버둥거려야만 했다. 오늘 녀석은 다른 대륙으로 건너와 다른 세기의 광택을 내는 마룻바닥에서, 공허와 부재에 짓눌린 집에서 잠을 청하고 있었다. 별안간 나는 왓슨을 데리고 왔어야 했다는 생각이 들었다. 개와 함께 사람들과 뒤섞여 달리고 싶었다. 아이들처럼, 뒤에 매단 생각 없이, 그저 속도감이 만들어내는 바람을 들이마시며 달리고 싶었다. 매인 데 없이 자유롭다고, 살아 움직인다고, 거의 행복하다고 느끼고 싶었다. 팽팽하게 당겨진 줄을 놓아버리듯이 기억과 회한을 놓아버리고, 두 팔을 활짝 벌리고 싶었다. 발이 땅에 스치는 순간 또 한 발을 굴러 뛰어오르면서, 그렇게 최대한 발을 띄워 이 땅을 떠나는 느낌을 불현듯 맛보고 싶었다.

시체공시소 직원은 알제리 남자였다. 은퇴할 나이로 보이긴 했지만, 그의 얼굴에 배어든 피로감이 시간을 너무 많이 거슬러 올라가는 바람에 나이를 가늠하기 어려웠다. 남자는 친절한 목소리로 몇 마디 말을 건네 왔다. 방문자에 대한 배려심이 느껴졌다. 그는 나를 어느 사무실로 안내하더니 몇 장의 서류에 서명하게 하고 나서 말했다. "알고 있습니다. 경찰로부터 연락 받았어요. 그대로 놓아두었습니다. 아무것도 제거하지 않고 그저 부친의 얼굴을 조금 닦아드렸을 뿐입니다. 이제 시신을 보여드릴 텐데, 방에 혼자 남아서 보실 수도 있고, 원하신다면 제가 옆에 있어드릴 수도 있습니다." 남자는 4절로 접힌 종이 한 장을 내게 내밀었다. '화장해다오.' 아버지는 뛰어내리기 전 이 메모를 윗저고리 안에 찔러 넣은 듯했다.

"지붕에 남아있던 고인의 가방도 이곳에 보관되어 있습니다." 눈에 익은 가방이었다. 갈색 가죽, 세 칸의 넉넉한 수납공간, 두 가닥의 가죽손잡이, 누르면 열리는 금속버클도 그대로였다. 버클을 눌러 닫을 때마다 방문종료를 알리듯 철컥 소리를 내곤 했었다. 이 가방은 늘 집의 현관 서랍장 위에 놓여 있었다. 아버지가 일을 마치고 돌아와 있다는 표식이자 언제든 다시 집을 비울 거라는 예시였다. 어렸을 적에 가방을 수없이 뒤져본 덕분에 눈을 감고도 안에 들어 있는 보물들을 전부 그려 보일 자신이 있었다. 갖가지 질병으로 무두질되고, 병자의 체열로 건조된 이 가죽냄새를 어디서든 가려낼 수 있었다.

"제가 옆에 있어드릴까요?" 나는 고개를 저어보이며 고맙지만 그럴 필요는 없다고, 혼자 있어도 괜찮다고 대답했다. 남자는 시체보관함을 열기 위해 기계를 작동시켰다. 베어링 돌아가는 소리와 함께 닥터 카트라킬리스가 나타났다. 나는 혼자 서 있었고, 그는 죽어서 내 앞 철제침상에 누워 있었다. 머릿속에 유일하게 떠오른 건 자동차 주행기록계에 나와 있던 숫자 77777이었다.

아버지의 얼굴을 보면서 랭즐리에 수사관의 손이 그리던 타원궤도를 생각했다. 이 연출은 목적을 충분히 달성했다. 피로 붉게 물든 스카치테이프가 아버지의 얼굴을 감싸고 있었다. 이 접착테이프를 여러 겹 휘감아 고정시켜놓은 안경이 얼굴 윤곽과 군데군데 부어오른 피부를 기괴하고도 끔찍하게 보이게 했다. 그때 내가 본 그 얼굴은 상상이 불가할 만큼 최악이었다. 한마디로 지독하게 끔찍스런 광경이었다. 하물며 경찰도 그 광경을 설명해줄 말을 찾아내지 못했으니까.

나는 분명히 깨달았다. 무엇보다 아버지는 우리의 마지막 만남이 이런 식으로 이루어지기를 바란 것이다. 당신의 마지막 모습을 눈앞의 이 가면과 함께 보여주려는 의도가 분명했다. 그가 평생 활용한 어릿광대 가면, 차가운 아버지라는 가면이었다.

비행기를 타고 오는 동안 이 만남에 대해 몇 가지 야비한 시나리오를 상상했었다. 내가 아는 한 아버지는 그런 시나리오들을 갖가지 해괴한 연출을 곁들여 실연해보일 수 있는 사람이었다. 하지만 눈앞에 있는 이 과격한 그림, 자기 자신을 스카치테이프로 염습하고 허공에 몸을 던진 이 연출 앞에서 나는 오래전부터 뇌리를 떠나지 않던 한 가지 질문과 가장 폭력적인 방식으로 맞닥뜨려야 했다.

'내가 이 사람과 닮은 점이 대체 무엇인가?'

그러자 비로소, 프랑스영사로부터 부고를 들은 뒤 처음으로, 내 속에 어떤 감정이 고이는 느낌을 받았다. 그 감정은 저 멀리 아주 어렸던 시절로부터 피어올라 끝없는 고통을 불러일으켰다. 아버지가 직접적인 원인이 된 건 아니었다. 불현듯 한 가지 사실을 뼈저리게 의식함으로써 한층 더 사무쳐오는 아픔이었으니까. 그것은 이제 이 지상에 나 홀로 남았다는 사실이었다. 그러니 홀로 맞서 싸워야했다. 내 아버지를 9층에서 뛰어내리도록 몰아붙인 유전자, 격리병동에서 도망친 나환자처럼 분장시켜놓은 그 유전자와 맞서 싸워야 했다.

시트를 끌어당겨 아버지의 얼굴을 다시 덮었다. 시트 아래
놓인 시신은 이제 실질적으로 화장용이 되었다. 시체보관함이
왕진가방과 거의 동일한 '철컥' 소리를 내며 닫혔다.

시체공시소의 나이든 직원이 입구에서 기다리고 있다가 내
손을 감싸 잡았다. 그는 내가 안에서 무엇을 보았는지 알고 있
었다. 남자가 짧게 작별인사를 건넸다. "편안히 돌아가세요."
그 짧은 인사말이 나를 다독거려주었다.

집으로 오자 왓슨이 문 앞에 나와 앉아 나를 기다리고 있는
모습이 보였다. 희미한 현관 불빛 아래에서 왓슨의 눈이 반짝
였다. 녀석은 몹시 기쁜 듯 낑낑거리며 내 품으로 뛰어들었다.
내가 녀석과 이어진, 자기 생의 인간이라는 사실을 분명히 알
게 해주려는 몸짓이었다.

이제부터 오랫동안 줄곧 그러리라는 듯이 우리는 함께 식사
를 했다. 곁에 있는 이 작은 동물 덕분에 나는 머릿속에 달라
붙어있던 유독한 영상들을 어느 정도 떨어낼 수 있었다. 집안
에는 희미하나마 온기가 돌았다. 이 집에 와서 보고 느낀 게
무엇이든 상관없었다. 이 집은 우리를 품어 냉기를 막아주었
고, 밤의 깊은 바닥으로 가라앉아 잠들 수 있게 해주었다. 그
시각에 우리가 유일하게 갈망하던 게 잠이기도 했다.

아버지의 친구

장의사가 기대만큼 매출을 올리지 못해 떨떠름한 기분이라는 걸 느낄 수 있었다. 장의차종은 무엇으로 할지, 관은 어떤 목재로 짤지, 조화는 어느 정도의 분량을 써야 할지, 조문객들을 실어 나를 차량은 몇 대를 빌려야 할지 일일이 정해야 했는데, 장의사는 그때마다 내 선택에 대해 번번이 아쉬움을 표하며 애초 생각보다는 규모를 크게 잡는 편이 좋을 거라고 부추겼다. 하지만 나는 가족, 장의차량, 조화를 고려할 필요가 없었다. 아무 장식 없는 회색 라이트밴과 장의사의 '작품'을 담을 전나무 관만 있으면 됐다. "지역신문 무료부고가 포함된 계약입니다."

그게 전부였다. 아드리앙 카트라킬리스의 이야기를 지워 없애기 위한, 말소되어야 할 삶을 화장하기 위한 비용이 지불되었다.

"모레, 12월 24일, 괜찮으시죠? 화장 시간은 모레 오전 11시로 하겠습니다. 그 시간이 제일 좋아요." 나는 장의사의 말이 무슨 의미인지 이해할 수 없었다. 재가 되기에 '제일 좋은 시간'이 정말로 있다는 말인가? 연소의 효율성을 놓고 볼 때 늦은 아침시간이 효율성이 제일 높다는 의미일까? 정오가 가까우면 사람들이 시간을 내기 쉬우므로 조문객이 많이 올 수 있다는 뜻일까? 대개는 전날 밤 수면으로 원기가 회복되어 있는 시간이니까 한층 많은 눈물로 애도를 담아낼 수 있다는 뜻일까?

아무튼 나의 아버지는 '제일 좋은 시간'에 화장로에 들어가게 되었다. 기본요금으로 말이다. 죽음도 이따금 절제할 줄 알았다.

집으로 돌아왔다. 추웠지만 집안의 창문들을 전부 활짝 열어젖혔다. 방마다 새로운 공기를 채워 넣고 싶었다. 대기는 바싹 메말라 있었고, 기온은 섭씨 6,7도 정도 되었다. 왓슨은 2층 침실과 서재로 올라가는 나무계단을 경중경중 신이 나서 뛰어 올라갔다. 코를 대고 킁킁거리면서 이 새로운 보금자리를 탐사하고, 각 단면의 생김새와 배치를 기억에 새겨 넣었다.

차고 문을 열어보고 나서야 르노4L과 DS가 사라지고 없다는 사실을 알아차렸다. 트라이엄프만 그 자리에 놓여 있었다. 먼지를 얇게 뒤집어 쓴 상태였다. 보닛 아래를 보자 배터리가 있어야할 자리가 비어 있었다. 아버지가 자동차도 없이 어떻게 왕진을 갈 수 있었는지 의문이 들었다.

집은 르 뷔스카 구역에 있었다. 관리가 잘 된 식물원이 집에서 가까웠고, 거리 하나를 건너면 조르주 라비 박물관이 있었다. 그 박물관은 전형적인 무어양식 건축물로 시각적으로 즐거움을 안겨주었다. '트라키카르푸스'속 종려나무, 교목처럼 자란 고사리류, 높이 뻗은 대나무들이 어우러진 아시아 풍 정원도 볼 수 있었다. 고미술품 애호가인 쥘 삼촌은 그 박물관을 자주 찾았다. 거기에는 일본, 중국, 동남아, 인도, 티베트, 네팔을 아우르는 최고의 동양미술품 컬렉션과 이집트에서 건너온 수많은 유물들이 있었다. 쥘 삼촌은 자주 조르주 라비에 대해 이야기했다. 부유한 집안에서 태어난 이 여행자는 오랜 시간 가족과 반목하며 갈등했고, 공식적으로는 아직도 의문으로 남은 어떤 상황을 맞아 사망했다. 그의 부친 앙트완 라비는 부유한 상인이었다. 그는 1850년에 툴루즈 상거래의 중심이자 최고로 번창한 상회를 일구었는데 이름은 수수하게도 '일반상회'였다. 1862년에 태어난 조르주는 젊은 시절 예측 불허한 생활 방식에 낭비벽이 심했고, 가족들이 한정치산자로 묶어놓는 바람에 재정적으로 큰 어려움을 겪었다. 그 후 어느 정도 가족과의 관계를 회복해 다시 라비 가문의 일원으로 받아들여졌고, 툴루즈 시 공식 조문사절로 차르 알렉산드르3세 장례식에도 참석했다. 앙트완 라비는 아들이 조문사절 임무를 무사히 마치고 돌아오자 비로소 일을 맡겨볼 생각을 했다. 조르주는 세계 각지를 돌며 '일반상회'의 탐욕스러운 구미에 걸맞은 새롭고 진귀한 물품들을 구해올 임무를 맡았다. 일종의 상품조달책이지만 명분상으로는 탐험가였다. 한 세기 전 나의 이웃이었던 이 인물은 아시아를 비롯해 세계 곳곳을 돌아다니며 호기심을 채웠고, 여러 대륙의 값진 예술품들을 끌어 모아 툴루즈로 가져왔다. 예술품들을 구하는 과정에서 임무를 넘어서는 모험을 감행하는 경우도 있었지만 앙트완 라비는 아들이 짧은 시간에 제자리로 돌아오기만 하면 그런 일탈을 눈감아주었다. 어쨌거나 아들도 가문에 대한 책임감이 있으니 결혼을 결심하지 않았겠는가? 하지만 혼례식을 며칠 앞두고 운명은 느닷없이 변심해 이 탐험가를 버렸다. 조르주 라비는 한밤중에 자택에서 살해되었다. 랑즐리에 수사관이라면 그 범죄 정황에 대해 제대로 밝혀진 게 없다고 설명했겠지만 소문과 전설에 따르면 그는 칼에 찔려 죽었고, 시신에서 성기가 잘려 나갔다. 그의 결혼식이 코앞에 닥치자 질투심 많은 정부 하나가 남자 형제를 시켜 살해했다는 것이다. 그리하여 나의 집에서 멀지 않은 곳에 살았던 툴루즈의 아메리고 베스푸치는 37세의 나이로 세상을 떠났다. '일반상회'가 그에게 전 세계를 주름잡을 열쇠를 넘겨주려고 하던 바로 그 시점이었다.

유년시절에는 저마다 전설을 만들어 갖는 법이다. 나의 유년시절은 전설의 소재를 찾느라 멀리 나아갈 필요가 없었다. 창문으로 내다보기만 해도 자퐁 거리 17번지에 아시아 예술품들을 품은 그 신비로운 건축물의 지붕이 눈에 들어왔으니까.

생미셸 거리에 있는 한 자동차정비소에서 75암페어 용량의 배터리를 구입했다. 두 팔로 배터리를 받쳐 들고 집으로 돌아와 트라이엄프에 설치했다. 차가 언제부터 운행을 멈추고 그 자리에 서있었는지 알 수 없었다. 시동을 걸자 차가 기침을 하듯 두세 번 쿨럭이더니 한동안 4기통 엔진이 몸을 부르르 떨었다. 연소실이 여전히 임무를 수행할 준비가 되어있다는 걸 알 수 있었다. 기름 찌든 냄새와 배기가스가 매캐하게 퍼져나가는 바람에 과거의 기억이 고개를 들었다. 트라이엄프를 후진시켜 마당으로 나왔다. 탁 트인 대기가 필요했다. 냉각수가 없다는 사실을 알아차렸다. 연료게이지도 거의 바닥이었다. 왓슨을 태우고 레드무아젤 다리 옆 주유소로 운전해갔다. 정비소를 겸하는 곳이었다. 연료통 가득 기름을 채워 넣고, 엔진오일과 엑슬 오일도 교환할 생각이었다. 미디 운하가 엎어지면 코 닿을 거리에 있었다. 정비공이 자동차를 손보는 동안 나는 왓슨을 데리고 제방 길을 따라 걸었다. 미디 운하에는 주거용 요트가 다수 정박해있었다. 요트들은 대개 일 년 단위로 운하와 공간을 계약했다. 여름이면 요트들이 거대한 궁륭을 이루는 플라타너스 그늘 아래로 빼곡하게 모여들었다.

죽은 이들의 유품은 모두 제자리에 놓여 있었다. 위치가 바뀐 물건은 단 하나도 없었다. 그들이 이 집에 다시 돌아와 산다고 해도 전혀 불편을 느끼지 않았을 것이다. 할아버지 스피리돈의 방은 책들이 여전히 벽면을 가득 메우고도 모자라 바닥에서 천장으로 기어올랐고, 그가 사용하던 책상은 솜씨 있게 연출된 무질서를 고수하고 있었다. 옷장 두 개가 좌우로 균형을 맞춰 서서 여전히 서로를 노려보았고, 가죽이 터서 갈라진 팔걸이의자 두 개는 하늘 색깔이나 나 같은 방문자에게는 조금도 관심이 없다는 듯 창문을 등지고 놓여 있었다. 무엇보다 중요한 성유물, 어느 누구든지 두 발짝 이상 가까이 다가가는 걸 삼가야했던 그 볼셰비키 독재자의 뇌조각이 포르말린 병에 담겨 벽난로 중앙에 놓여 있었다. 반대로 쥘 삼촌의 방은 세밀하고 꼼꼼하고 반듯했다. 옷장, 서랍, 신발장 안에 들어 있는 모든 물품들이 가지런히 정돈되어 있었다. 잡지꽂이가 있었고, 책의 저자들을 알파벳순으로 정리한 키 낮은 책장이 있었다. 책상 위에 놓인 예거 르쿨트르 손목시계 두 개가 보였다. 쥘 삼촌이 생전에 동력장치가 복잡하면서도 탁월한 시계라고 말하던 제품들이었다. 침대는 깔끔하게 정돈되어 있었고, 시트는 베갯잇과 마찬가지로 새로 다림질해놓은 듯 구김이 전혀 없었다. 어머니의 베갯잇 — 내 부모는 방을 따로 썼다 — 은 삼촌의 것과는 달랐다. 방의 정돈상태 역시 달라서 잡동사니들이 여기저기 흩어져 있었는데, 무질서라기보다는 무력감의 흔적이었다. 그 무력한 방치의 징후는 머리맡 탁자 위에서도, 중요하든 하찮든 종이와 서류들이 오래된 순서대로 쌓여있는 책상 위에서도 엿볼 수 있었다. 옷장에서는 여전히 향수 냄새가 뒤섞인 어머니의 체취가 묻어났다. 약간의 농담 차이는 있지만 어머니의 옷가지들은 전부 호박(琥珀) 빛깔이었다. 작은 선반 위에 올려놓은 물건들도 호박 빛깔 일색이었다. 출입문 손잡이에 걸린 시계공방 열쇠가 눈에 들어왔다.

아버지의 방은 지난 일요일에 당신이 나설 당시 모습 그대로였다. 침대도 몸만 빼낸 모습 그대로 남아 있었다.

방마다 욕실이 딸려 있었지만 이 공간만은 예외여서 부모는 각자의 방 사이에 있는 욕실 하나를 함께 써야했다. 한 세기 전의 호사와 특권으로 치장된 욕실이었다. 수건, 치약, 비누, 칫솔, 면도기, 샴푸, 치실, 모든 게 그 자리에 그대로 있었다. 마치 죽은 육신들의 부활을 기다리는 듯했다.

2층으로 올라와 둘러보고 있으려니 마음이 불편했다. 그곳이 내가 자란 품속이라 할지라도 돌아온 지금이나 예전이나 늘 황량한 느낌이었다. 1층이 남아 있었다. 내밀한 개인 공간 대신 중산층의 안락함에 초점을 맞춘 거실, 식당, 주방이 있었다. 현관에서 왼쪽으로 들어가면 대기실과 아버지의 진료실로 이어졌다. 소독약 냄새가 훅 끼쳐왔다. 온갖 물질들이 은밀하게 발산하는 악취가 이 에탄올 냄새와 함께 후각에 잡힐 듯 말 듯 떠돌았다. 왓슨은 이 공간이 마음에 들지 않는 듯 문지방 위에서 머뭇거리고 있었다. 사혈(瀉血)과 관장의 이 동굴은 탐험해볼 의사가 없다는 태도였다.

밤새 냉기가 매섭더니 아침이 되자 정원이 온통 흰 서리로 뒤덮여 있었다. 이곳의 겨울이 어떤지, 눈을 뜬 아침에 창가로 다가서기만 해도 냉기가 밀려와 몸을 부르르 떨곤 했다는 걸 거의 잊어버리고 지내왔다. 닻줄을 천천히 흔들고 있을 내 배를 생각했다. 아마도 '킴바르하고 또 신가르하면서' 지난밤을 보냈을 에피파니오를 생각했다. 그러는 중에 그는 이따금 VTR 뒤쪽으로 가서 얼마간의 영감을 길어내곤 했을 것이다. 또 바르보사를 생각했다. 그날 아침 그가 했던 말이 그 후에도 계속 귓가에서 울리고 있었다. "아버지 장례를 치르는 데 3주일이나 걸린다고? 빌어먹을, 당신네 프랑스인들은 정말이지

팔자가 좋군."

　10시 45분에 화장장에 도착했다. 주차장에 이미 많은 자동차가 와있는 게 놀라웠다. 왓슨을 데리고 들어갈 엄두가 나지 않았다. 백화점도 동물 입장을 허용하지 않는데 이 장례공간이 왓슨에게 자리를 내줄지 알 수 없었다. 중앙현관 앞에 소규모군중이라고 해도 무방할 만큼 제법 많은 사람들이 모여 뭔가를 기다리고 있었다. 아마도 상을 당한 여러 가족들이 저마다 고인의 화장이 끝나기를 기다리는 중일 거라고 생각했다. 모여 선 사람들을 헤치고 장례 담당 직원이 있는 곳으로 갔다. 직원은 무뚝뚝한 태도로 나를 맞으며 이해할 수 없는 말을 던졌다. "왜 미리 알려주지 않았습니까? 그랬다면 다른 큰 방을 준비할 수도 있었을 텐데요." 그는 나를 예배당처럼 생긴 방으로 안내했다. 예수상이나 십자가는 없었고, 팔걸이의자 몇 개와 긴 의자들이 놓여있었다. 큰 유리창 너머로 정원이 내다 보였다. 만리향나무와 금송을 군데군데 심어 일본식정원을 어설프게 흉내 낸 모양새였다. 방 한가운데에 장막으로 가려놓은 받침대 위에 관이 놓여있었고, 그 안에 내 아버지가 있었다.

　정각 11시가 되자 장례진행을 담당한 직원이 현관 쪽으로 가더니 '카트라킬리스'라고 말했다. 그 순간 현관 앞에 모여

있던 소규모군중이 느린 걸음으로 예배당 안으로 들어서기 시작했다. 각양각색의 사람들이었다. 나이도 다양했고 출신지역도 달라보였지만 모두들 상복을 갖춰 입었고, 얼굴표정에서 슬픔이 묻어났다. 장례식 진행자는 그들의 애도를 그 좁은 공간에 진열하느라 꽤 한참 동안 상당한 인내심을 발휘해야만 했다. "자리를 좁혀 앉아 주세요. 그쪽 구석에 빈 공간이 있네요. 조금 더 앞으로 나오세요. 앞으로 더 나오세요." 거의 20분가량 자리분배 작업을 계속했지만 절반의 성공으로 마무리되었다. 결국 몇몇 조문객들은 예배당문 바깥 초입에 남아 추운 날씨와 싸워야할 수밖에 없었다.

내 눈앞에서 이런 광경이 벌어지리라고는 미처 생각하지 못했다. 타인의 요청에 무관심했고 소통의 언어를 무시했던 한 남자, 사회적 삶과 사교활동이 전혀 없었다고 여겼던 남자의 장례식에 200명, 어쩌면 250명이나 되는 사람들이 참석했다. 조문객 행렬은 그동안 내가 아버지에 대해 갖고 있던 고정관념을 회초리로 후려치듯 부정하고 있었다.

사회자가 단상으로 나와 마이크 높이를 맞췄다. "여러분은 아드리앙 카트라킬리스 박사를 애도하기 위해 이 자리에 오셨습니다. 여기 계신 아드님의 인사말이 있겠습니다." 사회자는 마치 데뷔무대를 밟는 연예인을 소개하듯 손을 내밀어 나를 단상으로 나오라 청하고는 옆으로 비켜섰다. 별안간 몸을 타고 흐르던 전류가 온몸의 관절을 한 바퀴씩 돌아 나가는 느낌이 들었다. 몸이 뻣뻣하게 굳으며 앉은 자리에 눌어붙었다. 나는 그 어떤 시계로도 잴 수 없을 만큼 무한히 긴 시간동안 안간힘을 쓴 끝에야 간신히 손을 조금 움직여 보일 수 있었다. 조문객들은 나의 그런 반응을 자식으로서 느끼는 슬픔과 무력감의 표식으로 받아들였다. 혀가 입을 막고 있어 네르비오소가 자주 이용하는 빨대보다 더 가느다란 구멍으로 호흡하는 기분이 들었다.

그때 나이가 예순 줄로 접어든 한 남자가 단상의 마이크 앞으로 나와 섰다. 가죽장갑을 끼고 고급모직 외투를 걸친 그는 두 손으로 연단을 잡고 확신에 찬 목소리로 말했다. "저는 여러분께 말씀드리고자 합니다. 아드리앙 카트라킬리스는 인간적인 면모도 훌륭했거니와 의사로서도 헌신적이고 탁월했습니다. 저와는 오랫동안 깊은 우정을 나눈 최고의 친구였습니다."

단상에 선 남자를 유심히 살펴보았다. 처음 보는 사람이었다. 스웨덴 배우 스텔란 스카스가드가 떠올랐다. 얼굴표정에 배어 있는 피로감과 모든 걸 믿지 못하겠다는 듯 시큰둥한 눈빛까지 빼닮은 용모였다. 그가 누구인지, 어디 있다가 별안간 나타났는지 알 수 없었지만 나의 폐가 호흡불능에 빠지려는 찰나에 와준 게 한없이 고마웠다. 그 덕분에 나는 공황의 문턱에서 가까스로 벗어날 수 있었고, 이제 남자의 말에 귀를 기울일 수 있게 되었다. 그는 비범한 한 인물, 나 역시 알고 싶었던 그 인물에 대해 믿을 수 없을 만큼 감동적이고, 가슴 뭉클한 이야기를 전하고 있었다. 아마도 그 인물은 자신의 혈육보다는 타인을 더 사랑한 듯했다. 주위의 조문객들도 모두 감동한 표정이었다. 몇몇은 끓어오르는 감정을 주체하지 못해 금방이라도 눈물을 쏟아낼 지경이었다.

스카스가드는 자신의 추도사가 좌중을 사로잡았다는 사실을 의식한 듯 목소리에 힘이 들어갔다. 그가 그려 보이는 내 아버지는 르 뷔스카 구역의 루이 파스퇴르에 크리스천 버나드[10]를 합세시킨 듯했고, 알베르트 슈바이처의 그림자를 매달고 있었다. "아드리앙 카트라킬리스는 도움이 필요한 사람에게 언제나 시간과 노력을 내주는 사람이었습니다. 환자의 상태를 살필 필요가 있을 경우 한밤중까지 곁에 붙어 있곤 했지요. 가족에게 불행이 연달아 밀어닥쳤을 때에도 그는 극기의 자세로 비애를 억누르며 계속 왕진을 나가 환자들을 진료했습니다. 오늘 그와 마지막 인사를 나누는 자리에 여러분이 이렇게 많이 참석해 슬픔을 함께 나누는 것만 봐도 그가 살아온 생애가 헛되지 않았음을 알 수 있습니다."

10) 세계 최초로 심장이식수술에 성공한 의사.

그 순간 나는 용기가 있다면 벌떡 일어나 관이 놓인 곳으로 걸어가 뚜껑을 열어젖히고, 부친의 업적을 자랑스러워하는 아들로서 그가 마지막으로 완성해놓은 작품, 최후의 설치예술을 좌중들에게 보여주고 싶었다. 안경을 악착같이 고정시키고, 마지막 순간에 공포의 비명이 새어나오지 않도록 턱뼈를 동여맨 그 핏빛 스카치테이프 수의를 보여주며 말하고 싶었다. 여러분, 다음과 같은 점을 간과해선 안 됩니다. 아버지는 사실 비명을 질렀을 거예요. 9층에서 몸을 던진 사람들은 누구나 비명을 지르기 마련이니까요. 아버지의 비명은 아마도 7층 높이에서 시작되어 점점 커지다가 바닥에 부딪쳐 분쇄되는 순간 끝났을 겁니다. 이런 죽음을 택할 경우 보이는 일반적인 현상이죠. 바닥에 근접할수록 공포가 증대되는 법이니까요. 다들 잘 아시겠지만 이제부터 진료를 받으려면 다른 의사를 찾아봐야 할 겁니다. 동력장치가 '복잡하면서도 탁월'해 까다롭고 유별났던 남자, 사랑하는 아내가 질식사하고 몇 시간 지나지 않아 주방으로 들어가 송아지 간에 감자튀김을 곁들여 식사를 챙겨먹은 이 남자 말고 다른 의사에게 가야 한다는 말입니다.

 "진행순서에 따라 운구를 시작하기에 앞서 마지막으로 묵념을 하겠습니다." 사회자가 조심스럽게 실내의 정적을 깨뜨렸다. 그는 좀 전에 옆으로 비켜서서 시계를 보고 있다가 중앙현관 앞에 또 다른 직원들이 도착하자 급히 앞으로 달려 나온 것이었다.

이윽고 직원 네 명이 샛문으로 들어와 관을 들어 올리더니 일종의 컨베이어 벨트에 올려놓았다. 컨베이어 벨트가 움직여 아버지가 들어 있는 관을 램프불이 들어와 있는 화장로로 옮겨갔다. 화장로가 아버지를 '그 상태 그대로' 삼켰다.

조문객들이 자리에서 일어나 박수를 치기 시작했다. 이탈리아의 드랑게타 마피아가 보스급 인물의 장례를 치를 때 마지막 순서로 환호성을 내지르는 것과 같은 의미였다. 내게는 그 박수갈채가 전혀 다른 의미로 다가왔다. 이제 다 끝났다는 의미였다. 그리스도교에서 말하는 '이테 미사 에스트(가라, 미사는 끝났다).'였다. 그 순간 인정할 수밖에 없는 일은 내가 뭔가를 느꼈다는 점이다. 그것은 일종의 기쁨이었다. 별안간 솟구쳤다가 흩어져버린 그 감정은 마이애미 하이알라이에서 포인트 일점을 올렸을 때 느꼈던 환희와 비슷했다. 그 일점이 별건 아니었지만, 아무리 작은 승리일지라도, 심지어 포인트 일점처럼 금방 지나가는 승리에 불과할지라도, 게임의 규칙에 따라 우리를 다음 시즌 경기까지 삶에 붙어있게 해주었다.

미지근한 바람을 불어 보내던 자동차히터가 곧바로 식어버렸다. 보닛에 틈이 벌어진 탓이었다. 겨울의 차가운 습기가 옷을 파고들어오는 동안 마음이 조급했다. 한시바삐 화장장을 떠나 시내를 가로질러 집으로 돌아가 평온한 정적과 온기를 되찾고 싶었다. 얼마 전까지의 생활이 그리웠다. 하이알라이 경기, 버들가지 라켓, 배, 바닥에 구멍이 뚫린 카르만 기아, 바다. 그 시절 플로리다의 내 재산은 배와 자동차를 모두 합해도 6천에서 7천 달러를 넘지 못했다. 법률에 따라 나는 이제 곧 상당한 재산을 물려받을 상속자가 되었다. 유산 상속절차가 예상 외로 까다로울까봐 걱정스러웠다.

그때 나는 트라이엄프를 운전하며 툴루즈의 바람 역시 냉기와 열기의 차이만 있을 뿐 마이애미의 바람처럼 사정없이 차 안으로 스며든다는 사실을 확인했다. 이따금 집 전화벨이 울렸다. 환자들이 진료예약을 하거나 왕진을 청하기 위해 걸어오는 전화였다. 전화를 건 사람들은 여지없이 자동응답기를 상대했다. 이름과 전화번호를 남기면 최대한 빨리 연락하겠다는 아버지의 목소리가 흘러나왔다. 이름과 전화번호를 요구해놓고 이행 불가능한 약속을 내거는 그 목소리를 지워야 했다. 나는 테이프를 초기화하고 나서 다시 짤막한 메시지를 녹음했다. "닥터 카트라킬리스는 12월 20일 일요일에 사망했고, 의원은 폐업했습니다." 간결하고 명확한 사망통지문이라는 생각이 들었다.

하루의 시간은 느린 속도로 저녁을 향해 가고 있었다. 내가 느끼는 피로에 감염되어 시간도 무력감에 빠져든 것 같았다. 화장 절차를 마지막으로 일련의 상황이 모두 종결된 셈이었다. 이제 더는 끔찍한 형상과 마주해야할 일도 없었다. 딱히 별다른 감정이 느껴지지 않았다. 분노도 없었고, 슬픔 역시 실오라기만큼도 없었다. 그저 몹시 피곤했다. 피곤이라는 헛바늘이 내 정신에 잔뜩 돋아있었다. 모든 일이 잘 해결되었다고 생각했다. 이제 다 끝났다. 정원 뒤걷이를 해서 겨울에 고사한 나무들을 전부 뽑아내 불태워버린 기분이었다.

아버지는 재가 되어 단지 안에 담겼다. 유골단지를 진료실 서가에 올려두었다. 거기가 아버지가 원하는 자리라고 생각했다. 진료실에 틀어박혀 지내온 사람이니까 그 자리라면 살아 있을 때와 그리 다른 분위기는 아닐 것이다. 왓슨이 소파 위로 올라와 내게 몸을 붙이고 잠들어 있었다. 집안 가득 내려덮인 정적 때문에 우리 둘의 존재가 불현듯 특별하게 여겨졌다. 이 크리스마스이브에 세상에는 우리 둘뿐이었다.

그 후로 며칠 동안 기온이 계속 내려갔다. 주말에 눈이 내리기 시작했다. 캐나다 영화에서 자주 보는 큼지막한 눈송이들이었다. 가볍고 포실한 눈송이들이라 바닥에 떨어져도 녹지 않고 더미를 이루기에 적합해 보였다. 삶을 난처하게 만들고, 지붕들을 괴롭히기에도 제격이었다.

불과 몇 시간 만에 정원은 온통 흰색으로 바뀌었다. 나무들은 별안간 가중되는 무게를 감당하지 못하고 저마다 가지들을 축 늘어뜨리고 지쳐빠진 형색을 드러냈다. 새로운 놀이터를 발견한 왓슨은 사방으로 뛰어다니며 장애물들을 무수히 뛰어넘은 뒤 마침내 얼음설탕에 굴린 퉁퉁한 김말이 롤이 되었다. 하지만 플로리다 개의 감각을 되찾기까지 그리 오랜 시간이 걸리지 않았다. 녀석은 잠시 후 오들오들 떨며 거실 라디에이터를 찾아가 몸을 녹였다.

누군가 정원 샛문의 벨을 눌렀다. 집에 오기로 약속한 사람은 없었다.

"이렇게 불쑥 찾아와서 미안하네. 먼저 전화를 하고 왔어야 마땅하지만 직접 찾아오는 편이 낫겠다고 생각했어. 자네에게 해줄 말이 있네. 나는 닥터 지그비라고 하네. 장 지그비, 자네 부친과 우정을 나눠온 사이지."

스카스가드, 모직외투를 입고 장례식에 나타나 추도사를 통해 성 버나드를 빚어내고, 내 아버지가 주인공인 성인평전을 구술한 바로 그 사람이었다. 어디서 온 누구인지 알 수 없었지만 별안간 조문객들 앞으로 불쑥 나서서 두 손으로 연단을 잡고 "극기의 자세로 비애를 억누르며 계속 왕진을 나가……."라는 일장연설을 늘어놓으며 곤혹스러운 입장에 처한 나를 구출해준 사람이었다.

스카스가드는 장례식 때 받은 인상보다 더 왜소하고 평범해 보였다. 외투의 어깨부위에 수북이 쌓인 눈이 흰색 견장처럼 보여 다소 우스꽝스러운 효과를 연출했다. 눈 색깔과 구별되지 않는 백발은 그가 추도사를 했던 날처럼 깔끔하게 손질되어 있었다.

남자는 현관에 서서 커다란 짐승이 털을 터는 방식으로 몸을 흔들어 외투에 쌓인 눈을 털어냈다. 그러고는 자연스러운 동작으로 외투를 벗어 옷걸이에 걸었다. 마치 오래 전부터 이 집에서 살아온 사람 같았다. 그가 집주인이 손님을 안내하는 몸짓으로 나를 이끌어 거실로 데려가더니 익숙한 동작으로 소파에 몸을 기대앉았다. 그는 몇 번 눈을 깜박이고 나서 입을 열었다. 무람없는 말이 계속 이어졌다. "자네는 나를 알아보지 못하는 것 같군. 하지만 자네가 아주 어릴 때 나를 만난 적이 있어. 갓난아이일 때와 서너 살 무렵에도 보았지. 주말에 몇 번인가 자네 부친과 함께 우리 집에 온 적이 있어. 자네는 내 아내와 큰딸과 시간을 보내길 좋아했지. 너무 어린 때라 잘 기억나지는 않을 거야. 자네가 의사이고, 지금은 독립해 미국에서 펠로타 선수로 뛰고 있다는 걸 들어서 알고 있네. 의사 대신 그 일을 선택하는 바람에 자네 부친의 상심이 컸지. 그렇지만 아드리앙도 내심 자네의 선택을 대견하게 여겼다네. 사실은 장례식 때 자네의 추도사를 꼭 듣고 싶었는데 바로 그런 이유들 때문이었지. 자네 부친도 나와 같은 마음이었을 거야. 그때 자네가 추도사를 할 수 있는 상태가 아닌 듯해 내가 대신 나설 수밖에 없었어. 많은 사람들이 자네 부친이 얼마나 탁월한 생을 살아온 인물인지를 듣고자 추도사를 기다리고 있었으니까."

마치 장례식을 한 번 더 치르는 느낌이 들었다. 아버지에 대한 추도사가 또 시작되었고, 과장된 수식어들이 뒤따랐다. 무엇보다 그가 기억하는 아버지와 초라한 현실 간의 격차가 놀라울 정도로 컸다. 나는 단단히 멱살을 잡힌 가운데 강제로 무릎을 꿇어야 할 처지였다. 붕대 대신 스카치테이프를 둘둘 감고 누워 있는 미라 앞에. 스카스가드는 멱살을 잡는 것만으로는 부족하다고 여긴 듯 거실에 있는 라디오를 켰다. 라디오에서 인간의 귀가 들을 수 있는 가장 놀라운 소리인 아르보 패르트의 〈벤자민 브리튼 추도곡〉이 흘러나왔다. 스카스가드가 이 곡에 대해 알고 있을까? 이 곡이 얼마나 아름다운지 알아보고, 그 힘을 빌려 나를 무릎 꿇리고 허리를 조아리게 할 속셈인가?

"근래에 아드리앙과 자네가 소원한 관계를 유지해왔다는 걸 알고 있네. 자네 부친이 내게 털어놓았네. 자네 때문에 상심이 크다고 했어. 자네 어머니도 세상을 떠난 상황이었으니 상심이 클 수밖에 없었겠지. 자네도 알다시피 그 일이 아드리앙에게는 가슴이 무너져 내리는 아픔이었을 거야."

그날, 아버지는 송아지 간에 감자튀김을 곁들인 저녁식사를 했다. 아버지는 "저 트라이엄프, 네가 가질래?"라고 하더니 자크 베케르 감독의 영화 〈황금투구〉에서 레몽 뷔시에르가 중얼거리는 "일하자, 일해."를 자신의 신조로 삼아 어머니가 사망한 다음날 아침에도 평소처럼 의원 문을 열었다.

"아드리앙에 대해 자네에게 들려주고 싶은 이야기가 많아. 자네 부친과 나의 청년시절로 거슬러 올라가는 이야기들이지. 우리는 의과대학 신입생 때 만났네. 아드리앙은 내가 어떻게 사는지 속속들이 알고 있었고, 나 역시 일심동체인 양 자네 부친에 대해 모든 걸 꿰고 있었지. 아드리앙이 내게 붙여준 별명이 뭔지 아나? '모딜리아니'였어. 내가 사람들의 얼굴을 새로 그려준다는 의미였지. 자네 부친은 성형수술을 경멸했고, 내가 의대에서 10년간 학업을 마치고 고작 유방을 부풀리거나 콧대를 세우거나 주름을 숨겨주며 세월을 보낸다는 걸 이해하지 못했어. 언젠가 아드리앙에게 환자들의 이해를 돕기 위해 찍어놓은 '시술전후' 사진을 보여준 적이 있었는데, 그럴 때마다 머리를 흔들어대며 이런 말을 했지. "열을 재는데 항문체온계를 사용하지 않으면서부터 의학은 영혼을 잃었네." 딱히 의미 없는 말이었지만 나는 아드리앙의 말을 듣는 게 좋았어."

왓슨은 낯선 언어로 이어지는 일인극을 한마디라도 놓칠세라 귀를 쫑긋 세우고 듣고 있었다. 지그비는 이런저런 일화를 동원해가며 독백을 이어갔고, 패르트의 음악이 점점 시들해져가는 그 이야기에 효과음을 넣어주었다. 나는 아직 말을 한 마디도 하지 않은 상태였다. 무대를 독차지한 스카스가드가 제멋대로 왜곡시킨 기억들을 끊임없이 꺼내 펼쳐놓았다.

"아드리앙과 나는 군의관으로 군복무를 했어. 자네 부친은 군병원에 근무할 당시 두 가지 업무를 동시에 수행했지. 원래는 일반의학 쪽에 배속되었지만 일주일에 몇 번씩 정신과병동에서 진료했어. 한여름에 정신과병동에서 일할 때 아드리앙은 면 팬티 위에 가운만 걸치고 회진을 돌았지. 정신과병동에 입원한 군인환자들은 대개 자네 부친과 동년배였는데, 의사가 그런 차림으로 회진을 도니까 다들 아주 좋아했어. 스트립 댄서에게 환호를 보내듯 휘파람을 불어대곤 했으니까. 눈으로 직접 보면서도 믿을 수 없는 장면이었지. 아드리앙의 복장에 대해 주의를 주는 사람은 없었어. 하긴 그 당시만 해도 의사가 환자를 진료할 때 피우던 담배를 재떨이에 잠시 내려놓고 일을 시작하는 경우도 다반사였어."

아버지가 한때 정신과의사 노릇을 했다니? 그렇다면 아버지는 한동안 아무런 제재도 받지 않고 독단적으로 광인과 정상인을 판별했다는 의미 아닌가? 군에서 솎아낸 가엾은 군인환자들의 뇌 속을 합법적으로 헤집고 분류하고 도려내고 잘라보았을 게 아닌가? 그 가엾은 환자들은 팬티만 걸쳐 입은 의사의 지시에 따라 강제로 구속복을 입어야 했던 게 아닌가? 오로지 항문용 수은체온계만을 사용하려고 했던 팬티 차림 군의관이 처방한 라각틸(신경안정제)이나 할로페리돌(신경안정제)을 삼켜야 했다는 뜻 아닌가?

"다소 기발하고 색다른 면은 있었지만 자네 부친이 그 병사들에게 얼마나 친절한 의사였는지 알아야하네. 아드리앙은 병증이 무겁든 가볍든 상처가 크든 작든 상관하지 않고 늘 직접 환자들을 돌봤으니까. 하물며 붕대를 새로 갈거나 링거수액 주입량을 조절하는 일까지 직접 챙겼지. 간호사 일까지 도맡아 할 때가 많았다는 뜻이야. 아무튼 이미 오래 전에 지나간 이야기지."

스카스가드는 잠시 말을 끊고 왓슨에게 눈길을 주더니 내게 말했다. "자네 개인가? 이 개를 미국에서 데려온 거야? 맙소사, 저 개를 잘 붙잡고 있게. 나는 개가 싫어. 예전부터 싫었다고. 아드리앙이 마시던 스카치가 좀 남아 있지? 저 수납장에 넣어두곤 했는데."

나는 어리둥절해져서 금세 대답을 못했다. 그가 원하는 게 스카치위스키라는 걸 깨닫기까지 잠시 시간이 걸렸다.

"자네도 한잔하지 않겠나? 맛이 아주 좋아. 이보게, 잠시 이런 저런 이야기를 나눌 수 있어서 기분이 좋군. 지난번 장례식장에서 이야기를 나누고 싶었지만 그때는 그럴 분위기가 아니었어. 자네 혹시 미국에서 결혼했나? 함께 사는 사람이 있어? 자네 부친의 일을 물려받을 생각인지 알고 싶어서 묻는 거야. 제대로 자리가 잡힌 의원이니까. 환자들이 끊임없이 오거든. 자네는 간판만 바꿔달고 진료실에 앉아 있기만 하면 돼. 게다가 나는 자네가 의원을 물려받으면 좋아할 사람을 하나 알고 있네."

위스키를 두 잔째 마시더니 세 잔째부터는 더블 샷이 되었다. 네 번째 잔이 채워졌을 때 나는 닥터 지그비에게 첫 번째 질문을 던졌다. 어릴 적부터 일주일에 몇 번씩 아버지가 갑자기 '스트로피나치오'라고 외치는 소리를 들었는데, 혹시 왜 그랬는지 이유를 알고 있는지에 대한 질문이었다. 그 단어의 뜻을 사전에서 찾아보니 '걸레조각'이었다는 말도 덧붙였다. "자네 부친이 일주일에 몇 번씩 '걸레조각'이라고 소리쳤단 말인가?" 술이 오른 지그비는 한참 동안 딸꾹질을 섞어 웃어대다가 가래 섞인 기침을 토해냈다. "걸레조각이라니! 맙소사! 역시 아드리앙다워!" 지그비는 한참 동안 키들거리다가 다섯 번째 잔이 당기는지 거지가 동전을 구걸하듯 나에게 팔을 내밀며 말했다. "한잔 더 주게." 그의 윗입술에 액체방울이 매달려 반짝이고 있었다. 다섯 번째 잔도 그의 목구멍으로 흘러들어 갔다. 여섯 번째 잔부터는 이 집에 찾아온 애초 목적이 무엇이었는지 아예 잊은 눈치였다.

지그비는 내 아버지의 위스키에 실려 보다 내밀한 영토로 떠났다. 그가 당면한 문제는 무엇보다 자기가족 내 여자들과의 분쟁이었다.

"내 딸이 자네와 나이가 거의 같은데 동유럽출신 남자와 같이 살고 있네. 폴란드인이거나 유고슬라비아인일 거야. 헝가리에서 왔을지도 모르겠군. 아무튼 나는 그 녀석이 하는 말을 한 마디도 알아들을 수가 없어. 일전에 그 녀석에게 와락 짜증이 나서 딸에게 어떻게 저런 놈팡이를 데리고 살 수 있냐고 물었지. 딸이 대답하길 오히려 내가 끔찍한 사람이라는 거야, 나처럼 인생이 쉽게 풀린 사람은 죽었다가 깨어나도 이해하지 못할 거라더군. 어쩌나 성질이 나던지 머리에서 떠오르는 대로 주워섬기다보니 내가 아주 정신 나간 말을 하고 있더라고. 바로 이런 말이었지. '얘야, 넌 잘못 알고 있어. 내 인생이 쉽게 풀리기는커녕 네 엄마와 잠자리를 치르려면 거의 격투기를 벌여야 했단다.' 내가 왜 그런 말을 했는지 모르겠네. 아무튼 딸의 말문을 막는 데는 성공했지. 그건 그렇고, 사실 아내가 쉬운 사람은 절대 아니었어. 엉뚱한 걸 밝힌단 말이야. 예를 들자면 나한테 수시로 생쥐 흉내를 내보라고 시키거든. 내가 생쥐 흉내를 잘 내는 걸로 보이나봐. 내가 이런 이야기를 하는 건 자네가 아드리앙의 아들이기 때문이야. 우리끼리만 알고 있어야 하는 이야기네. 생쥐놀이가 시작되고, 내가 윗입술을 말아 올려 앞니를 내놓고 쥐가 갉아먹는 시늉을 하면 아내는 자지러지게 좋아하면서 계속하라고 소리치지. '더, 더해봐.' 라고 말이야. 우리 부부는 그렇게 십 분쯤 놀다가 잠이 들어. 한밤중에 아내가 이불 속에서 몸을 뒤트는 걸 느낄 때가 있어. 내 옆자리에서 말이야. 전등을 켜고 보니 엉덩이를 머리 위로 치켜들고 이쪽저쪽으로 몸을 꼬고 있더군. 무슨 짓이냐고 물으니까 아내가 뭐라고 대답했는지 아나? 여전히 엉덩이를 치켜들고 하는 말이 '요가 동작인데 흔히 쟁기자세라고 부르지.' 라고 하더군."

지그비는 그 말을 끝으로 여섯 번째 잔을 들이켰다. 잠시 말이 없던 그가 불쑥 물었다. "눈이 아직 내릴까?" 몸을 일으켜 세운 그가 개를 피하느라 엉덩이를 엉거주춤 뒤로 뺀 자세로 현관으로 걸어가더니 외투를 챙겨 입었다. 한겨울 속으로 발을 내디딜 준비를 갖춘 그가 다시 내 앞으로 왔다. "자네를 만나서 반가웠네. 자네 부친도 저 세상에서 우리가 이렇게 함께 있는 것을 보고 기뻤을 거야. 언제 한번 우리 집에 와서 함께 저녁식사를 하세. 전화하게. 전화번호부에 내 연락처가 나와 있네. 장 지그비, 외우기 쉬운 이름이지."

문을 열자 얼룩 한 점 없는 흰 매트리스가 깔려 있었다. 지그비는 혈중알코올농도 0.025[11]에 근접한 사람의 동작으로 현관계단을 걸어 내려갔다. 정원을 가로지르다가 별안간 하늘을 올려다 볼 때도 눈송이들이 계속해서 그의 몸 위로 떨어져 내렸다. 쪽문까지 와서 문을 밀고 나가려던 순간 그가 배웅 나온 내 어깨에 손을 올리며 말했다. "자네는 좋은 아들이야."

---

11) 일반적으로 이 농도부터 판단장애 및 기억장애가 시작된다.

갈리에니 남매

내 안에서 한시바삐 마이애미로 되돌아가야 한다고 속삭이고 있었다. 남은 사무절차를 서둘러 끝낸 다음 이 집의 덧문들을 걸어 잠그고, 트라이엄프에서 배터리 단자를 분리하고, 하이얼리어 드라이브에 있는 나의 집, 그 작은 아파트로 돌아가야 한다고 재촉했다. 골동품 따위는 없는, 설령 있더라도 전부 모아 위층 방 하나에 치워둘 수 있는 집, 내가 좋아하는 것들만 놓아둔, 버들가지로 짠 라켓과 여벌의 라켓, 그 두 개 말고도 하나 더 장만한 라켓이 있는 그 집으로 돌아가야 한다고 했다. 세 개의 펠로타 라켓들은 모두 곤잘레스 공방에서 제작된 것이었다. 1887년에 창업한 공방인데 바욘 근처 앙글레에 있었다. 곤잘레스 공방의 로고 '오니나(Onena)'는 바스크어로 '최고'라는 의미였다. 실제로 오니나 로고가 붙은 펠로타 라켓들은 언제나 최고의 품질을 보증했다. 장인들의 정교한 솜씨로 제작한 그 라켓들은 인간의 손재주가 빚어낸 작은 기적이었다. 라켓의 뼈대를 밤나무 재질로 한 것도 품질 향상을 이루는 발판이 되었지만 무엇보다 장인의 손가락 마디마다 새겨진 기억이 버들가지를 조화롭게 엮어 신비한 곡선을 만들어낸 원동력이었다. 경기가 벌어지면 버들가지 라켓이 마법을 걸어 쏘아올린 공이 게르니카에서부터 브리지포트에 이르기까지 하이알라이 군중들을 자리에서 벌떡 일으켜 세웠다.

곤잘레스 공방에서 제작한 내 펠로타 라켓들은 바다 건너편에 있었지만 나는 이곳에서도 벌써 내 손가락에 와 닿는 그 특별한 감촉을 느낄 수 있었다.

냉기와 꽤 오래 담을 쌓고 지낸 내 손가락이 창문턱에 쌓인 눈에 닿자 저절로 움츠러들었다. 나는 틈만 나면 구식 주물 라디에이터 주위를 맴돌면서 플로리다의 온화한 겨울을 생각했다.

예전에 내가 그처럼 쉽게 고향을 등질 수 있었던 이유, 조금도 망설이지 않고 살아온 곳을 떠나 또 하나의 삶으로 옮겨갈 수 있었던 이유는 이곳에서 어떤 소속감을 느껴본 적이 없기 때문이었다. 바로 그 점이 내가 아는 대부분의 바스크사람들, 또 펠로타 경기로 만난 바스크 출신 선수들과는 달랐다.

나는 태어난 환경, 가족, 심지어 땅에 대해서도 소속감이 없었다. 애초에 뿌리 없이 생겨나 의지할 기둥 하나 없이 이리저리 떠돌며 자란 셈이었다. 내 안에 이런 감정이 자리 잡게 되기까지는 가족의 구성과 성격, 가족 간의 관계가 큰 영향을 미쳤다. 카트라킬리스라는 이름을 가진 이들은 갈리에니들도 그렇듯이 마치 '엑스 니힐로(Ex nihilo)' 즉, '무(無)에서' 생겨난 사람들 같았다.

카트라킬리스 가족의 역사는 1940년대 구 소비에트사회주의연방에서 할아버지 스피리돈 카트라킬리스와 함께 시작되었다. 할아버지보다 선대의 카트라킬리스에 대해서는 들어본 적이 없고, 내가 모르는 영역을 따지는 건 부질없는 짓이었다. 할머니에 대해서는 이름이 뭔지, 살았던 곳이 어디인지, 어떻게 살다가 사망했는지 알 길이 없었다. 할아버지가 할머니에 대해 말하는 걸 단 한 마디도 들어본 적 없기 때문이었다. 할아버지는 마치 당신이 무성생식으로 개체 분열해 자식을 낳았다고 믿게 하려는 듯 할머니에 대해 단 한 마디도 하지 않았다. 카트라킬리스라는 그리스풍 성이 어디에서 유래했는지에 대해서도 설명해준 적이 없었고, 모스크바에서 살게 된 사연이나 프랑스로 이주하게 된 정황에 대해서도 구체적인 언급을 피했다. 갈리에니들도 가족의 내력을 모르거나 언급이 없긴 마찬가지였다. 누나와 동생 사이에 오가는 이야기를 귀동냥으로 들은 경험으로 어림잡아보자면 갈리에니들이 툴루즈에 등장한 때는 대략 내가 태어난 시기 근처인 듯했다. 어머니와 삼촌이 나누는 대화를 들어본 결과 그들 남매는 마치 부모 없이 저절로 생겨나고 자란 사람들 같았다. 어쩌다 그들이 함께 공부한 기억을 되살리는 경우도 있었지만 드문 일이었다. 시계공방이 갈리에니들의 가업이라고 하지 않았던가? 원래는 그들 남매의 '부모' 즉 내 외조부모가 시계공방을 운영하다가 세상을 떠났다고 했다. 내가 아는 건 그게 전부였다. 내 외조부모는 이름도 없었다. 그들에 대해 아는 게 있다면 시계를 수리하며 살았다는 것뿐이었다. 그들은 세상에 존재했던 흔적이 거의 남아 있지 않아 현실성이라고는 전혀 느껴지지 않는 사람들이었다. 어머니와 삼촌은 가끔 그들을 언급할 때 그저 '부모님'이라고만 칭했다. 아버지는 선대의 그 반투명 시계공들까지 '갈리에니들'이라는 총칭에 포함시켰다. 그들이 언제 어떻게 사라졌는지 들어본 기억이 없었다. 어느 날 아침 그들은 시계공방으로 나갔고, 저녁에는 사라져버렸다. 내 친할머니가 그랬듯이.

따라서 우리가 가족이라는 명칭으로 공유한 삶이란 계보에 자리 잡은 이 가공의 존재들, 묵계인양 배경이 지워진 이 조상들을 말없이 받아들이는 것으로 요약할 수 있었다. 어디에도 떠돌지 않고, 누구도 쫓아다니지 않는 그 유령들 말이다.

내가 가족 안에 뿌리내리고 싶어도 고작 할 수 있는 일이라고는 짧은 뿌리로 지표를 더듬어보는 것뿐이었다. 가족구성원 모두가 공통적으로 가늘고 짧은 뿌리를 지니고 있었고, 그나마 그것이 유일하게 우리가족을 묶어주는 공동재산이었다. 어쨌거나 우리들 각자는 그 자잘한 뿌리에 기대 가족 안에 붙어 있어야만 했다. 이처럼 우리 모두의 뿌리가 부실했으니 그럴 수밖에 없었지만 우리들 각자는 세상에 붙어있는 것만으로도 너무 버거워 다른 가족의 삶과 미래에는 관심을 기울이기 어려웠다.

어머니가 삶을 행복하게 받아들였다고 말할 수는 없다. 동생 쥘이 늘 곁에 있다는 사실이 어머니에게 짐이었는지 아니면 축복이었는지도 알 길이 없다. 아버지가 어머니를 사랑했는지, 어머니가 아버지에 대해 어떤 종류의 애정을 갖고 있었는지에 대해서도 전혀 알 길이 없다. 안나 갈리에니는 무슨 생각을 품고 있었는지 가늠할 수 없는 사람이었다. 어머니가 아름다웠다는 건 확실했다. 비록 교태와 담을 쌓고 지내고, 자신의 미모를 어떤 엄격한 장막으로 둘러싸 감추려고 했지만 아름다운 여자였던 건 분명했다. 어머니가 행동이나 태도를 일부러 꾸며 보인 적은 없었다. 옷차림은 시계공방 여주인으로 적절했다. 언젠가 아버지는 어머니를 두고 '라틴계'라고 말한 적이 있었다. 검은 눈동자와 펜으로 그린 듯 섬세한 코를 소유했고, 기질적으로 '앙심이 깊다.'는 것이 그 이유였다. 그날 아버지가 무슨 일을 계기로 그런 말을 했는지 모르지만 어머니가 유난히 복수심이 강한 모습을 드러내 보인 적은 없었다. 오히려 거꾸로 말해야 옳았다. 언젠가 벌인 말다툼을 계기로 끝내 어머니에게 말문을 닫아버린 사람은 아버지였으니까. 우리 가족들 사이에서 말다툼은 일상적이었음에도 아버지는 그런 선택을 했다. 그 당시 나는 아주 어렸지만 아드리앙 카트라킬리스가 스스로를 유폐하고 침묵을 선택한 이후 집안에 드리워졌던 긴장과 불안을 또렷이 기억한다. 식사 자리는 매번 우울했고, 저녁 시간은 늘 살얼음판 위를 걷는 기분이었다. 어머니가 그 상황을 받아들이기는커녕 마치 아무 일도 없었다는 듯이 아버지에게 계속 말을 건네는 바람에 그 긴장감은 더 커졌다. 차라리 죽은 자에게 말을 건네는 편이 나았을지도 모른다. 그 팽팽한 긴장감에서 벗어나기 위해 나는 머릿속으로 주문을 외웠다. '디그무스 파라디그무스.' 혼자만 아는 그 주문으로 나는 아버지의 침묵이 야기한 불안감을 떨쳐버렸다. 그 주문은 아무 의미가 없었지만 한 아이의 마음속에서 액운을 물리치고 미치광이 아버지와 라틴기질 어머니가 평화롭게 동거하도록 만들어주는 영험이 있었다.

내 부모 사이에 아무런 대화 없이 며칠, 몇 주가 지나고, 또 몇 달이 흘러갔다. 닥터 카트라킬리스가 아내와 다시 말문을 트고, 대화를 중단했던 지점에서 자기 아들을 꺼내주기까지 정확하게 열한 달이 걸렸다. 마치 그렇게 되는 게 당연한 귀결처럼 보였다. 그 어디에도 기적이 작용한 흔적은 없었다. 삶은 우리들 각자를 다시 일상의 흐름 속으로 불러 모았다. 그래도 나는 '디그무스 파라디그무스'라는 주문을 늘 혀끝에 준비해두고 있었다.

나는 어머니를 사랑했다. 아이들 대부분이 그렇듯 나도 본능적으로 어머니를 사랑했다. 하지만 어머니는 내 사랑 표현을 받아들이지 않았다. 아무리 어린 시절로 기억을 거슬러 올라가 봐도 떠오르는 장면이라고는 어머니가 애정의 몸짓을 하는 나를 피하거나 못하도록 나무랐던 일뿐이었다. 어머니를 두 팔로 껴안는다는 건 무모한 모험이었고, 뺨에 입술을 가져다대는 것 역시 끝없이 미루어야하는 희망이었다. 한마디로 말해 안나 갈리에니는 나를 사랑하지 않은 것 같다. 어머니에게 나는 답 없는 방정식, 이미 버거운 짐을 짊어지고 있는데 설상가상으로 덧붙은 짐이었다. 어머니를 짓누르는 다른 짐들이 눈에 보이지는 않았지만 나는 그 무게를 느낄 수 있었다. 나이를 몇 살 더 먹게 되면서 어머니가 나를 사랑하지 않는다는 생각에 나름 적응할 수 있었다. 어머니와 나 사이의 관계를 있는 그대로 받아들였다. 우리는 갈등이 없고 대개는 서로를 친절하게 대했지만 애정표현이라고는 조금도 하지 않는 관계에 익숙해졌다. 나를 제외한 대부분 아이는 어머니 품에 안겨 애정을 주고받는 그 순간에 새끼동물처럼 젖가슴의 원래 냄새, 그 기원의 향기를 되찾는 법이었다. 밤의 어둠 속에서 엄마의 입에서 새어나오는 숨결을 느끼는 그 순간에 아이는 엄마가 언제나 옆에 있다는, 언제나 옆에서 지켜주겠다는 따뜻한 속삭임을 다시 듣게 되는 법이었다.

그 당시 우리가족의 삶을 돌이켜보면 어떤 기괴한 서커스 장면이 떠오른다. 머리가 잘려나간 닭들이 그들이 살기에는 너무 큰 집에서 이리저리 뛰어다니는 장면이었다. 성인 네 사람과 아이 하나가 삶에 대해 아무것도 모르면서 각자의 세계에 몰두해 순전히 자기 자신에게 맞춰 행복과 불행의 지대를 답사하고, 그 탐사결과에 따라 스스로 고통을 가하고 쾌락을 계발해나갔다. 나는 우리가족의 영역에서 안나 갈리에니의 진짜 역할은 무엇이었는지 늘 궁금했다. 시간이 지나면서 깨달았지만 안나 갈리에니는 부인이나 어머니 역할보다는 일찌감치 누나 역할에 전력하기로 작심했던 것 같다. 그런 결심을 하기까지 어머니의 가족사와 연관된 이유가 있었을 것이다. 남편과 한 지붕 아래에서, 남편의 동의하에, 남동생과 부부처럼 지내는 모습은 ─ 그 기간은 1956년 2월부터 1981년 5월까지였다 ─ 어쨌거나 외부사람이 보기에는 기이하고 이해하기 힘든 부분이었을 것이다. 우리가족에 대해 잘 모르는 사람 눈에는 어머니와 삼촌이 부부 사이로 비쳐졌을 테니까. 두 사람이 소파에 나란히 앉아 TV를 보고 있을 때면 아버지는 일인용 안락의자에 물러나 있곤 했다. 쥘 삼촌이 소파에서 잠들어 머리가 기울어지면 어머니는 언제나 어깨나 옆구리를 내주었다. 그들 남매는 식탁에 앉아서도 바쉐론 콘스탄틴 시계의 복잡한 구동장치나 피아제 새 모델의 완벽한 제작공정을 찬양하면서 두 사람만이 가능한 대화를 고수했다. 그들은 잠들기 전 키스를 나누었고, 아침에 일어나서도 키스했다. 휴가를 떠난다고, 한 해가 저문다고, 생일이라고 키스했다. 밝은 표정으로 함께 시계공방으로 출근했고, 언제나 함께 돌아왔다. 그들 남매는 행복한 부부의 일반적인 특성들을 모두 보여주었고, 때로 우리가 그들의 집에 더부살이를 하는 기분이 들게 했다. 그들이 잠자리도 같이 했던가? 그건 잘 모르겠지만 솔직히 나는 이따금씩 머릿속으로 그런 얄궂은 상상을 할 수밖에 없었다. 아버지는 과연 그런 상상을 한 번도 해보지 않았을까? 어쨌든 아버지는 그들 남매 사이에 대해 별다른 감정을 드러내지 않았고, 언제나 무심한 태도로 처남을 대했다.

쥘 삼촌은 휴가도 우리와 함께 보냈다. 어머니는 가족들에게 뭘 해달라고 요구하는 일이 거의 없었지만 휴가만큼은 반드시 바스크 지방에서 보내길 원했고, 매번 아버지의 양보를 얻어냈다. 바스크에 가서 머무는 숙소도 언제나 같았는데, 칭구디 만이 바라보이는 언덕에 자리 잡은 집이었다. 우리가족은 달력에 표시된 모든 휴가를 바스크에서 보내기 위해 그 집을 아예 세냈고, 25년 동안 매년 임대기간을 연장했다. 어머니 덕분에 발을 들여놓게 된 바스크 지방에서 내 생의 전부가 된 펠로타 역정이 시작되었다. 처음에는 맨손으로 하는 펠로타 경기를 보았다. 엔다예의 프론톤에서 열린 경기였는데, 칭구디 만에 있는 집에서 걸어서 갈 수 있을 만큼 가까운 거리였다. 처음으로 조코 가르비(Joko Garbi) 경기를 보았고, 이어서 처음으로 세스타푼타(Cesta punta)에 대해 알게 되었다. 펠로타 경기는 주로 밤에 했지만 간혹 오후에 열릴 때도 있었다. 그 시절 어린 내 머릿속에서 펠로타 공이 밤낮으로, 심지어 잠을 자는 동안에도 이리저리 날아다녔다. 그 당시 나는 어디에서든 벽만 있으면 그 앞으로 달려가 공을 날렸다. 가죽만 한 겹 덧

씌운 회양목 공을 맨손으로 쳐낼 때마다 뼈가 부러지는 것 같은 통증이 뒤따랐다. 그런 고통은 펠로타를 시작한 사람이면 누구나 통과의례로 겪어야 하는 필수과정이라는 걸 알게 되었다. 맨손으로 공을 치다보면 갖가지 자잘한 상처가 나는 게 당연했다. 나는 바스크인이 아니었다. 발육촉진을 위해 종합비타민제를 먹으며 중앙난방주택 라디에이터 옆에서 자란 아이였고, 의사 아들다운 희고 매끈한 손을 가지고 있었다. 내가 어느 날 문득 손을 버들가지로 짠 라켓 속에 끼워 넣게 된 건 아마도 의사 아들의 손을 갖고 있었기 때문일지도 모른다. 내가 처음 손에 끼워 넣었던 라켓은 크기가 작은 조코 가르비[12] 용이었다. 바스크어로 '순수한 놀이'를 의미하는 조코 가르비는 펠로타 종목 가운데 하나로 라켓 크기는 작은 반면 — 길이 56cm, 폭12cm, 깊이 8cm — 오가는 공의 움직임은 더욱 빠르고 격렬했다. 공을 라켓 안에 넣어 정지시키는 동작이 경기규칙상 금지된 만큼 공을 받는 동시에 쳐내야하기 때문이었다. 이 종목에서는 '카스크카스크' 동작도 금지되었다. 카스크카스크는 라켓 안에서 공을 굴려 반동을 주는 소리의 의성어인데, 조코 가르비 종목에서는 이 동작을 경기의 순수성을 오염시키는 불순한 행동으로 보았다. 사실 이런 자잘한 규칙들은 대다수 스포츠 경기의 반칙 규정들이 그러하듯 불합리한 점이 있

12) 평면그물망 형태의 라켓으로 '샤레'라고 부른다.

었지만 내게는 비타민주사 같은 효과를 주었다.

공놀이를 하고 나서 집으로 돌아올 때마다 나는 칭구디 만을 바라보며 걷는 특권을 누렸다. 칭구디 만은 조수에 따라 물빛이 달라졌다. 만 주변에 있는 모든 펠로타 경기장이 한눈에 들어왔다. 비다소아 프론톤, 그 바로 옆의 이룬 프론톤, 온다리비아 프론톤이 보였고, 위쪽으로 시선을 돌리면 하이스키벨 산이 시야 한가득 들어왔다. 나는 그 산에서 태어났으면 좋았을 거라 생각했다. 정상에 서면 부근의 휴양지들과 대서양을 한눈에 내려다볼 수 있는 산이었다.

집으로 돌아오는 그 길이 내게 일종의 정신적 안마를 해주었다. 피로를 두드려 매끄럽게 펴주었고, 다음날 또 그 다음날에도 계속 다시 가서 그 묘한 공놀이를 하고 싶어지게 만들었다. 그 공놀이는 나를 가족이라는 묽은 모르타르 반죽에서 벗어나게 해주었고, '카스크카스크'를 조심해야 한다는 사실도 가르쳐주었다.

휴가가 거듭되면서 공놀이 경험이 늘어났고, 공을 치는 기술과 힘, 야망도 조금씩 자라났다. 몸이 자라면서 덩달아 내 라켓도 커졌다. 점차 행동반경이 넓어졌고, 벽 하나짜리 개방 코트에서 벌어지는 펠로타 주니어토너먼트에 참가하기도 했다. 그 당시 널리 이름을 떨치던 스타플레이어들을 보러 생장드뤼즈, 비다르에 갈 때도 있었다. 스페인으로 넘어가 게르니카 하이알라이에 가기도 했다. 게르니카에는 60미터 길이 코트와 프로선수 숙소가 갖춰져 있었다.

내가 펠로타에 빠지게 된 건 전적으로 안나 갈리에니 덕분이었다. 어머니가 바스크를 열렬히 사랑하지 않았다면 불가능한 일이었다. 어머니는 나를 인근의 프론톤에 보내주었고, 상처투성이가 되어 돌아와도 격려해주고, 온몸에 보호대를 감아주었다. 내가 '쓸데없는 짓을 한다.'고 생각했던 아버지와 달리 끝까지 나를 두둔해주었다.

어머니는 나를 세상에 내려놓은 데 이어 카트라킬리스 가족의 마음을 사로잡기 어려웠던 펠로타의 세계로 데려다주었다. 어머니가 사랑했던 고장 바스크에 나를 옮겨 심고, 펠로타를 통해 내가 그곳에 뿌리내릴 기회를 만들어주었다. 어쩌면 어머니는 말 대신 자신의 방식으로 내게 사랑의 신호를 보낸 것인지도 모른다. 한편으로는 내가 지상의 공들을 계속 우주로 날려 보내길 바랐을 수도 있는데, 그 이유는 내가 그러는 것이 그 '그리스인'을 골탕 먹일 수 있는 방법이었으니까.

아버지가 알파수컷의 충동에 따라 움직일 때마다 어머니는 '그리스인'이라는 말을 꺼내들었고, 또 그 말에 증오심을 끼얹었다.

아버지에게 바스크는 그야말로 하수구나 다름없었다. 날씨는 재앙이었고, 모든 길은 십자가를 지고 오르는 비탈이어서 멀리까지 가볼 수도 없었다. 아버지는 소나기나 물보라, 높은 파도와 언제 불어올지 모를 돌풍을 피해 집에 틀어박혀 지내기 일쑤였다. 바스크 지방의 북서풍 엔바타는 온갖 광기를 불러일으키기로 악명이 자자했다. 만약 아버지에게 휴가 장소 선택권이 있었더라면 우리는 바스크 지방이 아니라 프로방스의 마노스크와 포르칼키에 사이 어딘가로 떠나 그 어디나 굴곡 없이 평평한 뤼베롱 들판 한가운데에서 여름 한 달 동안 가족적으로 땀을 쏟아야 했을 것이다. 이 불행한 '그리스인'은 단한 번도 원하는 곳으로 휴가를 떠나지 못했고, 1981년 7월, 어머니가 세상을 떠날 때까지 피레네자틀랑티크와 기푸스코아의 끝없는 언덕들을 참고 견뎌야했다.

어머니와 쥘 삼촌은 시계에 대한 열정 외에도 비다소아 강과 바스크 지방에 대한 애착을 공유했다. 쥘 삼촌은 1959년형 아리엘 1000cc 4스트로크 오토바이를 타고 바스크 지방을 부지런히 돌아다닌 덕분에 그 지역에서 일하는 주유원이나 정비공들과도 서로 친근하게 이름을 부르며 지내는 사이가 되었다. 언덕길이 유난히 많은 지역이라 아리엘 오토바이를 타고 속도를 높이다가는 지옥으로 떨어질 위험이 컸지만 쥘 삼촌은 모험을 자제하지 않았다. 삼촌은 매년 자신의 오토바이에 올라타고, 또 매번 들떠서, 툴루즈를 출발하곤 했다. 결국은 유스칼 헤리아('유스케라(바스크어)를 말하는 사람들의 땅', 바스크지방 : 옮긴이)에 도착할 것을 아는 터라 에노아에서 사레로, 게타리아에서 자로츠로 떠돌면서 중간에 산세바스티안의 오야르준 제과점에 들러 '오초[13]'를 사먹었다.

때때로 동생과 누나는 함께 소풍을 가기도 했다. 쥘 삼촌이 나를 오토바이 보조석에 태워 데려가줄 때도 있었다. 우리는 기회가 닿는 대로 잇타수에서 열리는 펠로타 경기를 보러가거나 앙글레 수로로 들어오는 배들을 보러갔고, 어머니를 위해 에스플레트[14]에 가서 고추를 사거나 생장드뤼즈에 가서 항구로 돌아오는 참치어선들을 구경했다. 아리엘 오토바이를 타고 여기저기 돌아다니다보면 더러 애초의 계획보다 시간이 더 경과되는 적이 있었다. 그렇게 되면 쥘 삼촌이 모는 오토바이가 이성에 합당한 속도를 넘어갈 경우가 있었지만, 그렇더라도 삼촌의 수첩에 빼곡하게 적힌 수많은 연락처들 덕분에 매번 잘 해결하곤 했다.

나는 바스크에서 쥘 삼촌과 함께 지내는 게 좋았다. 툴루즈의 집에 있을 때 삼촌은 그 '그리스인'이 기분이 울적할 때마다 빈정거리던 대로 '공짜로 얹혀사는' 형편이라 매사 조심했는데

13) 8자 형태 패스트리.
14) 피레네자트랑티크의 코뮌.
　바스크어 지명은 에스펠레타. 매운 고추가 이곳 특산품이다.

바스크에서는 표정이 밝아지면서 얼굴이 활짝 폈다. 해가 내리쬐든 비가 쏟아지든 쥘 삼촌은 바스크 지방 여기저기를 헤집고 다니며 아름다운 경치를 음미하거나 이따금 기회가 주어지면 남의 여자도 넘보면서 활기찬 날들을 보냈다. 마치 이 세상에 쥘 갈리에니가 두 사람 있는 것 같았다. 어머니의 표현대로 하자면 '언제나 한 발을 허공으로 내밀고' 지내는 명랑하고, 유머러스하고, 생기발랄한 쥘이 있었고, 풀죽은 얼굴로 늘 우울하게 지내는 툴루즈 생미셸 구역의 시계수리공 쥘이 있었다.

툴루즈의 쥘 삼촌은 시계공방 문을 닫고 집으로 돌아올 때까지 하루하루의 무게에 짓눌린 채 작업대에 붙어 앉아 태엽 장치와 톱니바퀴를 점검하고, 시계 분침 축을 갈아 끼우는 일을 했다.

나는 매형 집에 얹혀살며 누나와 생을 함께 나누려한 삼촌의 선택을 이해할 수 없었다. 그의 매형이 대개의 경우 친절하게 대해주긴 했지만 아무리 그렇더라도 삼촌이 그런 선택을 하게 된 이유를 납득하기 어려웠다. 엔다예에 있을 때면 쥘 삼촌은 내부에 분출 직전의 무엇인가를, 삶을 축복하는 일종의 기쁨을 지니고 있었다. 그 기쁨이 표면으로 올라와 들끓고 있다는 걸 느낄 수 있었다. 그것은 말하자면 아리엘 스퀘어4[15] 오토바이에 일 년 열두 달 올라타려는 갈망이었다. 여인네들의 경계심

15) 정방형 4기통엔진.

을 무너뜨리기 위해 깔끔한 셔츠를 입고, 손목시계를 풀어둔 채 하지만 떠돌이 개의 식탐을 품고, 존재의 가장 맛난 부분을, 철판구이 생선과 칼라메레스 엔 수 틴타[16] 그리고 봄철 산악지대의 향기를 품고 있는 치즈까지 잊지 않고 먹어치우려는 갈망이기도 했다.

삼촌은 왜 그런 갈망을 단 한 번도 실현하려 들지 않았을까? 어째서 단 한 번도 진정으로 살아보지 않고 죽음을 택했을까?

언젠가 우리는 아리엘 오토바이를 어르고 달래며 깎아지른 절벽에 난 도로를 따라 하이스키벨 산에 올라갔다. 그 절벽도로는 온다리비아에서 시작해 산허리를 감아 올라간 다음 정상에서 파사헤스 항구를 향해 가파르게 쏟아져 내리는 협로였다. 하이스키벨 산 꼭대기에 이르러 잠시 앉아 쉬고 있을 때 나는 삼촌이 울고 있다는 걸 알아차렸다. 삼촌의 시선은 앞에 펼쳐진 풍경을 향해 있었다. 내가 그랬듯 삼촌 역시 눈을 감고도 그릴 수 있는 풍경이었다. 한 줄기 눈물이 조각처럼 굳은 삼촌의 얼굴을 따라 흘러내리고 있었다. 그 순간 나는 차마 한 마디도 물을 수 없었다. 삼촌의 내면에서 일어난 일이었고, 나는 어떤 방식으로든 간섭할 수 없었다. 생각해보면 그 장면이 얼마나 오래 지속되었는지 전혀 가늠이 되지 않는다. 단지 기억나는 거라면 삼촌이 한 순간 뺨을 문질러 닦으며 한 말이었다.

16) 오징어먹물 요리.

"삶은 길을 잘못 들면 안 돼. 후진이 안 되거든."

무심코 나왔을 수도 있는 말이지만 그 후로도 그 말은 나의 뇌리에서 떠나지 않았다. 아니, 살아오는 동안 잠시도 떠나지 않고 나를 사로잡고 있었다. 어느 날 내가 여객기에 올라 마이애미로 떠날 수 있었던 것도 그 말에 힘입은 덕분이었다.

쥘 삼촌은 사춘기를 맞은 조카의 머리를 지나치게 복잡하게 만들까봐 걱정스러웠는지 곧바로 화제를 바꾸었다. "네 어머니와 내가 살아오는 동안 늘 들어온 질문이 뭔지 아니?" 이따금 그랬듯이 삼촌은 느닷없는 질문을 던져 한 세계에서 다른 세계로 훌쩍 넘어가고 있었다. "'조제프 갈리에니 원수와 같은 집안인가요?'라는 질문이야. 사람들이 그런 질문을 하는 이유는 그 군인이 오트가론 주[17] 생베아 출신이기 때문이었어. 시계공방에 오는 손님들로부터 그 질문을 듣지 않고 일주일을 넘겨본 적이 없을 정도야. 어릴 적 학교에 다닐 때도 마찬가지였지. 학년이 바뀔 때마다 새로 담임을 맡은 선생님이 우리 남매를 따로 불러 '그 저명한 군인'과 어떤 관계인지 묻곤 했으니까. 웃기는 일 아닌가? '파스퇴르'라는 성을 가진 사람들을 보면 혹시 '루이 파스퇴르'와 친척관계냐고 꼬박꼬박 물어볼 셈인가?"

쥘 삼촌의 얼굴에서 눈물자국은 어느새 사라지고 없었다.

17) 미디피레네 지방의 데파르트망. 중심지가 툴루즈이다.

우리는 아무 일도 없었다는 듯이 다시 휴가의 리듬으로 돌아와 쏟아지는 햇살 속에서 스페인의 한 산꼭대기에 나란히 앉아 있었다. 사후에 원수로 추서된 조제프 갈리에니 장군이 단 한 번의 돌격으로 먹구름을 솜씨 좋게 물리쳐버린 참이었다.

아마도 쥘 삼촌은 반투명한 사람이었던 것 같다. 빛이 그를 통과해버리는 바람에 그 빛을 붙잡을 수 없었다고나 할까. 우리가족 가운데 유일하게 내게 세상으로 통하는, 혹은 타인에게로 나아가는 문을 열어주려고 했던 사람이었다. 나를 카트라킬리스의 울타리, 우리 모두를 담아 사시사철 가족이라는 양수로 절이던 그 저수조에서 꺼내주려고 했던 단 한 사람이었다. 그는 나에게 아시아에 대해 또 나무고사리에 대해 알려주었고, 과거 우리 이웃이었던 조르주 라비의 뒤틀린 운명에 대해서도 이야기해주었다. 기계구동장치의 기본원리를 가르쳐주었고, 톱니바퀴가 들어앉은 시계내부를 보여주었고, 연주회와 영화관에 데려갔고, 럭비경기의 최고로 멋진 장면을 보게 해주었다.

쥘 삼촌은《미디 올랭피크》의 정기구독자로 매주 집으로 배달되는 이 잡지를 처음부터 끝까지 읽었다. 이 잡지 말고도 두 종을 더 구독했는데 하나는 시계전문지《시계리뷰》였고, 다른 하나는 매혹으로 가득 찬《카이에 뒤 시네마》였다. 삼촌은

《카이에 뒤 시네마》를 애지중지해서 책장 한가운데에 발행날 짜순으로 정리해두었고, 기회 있을 때마다 나에게 마틴 스콜시지, 마이클 치미노, 조셉 L 맨키비츠, 프랜시스 포드 코폴라 감독들에 대해 이야기해주었다. 테렌스 맬릭 감독의 두 번째 장편영화 《천국의 나날들》에 대해 이야기할 때는 눈에서 빛이 났다. 테렌스 맬릭 감독은 하버드와 옥스퍼드 대학에서 공부했는데 선생들과 의견충돌을 빚고 나서 논물제출을 거부했다. 키르케고르, 하이데거, 비트겐슈타인의 세계개념에 대한 논문이었다. 삼촌이 한 마디 덧붙였다. "고작 그거였지 뭐!"

이따금 독서에 빠져들기, 오토바이를 타고 바스크 지방 곳곳을 돌아다니기, 스포츠에 몰두하기가 쥘 삼촌의 생에 뒤덮여 있던 짙은 구름들 틈새로 비쳐들던 환한 빛줄기들이었다. 나는 삼촌의 삶에 나 있는 이 창문들만으로 지친 정신에 청량한 공기를 주입해주며, 우리가족의 굴레를 견뎌낼 수 있으리라 생각했다. 하지만 결국 내 생각은 틀렸다. 1981년 5월, 쥘 삼촌은 생의 모든 것에 종지부를 찍었다. 프랑수아 미테랑이 대통령에 당선되기 전날이었다.

우리가 미처 알아차리지 못하는 사이 대체 무슨 일이 일어났던 걸까? 모든 걸 받아들이고 평온히 가라앉아 있다고 생각한 삼촌의 세계에서 별안간 핵분열을 일으키게 만든 일은 무엇이었을까? 그 주의 중간쯤 삼촌에게 전화 한 통이 걸려온 적이 있었다. 마침 저녁식사 중이었는데 누군가 삼촌에게 전화했고, 통화내용이 무엇이었는지에 대해서는 아무도 모른다. 초조해보이던 쥘 삼촌이 전화벨 소리를 듣고 식탁에서 벌떡 몸을 일으켰다. 뭔가 기쁜 소식을 기다리던 아이가 식탁에서 일어나도 좋다는 허락을 받았을 때 지을만한 표정이 그의 얼굴에 떠올랐다. 통화시간은 그리 길지 않았다. 다시 식탁으로 돌아와 앉은 쥘 삼촌은 지쳐빠진 늙은 짐승처럼 기력을 완전히 잃은 모습이었다. 납빛 얼굴에서 눈이 초점 없이 흔들렸고, 두 손은 추락하는 비행기 안에 앉은 승객처럼 접시들이 놓인 식탁 모서리를 움켜잡고 있었다. 어머니가 삼촌의 팔을 잡아주며 괜찮은지 물었다. 아버지가 의문문의 억양을 더 높여 같은 질문을 했다. 쥘 삼촌은 가족들을 처음 대한다는 듯이 한 사람씩 번갈아 쳐다보더니 식탁에서 의자를 가볍게 뒤로 뺀 다음 모두들 지켜보는 가운데 그 자리에서 가슴을 꼿꼿이 세우고 뱃속의 내용물들을 게워내기 시작했다. 그다지 힘들이지 않고 몇 번이나 구토를 거듭하는 동안 그저 꼿꼿이 가슴을 세우고 있었을 뿐 별다른 동작도 없었다. 다만 믿을 수 없다는 듯 겁에 질린, 비통한 눈길로 우리를 마주보았을 뿐이었다.

쥘 삼촌은 구토를 다 하고 나서 식탁에 떨어져 있는 작은 오물 무더기들을 스스로 치웠다. 지저분하고 어수선해진 식탁을 다시 질서정연한 상태로 되돌리기 위해 오물을 열심히 치우고 있는 쥘 삼촌의 모습에는 무한한 슬픔을 불러일으키는 무언가가 있었다. 나는 보다 못해 쥘 삼촌에게 다가가 함께 치우겠다고 했다. 내 제안은 결과적으로 그를 한층 더 난처하게 만들었을 뿐이었다.

다음날 쥘 삼촌은 평소처럼 어머니와 함께 시계공방으로 나갔다. 우리들 각자는 삼촌의 몸에 밴 오랜 습관이 구속력을 발휘해 불안정한 심리상태를 이겨낼 수 있게 만들었다고 해석했다. 다만 아버지만이 여전히 마음이 놓이지 않는 듯 처남에게 몸 상태는 어떤지 혹시 도움이 필요한 일은 없는지 거듭 물었다. 그나마 그런 점이 이 '그리스인'이 가진 좋은 면이었다. 힘든 상황일수록 아버지의 직업적 신조가 돋보였다. '언제나 환자와 함께'라는 신조로, 피셔맨스프렌드를 만든 약사 로프트하우스로부터 배운 것일 수도 있었다.

전화통화를 할 때 대체 무슨 말을 들었기에 한 사람의 삶이 그토록 큰 혼란에 빠질 수 있었을까? 그 말을 한 상대방은 누구일까? 나중에 어머니로부터 들은 얘기지만 삼촌은 아무리 물어도 기어이 묵묵부답이었고, 마지막 생의 순간들을 아무

일 없이 모든 게 제자리에 있다는 듯이 지내려했다. 대통령 선거가 목전에 임박했던 시기였다. 정치적 열기가 이 나라를 온통 들쑤시고. 팽팽한 긴장감을 유발하고, 새 희망을 채찍질할 때 한 남자는 단단히 방벽을 치고, 자기 안에 들어앉아 빗장을 걸어 잠근 뒤 핀셋을 들고 시간의 흐름을 다시 질서 있게 되돌려놓는데 몰두하고 있었다. 그럴 때 그의 모든 동작들은 부드러우면서 정확했고, 세밀했고, 그가 자신에게 남겨놓은 생의 시간처럼 계산된 것이었다.

췰 삼촌의 마지막 날들은 일종의 반전이었고, 하나의 수수께끼로 남아있다. 그의 두 손은 침착하게 주어진 일을 수행해냈지만 피부 밑에서는 용암이 끓어오르고 있었다. 삼촌은 금요일 저녁까지 누나 옆에서 시계에 대한 지식을 떠벌리며 부품을 핀셋으로 집어 올려 원래 자리에 끼워 넣고, 조립하고 두드려 맞춘 다음 뚜껑을 덮고, 시계바늘과 태엽꼭지를 제자리에 맞춰 넣고, 스프링걸쇠를 채우고, 톱니바퀴들이 제대로 맞물려 돌아가는지 확인했다. 그렇게 해서 마침내 시간을 맞춰 그 사이 흘러간 만큼을 순식간에 따라잡았다. 이런 방식으로 삼촌은 사흘을 보냈다. 그 사흘 동안 그는 세계의 종말이 다가온다는 걸 알고 있었지만 달리 어떤 반응도 내비치지 않았다. 자신이 배운 일, 지난 30년간 자신이 해야만 했던 그 일을 한

게 전부였다.

그 금요일 저녁에 우리는 여느 날처럼 서로 무관심 속에서 각자 자기 생각에 잠겨 식사를 했다. 해가 긴 계절이었다. 마침내 어둠에 잠긴 정원은 봄의 온갖 향기를 펼쳐놓았다. 수액이 흘러넘치는 초목들 사이 어디에나 생명의 기운이 꿈틀거리고 있었다. 쥘 삼촌은 평소와 다름없이 긴 소파에 자리 잡고 앉아 TV를 보다가 서서히 잠이 들며 어머니의 쇄골에 머리를 얹었다.

5월 9일 토요일이 삼촌의 마지막 하루였다. 그날이 어떻게 흘러갔는지는 기억나지 않는다. 특별한 일은 없었다. 마치 삼촌이 벌써 사라져버린 듯 조용했다. 그날 저녁 우리가족이 식사하는 자리에 삼촌도 함께 있었다는 사실을 기억한다. 밤 열한 시경 삼촌이 라이더점퍼를 입었다는 사실도 기억한다. 삼촌은 어머니를 가볍게 껴안고 뺨에 입을 맞추고 나서 밖으로 나갔다. 살아오는 동안 그들 남매는 불과 한두 시간 서로 떨어져 있게 될 경우에도 작별의 포옹을 거르는 법이 없었다. 그의 헬멧이 현관에 그대로 놓여 있었는데 아무도 알아차리지 못했다. 대문을 빠져나간 아리엘 오토바이는 그 익숙한 포효와 함께 레드무아젤 거리를 따라 멀어져갔다.

목격자들의 증언에 따르면 삼촌이 몰던 아리엘 오토바이가 프레데릭미스트랄 길을 빠른 속도로 달려가다가 길 끝에 있는 그랑롱 공원 벽과 울타리철책을 브레이크도 밟지 않고 정면으로 들이받았다고 한다. 나중에 전문가가 분석하길 시속 130킬로미터가 넘는 속도였다.

집에서 5백 미터도 떨어지지 않은 곳에서 벌어진 일이었다.

쥘 삼촌은 제5공화국 최초로 사회당 후보가 대통령에 당선되는 순간을 불과 몇 시간 차이로 보지 못했다. 프랑수아 미테랑이 대통령에 당선된 날과 삼촌이 생을 마감한 날이 겹치는 바람에 우리가족 사이에서 그 일은 완전히 빛을 잃었다.

갈리에니 가운데 하나가 1981년 5월 9일 쉰 살의 나이로 먼저 죽었다. 쥘 삼촌보다 한 살 더 많은 어머니는 두 달 후 동생을 따라갔다.

안나 갈리에니는 자신의 반쪽인 쥘을 잃은 뒤로 아내 혹은 어머니의 자리로 돌아오려 하지 않았다. 간단히 말해 그럴 힘이 없었다. 어머니는 다시 시계공방으로 나가 일을 계속했다. 겉으로 보기에는 이전과 똑같았다. 하지만 공방 작업대에는 온통 동생의 그림자가 드리워져 있었다. 그 여름날 밤, 마지막이 되리라는 그 어떤 기미도 없었던 그날 밤, 어머니는 차고 문을 닫고 트라이엄프 조수석에 앉아 시동을 켰다.

작별인사는 없었다. 남편에게도 아들에게도 말 한 마디 남

기지 않았다. 쥘 삼촌의 죽음이 그러했듯 거의 알아차리기도
힘들 만큼 담담하고 조용하게 목숨을 끊었다. 두 사람이 생을
끝내기 위해 선택한 도구는 모두 영국에서 설계된 엔진을 달
고 있었다. 오토바이와 자동차는 평소의 습관을 위반하고 순
식간에 가속을 붙여 경계를 넘어갔다. 두 갈리에니의 죽음 뒤
에 아버지는 시계공방의 임대계약을 해지했고, 버려진 간판은
고물상이 주워갔다. 어머니는 툴루즈 남동쪽 로라게의 한 작
은 마을에 있는 동생의 묘 옆에 묻혔다. 나에게 그 장소가 선
택된 이유를 말해준 사람은 없었다.

그날 한여름 더위에 녹은 아스팔트가 차타이어 밑에 달라붙
으면서 바람 소리를 냈던 걸 기억한다.

우리가족은 눈에 띄게 축소되었다. 내가 의학공부를 마치려
면 아직 2년이 더 지나야 했다. 나의 펠로타 공 서브 능력과 정
확도를 높이는 데도 그만큼의 시간이 더 필요했다. 스물다섯
살이 되었어도 나는 밤마다 '디그무스 파라디그무스'를 중얼거
리다가 잠이 들었다. 이따금 삼촌이 기억 속으로 잠입해 들어
와 삶은 후진이 안 된다는 사실을 다시 일깨워주곤 했다.

콰가[18]

아버지는 서가 위 유골단지 안에서 잠들었고, 나는 아버지의 책상에 앉아 그의 영토를 구석구석 눈으로 훑고 있었다. 이 진료실은 납골당분위기를 풍겼다. 온갖 질병에 이어 죽음 하나도 이곳에 자리 잡았다. 바깥에서는 눈이 내리는 동시에 녹아내렸다.

시차를 계산해보니 에피파니오가 경기장 마사지실로 출발하기 전에 잠깐 통화할 수 있을 것 같았다. 내 목소리를 들은 에피파니오는 잔뜩 흥을 내며 "올라 케 탈 카브론(어이, 어떻게 지내)?"을 외치다가 내가 이곳에 온 이유를 곧바로 기억해냈다. 엄숙해야 할 상황이라고 생각했는지 목소리를 낮춰 다시 물었다. "어떻게 지내, 친구? 아버님 일은 잘 마쳤어?" 그가 말할 때마다 빈번하게 사용하는 '일'은 거의 모든 것을 가리킬 수 있는

---

18) 사바나얼룩말 아종. 인간의 사냥으로 인해 1872년 멸종했다. '콰가'는 이 얼룩말 울음소리를 흉내 내 붙인 이름이다.

총칭이었다. 나의 간략한 대답에 만족한 그가 본격적인 이야기를 쏟아놓았다. "네가 들으면 속이 뒤집힐 일이 있어. 바르보사 그 개새끼가 벌써 네 자리에 다른 녀석을 데려다놓았어. 우루과이 출신이고, 브리지포트에서 뛰다가 왔다는데 생긴 게 영락없이 라바노(래디시)야. '빨강 순무, 응, 순무.' 내가 순무를 파트너로 데리고 뛰어야겠어? 순무와 함께 카니엘라를 뛰어야한다고? 게다가 그 순무의 이름이 뭔지 알아? 오스카 맥시퀸리야. 이게 말이 돼? 맥시퀸리라니? 햄버거 이름 같잖아. 믿어져? 가만있을 내가 아니지. 이름을 가지고 한 마디 놀렸더니 그 얼간이가 고깝게 여겼나봐. 나한테 뭐라고 대꾸한줄 알아? 좌우지간 한 번도 들어보지 못한 말을 하는 거야. '테 보야 메테르 마스 라르고 케 아우스트랄리아(오스트레일리아보다 더 큼직한 놈으로 줄게). 우루과이에서 흔히 쓰는 표현인가 봐." 그의 말을 듣고 있는 동안 탈의실의 눅눅한 냄새, 선수들의 몸에서 풍겨오는 땀 냄새가 코끝에 훅 끼쳐왔다. 일제사격처럼 벽을 두드리는 공 소리, 관중석에서 웅성거리는 소리, 코트를 박차는 운동화밑창의 마찰음도 들려왔다. 습기를 잔뜩 머금은 공기를 라켓으로 힘껏 가르면 그곳에서도 북서풍이 세차게 불어오곤 했다. 네르비오소의 목소리는 나를 마이애미의 집으로 실어가는 장거리비행기나 다름없었다. "네 배가 제자리에 잘 있는지 내일 아침에 가서 확인해볼게. 돌아오는 길에 네 집에도 들러봐야지. 네가 돌아오기 전까지 맥시쿤리를 손봐줄 생각이야. 몬테비데오로 다시 쫓아버려야겠어. 그전에 먼저 오스트레일리아에 보내줘야겠지." 전화를 끊기 전에 에피파니오에게 내가 있는 곳에는 눈이 내려 정원이 온통 하얗게 되었다는 이야기를 해주었다. 그의 말이 뚝 끊기더니 침묵이 꽤 오래 지속되었다. 그에게는 낯설 수밖에 없는 눈의 색깔과 명도, 풍경을 상상하느라 머릿속이 분주해진 탓이라는 걸 느낄 수 있었다. 통화를 마치기 전 그가 거의 아이 같은 목소리로 말했다. "푸타 마드레, 에스토 데베 세르 무이 베요(젠장, 무척 아름다운 풍경일 거야)."

사흘 동안 필요한 행정절차를 밟으며 보냈다. 권리이양, 명의변경, 말소, 양도, 해약 같은 일들은 우리에게 삶의 편의를 제공하는 법률회사들이 군침을 흘리는 음식들이다. 아버지의 공중인을 만나 상속절차에 대한 설명을 들었다. 눈은 어느새 다 녹아 도시는 원래의 색깔로 돌아와 있었다.

내가 집에서 사용하는 공간은 거실과 주방 일부 그리고 내 방뿐이었다. 다른 방들은 죽은 자들의 공간이었고, 나는 그들의 영토를 존중했다. 왓슨도 이 경계선을 지켰다. 재미있는 점은 왓슨이 자기 구역의 경계선을 스스로 정했다는 사실이었다. 녀석은 낯선 집에서 그 정도 지분을 확보한 것만으로도 행복해보였다. 밤마다 내 옆에 붙어 앉아 TV를 보는 일이 왓슨에게는 또 다른 즐거움이었다. 소파에 올라앉아 마치 사람처럼 TV화면에 집중하는 모습을 보면 녀석이 영상과 대화를 얼마간 따라잡고 있다는 생각이 들었다. 왓슨은 TV화면에 동물이 등장하면 무슨 종이든 관계없이 물에 빠졌다 살아났을 때처럼 작은 귀를 쫑긋 세우고 나지막이 목젖을 울리는 소리를 냈다. 녀석이 그르렁거리는 소리는 자신과 처지가 유사한 생명의 한 형태를 알아본 일종의 슬픔 혹은 기쁨의 표현일 테지만 둘 중 어느 쪽인지는 가늠하기 어려웠다.

고인들에 대한 기억이 밀물과 썰물처럼 번갈아 밀려왔다 빠져나가던 그 시기에 왓슨이 곁에 있다는 사실이 내게 얼마나 큰 힘이 되었는지 말로 다 표현할 수 없을 것이다. 내가 때로 왓슨에게 말을 건넬 때면 녀석이 모든 것을, 별 의미 없는 잡담에서부터 내가 물려받았을 그 견고한 유전자에 대한 인간적 문제제기와 근거 있는 의혹에 이르기까지 전부 알아듣고 있다는 느낌을 받았다.

이 문제제기에 대한 대답은 늘 그렇듯 전혀 예상 밖의 통로로, 또한 가장 적응하기 힘든 방식으로 왔다. 오후 늦게 정원 샛문의 초인종이 울렸다. 지그비였다. 자기만족이 후광처럼 그를 에워싸 특별한 개성을 만들어주고 있었다. "어떻게 지내나? 괜찮아 보이는군. 지낼만하지? 좋은 일이야. 이 동네를 지나가는 길인데 글쎄 자네 부친의 스카치위스키가 나를 그냥 보내주지 않더군. 한잔하라고 청하는 위스키의 소리가 들리더라니까." 지그비는 나와는 다른 시대에 속한 사람이었다. 그는 내가 알아들을 수 없는 언어를 사용하면서 거북한 방식으로 행동하는 어느 다른 세계의 거주자였다. 그는 시공간을 자유자재로 이동하는 영화 속 특수효과처럼 내 삶에 출현했고, 주변을 진공상태로 만들어 방안의 산소를 전리품처럼 전부 빨아들였다. 내가 최소한으로 호흡하며 자기 말을 들을 수 있도록 아주 약간의 산소만 남겨주었을 뿐이다. "더블로 한잔 갖다 주게. 무척이나 목이 마르군. 자네, 부친 일을 물려받는 것에 대해 생각해보았나? 이보게, 자네는 아직 젊으니까 서두를 필요는 없지만 의원을 하루라도 빨리 열면 부친의 고객을 고스란히, 그야말로 고스란히 물려받을 수 있어. 사실 그 문제는 대단히 중요해. 의원 문을 너무 오래 닫아두면 환자들이 다른 의사를 찾아 사방으로 흩어져버릴 테니까. 자네가 미적거릴수록 부친을 찾아오던 환자들이 점점 줄어들기 마련이야."

위스키 첫 잔은 이 첫 번째 의견개진이 끝나기 전에 바닥났다. 두 번째 잔과 함께 그가 꺼낸 주제는 오래전부터 내 머릿속에 자리 잡고 있다가 아버지의 죽음으로 인해 다시 세차게 고개를 든 한 가지 질문과 연관된 것이었다. 나는 이 질문을 누구에게도 꺼낸 적이 없었다. 특히 예고 없는 방문이 취미인 이 알코올중독 성형외과의사 지그비 스카스가르드에게 내 속을 내비친다는 건 있을 수도 없는 일이었다. 그에게 다른 사람 생각을 읽는 초능력이 있었던 걸까? 어쨌거나 그 늦은 오후에 그는 아버지의 위스키를 마셨고, 그 술이 자기 목구멍으로 넘어가는 걸 당연하게 여기고 있었다. "얼마 전 불행한 사태에다가 지금껏 가족들에게 발생했던 여러 가지 일들을 두루 생각해볼 때 자네가 이 집에서 지내는 건 그리 쉬운 일이 아닐 거야. 어쩌면 카트라킬리스라는 이름을 사용하는 것조차 꺼림칙하겠지. 가족 넷이 모두 자살로 생을 마감했으니 그럴 만해. 그냥 아무렇지 않게 넘길 수 없는 문제가 맞아. 자넨 분명 어떤 유전인자가 작용한 건 아닌지 의심을 품어봤을 테지. 적어도 자네의 DNA 이중나선구조 속에 불량한 염색체가 자리 잡고 있을지도 모른다는 생각을 해봤을 거야. 그 문제에 대해 내가 자네에게 해주고 싶은 말은 염색체야 어떻든 상관없다는 것이네. 생명이란 본래 살기 위해 태어나니까. 이를테면 자네도 술을 마셔보면 어떻겠나? 술을 간간이 몇 잔 마시는 건 그리 해롭지 않을뿐더러 신경 뉴런에 윤활제가 되어준다네. 이보게,

한잔 더 갖다 주겠나?"

지그비의 단호하면서도 확고한 주장과는 달리 자살성향을 결정하는 유전인자가 존재한다는 사실은 여러 연구결과를 통해 확인되고 있었다. 신경계 반응조절 기능을 담당하는 신경전달 화학물질 세로토닌이 유전적 요인으로 분비장애를 일으키는 경우 자살원인으로 작용할 수 있다는 결론이었다. 다른 요인도 고려해볼 수 있는데, 예를 들어 코르티솔 같은 호르몬 분비가 유전자에 의해 결정된다든지, 혹은 신경영양인자 즉 신경세포의 성장과 발달에 관여하는 일군의 단백질이 유전자에 의해 생성된다는 연구결과도 나와 있었다.

어쨌거나 이런 연구결과들은 자살 문제를 규명할 문 하나를 열어보였다는 점에서 의미 있는 성과로 받아들일 만했다. 다만 내가 아는 한 아직 구성원 전원이 자살한 가족을 대상으로 연구가 이루어진 경우는 없었다. 우리가족은 뒤틀리고 손상되고 퇴화한 DNA 이중나선구조를 대를 이어 물려주면서, 세로토닌 결핍이든 코르티솔 과잉이든, 아무튼 그 반대의 경우가 아니었던 탓에 모두들 자살했다.

게다가 가족 넷이 자살했다는 보기 드문 스코어를 실현한데다, 구 소비에트사회주의연방 출신 계보와 가론 강 부근 출신 계보가 만나 동시에 종족퇴화를 일으키고, 자살 퍼포먼스의 품질과 창의력을 계속 향상시킨 가족이 과연 있었을까? 사실 나의 가족들을 돌아보자면 구성원들 모두 공통적으로 자살을 추구했다는 사실을 넘어 각자 마지막 장면을 화려하게 연출했다는 점으로 미루어 일종의 쇼 비즈니스 유전인자도 갖고 있었다고 할 수 있다.

"자네 집안의 유전자 이야기를 해보자면 시작은 자네 조부였지. 그 윗대는 어땠는지 모르지만 나도 자네 조부에 대해서는 잘 알고 있어. 아주 독특한 분이었고, 자네는 조부를 늘 좋아했지. 다만 자네가 태어나기 전부터 자네 조부를 알았던 내가 할 수 있는 말은 그분이 대단한 괴짜였다는 거야. 그 분은 종종 스탈린과 얽혀 지낸 인연을 비롯해 여러 이야기들을 들려주었지만 과연 진짜인지 늘 의심스러웠다네. 구 소비에트사회주의연방에서 도망쳐 나온 공산주의자가 그렇게 빠른 시간 안에 돈을 마련해 이 구역에 집을 구입한 건 정말이지 놀라운 일이 아닐 수 없네. 자네 조부가 그 많은 돈을 어디서 구했는지 당최 모를 일이야. 스피리돈 카트라킬리스는 어디로 뛸지 알 수 없는 분이었어. 자네 부친을 프랑스로 보내 지인의 집에서 자라게 했던 그 16년 동안 스피리돈이 모스크바에서 무슨 일을 했는지는 아무도 몰라. 자네도 알다시피 아드리앙은 1929년에 태어났고, 자네 조부 스피리돈은 35년에 그를 툴루즈로 보냈어. 1953년에 스탈린이 사망하자 자네 조부는 곧바로 아들이 있는 곳으로 왔지. 그동안 어디서 어떻게 지내왔는지에 대해서는 한 마디도 하지 않았어. 부인에 대해서도 전혀 언급하지 않았지. 자네 조부가 부인과 사별했는지, 그냥 헤어졌는지, 아님 실종되었는지, 강제수용소에 끌려가기라도 했는지 전혀 알 길이 없어. 정말이지 희한한 일 아닌가? 한잔 더 주게, 더블로. 내가 보기에 자네 조부는 천부적인 거짓말쟁이였고, 위선자에다 사기꾼이었지. 스탈린 유전자를 가진 사람이었다고나 할까."

지그비와 마주앉아 보내는 시간이 늘어나면서 이 도시로 돌아온 이후 내가 정말이지 어처구니없는 상황에 직면하게 되었다는 걸 실감하지 않을 수 없었다. 눈앞의 남자는 자기 언행이 얼마나 무례한지 전혀 의식하지 못했다. 나는 지그비에 대해 딱히 아는 게 없었다. 그는 망나니 소처럼 집으로 쳐들어와 위스키를 거덜 내면서 내 할아버지의 삶에 오물을 뿌려대는 한편 우리가족과 관련된 온갖 악의적인 의혹들을 서서히 퍼지는 독처럼 주입해대고 있었다.

"자네 혹시 카트라킬리스라는 이름이 어디서 왔는지 들어본 적 있나? 어떻게 그리스인이, 사실은 그리스인인지도 확실하지 않지만, 모스크바에 가서 그 유명한 독재자의 주치의가 되고, 부검을 하다가 뇌조각을 잘라내 챙겨올 수 있었는지, 그 이야기를 믿을 수 있던가? 자네는 한 번이라도 그 뇌조각을 가까이에서 본 적 있나? 그러니까 그 뇌조각이란 자네 조부가 그려낸 콰가인 셈이야. 아무도 본 사람이 없으니 내키는 대로 꾸며낸 이야기라는 거야."

지그비는 스스로 멍청이가 될 권리가 있었다. 터무니없는 말을 내뱉든지 얼빠진 짓을 하든지 그의 자유였다. 거리의 주정뱅이처럼 비틀거리면서 엉터리 기억을 토해내다가 코를 풀어 고인들에게 던질 수도 있었다. 하지만 콰가를 건드리지는 말았어야 했다. 그가 해서는 절대로 안 되는 짓이었다. 나는 자리에서 몸을 일으켜 그의 손에서 위스키 잔을 빼앗았다. 그러고는 짧게 말했다. "나가." 심상찮은 일이 벌어지고 있다는 느낌을 받은 왓슨이 내 곁으로 다가왔다. 녀석은 조금 전까지 손님이었던 사람이 갑자기 달갑잖은 침입자가 되었다는 사실을 금세 알아차렸다. 지그비가 미적거리며 시간을 끌자 왓슨이 낮게 으르렁거리며 새로운 상황에 첨가된 변수에 대응했다. 녀석이 가세하는 바람에 이 성형외과의사의 머릿속에 잔뜩 끼어있던 안개가 걷혔다. 그가 몸을 일으켜 세우더니 외투를 꿰어 입고, 오디션에서 떨어진 배우처럼 풀죽은 몰골로 무대를 떠났다.

내가 할아버지를 생각할 때마다 가장 먼저 떠오르는 기억이 바로 콰가 이야기였다. 1963년에 할아버지는 이 동물의 죽음에 대해 내게 처음으로 이야기해주었다. 내가 일곱 살 때였고, 콰가 이야기는 내게 무한한 슬픔과 생명의 가치를 일깨워주었다. 그 이야기를 들었을 때만큼 강렬한 감정을 느낀 적은 그 이전에도 그 이후에도 없었다.

할아버지는 말수가 거의 없는 사람이었지만 어쩌다 말을 할 때면 특유의 질감과 억양이 느껴지는 목소리로 깊이 있고 강렬한 인상을 아로새겨놓았다. 콰가 이야기는 남아프리카 드넓은 초원, 태고의 어둠속에서 시작되었다. '콰가(학명 : Equus quagga quagga)'는 얼룩말이지만 다른 얼룩말들과는 달랐다. 밝은 베이지색 바탕에 목과 몸통의 앞부분에만 검은 줄무늬가 있었고, 뒷부분은 얼룩이 없는 단색이어서 일반적인 얼룩말과는 쉽게 구별됐다. 몸이 유연하고 아름다운 느낌을 불러일으키는 동물이었다. 번식력 좋고 온순하며, 끝없이 펼쳐진 초원을 달리며 풀을 뜯어먹는 것 말고는 야심이 전혀 없는 종이었다. 초원을 달리며 평화롭게 풀을 뜯고자 했던 콰가의 소망은 난폭한 인간들에 의해 무참하게 꺾였다. 식민지 개척자들, 그 탐욕스러운 사냥꾼들이 콰가 무리에 군침을 흘렸다. 그들은 콰가를 거실 장식품이나 침대바닥깔개로 바꾸어놓을 작정으로 날뛰었다. 그 결과 한 인간의 성장에 필요한 시간보다도 더 짧은 기간에 아프리카에서 서식하던 콰가들 대부분이 살육을 면치 못했고, 전시 표본용으로 포획된 몇 마리만이 유럽 여기저기에 있는 대규모 동물원에 보내졌다. 스피리돈 할아버지는 내게 어렵사리 생존한 콰가 몇 마리가 동물원에 갇혀 지내던 시절의 이야기를 들려주었다. "모스크바에서 지낼 당시 라자르라고 나랑 아주 친하게 지낸 친구가 있었어. 나이가 나보다 위인 수의사였는데 일과 관련해 거의 유럽 전 지역을 돌아다녔다고 해도 과언이 아닐 거야. 동물원에 갇혀 지내는 야생동물을 돌보는 일이 라자르의 전공이었거든. 여러 나라에 수없이 출장을 다녀야했기에 7개 국어를 구사했고, 자기가 돌보는 동물들의 언어도 알아들을 수 있었지. 하루는 암스테르담에 있는 어느 동물원으로부터 전화를 받았어. '나투라 아르티스 마지스트라(자연은 예술의 스승)'라고, 나름 멋을 잔뜩 부린 이름을 가진 동물원이었지. 그 동물원에 있는 콰가가 병이 들었는데 발열과 경련 증상을 보이고 설사를 한다는 거야. 콰가를 그처럼 높은 위도에 데려다놓은 것 자체가 어처구니없는 짓이었어. 아프리카와는 전혀 다른 풍토에서 지내게 된 게 콰가가 병들 수밖에 없었던 원인이었지. 라자르가 네덜란드 암스테르담에 가보니 콰가는 아예 먹기를 거부하고 있는 상황이었어.

몸이 극도로 쇠약해진데다 털이 마치 낡은 회벽처럼 슬쩍 건드리기만 해도 떨어져 내리고 있었지. 라자르를 만난 동물원 원장은 홍보물에도 나와 있듯이 콰가야말로 그 동물원에서 가장 중요한 동물이라면서 반드시 회복시켜달라고 간곡히 말했어. '지구상에 생존해있는 마지막 콰가'인 만큼 관람객들이 각별한 흥미를 보이는 건 당연했지. 원장은 라자르에게 이틀 후에는 콰가가 혼자 힘으로 일어설 수 있게 해달라고 부탁했어. 그날 어느 유명인사가 동물원을 방문할 예정이었거든. 왕족인데 지나는 길에 꼭 콰가를 보고 싶다고 했다는 거야."

라자르는 우리에 가서 콰가를 마주하는 순간 뭔가 가슴을 후려치는 느낌을 받았다. 그때껏 수의사로 일하면서 한 번도 느껴보지 못한 감정이었다. 주체할 수 없을 만큼 눈물이 쏟아졌다. 콰가 얼룩말은 바닥에 모로 쓰러져 겨우 숨을 유지하고 있었다. 인간들에게 포로로 잡혀 능욕당하고, 태생지인 아프리카와는 풍토와 기후가 전혀 다른 곳에서 살아가느라 몹시 지친데다 나이까지 들어 서서히 질병에 잠식당한 상태였다. 예전 아프리카 초원에서 무리와 어울려 지낼 때라면 힘껏 달아날 수 있었을 것이다. 앞으로 곧장 달려 나가 비참한 최후를 면할 수 있었을 것이다. 하지만 그 콰가의 앞에 놓인 운명은 달랐고, 이제 사바나를 질주하는 대신 암스테르담의 다져진

진흙땅에 쓰러져 숨이 끊어질 위기에 처해 있었다. 라자르는 그 시대에 처방이 가능했던 모든 약과 강장제를 투약해 얼룩말의 생명을 붙잡아보려고 애썼다. 모포를 여러 겹 둘러 몸을 따스하게 감싸주고, 온종일 곁을 지켰다. 시간이 흘러 어둠이 깊어졌다. "해가 지고, 콰가 우리 근처에도 인적이 끊어졌지. 라자르가 내게 털어놓은 말인데, 그 얼룩말 곁을 지키는 동안 견딜 수 없을 만큼 큰 혼란과 두려움이 덮쳐왔다고 했어. 눈앞에서 벌어지고 있는 일을 지켜보며 어찌할 바를 모르겠더라고 하더군. 인간이 살아있는 콰가를 보는 마지막 순간이었으니까. 다음 날이면 콰가가 지상에서 모두 사라지고 만다는 걸 알고 있었으니까. 라자르는 50년 전만 해도 사바나를 활기차게 질주하던 동물이 자신이 두 눈을 뜨고 지켜보는 가운데 지상에서 영원히 사라지게 되었다는 걸, 이제 단 한 마리의 콰가도 살아있지 않으리라는 걸 받아들이기 힘들었어. 불과 반세기전만해도 수십만 마리나 되는 콰가가 무리지어 살고 있었으니까. 그때 그 친구가 느낀 감정을, 단 하나 남은 콰가의 죽음이 그에게 어떤 의미로 다가왔을지 이해하겠니? 그날 밤 라자르는 콰가 곁을 지키다가 동물원 진료실 간이의자 위에서 잠시 눈을 붙였어. 그는 직원들이 출근하기 전 새벽에 다시 일어나 콰가의 곁으로 갔지. 전날보다 상태가 훨씬 더 나빠져 있었어. 얼룩말은 눈알이 안구에서 빠져나올 듯했고, 이따금 다리를 허우적거렸어. 라자르는 그 곁에 웅크리고 앉아 손을 내밀어 콰가의 목을 쓰다듬으며 말을 건네기 시작했대. 그렇게 거듭 쓰다듬으면서 마음을 편안하게 해주는 이야기들을 들려주었다는 거야. 똑같은 상황에 처한 사람에게도 들려주면 위안이 될 만한 이야기들이었어. 라자르는 오랫동안 콰가와 함께 이야기를 나누었다더군. 얼룩말도 사람도 곧 다가올 일을 알고 있었던 거야. 가장 일찍 출근한 사육사가 우리 안으로 들어섰을 때 콰가는 이미 호흡이 끊어진 상태였대. 콰가의 최후를 지킨 라자르는 온기가 남아있는 얼룩말의 목을 여전히 쓰다듬고 있었다더군. 그 모습이 그려지니? 그 장면을 상상할 수 있겠어? 내 친구는 인간의 그릇된 욕망 때문에 학살당한 한 동물의 마지막 개체가 사라지는 순간을 지켜본 거야. 1883년 8월 12일에 '자연은 예술의 스승'이라는 이름을 가진 동물원에서 벌어진 일이었단다. 그 이야기를 떠올릴 때마다 가슴이 아파."

　내가 스피리돈 할아버지로부터 이 특별한 얼룩말 이야기를 들은 적이 족히 열 번은 넘었는데, 그때마다 친구에게서 들었다는 이야기의 궤도를 단 한 번도 이탈한 적이 없었다. 아무리 그렇더라도 성형외과의사 지그비가 할아버지에 대해 쏟아낸 비방이 아무런 근거도 없는 허위라고 일축할 수는 없었다. 아마도 스피리돈 할아버지는 거짓말쟁이에다 위선자였을 것이고, 또 분명 그 당시 역사, 자신을 고용한 크렘린의 독재자가 만든 역사에 적당히 타협한 공산주의자였을 수도 있었다. 그런 가정을 모두 인정하더라도 할아버지의 삶은 그 빈틈과 결함, 오류, 또 미심쩍은 그 뇌조각 일화와 구 소비에트사회주의 연방의 특산품인 풍성한 뒷말, 거기에 당신의 자살 이야기까지 덧붙어 특유의 어떤 맛, 이를테면 낭만적인 감칠맛을 빚어냈다. 몰트위스키로 채워진 목구멍으로는 결코 그런 삶의 맛을 음미하기 어려웠을 것이다.

할아버지가 자살로 생을 마감한 해는 1974년이었지만 세상에 태어난 해를 특정하기란 어려웠고, 따라서 카트라킬리스 가족 가운데 어느 누구도 할아버지의 정확한 출생연도를 밝히는 일에 열의를 보이지 않았다. 모스크바에서 가져왔다는 공식서류 ─ 공식적으로 발행된 서류인지는 알 수 없다 ─ 에 따르면 스피리돈 카트라킬리스는 레프 카트라킬리스와 이리나 프리발로바의 아들이었다. 러시아 주민명부상으로는 1899년 혹은 1900년에 출생한 것으로 되어 있었다. 1929년에 의사가 되었고, 그 무렵 나의 아버지 아드리앙이 출생했다. 스피리돈은 표면상 결혼한 적이 없었으므로 아드리앙은 행정서류상 어머니 없이 태어난 사생아였다. 아무리 의사라고 하더라도 생물학의 법칙을 뛰어넘어 아이를 만들어내기란 불가능한 법이다. 스피리돈이라는 이방의 이름, 과도하게 그리스적인 이 이름은 1896년 아테네에서 개최된 제1회 근대올림픽 마라톤경기 우승자[19]의 이름과 같았다.

그해 4월 10일, 목동 스피리돈은 마라톤 시에서 아테네까지 달리는 첫 번째 신화적 경주의 출발선상에 섰다. 올림픽경기의 부활을 알리는 이 경주에는 모두 합해 17명의 선수가 출전해 오후의 뜨거운 태양 아래서 42,195킬로미터를 달렸다. 출발시각인 오후 2시부터 시작해 6시까지 경주가 이어졌다.

가장 먼저 선두로 치고 나간 선수는 프랑스의 레르뮈지오였다. 그는 땡볕의 위력을 몰랐고, 이 지역 기후가 인체에 어떤 영향을 미치는지에 대해서도 무지했다. 급속도로 페이스를 잃은 그는 탈수증까지 겹쳐 곧바로 뒤쳐지고 말았다. 전체 코스의 3분의2 지점에 이르렀을 때 주자들 간의 순위가 뒤바뀌었다. 무더운 날씨를 고려한 주법으로 힘을 비축해온 오스트레일리아 선수 플랙이 선두로 나서더니 점차 다른 선수들과의 거리를 벌려가기 시작했다. 플랙은 며칠 전 열린 800미터와 1,500미터 경기에서도 이미 금메달을 차지한 선수로, 마라톤에서도 강력한 우승후보였다. 그 지점에서는 모두들 지쳐있는 만큼 이제 경기결과는 정해진 듯 보였다. 바로 그때 그리스

19) 스피리돈 루이스(1873-1940).

의 목동 스피리돈이 이제 막 샤워를 마치고나온 사람처럼 생기 넘치는 모습으로 어디선가 불쑥 달려 나와 플랙을 따라잡기 시작했다. 마침내 플랙을 추월한 그는 역사상 가장 뜨거운 열망을 끌어 모은 이 마라톤경기에서 우승을 차지했다. 전 세계가 이 목동을 찬양했고, 그리스는 그에게 월계관을 씌워주었다. 그의 이름이 기념비에 새겨졌고, 올림픽스타디움과 공공장소에 그의 이름이 나붙었다. 그는 그리스가 오랫동안 기다려온 고대 영웅의 부활이었다. 다만 모든 메달은 뒷면이 있는 법이고, 금메달이라고 해서 예외가 아니었기에, 전문가들이 이 마라톤경주의 몇 가지 세부사항에 주목하기 시작했다. 올림픽이 첫걸음마를 떼어놓았다는 사실에 모두들 흥분해있을 때였기에 미처 눈길이 닿지 않았던 부분이었다. 경기진행에 관여했던 사람들 가운데 몇몇이 주의 깊게 관찰했던 바에 따르면 이 마라톤우승자는 경기 도중 몇몇 구간에서 모습을 감춘 적이 있었다. 더 나아가 그들은 무엇보다 이 우승자가 결승점을 몇 킬로미터 남겨두었을 때 남달리 활력을 유지한 상태로 별안간 다시 나타나 플랙을 따라잡았다는 사실에 의문을 제기했다.

의혹은 곧 합리적 근거가 있는 의심이 되었다. 일이 점점 커지자 이 우승자에게 주기로 약속된 상, 즉 초콜릿 100킬로그

렘, 황소 한 마리, 특별상금 일백만 드라크마를 취소해야 한다는 주장이 나왔다. 의혹을 제기한 사람들은 결국 의혹을 입증할 증거를 찾아내지는 못했지만 이 지역 지리를 훤히 꿰고 있는 목동 스피리돈이 정해진 주로를 벗어나 지름길과 샛길을 이용해 달렸고, 말이 끄는 건초운반수레에 몰래 올라타 상당한 거리를 힘들이지 않고 주파했고, 마지막 순간에 건초더미에서 빠져나와 이미 40킬로미터를 달려와 기진맥진해 있던 오스트레일리아 선수를 추월했다는 결론을 내렸다.

격렬한 갑론을박이 벌어지고 상금수여가 유예된 끝에 올림픽집행위원회는 제기된 모든 의혹에 눈을 감기로 결정했고, 스피리돈을 마라톤우승자로 인정했다. 그리스인들은 마치 아무 일도 없었다는 듯 이 우승자에게 열광했다. 오로지 플랙만 한동안 불면증에 시달렸다.

나중에 이 이야기를 알게 되었을 때 내가 할아버지에 대해 갖고 있던 이미지와 완벽하게 들어맞는다는 생각이 들었다. 할아버지는 분명 영리하고, 수단 좋고, 속임수와 거짓말에 능한 사람이었다. 다만 그 속임수와 거짓말이 너무나 완벽해 진위여부를 가리기 힘들었고, 그런 만큼 본인이 나서서 진실을 입증할 필요는 없었다. 태어난 아이에게 스피리돈이라는 이름을 지어준 사람은 이미 그 이름에 담긴 속성을 꿰뚫어보았던 것이다. 그 반쪽짜리 육상선수가 아테네의 영웅으로 등극하고 나서 삼사년이 지난 뒤 그의 정신적 아들이 모스크바에서 태어나 그 이름값을 하기로 마음먹었다. 뛰어서든, 수레를 이용하든, 혹은 국가 고위층의 자동차 ZIS를 타든 어쨌거나 멀리까지 나아가보기로 한 것이다.

공식발표기관 — 나는 할아버지의 목소리에 이 명칭을 붙였다 — 에 따르면 할아버지는 30년대에 군의관으로 의사생활을 시작했고, 빠른 속도로 계급계단을 올라가는 동시에 의사로서도 명성을 쌓아갔다. 1934년, 할아버지가 아들 아드리앙을 툴루즈로 보내기로 결정한 이유는 바쁜 의사업무 때문에 시간을 내기 힘들었기 때문이다. 툴루즈에서 아드리앙을 맡아준 사람들은 집안끼리 서로 알고 지내온 백계러시아인[20] 가족으로, 할아버지는 그들에게 아들의 숙식과 교육에 필요한 돈을 송금했다. 아들에 대한 애정의 증거였지만 어쨌거나 그 돈의 사용은 툴루즈 사람들의 재량에 맡겨두었다. 할아버지는 어떤 방법으로 당신의 아들 아드리앙을 구 소비에트사회주의연방에서 **빼**낼 수 있었을까? 그 여러 해 동안 어떤 방법으로 돈을 송금할 수 있었을까? 1953년 툴루즈에서 가족들이 살 집을 구입하는 데 들어간 비용은 어디서 충당했을까? 지그비가 제기한 이 모든 의문들은 충분히 의심해볼 여지가 있었다. 하지만 나의 아

20) 1917년 혁명 당시 반 볼셰비키 국외망명자들.

버지 역시 할아버지와 마찬가지로 과거를 묻어두는 편을 택했다.

스피리돈은 병원과 공산당집회를 오가며 성공의 계단을 올라갔고, 의학적으로도 명성을 얻은 끝에 마침내 크렘린 당국에 의해 독재자의 주치의로 임명되었다. 주치의는 할아버지를 포함해 아홉 명가량이었고, 크렘린에 상주했다. 스피리돈이 그곳에 머무는 동안 어떤 역할을 했는지는 베일에 싸여있다. 스탈린의 주치의였던 할아버지는 그 독재자가 모스크바 근처 쿤체보의 별장이나 흑해 연안 소치의 별장에 가서 머물 때마다 동행했고, 압하지야 코로드나야 강가에서 휴가를 보낼 때도 따라갔다. 할아버지는 어느 누구보다 주가시빌리와 친밀한 관계였다는 사실을 입증하려는 듯 우리에게 그 인물의 키가 아주 작달막했고, 어딜 가든 자기의 신체조건에 맞는 가구를 제작하게 했다는 이야기를 들려주었다. 특히 침대는 세로가 너무 길지 않아야 했다. 스탈린은 주로 밤에 일했고, 새벽에 잠자리에 들어 오후에 일어났다. 수행원들은 스탈린의 휴양지풍 생활방식과 밤낮이 뒤바뀐 시간표에 일정을 맞춰야 했다. 그는 모든 걸 직접 보고 감시하고 통제해야 직성이 풀리는 인물이었고, 게다가 무시무시한 기억력의 소유자였다. 독재자였지만 흔히 알려진 모습과 달리 무지한 사람은 아니었다. 미국

영화를 빠짐없이 보았고, 스펜서 트레이시와 클라크 케이블의 팬이었다. 문학작품을 즐겨 읽었고, 음악도 자주 들었다. 가끔 익명으로 연주회와 발레공연에 가기도 했다. 〈백조의 호수〉 공연은 스무 번이나 보았다. 어떤 방식으로도 완벽하게 설명하긴 힘든 인물, 그러하기에 천하무적인 사람이었다. 그런 그도 단 한번 냉정을 잃고 흔들린 적이 있었는데 바로 둘째 부인 나데즈다 알릴루예바가 자살했을 때였다. 그녀는 부부싸움 끝에 권총으로 자기 가슴을 쏴 스스로 목숨을 끊었다.

할아버지는 일면식도 없는 그 여자의 죽음에 대해 자주 언급했다. 그녀의 죽음은 할아버지가 이야기로 구축한 한 세계에서 빼놓을 수 없는 중심소재였다. 할아버지의 세계는 그 죽음을 축으로 회전했다. 그 여자의 죽음은 스탈린의 의도에 따라 급성질병 탓으로 각색되어 있었다. 스탈린은 두 번째 부인의 죽음에 몹시 당황했지만 어쨌거나 위장과 트릭에 능한 평소의 기호를 억제하지 못했다.

할아버지가 우리에게 들려준 이야기에 따르자면 수많은 역대 독재자들이 그러했듯 스탈린 역시 편집증이 있는 인물이라 자신의 주치의들을 믿지 못해 늘 경계했다. 그는 최측근인 몰로토프, 카가노비치, 혹은 칼리닌의 가족 누군가의 사주를 받은 의사가 자신을 독살하려 한다는 의심을 거두지 못했다. 스탈린은 그런 의심이 고개를 들 때마다 늘 동일한 방법을 동원했는데 숙청 혹은 강제수용소 행이었다. 매일 밤 그는 방호장치가 된 몇 개의 침실 중 한 곳을 골라 잠을 잤고, 어느 방에서 자는지는 극비에 부쳤다. 이동할 때는 똑같이 생긴 세 대의 ZIS리무진이 동시에 모스크바 거리를 달리게 했다. 스탈린이 1953년 2월 28일 밤에 취한 경호조치도 동일했다. 그보다 앞서 그는 측근들을 크렘린으로 소집해 '의사들의 음모'를 적발했다고 발표했는데, 유대인 의사들이 고위급 인사들을 독살하려고 했다는 내용이었다.

스피리돈 할아버지는 이야기가 이 대목에 이르면 놀라운 비밀을 털어놓을 때 흔히 그러하듯 목소리를 한껏 낮추었다. "스탈린이 최후를 맞이하기 직전의 마지막 날들이 생각나. 그야말로 숨이 턱턱 막히는 분위기였지. 주치의들은 서로를 의심했어. 괜히 무슨 말을 꺼냈다가 오해를 불러일으킬지도 모른다는 두려움, 혹은 시기심에 사로잡힌 동료로부터 모함을 당할 수도 있다는 공포가 주치의들을 불신의 늪으로 몰아넣었지. 주치의들은 하나같이 그 살얼음판의 최전선에 있었어. 전투에 소집된 동시에 반역음모를 꾸민다는 의심을 받는 상황이었지. 그날 밤 우리는 스탈린이 회합을 마치자마자 모스크바 근처 쿤체보 별장으로 출발한다는 일정을 전달받았어. 매번 그랬듯이 자정이 되자 ZIS 리무진 세 대가 크렘린을 떠나 각각 다른 경로로 출발했어. 다음날인 3월 1일, 스탈린이 하루 종일 일어나지 않자 걱정이 된 경호장교가 ― 나도 잘 아는 사람인데, 이름은 피요트르 로가체프였어 ― 자신이 책임지고 침실로 들어가 보겠다고 나섰어. 그때가 밤 11시였지. 침실에 들어간 그는 의식을 잃고 바닥에 쓰러져있는 스탈린을 발견했어. 배뇨를 한 듯 몸 주위에 오줌이 고여 있었다더군. 스탈린은 오래전부터 혈관에 지방이 쌓여 동맥경화증을 앓아왔는데, 그날 뇌혈관이 터진 거야. 그 경호장교가 스탈린을 거실 소파로 옮겨 눕혀두고 베리야에게 연락을 취했어. 평소에는 비밀경찰[21] 국장 베리야가 먼저 스탈린의 의중을 확인하고 나서 의사를 부르곤 했었거든. 베리야의 허락 없이 그 어느 의사도 스탈린 가까이 접근할 수 없었지. 그날따라 그 비밀경찰 우두머리는 평소와 달리 금세 나타나지 않았어. 게다가 그 일을 어느 누구에게도 알려서는 안 된다는 명령을 내리고 나서 직접 의사들을 데리고 오겠다고 했어. 베리야가 별장에 나타난 시각은 3월 2일 새벽 3시였지. 흐루쇼프와 불가닌도 함께 왔는데, 그들은 간과 슬개골도 구별할 줄 모르는 자들이었어. 스탈린은 코마상태이긴 해도 아직 숨이 붙어 있었어. 그 세 사람은 만약 스탈린이 의식을 회복할 경우 자신들의 판단착오에 따른 문

[21] KGB 전신.

책을 면할 수 없으리라는 걸 잘 알았기에 계속 시간을 끌었지. 자칫 일이 잘못될 경우 목숨을 내놓아야 할 판이었거든. 베리야는 응급조치 지시를 내리지 않고 계속 꾸물거렸는데 그럴만한 이유가 있었지. 스탈린이 최근 작성한 숙청 명단에 그의 이름이 포함돼 있다는 사실을 알고 있었으니까. 스탈린은 '의사들의 음모'를 적발했다고 공표한 이후 직접 숙청 명단을 작성했는데, 혐의자 가운데 각별한 측근도 포함돼 있다고 했거든. 그 후, 숙청 명단이 어떻게 되었는지는 아무도 몰라. 물론 베리야 본인과 함께 왔던 두 사람은 잘 알고 있겠지. 어쨌거나 1953년 3월 5일 아침 6시에 스탈린이 서거했다는 공식발표가 나왔어. 스탈린이 호흡을 완전히 멈추기까지 거의 사흘이 소요되었더군. 공식발표가 나온 다음날 스탈린의 주치의 전원이 크렘린에 유폐되었어. 우리는 크렘린을 마음대로 나가거나 들어올 수 없이 갇혀버린 거야. 베리야가 주치의 가운데 몇 명을 처형할 거라는 소문이 나돌았어. 소위 '의사들의 음모'를 꾸민 주동자를 만들어내야 했고, 혹시 있을지도 모를 가담자들을 겁줄 본보기가 필요했겠지. 5월 7일에 크렘린의 진료국장이 나를 부르더니 병리해부학자 아홉 명이 주가시빌리의 부검에 참여하게 되었는데, 내가 그중 한 명으로 선정되었다고 알려주었어. 부검이 가져올 수 있는 결과는 여러 갈래였어. 베리야가 든든한 뒷배가 되어 나를 밀어주게 될 수도 있었고, 몇 시간 후 감쪽같이 처형당할 수도 있었지. 조금이라도 위험요소가 있을 경우 누구든 제거하는 게 그 당시 살아남기 위한 생존법이었으니까."

할아버지가 모든 가치가 전복되어 균형을 잃은 그 세계에서 20여 년 동안 어떤 처신을 통해 살 길을 모색해왔는지 알 수는 없다. 다만 할아버지가 스탈린의 별장과 크렘린에서 상주한 주치의 가운데 한 사람이었다면 분명 독재자 혹은 최측근들에게 확고한 충성심을 입증해보였기 때문일 거라고 생각하는 게 옳을 것이다.

"아홉 명의 부검의가 도구를 챙겨들고 모여들었지. 스탈린의 시신이 부검대 위에 놓여 있었어. 그때 묘한 생각이 머릿속을 스치더군. 스탈린이 베리야, 불가닌, 흐루쇼프를 비롯한 측근들 모두에게 번번이 되풀이했던 말이 있어. 마치 벌레를 보듯이 부하들을 훑어보며 이렇게 말했지. '내가 없으면 너희들이 뭘 할 수 있을 것 같나? 이제 갓 태어나 눈도 못 뜬 새끼고양이보다 더 무능한 것들이 말이야.'라고. 스탈린의 뇌는 출혈탓에 얼룩무늬를 띠고 있었어. 부검에 참여한 신경전문의가 뇌의 단면을 잘 들여다볼 수 있도록 군데군데 큼직하게 절단해 벌려놓은 상태였지. 부검이 진행되는 동안 내 눈앞에는 온통 피와 살점 그리고 거즈 조각들이 널려있더군. 주가시빌리는 인민을 공포에 떨게 했고, 방탕한 놀이판을 벌이듯 한 국가를 제멋대로 통치한 독재자였어. 그런 그가 부검대 위에서 자잘한 조각들로 분해되고 있었지. 우리는 부검을 마치고 두개골을 다시 봉합해놓은 다음 헌병들이 감시의 눈길을 번득이며 지켜보는 가운데 부검실을 떠났어. 내가 스탈린의 뇌조각 한 점을 갖고 나왔다는 사실을 눈치 챈 사람은 없었지. 부검이 진행되는 동안 잠시 어수선한 틈을 타 뇌조각을 거즈 사이에 끼워 넣은 뒤 내 진료가방에 담았으니까. 그로부터 한 시간 후 크렘린을 살아서 걸어 나올 때에야 비로소 억눌러놓은 공포심이 엄습해오더군. 그 당시 소비에트에서는 좋은 쪽이든 나쁜 쪽이든 얼마든지 여러 가지 일들이 벌어질 수 있는 분위기였어. 표창을 받을 수도 있었고, 처형될 수도 있었지.

부검결과보고서에 연대 서명하고 나서 며칠 후 루사코프 교수가 급사했어. 그 다음날은 부검단장 역을 맡았던 트레티아코프 박사가 자택에서 체포되어 보르쿠타 강제수용소로 이송되었지. 트레티아코프 박사를 북쪽으로 실어 나를 죄수호송열차에는 부검에 참여했던 다른 의사 두 명도 체포되어 합류하게 되었어. 나는 당장 달아나야 할 때라는 걸 직감했지. 반드시 필요한 것들을 챙긴 뒤 신원을 위조했어. 나라가 온통 어수선한 때라서 가능한 일이었지. 그 뇌조각을 가방에 숨겨 모스크바를 떠나면서 다시는 돌아오지 않으리라 작정했어."

그 결과 구소련의 기념물인 스탈린의 뇌조각이 100센티리터 포르말린 병에 담겨 우리 집 2층에 있는 스피리돈 할아버지의 침실에 놓여있게 되었다. 내가 어릴 적에 할아버지는 걸핏하면 나를 그 역사적 기념물 앞에 앉히곤 했다. 포르말린 병이 램프불빛을 받아 무지갯빛이 되어 있었다. 한 개인의 이야기를 넘어 한 시대 역사의 부스러기였다. 우리들 즉 '이제 갓 태어나 눈도 못 뜬 새끼고양이들'이 상상할 수 있는 영역보다 분명 더 많은 이야기를 담고 있을 '역사' 말이다.

어느 날 저녁, 스피리돈 할아버지는 그 '의사들의 음모'가 순전히 베리야가 꾸며낸 거짓이라는 걸 뒷받침해보이기 위해 자신이 보관해온 구소련통신사 《타스》가 공표한 성명문을 보여주었다.

'국가안전부[22]'는 일군의 의사들이 소비에트사회주의연방 국가고위층 인사 독살을 목표로 구성한 테러조직을 적발했다. 이 테러조직에는 봅시 교수, 일반의학의 비노그라도프, M.B. 코간, 이고로프, 펠트만 교수, 이비인후과 에틴거 교수, 그린슈타인 교수가 포함되어 있다. 음모에 가담한 의사들이 자백한 내용에 따르자면 그들은 즈다노프[23] 동무가 발병하자 심근

---

22) 베리야는 비밀경찰 총수이자 국가안전부 장관이었다.
23) 스탈린의 심복으로 1948년 사망했다.

경색이 진행되고 있었음에도 오히려 증상을 악화시키는 거짓 처방을 내렸다. 즈다노프 동무를 죽음으로 내몬 그들은 체르바코프 동무도 유사한 방식으로 살해했다. 음모에 가담한 의사들은 우선적으로 고위급 인사들의 건강을 손상시키는 데 주력했고, 그 결과 바실리에프스키 원수, 고보로프 원수, 코네프 원수, 체멘코 원수, 레프첸코 해군제독을 무력화시켰다. 의학의 신성한 의무를 저버린 이 범죄자들은 외국의 정보기관에 매수된 스파이들이었다. 그들 중 대다수는 미국정보기관이 설립한 부르주아 유대민족주의자 조직인 〈조인트〉와 연결되어 있었다. 봅시 교수는 자신이 미국으로부터 소비에트사회주의 연방의 지도급 인사들을 제거하라는 지령을 받았다고 자백했다. 이 지령을 전달한 중간 연락책은 모스크바의 의사인 치멜리오비치와 유명한 부르주아 유대민족주의자 미코엘스이다.'

스탈린이 사망하고 나서 얼마 지나지 않아 '의사들의 음모' 사건은 점차 사람들의 뇌리에서 잊혀졌다. 부검보고서는 영원히 사라졌고, 강제수용소에 억류되었던 의사들은 모두 복권되었다. 세르게이 프로코피에프는 조제프 스탈린과 같은 날 같은 시각에 사망했다. 사망원인이 뇌출혈이란 점도 동일했다. 세르게이 프로코피에프로서는 묘한 운명이었다. 주가시빌리는 평생 내키는 대로 프로코피에프를 들볶아댔고, 무엇보다

151

이 작곡가의 음악이 '너무 인습적'이라고 비난했다. 프로코피에프는 크렘린에서 툭하면 시달리고, 종종 공개적으로 조롱당하기도 했지만 삶의 종지부를 찍은 1953년 3월 5일까지 스탈린을 만족시키기 위해 애썼다.

구소련에서 스탈린의 뇌조각을 빼돌려 도망쳐왔기에 오랫동안 나는 스피리돈 할아버지를 기묘한 저항자라고 생각했다. 그 당시 상황으로 볼 때 그 뇌조각은 할아버지를 자칫 죽음으로 몰아넣을 수도 있을 만큼 위험천만한 유물이었으니까. 할아버지가 그 뇌조각을 탐낸 건 대담하기 그지없는 행위였다. 토마스 하비라는 병리학자가 알버트 아인슈타인의 뇌를 훔쳐 보관해왔다는 사실을 알게 되기 전까지는 그랬다. 1955년 4월 18일에 아인슈타인이 숨지자 토마스 하비는 사망원인을 규명하는 일을 맡게 되었고, 이후 자신이 근무하던 병원을 그만두면서 이 물리학자의 뇌를 몰래 빼돌렸다. 그는 천재의 뇌 주름과 나선무늬를 분석하기 위해 뇌를 240조각으로 잘랐고, 무려 23년 동안 집에 보관해왔다. 그의 집 선반에는 각각의 뇌조각을 담아놓은 포르말린 병 240개가 늘어서 있었다.

토마스 하비에 비해 스피리돈 카트라킬리스는 체면을 차릴 줄 알았다. 툴루즈에 발을 들여놓은 할아버지는 프랑스어를 배우고 새로운 생활에 적응해나가야 했다. 우선 가족이 살 집을 마련하는 한편 별 연결고리가 없는 여러 가지 직업을 전전했다. 돈을 벌기 위한 목적 말고는 딱히 의미를 부여할 수 없는 일들이었고, 의학과는 담을 쌓고 지냈다. 그 대신 빠르게 학업을 마친 아버지가 1956년에 스물일곱 살의 나이로 병원을 열었다. 아버지는 갈리에니 남매를 만나 가족을 결성했고, 나를 그 안에 포함시켰다. 이렇게 해서 이 그레코러시안 가족들은 툴루즈에서 적당히 자리 잡고 굴러가기 시작했다.

요컨대 나는 할아버지에 대해 별로 아는 게 없었지만 그래도 그의 목소리는 내 머릿속에 자리 잡고 계속 이야기를 들려주었다. 주가시빌리가 죽은 날 밤에 대한 이야기와 지구상에 유일하게 남은 마지막 콰가를 데려간 그날 새벽의 이야기였다.

1974년 2월, 스피리돈 할아버지는 카트라킬리스 가족의 최고연장자로서 남아있는 구성원들에게 하나의 행동표본을 제시해야 할 의무가 있기라도 한 듯 자살로 생을 마쳤다. 할아버지의 자살은 표면적으로 드러난 이유도 없었고, 아무런 설명도 없이 이루어졌는데, 이런 방식이 그 후 우리 가족에게는 하나의 규칙이 되다시피 했다. 그 당시 할아버지의 나이는 모스크바에서 가져온 몇 가지 문서자료로 추정하건대 74세 아니면 75세였다.

아버지는 그날 오후 늦게 경찰서에서 걸려온 전화를 받았다.

랑파르생테티엔 거리에 있는 생테티엔대성당에서 가까운 경찰 서였는데, 할아버지가 자살한 사실을 알려주기 위해서였다.

할아버지는 중세시대 빼어난 건축물인 그 대성당의 고딕식 첨두아치 바로 아래에 앉아 당신이 좋아한 나데즈다 알릴루예바의 방식 그대로 가슴에 총알을 박아 넣었다. 할아버지는 모든 무게를 털어낸 궁륭이 대성당 일부에 공존하는 로마네스크양식에 금을 그으며 까마득히 솟구쳐 오르기 직전의 지점을 죽음을 위한 공간으로 선택했다.

할아버지가 사용한 리볼버의 출처를 아는 사람은 없었다. 벨기에 나강 형제의 이름을 딴 나강 리볼버였는데, 그들 형제가 소련군을 위해 제작한 권총이었다. 방아쇠를 당기면 실린더가 함께 당겨지는 형태로, 특히 20년대 초 소비에트사회주의연방의 정치경찰 엔카베데(NKVD)[24]에 보급된 모델이었다.[25]

과거 한때 공산당 중간간부로서 줄곧 신 없는 세계에서 살아온 할아버지는 크렘린으로부터 멀리 떨어진 대성당의 저녁 예배시간을 택해 숨을 거두었다. 살아내야 할 의무적인 시간을 다 채웠다고 생각했을 것이다.

---

24) 내무인민위원회.
25) 나강 권총은 소련군 주력권총이었다가 점차 후방경찰조직, 특히 스탈린 통치기간 중 정치적 숙청 실행기관인 엔카베데에 보급되어 자국민 학살과 탄압의 상징이 되었다.

기원(起源)

왓슨은 끝없이 이어지는 도로를 바라보고 있었다. 이따금 열린 차창에 주둥이를 갖다 대고 거세게 몰아치는 바람을 즐기기도 했다. 마치 하늘 한가운데에 송로버섯이 떠있기라도 한 듯 머리를 치켜들고 대기를 향해 코를 쿵쿵거렸다. 녀석은 내 오른팔에 다리를 올려놓고 뚜렷이 원하는 바도 없으면서 그저 뭔가 허락하는 기색을 읽어내려고 내 얼굴을 빤히 들여다보았다. 왓슨이 바스크에 가는 건 이번이 처음이었다. 나는 지극히 특별했던 한 주일을 보낸 뒤 바스크에 가보기로 결심했다. 내게 바스크는 기원이었다. 그곳으로 가는 길은 익숙했다. 트라이엄프도 한때 빈번히 다니던 길에 돌아와 어떤 기쁨을 발산하며 달리고 있었다. 엔진의 원활한 작동과 두 개의 SU기화기가 보장하는 출력에 만족한 듯했다. 툴루즈에서 멀어질수록 가족에 대한 기억이 내게서 떨어져나가는 기분이 들었다. 극도로 팽팽하게 당겨져 있던 밧줄들이 결국 하나둘 풀려나가듯이. 생고당 평원의 마른풀 냄새를 맡고, 란메장 고원의 냉기를 피부로 느꼈다. 캅베른 고개를 넘어서도 길은 계속 이어졌다.

엔다예로 들어서자 하늘을 배경으로 버티고 선 륀 산과 하이스키벨 산이 한눈에 들어왔다. 가늘게 내리는 겨울비가 새로 들어선 카지노와 예전에도 있던 에스쿠알두나 캠핑장 그리고 해변도로를 뿌옇게 뒤덮고 있었다. 시간이 의미를 잃어버리는 장소들이 더러 있는데, 이 해안구역이 바로 그런 곳이다. 이 지역을 방문한 사람들은 주위를 둘러싼 자연경관에 녹아드는 만큼 자주 퍼부어대는 소나기와 내리쬐는 태양의 열기도 그대로 받아들이게 된다. 해변 끝자락에 '쌍둥이'로 불리는 두 개의 바위기둥이 잔잔한 썰물에 잠겨 있었다.

왓슨은 바다를 보자 좋아서 안절부절못하며 조바심을 쳤다. 녀석 역시나 자신의 기원으로 돌아온 셈이었다. 요오드 냄새, 소금기를 머금은 대기, 바다로부터 온 개였으니까. 여전히 안개비가 뿌리고 있었지만 차를 세웠다. 왓슨은 어느새 해변으로 내려가 경중거리며 뛰어다녔다. 바다를 원망하지는 않지만 경계심은 남아 있는지 발끝을 내밀어 모래톱으로 밀려오는 잔

파도를 더듬었다. 그러다가 새삼 이전에 겪었던 큰 위기를 상기한 듯 다시 나에게로 달려왔다. 젖은 털이 몸통에 찰싹 달라붙어 있는 가운데 녀석이 우스꽝스러운 몸짓으로 경중경중 뛰었다. 우리를 둘러싼 세계가 안전하고 평온하며 친절하다고 느껴질 때마다 보여주는 행복한 동작이었다.

나는 비다소아 강 건너편 스페인 땅에 속하는 온다리비아에 원룸아파트를 빌렸다. 건물 맨 꼭대기 층 방에서는 엔다예 해변이 한눈에 내려다보였다. 창가에 서서 내다보면 프랑스 쪽 항구와 칭구디 만에 밧줄에 묶여 정박해있는 소형요트들이 시야에 들어왔다. 여름철에는 두 도시를 잇는 연락선이 15분마다 오갔고, 겨울철에는 30분마다 운항했다. 배가 바다를 가로질러 맞은편 기슭에 닿기까지 5분이 걸렸다.

왓슨을 불러 털을 말려주었다. 몸통에 미역 줄기가 유년시절 친구처럼 붙어있었다. TV를 켰다. 보험업자 얼굴을 한 남자가 외쳤다. "마누엘, 베바 카스, 베바 카스, 이 나다 마스(마누엘, 카스를 마셔, 카스를 마셔. 그거면 다른 게 더 필요하지 않아.)." 우리가족이 바스크에 올 때마다 아버지는 묘하게도 카스를 마셨다. 오렌지향이나 레몬향이 나는 값싼 탄산소다 음료수인데, 아버지는 카스를 한 모금 삼키고 나서 판사처럼 말했다. "이게 바로 순수화학이지."

어느새 어둠이 제자리를 잡았다. 연중 이 시기는 배 주인들이 바다를 꺼려할 때여서 창으로 내다보이는 항구는 거의 움직임 없이 고요했다. 일기예보와 상관없이 저녁마다 늘 자신만만하게 모여드는 낚시꾼들이 간조의 수면 속으로 낚싯바늘을 드리웠다. 그들은 그 위치에서 몇 시간이고 끈질기게 자리를 지키고 앉아 인생에서 아름다웠던 시절을 떠올려보거나 그리워할 수 있었다.

다음날 이룬에서 서너 가지 장을 본 다음 다시 프랑스 땅으로 넘어갔다. 절벽을 타고 뻗은 도로를 달려 생장드뤼즈로 가서 소코아 항구로 내려갔다. 나를 마이애미 하이알라이로 안내해준 사람을 만난 항구였다.

펠로타 세계에서 리크루터들은 선수들을 발굴하고, 선택된 기쁨을 전해주고, 기적을 만들어내는 동시에 왕자병도 만들어내는 사람들이었다. 펠로타 선수들은 어느 날 리크루터가 자신을 스카우트하기 위해 찾아오거나 전화로 목소리를 듣게 되기를 꿈꾸었다. 나를 찾아온 리크루터는 1950년대에 활약한 헝가리 출신 유명 복싱선수와 이름이 같은 라슬로 퍼프[26]라는 사람이었다. 그는 마이애미 하이알라이 구단주인 W. 베네트 콜레트 수하에서 리크루터로 일하고 있었다. 그의 임무는 멕시코에서 밀라노를 거쳐 필리핀에 이르기까지 지구상에 존재

26) 알려진 이름은 퍼프 라슬로. 헝가리식으로 성 퍼프를 먼저 부른 이름이다.

하는 거의 모든 프론톤을 돌아다니며 성공가능성이 있는 젊은 선수들을 발굴해 쓸어 담아오는 것이었다. 플로리다에서 열한 달 동안 이어지는 키니엘라 경기에 나설 선수를 선발하기 위해서였다. 바스크는 그가 직업상 가장 선호하는 지역으로 말하자면 펄떡거리는 대어를 낚을 수 있는 현장이었다. 그는 펠로타 여름토너먼트가 벌어지는 동안 줄곧 바스크에 머물러 있다가 계절이 끝날 무렵 전화기를 집어 들고 눈여겨보았던 한두 명의 선수들에게 전화를 걸었다. 첫마디는 언제나 같았다. "나는 라슬로 퍼프라는 사람이오. 펍 말고 퍼프. 50년대에 명성을 날린 그 복싱선수와 이름이 같지." 내 나이 또래 대부분은 그 복싱선수가 슈퍼웰터급에서 미들급으로 체급을 올려가며 유럽복싱연합 챔피언을 지냈고, 런던올림픽(1948), 헬싱키올림픽(1952), 멜버른올림픽(1956)에서 3회 연속 금메달을 땄다는 사실을 알지 못했다. 대부분 그 복싱선수의 경기를 본 적도 없었다. 하지만 그 복싱선수와 이름이 같은 라슬로 퍼프가 전화를 걸어오면 감격에 강타당한 충격을 다독거리기 위해 잠시 링의 로프에 몸을 기대고 있어야 한다는 걸 알고 있었다.

퍼프는 오히려 조 페시(배우)와 닮았다. 아니, 복제인간처럼 똑같았다. 클라리넷을 불다가 음 이탈이 난 것 같은 목소리, 암양처럼 둥글고 아담한 몸집, 활기차고 조바심 많고 격식을 차리지 않는 성격, 자신이 하는 일을 마치 남의 일 건너다보듯 무심한 태도로 해내는 게 그러했다. 갈퀴질, 퍼프가 하는 일이 바로 그것이었다. 그를 생각하면 하루 종일 바닷가에서 모래밭을 갈퀴로 파헤쳐 조개껍데기를 줍는 사람들이 떠올랐다. 이따금 눈길을 사로잡는 조개껍데기를 발견하게 되면 손에 집어 들고 이리저리 뒤집어가며 자세히 들여다보다가 측정도구(버니어캘리퍼스)를 꺼내 두께와 길이를 재본 다음 호주머니에 집어넣거나 그들만이 아는 어떤 이유로 다시 던져버렸다.

그러니까 라슬로 퍼프는 W. 베네트 콜레트 대신 갈퀴질을 하는 사람이었다. W. 베네트 콜레트가 펠로타 세계에서 차지하는 위치는 영화계에서 워너브라더스와 파라마운트를 합쳐놓은 정도로 대단했다. 퍼프의 위치가 우리들 가운데 누군가를 점찍는 그의 검지보다 더 높다고 할 수는 없었다. 하지만 우리는 그의 검지 뒤에 운명의 여신이 기다리고 있다는 사실을 알고 있었다.

라슬로 퍼프가 처음 나에게 연락해 만나자고 한 장소는 소코아 항구가 내려다보이는 낡은 집이었다. 예전에는 어부가 살던 집이었는데, 아마도 그 어부는 파도의 위력이 미치지 않는 곳으로 달아나고 싶어 했던 것 같다. 그 집은 이제 사람이 살지 않는데, 그도 그럴 것이 거기서 한 발짝만 더 나아가면

깎아지른 낭떠러지였고, 그 아래에서 대양의 파도가 사납게 부서지고 있었다. 이를테면 어부의 집이 자리 잡은 절벽꼭대 기는 허공에 떠있는 섬이었다. 그 집에서 내려다보면 소코아 요새, 풍랑의 마지노선인 방파제, 생장 만과 먼 바다가 한눈에 들어왔다. 게다가 피레네산맥의 맨 끝자락 산봉우리들까지 눈 높이에서 마주 바라볼 수 있었다.

퍼프가 나를 처음 만나는 장소로 그 집을 택한 이유를 알 수 는 없었다. 그 집 주인이 퍼프의 친구라고 했는데, 광학기구회 사에서 근무하며 사진 확대기와 영사기에 들어가는 렌즈를 제 작하는 일을 한다니까 펠로타와 관계있는 사람은 아니었다. 나를 그 집으로 부른 날 퍼프는 테라스에 나가 본채와 바로 이 어져있는 정원으로 휘몰아쳐오는 바람을 정면으로 맞으며 서 있었다. 코앞의 절벽이 정원을 조금씩 잠식해 들어오는 것 같 은 느낌이 들었다. 그가 낭떠러지로 흘러내려가는 정원 끝자 락을 바라보면서 말했다. "언젠가 무너질 테지. 이 집의 모든 게 사라져버릴 거야. 자네 눈에도 저기, 또 저기에 꽂아둔 말 뚝이 보이지. 저 말뚝으로 파도가 닿는 경계를 표시해놓았는 데 해마다 하나둘씩 사라지고 있어. 언젠가는 말뚝이 단 한 개 도 남아있지 않는 날이 오겠지. 그런 날이 오면 이 집에 들어 와 있을 수 없게 될 거야. 자네는 신이 존재한다고 믿나?"

얼마나 우스꽝스러운 생각인가? 신의 존재를 믿다니? 펠로타 경기를 하면서 신의 존재를 믿기는 어려웠다. 일 년 내내 진료실에서 환자들의 고통과 질병을 다루어야 할 때는, 혹은 가족 모두 참가하는 스포츠가 자살인 집에서는, 또 매일 저녁 기도를 구실삼아 조제프 스탈린의 작은 봉헌물이 들어있는 포르말린 병 앞으로 가서 묵상할 경우에도 신의 존재를 믿기란 어려웠다.

"자네에게 한 가지 이야기해주고 싶은 게 있어. 살다보면 신을 믿는 게 도움이 될 때가 있다네. 가령 자네가 무신론자라고 가정해보세. 35점 선득점제 경기에 나설 때 자네가 아는 건 그 빌어먹을 점수를 한 점씩 꾸역꾸역 따내야만 한다는 사실이지. 내가 하고 싶은 말이 뭔지 알겠나? 만약 자네와 겨룰 상대선수가 신을 믿는다고 가정해보세. 그 선수는 경기를 시작하기 전부터 자기가 따내야 할 35점 중에서 일고여덟 점을 신이 이미 마련해놓았다고 믿고 있다는 말이거든. 펠로타 경기에서도 간발의 차이로 승부를 결정짓는 포인트들이 있기 마련이야. 자네가 신을 믿지 않는다면 그런 포인트들이 번번이 등을 돌리고 자네를 외면할 수도 있어. 마음먹고 날린 공이 7번 라인을 살짝 넘어간다든지 4번 라인에 약간 못미처[27] 떨어져 자네를 물 먹이는 거야. 그 경우와는 반대로 뜻밖의 포인트,

27) 54미터 프론톤에서 서비스한 공은 7번 라인과 4번 사이에 떨어져야 유효하다.

그러니까 하늘에서 뚝 떨어지는 초자연적인 포인트를 딸 수도 있거든. 일전에 생장에서 자네가 괜찮은 공격력을 갖고도 두 점 차로 지는 경기를 봤네. 아주 잘했지만 결과는 패배였어. 그리 대단찮은 공 두 개가 자네의 기를 꺾어놓은 거야. 나는 자네가 상대한 그 선수에 대해 잘 알아. 스페인 출신이고, 기술이 좀 구닥다리지. 아무튼 자네와 경기한 그 상대선수는 신을 믿었어. 내 말을 믿지 못하겠지만 그날 오후 경기에서 자네는 그 선수를 결코 이길 수 없었네. 그는 경기를 시작하기도 전에 적어도 일고여덟 점을 먼저 따고 들어갔으니까. 그게 내가 말하는 믿음가산점이야. 일은 늘 그런 식으로 이루어지지. 나는 그런 모습들을 30년 넘게 보아왔네. 자네가 이 길로 계속 나아가 성공하길 원한다면 신을 믿어야한다고 말해주고 싶네."

퍼프의 말을 듣는 동안 슬그머니 웃음이 나왔다. 퍼프가 수완 좋은 파프(교황)가 되고 싶어 한다는 생각이 들었다. 그가 방금 전한 복음을 믿고 있는지, 아니면 그런 과거의 교훈을 이용해 베네트 콜레트라는 낙원에 가고자 한다면 열심히 묵주신공을 올리고 순종하는 게 유리하다고 말하고 싶은 것인지 궁금했다. 펠로타 세계에서 베네트 콜레트는 영원한 아버지이자 신처럼 여겨지는 존재였으니까. 만조가 시작되면서 물결이 웅성거리며 밀려왔다. 낭떠러지 아래 암석과 퇴적물들 위로 높은 파도가 덮쳤다. 석회암 절벽은 파도가 부딪쳐올 때마다 몸을 떨며 부서져 내렸다. 광학렌즈를 만드는 일을 한다는 그 남자, 또 앞서 이 집에 살았다는 그의 조부가 떠올랐다. 이 위험천만한 집에서 살아야 했던 만큼 그들 두 사람은 신을 믿는 편이 나았을 거라는 생각이 들었다.

퍼프는 담배 한 개비를 꺼내 불을 붙이더니 한 모금 길게 연기를 빨아들였다. "우리가 서로 다른 점이 뭔지 말해주겠네. 자네는 믿음이 없지만 나는 자네 같은 친구를 믿을 수 있다는 점이야. 다가오는 일요일에 자네의 경기가 있다는 걸 알아. 비아리츠에서 큰판이 벌어질 예정이잖아. 나도 보러 갈 거야. 그 다음 금요일에도 가고, 또 그 다음 주에도 갈 생각이야. 자네가 참가하는 모든 경기를 지켜봐야 하니까. 자네가 어떤 식으로 움직이고, 어떻게 위치를 잡는지, 공을 날리는 속도는 어느 정도인지, 방향을 판단하는 눈썰미는 어떤지 다 지켜볼 작정이라네. 올 여름을 이 일, 그러니까 자네를 지켜보는 일에 할애할 작정이야. 자네 말고도 여름 내내 눈여겨볼 선수가 두 사람 더 있어. 이과자발과 페르난도 오초아인데, 게르니카에서 온 친구들이지. 이번 시즌이 끝날 때쯤 그중 한사람에게 계약을 제안할 거야. 내가 아는 바에 따르면 그들 두 선수는 자네와 달리 경기 때마다 일고여덟 점을 미리 따놓고 시작하는 쪽이야."

내게서 등을 돌린 라슬로 퍼프는 위험을 의식하지 못하는 아이처럼 절벽 끝으로 걸어가더니 바지 지퍼를 내리고 허공에 대고 오줌을 갈겼다.

신앙심의 혜택을 옹호하던 그 리크루터의 말 이상으로 내 머릿속에 자리 잡은 기억은 처음 만난 날 그가 입으로 담배연기를 내뿜으며 바지 앞 춤을 손으로 잡고 긴 오줌줄기를 쏘아 보내던 모습이었다.

그해 여름은 몇 년처럼 길게 느껴졌다. 나는 그때까지 펠로타의 모든 과정을 바닥에서부터 한 계단씩 밟아 올라왔다. 연습생 시절을 거쳤고, 쓰라린 패배와 빛나는 승리를 맛보았다. 그 와중에도 재미없는 의학공부를 지적 예속과 상하관계의 굴욕을 감당하며 띄엄띄엄 이어갔다. 의학공부를 할 때는 시험이 있든 선발여부가 걸린 심사가 있든 퍼프를 만났을 때처럼 초조감을 느껴본 적은 없었다.

세스타푼타는 두 사람이 조를 이루어 경기를 했고, 따라서 한 선수의 경기력은 파트너의 움직임에 일부분 종속될 수밖에 없었다. 게다가 나의 사소한 움직임까지 퍼프의 평가대상이라는 걸 알게 되면서, 이번 시즌 내내 이런 식으로 그의 감시대상이 될 거라는 사실을 의식하면서 몸이 뻣뻣하게 굳어버렸다.

비아리츠에서 벌어진 경기는 그야말로 재앙수준이었다. 상대는 둘 다 스페인 출신 일류선수들로, 숙련되고 영리한 팀이었다. 그들을 상대하게 된 나와 파트너는 경기장에 서 있는지조차도 모를 정도로 존재감이 없었다. 우리의 상대는 불굴의 믿음을 가진 선수들이 분명했다. 그들은 '퍼프공식'에 따라 우리를 일곱 점 차로 눌러버렸으니까.

그 다음 주에는 오스고 하이알라이에서 토너먼트 경기가 벌어졌다. 수영장과 카지노 사이에 자리 잡은 오스고 하이알라이는 프랑스에서 가장 오래된 실내 프론톤으로 1950년 제1회 펠로타 세계선수권대회가 열렸던 곳이다. 나는 관객석에 와있는 퍼프의 존재를 탐지해냈다. 그의 냄새가 후각에 잡혀왔다. 나는 바욘에서 온 공격수 에체토와 한 조가 되어 스페인 에르나니 출신인 레기자몬 형제와 겨룰 예정이었다. 그다지 영리하지는 않지만 끈기와 저력을 갖춘 선수들이었고, 특별히 약점이 없었다. 경기가 시작되기 전, 나는 오디션에 참가한 풋내기 연극배우가 된 느낌이 들었다. 머릿속에는 대본 구절이 꽉 차 있었지만 대사의 순서가 뒤죽박죽되어 있었고, 혀는 납덩어리처럼 무거운 상태였다. 프론톤에 처음 나선 신인선수처럼 긴장했다. 단순히 상대선수들과의 한판 승부를 넘어 내 삶에서 가장 중요한 결정이 내려질 경기에 나서고 있다는 사실을 의식하지 않을 수 없었다. 어릴 적부터 줄곧 꿈꿔온 삶, 엔다예 프론톤에서 허공을 가르는 라켓소리, 벽을 치고 튕겨 나오는 공 소리, 거친 숨을 토하며 살끼리 서로 부딪는 소리를 처음 들었을 때부터 갈망해온 삶이 그 경기 결과에 달려있었다. 마이애미 행 비행기 표를 손에 넣기 위해, 아버지의 그림자가 깃든 의학공부를 지워버리기 위해, 주가시빌리의 뇌조각과 갈리에니 남매의 멈춰버린 시계들을 잊기 위해 반드시 붙잡아야 할 기회였다. 퍼프가 내게 할애한 시간은 시즌이 열리는 두 달이 전부였다. 내 삶에 앞서 생존문제가 걸린 시즌이었다. 내가 자살하지 않고 살아갈 수 있을지 여부가 두 달 동안 열리는 경기에서 결판나게 되어 있었다.

경기 시작 휘슬이 울리기 직전 레기자몬 형제가 서로 격려하는 모습이 눈에 들어왔다. 그들은 마치 내가 보란 듯이 성호를 그었다. 그 순간 내 안에서 기적이라고 불러도 좋을 일종의 변환이 이루어졌다. 내 안에 축적되어 있던 그 모든 두려움과 불안감이 레기자몬 형제를 향한 분노, 진정되지 않는 격분으로 바뀌었다. 퍼프공식에 따르자면 그들은 경기를 시작하기도 전에 신에게 충성을 맹세하는 성호를 긋는 그 행동만으로 이미 일고여덟 점, 게다가 두 사람이니 두 곱으로 먼저 따내고 있는 셈이었다.

인간의 추동력은 예기치 않은 자극을 받으면 걷잡을 수 없이 강력한 위력을 발휘하는 경우가 더러 있다. 그 어마어마한 동력을 만들어낸 연료의 성분이 무엇인지 분석해보려고 해봐야 헛수고일 것이다. 그날 오스고 경기장에서 레기자몬 형제는 신에 대한 믿음에 버금가는 분노를 마주하게 되었다. 물론 그들이 섬기는 조물주의 분노가 아니라 더욱 무시무시한 분노, 신을 믿지 않는 펠로타 선수의 분노였다. 신을 믿지 않는다는 이유로 경기를 시작하기도 전에 우월한 경주마가 핸디캡 중량을 짊어지듯 미리부터 점수를 내줘야한다는 것에 대한 분노였다. 경기가 시작되면서 나는 실력 이상의 눈부신 타격을 이어갔다. 내 서브도 강력하고 정교하고 믿을 수 없을 만큼 섬세하게 휘어져 들어갔다. 관객들 모두를 열광시킬 만한 수준이었고, 프론톤은 미친 듯한 열기로 달아올랐다. 에체토와 내가 결승점을 내며 경기를 마무리 짓는 순간 바다가 둘로 갈라지며 우리 앞에 영광의 길을 열어주더니, 곧이어 다시 닫히며 레기자몬 형제와 그들의 신앙심을 기타 장비와 함께 삼켜버렸다.

관객석 어딘가에 앉아 있는 퍼프가 회심의 미소를 짓고 있다는 걸 알고 있었다. 그가 수첩에 한두 줄 메모를 적어 넣었다는 것도, 곧 베네트 콜레트에게 전화해 주간보고를 하리라는 것도 알고 있었다. 그야말로 일방적인 경기였고, 오늘 이긴 팀의 선수 한 명을 계속 지켜볼 필요가 있다는 식의 보고를 할 게 틀림없었다.

그 달에 라슬로 퍼프는 내 경기를 두 번 더 보러왔다. 빌바오와 파우에서 벌어진 경기였다. 서로의 실력이 팽팽하다보니 주어진 상황에 대처해나가는 선수 개개인의 판단력이 체크포인트가 될 수밖에 없었다. 나는 경기장에 다른 두 명의 리크루터들도 와 있다는 사실을 알고 있었다. 코네티컷 주 브리지포트 하이알라이와 멕시코만 템파 하이알라이에서 각각 파견한 리크루터들이었다. 그들 역시 이번 시즌 내내 바스크 해변의 프론톤들을 누비며 선수를 선발하고 있었다. 이번 시즌에 내가 돋보이는 내용을 선보였던 만큼 그들 역시 나에게 관심을 피력하며 미국 프로하이알라이 리그 진출을 제안해왔다. 하지만 대서양 건너 사정에 대해서는 충분히 알아보고 조심스럽게 대응할 필요가 있었다. 리크루터들이 스카우트 제안을 해오더라도 덮어놓고 계약할 수는 없었다. 일부 프론톤은 범죄조직과 연계설이 나돌았고 규정위반, 승부조작, 탈세, 배임 등 — 미국국세청은 하이알라이 경기에 흘러드는 돈을 샅샅이 꿰고 있었다 — 갖가지 불법을 저지른 혐의로 사법당국의 수사를 받고 있었다.

얼마 전에는 브리지포트 하이알라이 최대주주인 데이비드

프렌드가 법정에 나가 프론톤 건축허가를 얻기 위해 코네티컷 주 민주당 상원의원에게 2만5천 달러를 뇌물로 주었다는 사실을 시인했다. 마이애미 신디케이트 수사결과도 발표되었다. 마이애미 신디케이트는 하이알라이 리그에 손을 대고 있는 열여덟 개의 군소 마피아 연합체인데, 수사를 담담했던 형사들의 말에 따르면 이 조직은 매우 복잡한 공식을 동원해 승률을 미리 정해두고, 경기를 뛰는 선수들이 자기들이 산출한 승률을 충분히 반영하지 않을 경우 암묵적으로 개입해 원하는 스코어를 만들어냈다. 해마다 미국 남부 하이알라이에 흘러드는 억대의 판돈들은 범죄 유혹을 부추기는 효과를 발휘했다. 조심성 없는 사람들이 그 흐름에 섣불리 발을 걸쳤다가는 달러의 소용돌이 속으로 빨려들기 십상이었다.

　하루는 퍼프가 연습을 마치고 난 저녁시간에 추로스를 먹으며 나를 만나러 왔다. 추로스를 싼 종이봉지에 기름이 잔뜩 배어있었다. 그는 설탕을 잔뜩 뿌린 추로스가 마치 생명의 자양분이기라도 하듯 빠르게 씹어 삼키더니 기름이 번들거리는 손가락을 대강 문질러 닦고 나서 다시 하나 더 꺼내들었다. "자네를 보러오지 않을 수 없었어. 그나저나 이 추로스가 우라지게 맛있는데, 하나 줄까? 듣자니 자네 직업이 의사였다고 하던데, 사실이야? 뜬소문 아니었어? 그럼 이제 의사 일은 아예 접

고, 세스타푼타 프로선수가 되려는 거야? 그 일은 아예 접었
어? 내가 한 가지 말해두지. 마이애미에 스카우트 될 경우 반
드시 명심해야 할 사항이야. 자네가 의사라는 데 관심을 보일
사람은 아무도 없어. 하이알라이에서 의사 일은 막힌 하수구
나 변기를 뚫는 일과 별 차이가 없으니까. 명문대 졸업장이든
의사자격증이든 하이알라이에서는 냄비받침 정도의 용도로
쓰일 뿐이지. 세스타푼타 프로선수가 해야 할 일은 경기장에
시간 맞춰 나타나 공을 치는 거야. 아무 소리도 들리지 않는
사람처럼 오로지 공만 치면 돼. 간간이 벽을 박차고 뛰어오르
기도 하면서 말이야. 한 가지 더 말하자면 판돈을 건 관객들을
존중하는 마음자세가 필요해. 경기에 대해 프로선수다운 책임
감이 필요하다는 뜻이야. 나머지는 필요 없어. 우린 일할 사람
을 찾고 있네. 어디나 그렇듯이 주인이 있고, 감독이 있고, 일
꾼들이 있는 법이야. 각자 맡은 일을 제대로 해내야 사업도 성
공하고, 돈이 돌기 마련이지. 일이라는 게 다 그래. 달리 어떤
비결이 있는 게 아니야. 자네 부친은 무슨 일을 하시나?……
알겠네. 이제 보니 자네는 부친의 직업을 물려받았군. 내 아버
지는 디트로이트에서 일했지. 철도회사 노동자였어."

라슬로 퍼프는 여기저기 묻어있는 설탕가루와 기름이 번들
거리는 입술을 닦지도 않고 경계심을 담은 주의 깊은 눈길로

어느 행인의 옷차림새를 유심히 살펴보았다. 그러다가 또 다른 행인의 걸음걸이에 흥미를 보였다. 그 자리에서 나와 대화를 나누고 있는 동시에 어딘가 다른 곳에 정신이 팔려 있었고, 호의가 넘치면서도 냉담했고, 진실과 잔꾀를 둘 다 구사할 수 있었고. 위엄 있는 동시에 째째했다. 나는 퍼프의 눈빛에서 그가 나를 이해하지 못할뿐더러 경멸한다는 인상을 받았다. 아버지도 내가 삶을 선택하는 방식을 받아들이지 않았듯이 그 역시 내 방식을 인정하기 힘든 눈치였다. 강심제를 언제 주사해야 하는지 아는 사람은 프론톤의 4번과 7번 라인 사이에서 별 쓸모가 없다는 걸, 또한 누구에게든 자리는 하나씩만 돌아가는 법이며. 그런 만큼 각자는 자신이 원하는 자리를 놓치지 말아야 한다는 걸 느꼈다.

퍼프는 펠로타 프로선수로 성공하려면 배고픔을 알아야 한다고 확신했다. 몹시 배가 고파 남의 접시에 담긴 음식을 서슴없이 탐내는 사람이어야 했다. 의사의 아들이자 의사면허증을 습득한 사람이 배고픔을 알 리 없다고 생각했다. 간에 저장되어 있는 글리코겐이 부족해지고, 혈당 저하를 감지한 시상하부 세포가 반응해 촉발되는 배고픔은 예외였다. 음식에 대한 기호를 알고, 왜 선호하는지 설명하려면 그 음식으로 충분히 배를 채워본 경험이 있어야만 한다. 디트로이트 철도회사에서는 이 세계를 이해하고 사용하는 데 보다 직접적인 방식을 택했으리라는 걸 짐작할 수 있었다. 그가 추로스를 먹는 방식만 봐도 그 점은 분명했다.

휴가철이 끝나 관광객들이 떠나면서 펠로타 시즌도 막을 내렸다. 시즌 마지막 경기를 치를 무렵 나는 이번 오디션에 선발될 가망이 없다고 생각했다. 때로는 절호의 공격기회를 날려버렸고, 때로는 우물쭈물하다가 반격할 리듬을 놓쳤다. 물론 그럭저럭 봐줄만했지만 프로선수에게 기대하는 수준과는 한참 거리가 먼 경기를 했다.

툴루즈로 돌아가기 며칠 전 퍼프가 전화를 걸어왔다. "오늘 오후에 시간 있나? 그럼 오후 4시에 소코아의 내 친구 집에서 만나세." 나는 뭔가 좋은 소식을 기대했다. 이를테면 기적을 바랐다. 하지만 내 행운의 별이 언제 어디에선가 빛났다 하더라도 나에겐 신을 믿지 않는다는 핸디캡이 있었다. 그 핸디캡이 내가 행운을 거머쥘 수도 있다는 기대에 찬물을 끼얹곤 했다.

소코아 요새는 여름의 끝을 알리는 폭우에 흐릿하게 잠겨 있었다. 추분 때를 맞춰 높아지기 시작한 바닷물이 해안 절벽의 우묵한 밑동을 후려치고는 하늘을 향해 수직으로 물보라를 날려 올렸다.

퍼프는 쏟아지는 비를 내다보고 있었다. 내가 다가가 옆에서는 순간 바다, 항구, 솟구치는 파도의 거품이 보였다. 그는 추로스를 먹고 있었는데, 이번에는 크기가 작아 손 위에 올려 놓고 몇 번 퉁기다가 마술처럼 입 속으로 던져 넣었다. 그는 한동안 비슷한 방식으로 추로스를 먹다가 갑자기 나를 빤히 쳐다보았다. 원본인지 모조품인지 확인하려는 감정사 같은 표정이었다.

"솔직히 말하겠네. 자네가 나선 거의 모든 경기를 지켜보았 는데 그리 뛰어났다는 생각이 들지는 않아. 어떤 때는 정말 잘 했는데, 또 어떤 때는 기대 이하였어. 글쎄, 자네는 꽤나 들쭉 날쭉해. 이과자발은 자네보다 한 수 아래야. 오초아는 한 단계 위라고 할 수 있지. 이번 시즌에 오초아는 좋았어. 힘도 있고, 잘 하는 선수야. 게다가 자네에 비해 유리한 면도 있지. 말하 자면 매 경기마다 서너 점은 미리 챙겨먹고 시작하는 쪽이니 까. 하지만 아쉽게도 그 친구는 여길 떠날 마음이 없다더군. 가족들이 전부 이 지역에 살고, 산세바스티안, 그러니까 바스 크자치공동체에 좋은 일자리가 있나 봐. 그 친구는 내 제안을 거절했어. 돌려서 말하긴 했지만 어쨌거나 거절이었지. 게르 니카에서 뛰면서 가족들과 함께 지내는 쪽을 택했으니까. 자 네가 관심이 있다면 계약할 수 있네. 내 입장에서 보자면 자네 는 차선이야. 하지만 자네 입장에서야 최선이든 차선이든 상관없잖아. 의사를 펠로타 선수로 선발하는 건 이번이 처음이네. 자네가 내 제안을 받아들일 거라고 믿어. 베네트 콜레트는 내가 의사를 선발한 걸 알게 되면 재미있어 하겠지. 종이냅킨을 좀 집어주겠나?"

퍼프는 내게 추로스를 먹어보라면서 봉지를 내밀었다. 봉지 안의 추로스를 하나 집어 들었다. 거의 식은 상태였다. 입으로 베어 무는 순간 세계의 모든 기름이 치아 사이로 흘러드는 느낌이 들었다. 지금껏 이토록 당혹스러운 기름 맛은 접해본 적이 없었다. 기름에 절고 미끄덩거리고 텁텁하고 반죽처럼 끈끈한데다 머리가 어지러울 정도로 짰다. 디젤엔진 기름, 축제 횃불용 등유가 그런 맛일 것 같았다.

라슬로 퍼프는 계약서를 가지고 오지 않았다면서 사흘 후 생장드뤼즈의 카페스위스 테라스에서 만나자고 했다. 내 생에서 가장 길게 느껴졌던 72시간이었다. 마지막 순간에 오초아가 마음을 바꿀 가능성에 대해 상상해보곤 했다. 퍼프가 교통사고를 당하거나 심장발작을 일으킬지도 몰랐다. 베네트 콜레트가 이 계약을 충분히 검토해본 뒤 하이알라이에 의사를 데려올 필요는 없다는 결론을 내릴까봐 불안했다. 밤에는 돌발 사건이 일어나는 악몽을 꾸다가 잠을 깼고, 낮에는 불운이 느닷없이 덮칠 것 같아 겁이 났다. 퍼프이론의 믿음가산점 공식을 적용했을 때 나는 실질적으로 몇 점의 감점을 떠안았을까? 지금이라도 회개하면 행운을 늘릴 수 있을까? 성당에 가서 초를 봉헌할까? 헌금이 나을까? 묵주기도를 할까? 고행자 복장을 하는 건 어떨까? 그 사흘간 나는 무신론자에서 신자로 전향해야 할지 여러 번 고민했다. 완전한 신앙심을 갖고 얼마간 살아보고 싶은 유혹을 느꼈다. 어쨌거나 마이애미는 미사와 맞바꾸고도 남을 만큼의 가치가 있었으니까.

"가족들에게는 알렸겠지?" 퍼프는 의례적으로 물었다. 이 질문에 대답한다는 게 내게는 얼마나 당혹스러운 일인지 그는 상상하지 못했다. 내 가족이라고는 아버지뿐이었다. 그 아버지가 유스카디(바스크 지방 : 옮긴이)를 대체로 싫어하는데다 유일한 아들이 펠로타 경기에 나서는 걸 반대해 한 번도 보러온 적이 없다는 사실을 털어놓기가 거북했다. 그런 아버지에게 이 계약에 대해 뭐라고 설명하면서 알린단 말인가? 의학공부는 이제 내가 알 바 아니라고 할 것인가? 의사가 되는 대신 제2선택으로 하이알라이 자격시험을 통과했고, 1984년부터 마이애미 리그의 프로선수가 되어 구단주인 미스터 윌리엄 베네트 콜레트 시니어 밑에서 일하게 되었다고 할 것인가? 마이애미 하이알라이 리그는 수백만 달러의 도박판돈이 오가는 경기이고, FBI요원들이 투입되어 그 돈의 수상한 흐름과 불가사의한 작용에 대해 수사하고 있다고 할 것인가?

"자, 계약서를 읽어보고, 각 장과 여기 맨 끝에 서명하면 돼. 자네가 한 부, 내가 한 부를 가져가야 하니까 두 부에 각각 서명해. 프로 1년차 표준계약서이고, 한 시즌용이지. 다음 시즌에는 서로가 동의할 경우 계약서를 새로 쓸 수 있어. 계약서에 적혀있는 내용 말고 별도조항은 없네. 하지만 마이애미 이외의 다른 리그에서는 선수로 뛸 수 없어. 체류비용은 자네가 부담해야 해. 아파트를 구하겠다면 우리 쪽에서 알아봐줄 수 있어. 집을 구할 때까지 일주일간 호텔숙박비가 제공돼. 일주일에 엿새 동안 오후경기가 있고, 금요일이나 토요일에는 야간경기를 뛰어야 해. 월급은 기본급 1천8백 달러이고, 수당이더 붙어. 자네가 경기를 뛰면서 좋은 활약을 보여주면 돈을 두배로 올려 받을 수 있을 거야. 마이애미 리그에는 35점 선득점제 경기가 없어. 그 대신 30분간 키니엘라를 벌이지. 키니엘라가 뭔지 아나? 자네가 점수를 올리면 경기에 남고, 점수를 잃으면 경기에서 빠지게 돼. 그 자리에 다른 선수가 들어와 앞서 이긴 선수와 경기를 하는 거야. 경기 진행은 아주 빨라. 쉬는 시간도 없어. 그래야 도박꾼들이 좋아하거든. 바스크 지역의 펠로타와 같은 경기이면서도 다른 점이 있어. 마이애미 리그에서는 관객들이 자네에게 돈을 걸거든. 경마로 말하자면 자네가 경주마가 되는 셈이야. 여기와 다른 방식에 적응하려면 시간이 약간 필요할 거야. 어쨌거나 그런 방식으로도 잘 돌아가고 있어. 거의 세계 전역에서 선수들이 모여들지. 스페인어와 영어를 공용어로 사용하고, 바스크 말도 통해. 자네가 나설 첫 경기는 두 달 후에 열려. 어때?"

나는 계약서를 읽어보지도 않고 서명했고, 계산적으로 모색해본 희미한 신앙심을 버렸고, 페르난도 오초아가 실천한 신성한 포기를 축복했고, 믿음가산점인지 뭔지 하는 퍼프이론 공식들을 지옥의 불 속으로 던져버렸다. 계약서를 챙겨 서류가방에 넣은 리크루터는 출장업무를 끝낸 보험업자처럼 뒤돌아서 루이14세 광장을 떠나 감베타 거리 쪽으로 사라져갔다.

이제는 제법 오래된 일이었다. 하지만 아버지가 세상을 떠난 뒤 소코아 항구에 다시 와볼 필요가 있었다. 그 집 정원으로 가서 퍼프가 서있었던 지점, 그 기원에 서볼 필요가 있었다.

내가 몇 년간 무게를 덜어내고 경쾌한 생을 누릴 수 있었던 건, 또 삶의 즐거움을 맛보고 욕심낼 수 있었던 건 오로지 퍼프 덕분이었다. 그가 말해준 오초아의 선택이 실제였는지는 알 수 없었다. 오초아가 정말 계약 제안을 거절했을 수도 있었고,

아니면 내가 혹시라도 더 많은 돈을 요구할까봐 미리 기를 꺾으려고 꾸며낸 이야기일 수도 있었다. 퍼프가 차선으로 나를 선택했다는 말을 앞세우는 바람에 내가 잔뜩 주눅이 들어 제시하는 대로 받아들인 계약금은 나중에 알고 보니 모든 선수 중에서 최하위였다. 퍼프는 그런 전략을 세우고도 남을 인물이었다. 마이애미에 와서야 그에 대한 이야기를 듣게 되었는데, 검증 불가한 소문에 따르자면 그가 강박적으로 미성년성매매에 매달린다고 했고, 플로리다 최대 하이알라이 구장에 눈독을 들이는 베네수엘라 마피아의 '하수인'이라고도 했다. 게다가 보호야생동물 — 주로 파충류 — 을 밀반출한 혐의를 받고 있었고, 가정폭력을 저질러 첫 번째 부인에게 고발당한 처지였다. 그에게는 타격이 큰 고발이었다. 내가 퍼프에 대해 더 이상 아는 건 없었다, 다만 우리가 처음 만났을 때로부터 2년이 지난 뒤 횡단보도를 건너다 차에 치어 죽었다는 사실밖에는……. 하이얼리어 드라이브 바로 근처 교차로에서 커다란 지프가 그를 들이받고 그대로 뺑소니쳤다. 경찰은 사고를 내고 도주한 차를 찾아내지 못했다. 베네수엘라 마피아의 소행이라는 소문이 나돌았다. 그에게 당한 미성년 여자아이 가족의 복수라고도 했다. 어쩌면 그날 아침, 라슬로 퍼프는 평소와 달리 '믿음 결핍' 상태로 집을 나섰을 수도 있다. 이를테면 일고여덟 점을 미리 따놓지 못한 탓에 운이 바닥나버렸을 수도 있다.

왓슨이 항구 진수대 경사로로 몇 걸음 걸어 들어가더니 대기를 향해 코를 벌름거리다가 트레일러 윈치에 기름칠을 하고 있는 한 남자의 다리에 코를 들이댔다. 그러고는 물 위에 떠있는 나뭇조각 하나를 물고 의기양양하게 내게로 돌아왔다. 자신의 오랜 친구를 내게 소개하려는 몸짓이었다.

대파업

나는 집이 그런 모습이 되어 있는 걸 한 번도 본 적이 없었다. 문이란 문은 모두 닫혀있었고, 덧창들도 죄다 잠겨 있었다. 그런 상태에서 보니 집은 더 커보였고, 금욕적인 위엄을 풍겼다. 집이 그런 모습이 되어 있는 건 1953년 이후 처음이었다. 집은 이제 방방마다 정적이 내려덮여 그 자체로 유골단지이자 포르말린 병이었다. 집 전체가 광물질 상복을 둘러 입고 어둠을 주파수에 실어 송출하고 있는 듯했다. 수도와 가스는 끊겼다. 전화도 전기도 끊겼다. 모든 기능이 정지된 가운데 세상과의 접속이 끊어진 식물인간 상태였다. 도심 속의 외딴 섬이었다.

나는 대문 한쪽 기둥에 설치된 목재 패널에서 아버지 이름이 새겨진 구리간판을 떼어냈고, 그럼으로써 이 집의 정체성과 역사도 일부분 떼어냈다. 간판이 떨어져나가고 검은 흔적만 남은 패널 앞을 지나가게 될 행인은 기껏해야 한때 그곳에 어떤 의원이 있었다는 사실을 어렴풋이 떠올릴 수 있을 것이다. 일반 의원이었는지 치과였는지 아무리 봐도 알 수 없을 테고, 어쩌면 법률상담소나 공증인의 사무실이 있었다고 착각할 수도 있을 것이다.

왓슨은 공항에 도착하자 운송케이지 안으로 들어갔다. '단골손님'처럼 느긋한 태도였다. 비행기가 이륙하는 순간 나는 내가 살았던 집과 정원의 나무들, 지붕을 보려고 아래쪽을 내려다보았다. 집 바로 근처 식물원이 눈에 들어오는 순간 에어버스가 왼쪽으로 방향을 틀며 내 유년의 역사를 날갯짓 한 번으로 지워버렸다.

마이애미 공항에 내리자 에피파니오가 기다리고 있었다. 그가 입국장 대합실에 서 있다가 나를 맞아주었다. 키니엘라의 향기가 입국장에서부터 풍겨왔다. 에피파니오는 혼자 온 게 아니었다. 주차장에 내 차가 와서 대기하고 있었다. 말끔히 세차하고, 왁스칠을 하고, 게다가 내부 청소까지 완벽하게 되어 있었고, 무엇보다 차 바닥이 새롭게 변모해 있었다. 에피파니오가 '카로세리아(자동차수리공장)'에서 바닥을 교체한 사실을 알려주었다. "환영선물이야. 파블리토[28]. 너와 개가 바닥으로 떨

28) 폴의 스페인 이름 파블로의 애칭.

어져 뭉개지는 꼴은 피해야지. 차도 그렇고, 집과 배도 아무런 이상 없어."

나는 돌아왔다. 겨울을 벗어나 다시 따스한 곳으로 돌아왔다. 네르비오소를 보자 어릴 적 친구를 다시 만난 기분이었다. 이 삶으로 다시 돌아온 느낌은 깨끗이 빨아 다림질한 옷을 걸쳐 입었을 때처럼 쾌적했다. 상쾌한 향이 스며있고, 편안하고, 보들보들하고, 몸에 딱 맞는 옷이었다. 왓슨이 자동차 뒷좌석을 향해 뛰어올랐다. 공랭식 엔진이 늘 그렇듯 타이프라이터 소리로 딸깍거리며 돌아가기 시작했다.

"며칠 전부터 경기장 분위기가 좋지 않아. 언제나 그랬듯이 돈 문제 때문이지. 다들 최고등급 수당을 받아야겠다면서 구단 측에 계약서를 다시 작성하자고 요구했어. 구단집행부는 자기네들은 수당 문제는 전혀 모른다는 듯이 딴전을 피우는 중이야. 아무래도 낌새가 고약해. 어쨌거나 넌 네가 뛰던 자리를 다시 찾아와야해. 싸워야지. 맥시퀸리, 기억하지, 그 '순무' 말이야. 그 작자는 수비가 형편없어. 게다가 보스에게 아첨하는 그 꼬락서니라니. 아마 보스가 불알을 핥으라고 하면 당장 혀를 길게 빼고 나설걸. 그 빌어먹을 우루과이 놈은 혀 길이가 열두 자라니까 글쎄. 그러니 그 혀로 구석구석 핥아댈 테지."

'흥분상태'가 내 옆에 있었고, '순무'가 있었다. 틀림없었다.

나는 집에 돌아온 것이다.

에피파니오를 어느 카페의 테라스 앞에 내려주었다. 그곳에서 젊은 여자 하나가 그를 기다리고 있었다. 눈부시게 멋진 여자였다. 아찔하게 짧고 몸에 꼭 끼는 원피스 차림이었다. 아이옷을 빌려 입은 듯했다.

왓슨이 조수석으로 옮겨 탔다. 우리는 함께 집으로 돌아왔다.

바르보사의 사무실에는 독한 시거 냄새가 배어 있었다. 잡동사니가 여기저기 널렸고, 눅눅해진 감자튀김이 접시 위에서 굴러다녔다. 내 첫 번째 자동차 머큐리 브로엄의 보닛 크기만 한 사무실 한쪽 구석에 스피리돈 루이스가 제1회 올림픽 마라톤에서 신고 뛰었을 법한 운동화 한 켤레가 놓여 있었다. 벽에 걸린 몇 장의 펠로타 광고포스터들 사이사이에 《플레이보이》지에서 뜯어낸 페이지들을 활짝 펼쳐 붙여놓은 게 눈길을 끌었다. 우중충한 분위기에 둘러싸여 땀의 마스터이자 임금지불 명세서의 총감독, 휴가와 특별수당, 기타 난장판의 감시단장인 가브리엘 바르보사, 일명 가비가 앉아 있었다. 그에게는 다소 낯 뜨겁지만 '쭉쭉 빨아댄다'는 뜻으로 '추페톤'이라는 별명이 붙어있었다. 어느 여직원이 조심성 없이 그의 세력권 안으로 발을 들여놓기만 하면 어김없이 부둥켜안고 입술을 비벼대기 때문이었다.

뭔가 부탁한다든지 신세지는 걸 피해야할 상대가 있는데, 추페톤이 바로 그런 부류였다. 그와 얽히는 일은 일단 피하는 게 상책이었다. 내가 사무실 안으로 들어서자 가비가 낯선 사람을 대하듯 잠시 나를 빤히 쳐다보며 물었다.

"누구요?"

그가 영화 〈스카페이스〉[29] 소품창고에서 방금 꺼내온 것 같은 선글라스를 쓰고 토니 몬태나 행세를 해보였다. "빌어먹을! 프랑스 의사 양반이군. 그 국경 없는 의사. 날 기억하지? 바르보사, 가비 바르보사. 여기 지배인. 엘 제페(보스)." 그는 그 방에 가득 들어찬 냄새의 완벽한 화신이었다. 그런 곰팡내를 풍길 수 있다는 건 그가 그런 종류의 인간, 이를테면 거만한 동시에 멍청해서 자기 자신을 엄청나게 똑똑하다고 여기기 때문이었다. "부친상은 잘 치렀나? 장소도 프랑스였으니 어쨌거나 좋은 시간을 보냈겠군. 자네야 늘 슬슬 즐기면서 사는 친구니까. 부친상을 당했다고 해서 다르지는 않았을 거야. 이 구단에서 뛰던 바스크 출신 선수가 있었는데, 모친상을 치러야 한다고 가더니 두 달 넘게 자리를 비우고 오지 않더군. 그런 걸 보면 바스크 인종은 다른 인종에 비해 약해빠진 게 틀림없어. 하여간 두 달이 지나서야 돌아왔기에 내가 두 번째 펀치를 먹여주었지. 어머니를 잃은 데 이어 일자리도 잃었다고 분명히

---

29) 브라이언 드 팔마 감독의 1984년작.
쿠바에서 망명한 토니 몬태나가 갱단보스가 되는 큰 줄거리로 전개된다.

말해줬거든. 그 친구가 다음에는 어떻게 되었더라. 아마도 필리핀의 작은 프론톤에서 데려갔을 거야. 자네는 그 경우와는 달라. 자네가 자리를 비운 기간이 한 달가량이니까 일의 반절만 잃은 셈이지. 지금은 자네 자리를 우루과이에서 온 친구가 차지하고 있어. 이름이 맥시 뭐였더라. 아무튼 실력이 좋은 친구야. 내 말은 자네가 교체선수로 내려가 자리가 빌 때를 기다려야 한다는 뜻이야. 빈자리가 나면 다시 풀타임으로 뛰게 되겠지. 자네의 계약서에도 명시돼 있는 내용이야. 게다가 2주일 이상 경기에 나오지 않았으니 우리가 자네를 써야 할 의무는 없어. 다만 부친 장례식을 프랑스에 가서 치러야 했으니까 이번 한 번은 눈감아주겠네. 내일 시간이 되나? 야간경기가 있어. 근래에는 연습을 하지 않았을 테지. 좋아, 코트에 나가 빌빌거리는 꼴을 보이지 않으려면 이제부터라도 땀을 좀 빼는 게 어때? 마사지도 잊지 말고 받도록 해. 마지막으로 한 가지 더 이야기해둘 게 있네. 선수들 몇 명이 수당을 더 올려달라며 작당해서 움직이고 있어. 자네 이름이 그 명단에 오르지 않길 바라네."

나는 이곳에 돌아온 게 너무 좋아서, 다시 펠로타 선수들과 함께 뛸 수 있다는 게 기뻐서 추페톤의 구질거리는 일인극 대사는 귓등으로 흘려버렸다. 그가 나를 향해 던진 멸시어린 말과 거만한 몸짓 역시 나를 스치지도 못하고 잡지에서 뜯어낸 플레이메이트들과 눅눅한 감자튀김 사이 어딘가에 처박혔다. 그가 무슨 말을 하든 상관없었다. 중요하게 받아들일 필요가 없는 말들이었으니까. 가비는 펠로타 공을 쳐본 적도 없었고, '칸차(펠로타 코트 : 옮긴이)'에 서본 적도 없었다. 곤잘레스 공방에서 만들어낸 '오니나'가 뭔지도 몰랐다. 그는 자신이 독재자이기를 꿈꾸었지만 주가시빌리에 대해, 보로실로프나 말렌코프에 대해 들어보기나 했을까? 베리야를 총살하라는 명령을 내린 사람들이 그의 친구들이었다는 사실을 알고 있을까? 아메리카 자본주의 세계로 환속한 그 쿠바인이, 온몸에서 배어나오는 그 땀의 마스터가 아리엘 스퀘어4나 시계의 복잡한 내부구조에 대해 알고 있을까? 그 너절한 작자가 눅눅한 감자튀김과 빨고 핥을 용도의 사진들 사이에서 지껄이는 소리를 듣고 있으려니 그 역시 '새끼고양이만큼이나 무력한 인간'이라는 걸 또렷이 알 수 있었다. '갓 태어나 눈도 못 뜬 새끼고양이'가 열심히 젖을 빠는 일 말고 뭘 하겠는가.

집으로 돌아가기에 앞서 라커룸과 마사지실에 들렀다. 선수들이 어떤 사안을 놓고 목청을 높이고 있었다. 평소와는 분위기가 달랐다. 선수들은 구단집행부가 요구사항을 대놓고 무시하고 반응하지 않는 상황에 대해 분개하면서 선수조합을 설립

할 필요가 있다는 이야기가 튀어나왔다. 선수조합을 결성해도 별 효과를 보기 어려우므로 파업에 돌입해야 한다는 전투적 의견을 제시하는 선수도 있었다. 구단 입장에서 보자면 선수들의 파업이란 핵무기 위협과 다르지 않았다.

나는 달리고 싶은 마음도 없었고, 연습도 내키지 않았다. 수당 인상문제에 뛰어들어 토론할 생각도 없었다. 그저 내게 주어진 하루를 즐기고 싶었다. 그 기분 좋은 온기를 누리며 그동안의 결핍을 채우고 싶었다. 그저 나의 개와 시간을 보내고 싶었다. 우리는 배가 잘 있는지 보려고 계류장으로 갔다. 시동을 걸어보았다. 엔진이 별 문제 없어 보였으므로 그대로 바다로 나갔다.

왓슨은 물에 빠져 허우적거렸던 기억이 되살아난 탓인지 바다로 나간 처음 몇 분 동안 불안해하는 기색을 보였다. 녀석은 잠시 후 조타석으로 뛰어올라 내가 피셔맨스프렌드를 입안에 넣고 녹이는 동안 내게 몸을 바싹 붙이고 밀려가는 물살을 바라보았다. 내 낡은 배는 모터요트였다. 항해용어로 '디스플레이스먼트 헐', 즉 흘수선이 물위로 드러나지 않는 선체로, 쾌속 활주를 위해 흘수선을 물위로 드러내는 부상성 선체인 '플래닝 헐'과는 반대 속성을 지닌 배였다. 속도는 6,7노트 정도였는데, 이런 속도란 아무리 물살을 가르며 달려봤자 고기떼들에게 매번 추월당하기나 할 거라는 의미였다. 이곳 비스케인 만이 아니라 다른 바다에서라면 이 정도 속도로도 무난하게 떠다닐 수 있었다. 하지만 여긴 초고속 대형 모터보트들이 질주하는 곳이었고, 그런 배들이 숙지하고 준수하는 해양안전 규칙은 '고속 직진'이 유일했다. 그 폴리에스터 물소들의 맹목적인 질주에 대처하려면 끊임없이 좌우를 살피고 있다가 얼른 방향을 바꾸는 수밖에 없었다. 그렇게 해서 일차 위험을 피한 다음에는 재빨리 무엇이든 붙잡고 매달려 대형모터가 만들어낸 난폭한 물이랑과 파도를 견뎌내야 했다. 그럴 때 배를 출렁이고 요동치게 만드는 물살의 양이 상당하기 때문에 어느 정도 수면이 잔잔해진 다음에야 이동할 수 있었다. 왓슨은 처음에 이런 인공적인 풍랑에 겁을 집어먹었다가 곧 익숙해져 우리 배를 위험에 빠뜨린 대형보트를 귀족적인 오만함으로 무시했다.

뚜렷한 목적지 없이 바닷가 별장이 바라보이는 긴 해안선을 따라 배를 몰았다. 별장들은 봄날의 씨앗처럼 점점 더 많은 수가 싹트고 있었다. 저녁 해가 수평선에 닿기 전에 나는 소금기를 점점이 얼굴에 덮어 쓴 가운데 뭍을 향해 방향을 돌렸다.

내가 계류장에 다시 배를 매어놓는 동안 왓슨은 주차장에 세워둔 카르만 앞으로 가서 나를 기다렸다. 개는 어느새 카르만을 기억하고 있었다.

다음날 키니엘라에 나섰다. 공백 없이 코트에서 붙어 지낸 사람처럼 나름 멋진 경기를 했다. 지난 한 달 동안 수년간 감당해온 짐을 잠시나마 벗어놓고 지낼 수 있어서 몸에 생기가 되살아난 덕분이었다. 지금의 좋은 몸 상태가 그리 오래 가지 않으리라는 걸 알고 있었다, 조만간 한 달 동안 경기에 나서지 못했던 대가를 치러야 할지도 몰랐다. 하지만 나는 첫 번째 트랙에서 제대로 체면을 세웠다. 심지어 맥시퀸리를 상대해서도 전혀 꿀리지 않았다. 맥시퀸리는 에피파니오의 주장과 달리 순무와는 전혀 연관성이 없었고, 게다가 실력이 특출한 선수도 아니었다. 선수 대부분을 싸잡아 묶을 수 있는 중위권에서 괜찮은 정도지, 화려한 '탑 텐'과는 거리가 멀었다. 바로 그 '탑 텐'이 하이알라이 경기 팬들을 몰고 다니고, 예쁜 여자들과 영화배우들을 경기장으로 끌어들이는 리그 최고의 선수들이었다. 매 경기마다 판돈이 쏟아지게 만드는 선수들도 그들이었다.

오늘날 이곳 하이알라이의 모습을 보고 1970년대 초 상황을 제대로 그려내긴 어려울 것이다. 그 당시 마이애미 하이알라이는 일종의 서커스천막이었다. 그 천막 밑으로 재주를 부리는 온갖 종류의 동물들, 전지전능한 신 행세를 하는 영화스타, 아편쟁이 제작자, 망가진 팝가수, 악명 높든 비교적 견실하든 어쨌거나 갱스터, 냉혹한 거물, 헤테로 정치인, 호모 주지사, 바이 상원의원들, 그들 모두에게 복종하는 경찰들이 드나들었고, 주말을 즐기기 위해 루이지애나에서 온 시보레 자동차 딜러까지 끼어들었다. 관객들은 버들가지 라켓을 손에 낀 선수들이 삼면 벽을 배경으로 달리고 춤을 추듯 뛰다가 빛 속으로 샴페인거품처럼 솟구쳐 오르는 그 멋진 장면을 볼 수 있는 자리를 차지하기 위해서라면 살인도 불사했을 것이다. 큰 경기가 벌어지는 날 저녁에는 1만5천 명이 넘는 관중이 들어찼다. 주차요원이 대기하고 있다가 도착하는 사람의 부와 지위를 즉석에서 눈대중으로 판별해 미리 구분해놓은 좌석으로 안내했다. 남자들은 턱시도를 갖춰 입었고, 여자들은 이브닝드레스 차림이었다. 누구든지 손만 내밀면 술잔을 잡을 수 있도록 큰 술통이 설치된 바가 다섯 군데나 마련되어 있었다. 2층에는 4성급 레스토랑이 자리 잡고 있었다. 호화 내실, 가죽소파, 원탁 위에 차려지는 저녁식사, 거울표면처럼 윤기가 흐르는 테이블보를 갖춘 레스토랑이었다. 은은한 조명이 재떨이에서 피어오르는 담배연기를 비추었다. 2층으로 오르는 계단에서 폴 뉴먼과 조안 우드워드 부부를 볼 때도 있었고, 토니 베네트를 찾으러 온 프랭크 시나트라를 붙잡고 한잔하고 있는 존 트라볼타와 마주치는 적도 있었다. 예쁜 여자들은 사진사들을 끌어 모았고, 남자들은 사진사들을 끌어 모으는 여자들을 좋아했다. 유혹하고, 피우고, 마시고, 먹고, 무엇보다 우선적으로 키니엘라 경기에 돈을 걸었다. 주말에는 하룻저녁 판돈만 해도 백만 달러에 달했다. 2층에서는 모든 비용이 고가였다. 좌석, 음료, 식사, 담배, 웨이터에게 떼어주는 봉사료까지 최상급이었다. 1층에서도 삶은 비슷한 모습이었다. 다만 사진사들이 없었고, 예쁜 여자, 샴페인, 낮게 흥얼거리는 라이브 가수도 없었다. 하지만 흥분의 도가니를 이룬다는 점은 동일했다. 탄성을 지르고, 긴장하고, 박수갈채를 보내고, 환호하고, 무엇보다도 경기에 판돈을 걸었다. 공, 선수, 키니엘라 경기까지, 모든 게 미친 듯이 속도를 내야 했다. 복권을 주문하고 내주고, 판돈을 분배하는 일이 모두 신속했다. 여러 곳에 발권소가 있어 수시로, 빠르게, 길게 생각할 필요 없이, 단지 거기에 발권소가 있다는 이유만으로 돈을 걸었다. 이번에는 잃었다. 다음에는 땄다. 이번에도 잃고, 다음에도 잃었다. 하지만 사람들은 돈을 잃어도 키니엘라 경기에 대해 좋은 감정을 느꼈다. 돈이 연기처럼 날아가 버렸다고 하더라도 좋은 감정을 유지했다. 그럴 만큼 키니엘라 경기는 대단히 흥미로웠으니까. 키니엘라 경기에는 아름다운 동작을 음미하는 사람들을 위한 눈부신 안무가 있었고, 마피아영화에 열광하는 사람들을 위해 준비해놓은 공 소리, 연달아 벽을 맞고 튕겨 나오는 일제사격소리가 있었다.

1988년 초에도 하이알라이는 그 천막 밑에서 명맥을 이어가고 있었지만, 서커스는 사라졌고 그와 더불어 샴페인과 바, 유명인사들도 사라졌다. 광란, 열광, 부질없는 홍분과 긴장의 묘미는 막을 내렸다. 설명할 수 없는 이유로 키니엘라의 홍행은 끊임없이 하루살이 즐거움을 찾아다니는 변덕스러운 대중들의 떠돌이 행보를 따라 다른 대륙, 다른 오락거리, 다른 축제로 옮겨가버렸다.

그해 치러진 대통령 선거에 뛰어든 후보들 가운데 부시든 잭슨이든 듀카키스든 하이알라이에 단 한 시간이라도 들러 우리 가운데 최악의 선수를 골라 한 푼이라도 베팅하는 쇼를 선보일 계획을 세운 사람은 없었다. 간단히 말해 이제 키니엘라 경기와 베팅은 사람들의 관심 밖으로 밀려났다. 예전에 루스벨트 대통령과 부인 엘레노어는 기회만 있으면 하이알라이에 들러 키니엘라 경기를 즐겼다. 케네디 가의 유명인사들도 하이알라이 2층에서 저녁식사를 하며 사교모임을 가졌는데, 민주당과 공화당 출신 주지사 여러 명이 그 방식을 모방했다. 재무부차관들도 그런 모임을 따라했는데, 하이알라이가 예산을 다루다가 떨어진 부스러기들을 처리하기 좋았기 때문이었다.

나는 며칠 동안 교체선수로 뛰면서 선수들의 사기가 바닥에 떨어져있다는 사실을 알 수 있었다. 라커룸에는 울분이 가득했고, 선수들이 쏟아내는 말들은 콤소몰[30] 청년공산당원들의 토론을 보듯 중구난방으로 실속 없이 격앙되어 있었다. 선수들이 구단 경영진과 거칠게 정면충돌을 벌이는 상황이었다. 이토록 갈등이 심화된 발단은 구단 경영진이 선수 측 협상대표 네 사람과의 면담을 거부한 일이었다. 그 네 사람은 하이알라이 선수로서는 나름 엘리트들이었는데도 대화파트너로 인정받지 못했다. 구단은 선수들의 요구를 단 한 가지도 수용하지 않겠다는 태도를 굽히지 않았다. 국물도 없으니 찍소리 말고 그저 경기나 뛰라는 식이었다.

가비는 때로 자기 굴을 벗어나는 위험을 감수하면서까지 선수들을 따라다니며 위협했다. 출전명단에서 빼거나 구단에서 쫓아내겠다는 말이 그가 으르렁거리며 삿대질을 할 때마다 꺼내놓는 단골 레퍼토리였다. 선수들이 위협에 쉽게 움츠러들지 않자 가비는 제일 만만한 선수들부터 회유해보려 했다. 경기 성적이 좋지 않아 리그 내 입지가 취약한 선수들을 골라 노골적으로 겁을 주었다. 하지만 가비는 거칠고 상스러운 데다 경영진의 꼭두각시라는 사실을 여지없이 노출하는 바람에 날이 갈수록 선수들로부터 하찮은 어릿광대 취급을 받게 되었다.

30) 소비에트공산당 청년정치조직.

배포가 있는 선수들은 가비와 마주칠 때마다 면전에서 입술을 둥글게 말아 내밀며 그가 치근덕거릴 때의 흉내를 냈다. "추페톤, 아즈메 운 추페톤, 과빠(빨아줘, 한번 빨아줘, 잘생긴 오빠)." 그럴 때마다 가비는 곤경을 모면하기 위해 투명스케이트를 신은 사람마냥 신발바닥으로 복도를 지치며 가던 길을 빠르게 미끄러져 갔다. 수시로 치근대는 가비에게 기겁했던 여직원들도 고조되는 저항의 분위기에 힘입어 이제는 그 자리에서 주저 없이 고개를 치켜들고 면박을 주었다. 에르네스토 이구알은 쿠바혁명 직후 플로리다로 피난을 떠나온 쿠바이민 1세대로 마이애미 하이알라이 리그 선수들 가운데 최고연장자였다. 그가 마사지실에서 모두가 지켜보는 가운데 가비에게 제대로 한방 먹이는 일이 발생했다. 가비가 먼저 모국어로 욕설을 내뱉은 게 발단이었다. 키니엘라 첫 경기를 뛰라는 지시를 받고도 이구알이 마사지대 위에서 뒹굴고 있다는 게 욕설을 내뱉은 이유였다. 이구알은 온몸의 관절들이 낡은 문짝처럼 삐걱거리는 탓에 힘겹게 몸을 일으켰다. 그는 중요한 일을 앞두고 신변을 정리하려는 사람처럼 타이츠를 고쳐 입고 손으로 얼굴을 문지르더니, 사탕수수를 거두던 농부의 손, 피곤에 절고 갖가지 힘든 사연으로 담금질된, 돌처럼 단단한 손을 치켜 올렸다가 가비의 얼굴 위로 다시 떨어뜨렸다. 단지 그 한 번의 동작뿐이었다. 마사지실 전체에 공이 프론톤 벽을 강타할 때 나는 둔탁한 소리가 울려 퍼졌다. 목재나 뼈 같은 것이 우지끈 하는 소리였다. 소리가 사라진 뒤에도 한참동안 귓전에서 윙윙거리며 맴도는 그런 소리. 가비는 산비탈에서 굴러 떨어지듯 뒤로 나자빠졌다. 이구알은 라켓을 집어 들고 앞에 놓인 배낭 하나를 발로 밀어 치우고는, 키니엘라 경기에 나서기 위해 그 자리를 떠났다. 방금 전 마지막 전투를 치렀다는 사실을 잘 아는 늙은 무사의 얼굴이었다. 에르네스토 이구알 사건으로 선수들의 긴장감은 더욱 팽팽해졌다. 키니엘라 경기가 끝나자마자 이구알이 해고 통보를 받았으니 그럴 수밖에 없었다. 이구알은 본인 소유의 물건들을 챙기고, 그동안 파트너로 뛰어온 선수들과 일일이 인사를 나누고 나서 하이알라이를 떠났다.

이 예기치 못한 사건 때문에 풀타임 선수 자리 하나가 비게 되었고, 내가 당장 그 자리에서 뛰어야 했다. 일이 그런 식으로 돌아가다 보니 계약서를 다시 쓰게 되었다. 이구알 덕분에 내 앞으로 저절로 굴러온 이 혜택은 명예도 품격도 없었다.

다시 고쳐 쓴 계약서에 서명하기 위해 가비의 사무실로 들어섰을 때 시뻘겋게 부풀어 오른 그의 뺨이 가장 먼저 눈에 들어왔다. 광대뼈 쪽 눈 부근에는 푸르뎅뎅한 멍 자국이 나있었다.

"제기랄, 뭘 봐? 멍든 얼굴 처음 보나? 두고 봐, 그 '몬톤 드

미에르다(똥덩어리)'를 찾아내 손모가지를 싹둑 잘라버릴 테니까. 그 개자식이 제 손모가지를 자기 입으로 씹어 먹게 할 거야. 손가락을 한 마디씩 맛보게 할 거야. 계약서에 사인하고 어서 나가. 빌어먹을! 오늘은 날 건드리지 마. 너희들 모두 경고야. 건의서 좋아하네. 너희들은 매를 벌고 있어. 빌어먹을! 어서 사인하고 나가라니까. '아 토마르 포르 엘 쿨로.'" 이 마지막 말은 '가서 비역이나 당해라(썩 꺼져).'라는 의미였다.

그 순간 일종의 빙의가 일어났다. 이구알이 내 안으로 들어와 손을 들어 올린 것이다. 그 손이 다시 떨어지기 전에 한마디 재빨리 쏘아붙일 시간이 남아있었다. "노 메 아블레스 아시, 눈카(나에게 그런 식으로 말하지 마)." 추페톤은 이번에도 역시 손 한 번 써보지 못했다.

내가 마이애미 하이알라이 프로선수단에 속해있었던 기간은 3년 6개월이었다. 그 짧은 기간 동안 나는 세계가 바뀌는 모습, 특히 우리 선수단의 세계가 변모하는 모습을 보았다. 순수는 사라지고 ― 그러자면 어쨌거나 순수가 현실세계에 존재했어야 하겠지만 ― 그 대신 철저한 관리가 필수조건이 되었다. 그런 과정 속에서 키니엘라 경기는 철저히 관리해야 하는 한 가지 요소에 불과했다. 권위적 위계관계가 단단히 자리를 잡았고, 근무규칙과 조건은 한층 더 엄격해졌다. 경영진은 선수들에게 적용되는 이런 엄격한 기준을 이용해 언제나 우월한 위치에 설 수 있게 되었다. 경기가 재미있으면 판돈이 급격하게 증가하던 예전과 달리 업무담당자들과 회계사들로 구성된 베팅 관리단이 유입되는 판돈을 계산해 늘 일정한 규모가 유지될 수 있도록 관리했다.

나는 펠로타를 하는 순간만큼은 여전히 행복했고, 예전처럼 설레는 기분으로 프론톤에 나가 섰지만, 내 안에서 무엇인가 자꾸 말하고 있었다. 한 시대가 끝나고 다른 시대가 오고 있고, 지난 몇 년의 시간은 이제 영원히 돌아오지 않는 기억으로 남게 될 거라고, 지난 몇 년은 내게 매일 밤 잠들기 전 내일도 축제가 이어질 거라는 기대감을 안겨주었던 특별한 시간이었다고.

내가 처음 마이애미 하이알라이에 발을 들여놓으면서 따스한 욕조에 몸을 담그는 기분일 수 있었던 이유는 어떤 계산이나 야망을 품고 이곳에 온 게 아니었기 때문이다. 경제적으로 궁핍해서도 아니었다. 나는 우선 다른 선수들에 비해 필요로 하는 게 많지 않았다. 의사면허가 있으니 여차하면 방향전환을 할 수 있는 확실한 해법이 마련되어 있기도 했다. 그 덕분에 물질적인 구속에 얽매이지 않을 수 있었고, 다른 선수들이었다면 집세를 내고 반을 잘라 본국의 가족에게 송금하고 나면 생활비를 충당하기조차 빠듯한 급여를 받고도 별 불만 없이 마이애미 생활을 해올 수 있었다.

그해 4월 초는 브뤼메르 18일[31]을 길게 늘여놓은 듯했다. 매일이 쿠데타였다. 새로 조합을 결성한 선수들은 과반수의 찬성으로 파업을 결의했다. 키니엘라 경기는 일부 중단되었고, 베팅이 불가능한 상황이 되었다. 경기에 내보낼 선수가 없자 코네티컷 주와 플로리다 주의 프론톤들은 하나둘 문을 닫기 시작했다. 4월 14일에는 데이토나비치, 멜버른, 브리지포트, 하트퍼드, 15일에는 팜비치, 올랜도, 포트피어스, 퀸시의 프론톤이 휴업했다. 이어서 상황이 더욱 복잡해졌다. 구단과의 힘 겨루기에 적응하지 못하거나 가족을 부양해야할 부담에서 자유롭지 못한 선수들이 선수조합의 결정을 거부하고 경기에 나서겠다는 의사를 표명했다. 이탈자가 생기길 고대하던 하이알라이 경영진은 기회를 놓치지 않고 선수조합을 와해시키기 위한 공작에 나섰다. 그들은 파업에 가담하지 않은 선수들을 규합하고, 바스크 리그에서 젊은 선수 열두어 명을 새로 영입해 급한 불을 끄려고 했다. 프랑스와 스페인에서 급히 끌어 모은 그 선수들이 마이애미 하이알라이 사정을 제대로 알 리 없었다. 경영진 입장에서는 머릿수를 채워 경기를 할 수만 있다면 선수조합의 요구사항을 얼마든지 묵살할 수 있었다. 그런 한

31) 나폴레옹이 군사쿠데타로 총재정부를 전복한 날. 1799년 11월 9일

편 경영진은 새로운 선수들을 플로리다 최대 프론톤인 마이애미와 템파 두 곳에 배분해 새로운 붐을 일으키고 베팅 판을 키우겠다는 전략을 세웠다. 경영진 입장에서 보자면 계속해서 판돈이 들어오기만 하면 아무 문제가 없었다. 끊어진 돈줄을 복구하면 선수들이야 어찌되든 상관없었다.

올랜도 프론톤 구단주인 산티 에차니즈가 죽을상을 하고 TV화면에 등장해 말했다. "파업에 참가하지 않은 기존 선수들과 이번에 새롭게 영입한 선수들을 묶으면 문제없이 경기를 재개할 수 있습니다. 선수조합이 끝까지 전쟁을 원한다면 응할 수밖에요. 지금 선수조합이 벌이고 있는 행태는 위법입니다. 수치스러운 짓이죠. 지금은 이 스포츠의 암흑기입니다."

선수조합 대표인 리키 라사가 즉각 반박했다. "천만에요. 암흑기가 아니라 해방기죠. 우리는 구단 측으로부터 무수한 협박과 모욕을 당하고 있습니다. 우리가 바라는 건 〈더 월드 하이알라이 인코퍼레이티드〉와 각 구단주들이 노동법이 정한 근로조건을 보장하고 선수조합을 승인해야 한다는 겁니다. 우리는 길고 힘든 싸움을 회피하지 않을 생각입니다. 다윗이 골리앗에 맞서는 싸움이 되겠지만 물러설 수 없습니다. 잊지 않을 겁니다, 우리는 다윗이라는 사실을 말이죠."

〈더 월드 하이알라이 인코퍼레이티드〉 회장이자 멕시코만 템파 구단 소유주로, 구단주들의 큰형님 격인 질 엘리스는 어금니를 꽉 물었다. "우리 〈더 월드 하이알라이 인코퍼레이티드〉는 선수조합 결성에 반대합니다. 절대로 용납할 수 없어요. 어쨌거나 현 상황에서 파업불참 선수들을 최대한 활용해 양대 프론톤인 템파와 마이애미에서 경기를 계속해나갈 생각입니다. 양보는 절대 없어요."

에피파니오와 나는 곧바로 진영을 택했다. 4월초부터 우리의 이름은 신디케이트 참여자 명단에 올라가 있었다. 4월 14일, 첫 번째 키니엘라 경기가 열리는 시각에 우리는 협박과 압력에 굴복하는 대신 라켓과 헬멧을 벗어 바닥에 내려놓고 코트를 떠났다.

가비 바르보사가 붉으락푸르락 하다못해 흙빛이 된 얼굴로 라커룸으로 들이닥쳤다. 악귀 한 떼를 등 뒤에 달고 온 것 같은 기세였다. 계약서에 명시된 대로 키니엘라 경기를 정상적으로 진행하라고 우리를 다시 설득해보려는 시도는 접어치운 듯, 가비는 고래고래 욕설부터 퍼붓기 시작했다. "이 빌어먹을 공산당 떨거지들아. 너희들은 지금 일생일대의 뻘짓을 저지른 거야. 이제 너희들은 이 나라 하이알라이에서 뛸 기회를 잃게 되었어. 전국 블랙리스트에 이름을 올렸으니 먹고살려면 너희들 가난뱅이 나라로 돌아가 똥이나 처먹어야 하겠지. 멍청이

들, 다시 여기서 기웃거리기만 해봐. 가만 두지 않을 테니까. 베네트 사장님과 엘리스 사장님은 방침이 확고해. 너희는 해고야. 한 놈도 빼놓지 말고 전부 다 내쫓으라고 했어. 너희들이 없어도 우리는 키니엘라 경기를 계속할 수 있거든. 오늘 저녁이 바로 그날이야. 그랜드오프닝 앤 해피아워(개장 기념 특별할인서비스)가 있을 거란 말씀이야. 경기에 나설 수만 있다면 돈은 구단에서 주는 대로 받고 뛰겠다는 아이들을 찾아내 데려왔거든. 그 아이들을 어디서 찾아내 데려왔는지 알아? 바로 너희 동네, 망할, 너희 동네 바스크에서 데려왔어. 그러고 보니 바스크 애송이들이 너희들을 쓸어버리는 셈이 되었군. 너희들은 이제 꺼져도 돼. 어서 돌아가 너희 조합원들한테 빨아달라고 해. 몽땅……."

가비는 이번에도 너무 멀리 나갔다. 우리들 가운데 하나가 그의 얼굴에 스트레이트를 한방 먹였다. 그가 게워 올리던 욕설이 다시 목구멍 안으로 처박혔다. 이어서 경기장 코트 위에서 파업가담 선수들과 황색선수들[32] 간에 한바탕 난투극이 벌어졌다. 이 싸움은 처음에는 선수 여러 명이 몸을 밀착시켜 볼을 가진 선수를 에워싸는 일종의 럭비 경기 같은 장면으로 시작되었지만 결국 모두가 눈먼 야생동물처럼 눈앞에서 움직이는 모든 대상을 향해 주먹을 휘두르고 보는 상황으로 전개되었다.

32) 황색조합(자본가에게 협조하는 어용노동조합)에서 빌려온 말.

사건을 수습해야할 시간이었다. 갈등의 골이 어디까지 가있는지, 파업에 찬성하는 선수는 정확히 몇 명인지 파악하기 위해 선수조합 대표가 마이애미에 왔다. 그때 우리는 예상과 달리 〈더 월드 하이알라이 인코퍼레이티드〉— 엘리스 구단주와 그가 휘두르는 백정 칼 — 가 선수들을 두 동강내는 공작에 성공했다는 사실을 알게 되었다. 선수들은 분명 둘로 쪼개져 있었다. 바스크 선수들과 남아메리카 선수들, 쿠바 선수들은 자기네끼리도 나뉘어 대립하는 상태였다. 모두 합해 두 명뿐인 필리핀 선수들도 각자 속한 진영이 달랐고, 대개는 통일된 의사를 내놓던 뉴욕 선수들조차 서로 다른 입장을 취했다. 네르비오소는 가만있지 않았다. 시간이 지나면서 그는 반역의 주동자가 되어갔다. 그는 끝까지 버텨야한다는 주장을 굽히지 않았다. 절대 타협해서는 안 되고, 우리가 굽히지 않고 버티면 구단주들이 결국 한 달도 못가 항복을 선언하게 될 거라고 했다. 하지만 〈더 월드 하이알라이 인코퍼레이티드〉는 비록 노사관계에서는 뻣뻣했어도 재정 형편은 유연하고 탄력성이 있었고, 그 결과 내 친구의 예상과 달리 파업은 일 년 반이나 더 끌게 되었다. 경기 내용은 질적으로 빈약해졌고, 선수들의 주머니는 바닥났고, 실력 있는 스타선수들은 대탈주에 나섰다. 구단주들은 1960년대에도 이미 파업에 대처하는 '노하우'를 발휘한 적이 있었다. 애초부터 양보와 타협은 그들의 안중에 없었다. 당시에도 파업 동기는 동일했다. 선수들의 저항이 시작되자 그때도 구단주들은 처음에는 시간을 끌더니 어느 날 아침 세계에서 가장 실력 있는 선수 160명을 파업에 가담해 구단에 막대한 손실을 끼쳤다는 이유로 일시에 해고해버렸다. 그러고 일주일 후, 세계각지에서 새로 모아온 선수들 160명을 투입해 키니엘라 베팅사업을 재개했던 경험을 그들이 잊을 리 없었다.

1988년 4월 말, 과거와 동일한 결말이 착착 준비되고 있다는 사실을 까마득히 몰랐던 우리는 경기장 앞에 텐트를 치고 밤낮으로 농성을 벌였다. 파업만이 우리의 자존심과 결의를 보여줄 수 있는 방법이라고 생각했다. 하지만 파업전선에서도 분쟁이 발생했다. 처음에는 파업에 가담한 선수들과 황색선수들 사이에서 거친 충돌이 빚어졌다. 황색선수들은 매일 우리 대신 경기에 나서기 위해 우리가 쳐놓은 텐트 앞을 지나 원래 우리 차지였던 경기장으로 들어갔는데 누군가 지나가면서 우릴 비웃은 게 도화선이 되었다. 파업에 가담한 선수들과 경기장을 찾은 관객들 사이에서도 갈등이 초래되었다. 관객들은 파업가담자들의 요구에는 별 관심이 없었고, 우리와 비가담자들 사이에 빚어진 분쟁에 대해서는 비웃음을 날렸다. 관객들의 바람이라면 그날 판돈을 걸 수 있도록 경주마가 뛰어야 한다는 것뿐이었다. 경주마의 이름이 무엇이고 출신지가 어디든 상관없었다. 사유재산을 부정하는 공산주의자만 아니면 되었다.

에피파니오는 마치 다른 사람이 된 듯했다. 헬륨가스보다 가벼웠던 이 펠로타 선수는 불과 몇 주 만에 플로리다 판 '폴리트뷰로(공산당정치국. 당의 최고의사결정기관 : 옮긴이)' 국원이 되었고, 시가전 전략가가 되더니 《마이애미 헤럴드》지의 어느 기자에게 영감을 불러일으켜 파업가담선수들을 지지하는 논조의 기사를 쓰도록 유도했다. 경기장 앞 텐트 전선을 제일 먼저 도발한 황색선수의 뺨을 한 대 올려붙이고, 슬로건을 외치고, 플래카드를 흔들며 그때까지 그의 유일한 신조였던 '킴바르하고 또 신가르한다.'라는 말의 의미를 아예 잊어버린 듯했다.

나도 파업에 참가했지만 마이애미에서 계속 살아가려면 한시바삐 일자리를 구해야만 했다. 아버지가 남긴 유산은 아직 상속절차가 끝나지 않은 상태였다. 공증인이 꼼꼼하게 검토하겠다던 서류뭉치에서 출발해 느린 걸음을 떼어놓고 있겠지만 일이 마무리돼 공탁금관리소에 도착하기까지 시간이 얼마나 걸릴지 알 수 없었다.

에피파니오는 시간이 지나면서 자신감을 얻었고, 선수조합

내에서도 중책을 맡게 되었다. 신생 조합의 역동성 덕분에 그는 마이애미 조합 지부장에 선출되었다. 지부장이 된 그는 베네트와 직접 면담하는 경험을 했고, 구단주들의 보스 격인 질 엘리스와도 마주앉아 보았다. 질 엘리스가 그를 하이알라이 2층으로 불렀다고 했다. 에피파니오와 마주앉은 엘리스는 다짜고짜 그에게 수당을 합해 계약서상 연봉이 얼마인지 물었다. 에피파니오의 대답을 들은 엘리스는 금액을 종이에 적어 호주머니에 찔러 넣더니 내 친구에게는 눈길 한 번 주지 않고 말없이 방을 나갔다. 엘리스가 전화 통화나 어떤 시급한 업무처리를 위해 잠시 자리를 비운 줄 알았던 에피파니오는 빈 소파를 마주하고 거의 반시간 넘게 그 자리에 머물러 있었다. 이윽고 한 남자가 방으로 들어오더니 창문 블라인드를 내리고 서류를 정리하며 말했다. "그만 돌아가세요. 엘리스 씨는 템파로 떠났으니까."

일련의 사건들이 불과 몇 주 사이에 한 인간을 얼마나 변화시킬 수 있는지 목도할 수 있었다. 그 사건들이 한 인간의 정신을 새롭게 빚어내고, 욕구와 갈망을 근본적으로 변화시킬 수도 있다는 사실을 알게 되었다. 조이의 말투와 화법이 달라졌다. 지극히 표준화된 어휘사전을 집중 학습한 결과 거의 관습적인 표현을 풍부하게 구사할 수 있게 되었다. 내가 가장 놀랍게 받아들인 변화는 에피파니오가 선수조합 지부장이 된 이후 자기 안의 네르비오소를 얼마나 신속하게 떼어내는지 지켜본 것이었다. 그의 '아비투스[33]'는 예전과 달랐다. 몸짓과 동작은 절제되어 있었고, 어수선하고 분주하던 움직임은 침착해졌고, 특유의 흥분도 사라지고 없었다. 내가 보기에는 그가 흥분을 억누르면서 살아있다는 기쁨도 함께 눌러 지운 듯했다. 한편으로는 바르보사와 엘리스가 에피파니오에게 무한한 에너지를 공급하던 연료전지를 떼어낸 건 아닌가하는 생각이 들었다. 에너지가 넘쳐 우울증이 접근할 틈이 없었고, 쉴 새 없이 분주해서 불행을 느낄 겨를도 없었던 친구인데 말이다.

엘리스를 만나고 온 날 밤 에피파니오는 집으로 나를 찾아와 낮에 있었던 일에 대해 이야기해주었다. 진이 빠진 듯했고, 자신이 겪은 일에 대해 몹시 당혹스러워했다. "어떻게 사람을 그런 식으로 대할 수 있지? 사람을 불러놓고 달랑 질문 하나를 던지더니 나를 쳐다보지도 않고 떠나버렸어. 엘리스가 그런 식으로 행동한 이유가 뭔지 계속 생각해봤어. 그는 과연 무슨 의도로 그런 짓을 벌였을까? 그런 식으로 행동해서 무얼 얻고자 했을까? 그 사람은 수십억 달러를 가진 재력가이자 〈더 월드 하이알라이 인코퍼레이티드〉의 회장이야. 그런 사람이 파업에 가담한 나를 만나기 위해 템파에서 왔어. 방으로 들어

33) 사회문화적으로 형성되는 개인의 성향 혹은 습관.
　 사회학자 부르디외가 만든 개념.

온 그는 우리의 요구사항이 뭔지에 대해서는 단 한마디도 묻지 않았어. 그저 딱 한 가지, 수당을 포함한 내 연봉이 얼마인지 묻더군. 그런 다음 아무 말 없이 몸을 일으켜 자리를 떴어. 정말이지 내 연봉 액수가 유일한 관심사였다면 바르보사에게 전화 한통만 해보면 즉시 알 수 있잖아. 결국 그가 나를 만나자고 한 이유는 모욕을 주기 위해서였어. 선수노조 모두를 모욕하기 위해서야. 그가 주인이고 우리를 개똥으로 여긴다는 걸 보여주기 위해서야. 내가 도저히 이해할 수 없는 점이 바로 그거야. 돈과 권력을 모두 가진 인간이 빈털터리인 우리를 악착스럽게 몰아붙이거든."

왓슨이 '주인의 목소리[34]'의 잭 러셀 강아지와 똑같은 자세로 에피파니오 앞에 앉아 있었다. 인간들 사이의 일을 자신의 이해력으로 하나하나 따라가다가 그 세계의 복잡한 작동원리를 접하는 순간 벽에 부딪쳐버린 것 같은 모습이었다.

우리는 한잔 하려고 왓슨을 데리고 쿠바인 동네에 있는 한 카페로 갔다. 아메리칸 팝뮤직, 버지니아 담배, 멕시코 맥주, 콜롬비아 커피가 있는 카페였다. 예쁜 여자들이 치아를 드러내 보이며 웃고 있었다. 삶을 베어 무는 게 그 치아의 용도였다. 춤을 출 때 입는 라틴드레스 차림이어서 몸이 거의 드러나 있었다. 에피파니오는 그 여자들에게 눈길 한 번 돌리지 않았

---

34) 턴테이블 축음기에 머리를 갸웃이 기울인 강아지를 그린 EMI 상표명.

다. 생각에 잠긴 모습이었고, 어떤 무력감에 사로잡힌 듯이 보였다. 내 옆에 앉아 있었지만 여전히 엘리스가 돌아오기를 기다리고 있는 사람 같았다. 왓슨은 한밤중에도 날아들어 테이블 사이에 떨어진 부스러기들을 쪼아 먹는 참새들을 보고 있었다.

우리는 각자 자신의 감정에 갇혀 타인의 감정에 가닿을 수 없었다. 슬픈 밤이었다. 대신에 다음날은 운수가 좋았다. 울피스라는 식당 웨이터 자리를 구했는데, 봉사료를 제법 챙길 수 있는데다 꼬리에 불이 붙은 것처럼 바삐 뛰어다닐 필요가 없다는 점에서 제법 괜찮은 일자리였다. 마이애미비치에서 '울피(늑대)'를 식당이름으로 내걸만한 유일한 곳이기도 했다. 이 식당의 음식 — 닭간, 파스트라미, 코울슬로, 치즈케이크가 이곳 인기메뉴이다 — 이 특별히 늑대와 관련이 있지는 않았다. 하이알라이가 그렇듯이 이 식당도 이 나라에서는 드물게 그 자체의 이야기를 갖고 있었고, 매력과 엉뚱함이 있었다. 이 식당 손님들 가운데 간혹 전국 경찰이 찾는 인물이 끼어있는 경우도 있었다.

콜린스 애비뉴에서 21번가로 들어가는 모퉁이에 있는 이 다이너는 음식 값이 저렴할 뿐만 아니라 24시간 영업하는 곳으로 1940년에 울프레드 코언이라는 유대인이 처음 문을 열었다. 울프레드 코언은 온갖 유형의 식당을 사고파는 기술과 재능을 가진 사람이었다. 망하기 직전 식당을 사들여 그럴 듯하게 손봐 인기 장소로 만든 다음 전매하는 게 그의 사업 방식이었다. 그가 손을 봐서 성공한 식당 가운데 제일 눈에 띄고, 또 오래도록 살아남은 식당, 정확히 말해 울프레드 코언의 간판식당이 바로 '울피스'였는데, 이 상호는 사실 그의 이름을 줄여 부르다가 만들어진 것이었다. 이 '주이시 델리(유대인식 델리카트슨 육류 조리 식당 : 옮긴이)'는 2차 세계대전이 끝난 후 새로운 호황을 맞았다. 전선에서 돌아온 퇴역군인들이 주요 고객이 되었고, 뉴욕 거주 유대인들이 은퇴 이후 태양을 찾아 플로리다로 몰려와서는 이 식당을 찾았다. 아르데코 풍 고급주택가, 새로 단장한 호텔들, 극장과 복싱경기장이 가까이 있어 '울피스'는 값싸게 식사를 즐기면서 또 다른 삶을 맛볼 수 있는 장소가 되었다. 울피스는 많은 세월이 흘렀지만 웨이터 복장을 비롯해 아버지 세대의 모습을 그대로 간직한 곳, 마치 샐러드가 접시에서 자라난 듯 음식 양이 푸짐한 식당이기도 했다. 자욱하게 피어오르는 담배연기 속에서 베이컨이 지글지글 익어가며 냄새를 피워 올렸고, 여자들은 예전처럼 자신을 '멋지다'고 여기는 남자들을 향해 미소를 지어보였다. 밤새도록 불빛이 휘황했고, 한 끼 식사의 위안과는 다른 무엇인가를 찾으러 온 손님들이 어둠을 사르는 빛 속에서 서로 어깨를 좁혀 앉곤 했다.

이곳에서 사람들은 어떤 가족적인 평화, 안도감을 느꼈다. 그해 민주당 후보들은 공화당 텃밭인 플로리다에서 유대인 표를 얻기 위해 교대로 이 식당을 기웃거렸는데, 그들조차 이곳에 오면 평화와 안도감에 젖어들었다. 물론 식도락을 만족시키려는 목적도 이루었다. 수작을 붙여오는 남자들 말에 코웃음 치는 여자들, 음식을 주문해놓고 손도 대지 않는 기묘한 작자들, 세계 도처에서 몰려온, 자기 나라에서는 유명인사인 여행자들, 아직도 골드코스트 담배를 피우는 노인들이 이 식당에 기항해 '사람 사는 맛'과 유사한 무언가로 자신의 연료탱크를 채우곤 했다. 이 식당에 정기적으로 드나드는 마권업자와 갱스터들도 있었다. 그 가운데 가장 유명한 사람은 일명 '마피아 경영자' 메이어 랜스키였다. 벅시 시걸과 함께 라스베이거스를 세웠고, 범죄제국의 우두머리가 된 그 전설적인 유대인 마피아가 바로 이 식당의 단골이었다. 그는 날이 어두워지면 이 식당에 와서 치즈케이크와 파스트라미를 주문해 혼자 조용히 먹곤 했다.

저렴한 가격으로 음식을 먹을 수 있는 다이너 올피스가 가장 자랑스러워하는 일은 1959년 노스이스트 항공사가 이 식당의 명성과 승객의 요구를 감안해 울프레드 코언에게 마이애미-뉴욕 노선에 올피스식 기내식을 공급해달라고 제안한 일이었다.

울피스는 바로 이런 역사를 지닌 식당이었다. 이 식당에서 나는 전설의 마피아 랜스키의 발자국을 뒤따라 밟으며, 유명 코미디언 밀턴 벌과 헤니 영맨의 그림자가 드리워진 홀 한가운데서 이 식당의 현재 여주인 잉빌 룬데의 지시를 들으며 일하게 되었다.

그때는 삶이 그리 복잡하지 않았다. 파업에 참가한 선수 하나가 울피스 바로 근처에 살았는데 전날 그가 그 식당에서 웨이터를 구한다는 정보를 나에게 알려주었다. 나는 식당에 전화를 걸었고, 두 시간 후 채용되었고, 그 다음날부터 일을 시작했다. 일주일에 5일, 성수기에는 6일, 저녁 9시부터 새벽 3시까지 일하는 조건이었다. 간단했다.

나에게 이 근무시간은 맞춤옷처럼 편했다. 하루일과에 자연스럽게 끼워 넣을 수 있었고, 식당 일 때문에 평소의 생활 리듬을 바꿀 필요가 없었다. 내가 일을 시작하는 시간은 홀이 여전히 붐빌 때라 몸을 부지런히 놀려야했지만 밤 10시만 지나면 급격히 한가해졌다. 밤이 깊어지면서 손님들의 유형도 바뀌었다. 가족들이 둘러앉았던 테이블은 홀아비와 과부들 차지가 되었다. 자정이 넘어가면 가족 없이 홀로 사는 사람들이 식당을 찾아왔다. 말을 붙일 상대도 없고, 달리 갈 곳도 없는 사람들이었다. 그들은 대개의 경우 주문한 음식에는 손도 대지 않았다. 담배를 피우며 가장 나이가 많은 웨이트리스들에게 몇 마디 말을 걸뿐이었는데, 그러면 웨이트리스들은 그들에게 '달링'이라고 불러주는 선심을 썼다. '쉐리'의 구식표현, 호의와 친밀감을 담은 다정한 호칭이었다.

나는 모두 함께 왈츠를 추며 빙빙 돌아가는 것 같은 이 일 한가운데로 발을 들여놓았다. 걱정이나 불안감은 없었다. 마치 청년시절 내내 접시를 나르고, 술을 따르고, 식사주문을 받아온 경험이 있는 사람처럼 편안한 기분이었다. 정해진 근무시간에 맞춰 메뉴판 위에 세워진 이 작은 세계 속으로 들어가기만 하면 되었다. 하루하루 날은 바뀌어도 음식, 소스, 코올슬로는 바뀌지 않았다. 거기에는 일종의 영속성이 있었다. 무엇인가 매일 아침 새로 시작되는 것이다. 날마다 새벽 한시 경이면 식당에 나타나는 남자가 있었다. 그는 카운터 테이블에 걸터앉아 자기 머릿속에서 떼를 지어 날아다니는 나비들을 없앨 최적의 방법을 궁리하는 듯 잠시 그대로 웅크리고 있다가 이윽고 고개를 들고 술을 한 잔 달라고 청했다. 그러고 나서 눈꺼풀이 내려와 거의 감긴 눈으로 술을 한 모금 음미한 다음 웨이트리스에게 말을 걸었다. "오늘 밤 몇 시에 일이 끝나지, 로지?" 물론 그 웨이트리스의 이름은 로지가 아니었고 '로지'한(장

맛빛) 인생과 특별한 연관도 없었다. "2시면 끝나? 기다릴게. 바깥에서 기다릴게. 왜 그러는지 알 거야. 오늘밤은 특별하거든. 내가 제대로 채워줄게, 아주 화끈하게 채워줄게, 제기랄, 무슨 말인지 알겠지? 당신의 가랑이 사이를 깊숙이 채워주겠단 말이야. 그 대신 당신은 나를 비워줘. 내 안에서 나를 틀어막고 있는 걸 좀 들어 내줘. 당신은 할 수 있을 거야, 로지."

남자는 입속말처럼 낮게 웅얼거렸고, 주위의 어느 누구도 그의 말에 크게 신경 쓰지 않았다. 술기운이 배어든 그의 목소리는 다정했다. 사랑에 빠진 술주정꾼 목소리였다. 처음에 나는 로지라고 불린 그 웨이트리스가 이런 장소에서 그런 분방하고 노골적인 제안을 받고도 대수롭지 않게 그냥 넘기는 걸 보고 놀랐다. "저 사람이 매일 이 시각에 여기 오는 게 벌써 몇 년째야. 보다시피 이미 어디선가 많이 마시고 온 거지. 늘 저 자리에 앉아 잠시 뭔가 생각하다가 그 말을 시작하는데, 매번 똑같아. 처음에는 마음이 놓이지 않아 집에 갈 때 꼭 누군가에게 데려다달라고 부탁했어. 온갖 미친놈들이 많은 동네니까. 이젠 저 사람 말에 익숙해졌어. 무슨 말을 하든지 그냥 한 귀로 듣고 흘려버리면 그만이야. 게다가 술 취한 사람이라는 걸 뻔히 알 수 있잖아. 벌써 몇 년째 화끈하게 해주겠다고 큰소리치고 있지만 새벽 2시에 나가보면 날 기다리고 있기는커녕 쥐새끼 한

마리 없어." 그녀는 이런 우스갯소리로 이름도 모르는 남자의 낯 뜨거운 말을 대수롭지 않게 받아넘겼다. 그는 그녀에게 '로지'라는 이름을 붙여준 '새벽 한 시의 남자'였고, 집으로 돌아가기 전 잠시 해방감을 맛보려고 이 식당에 들르는 사람이었다. 그녀는 그 남자가 저지르는 일탈쯤은 그리 심각하게 받아들일 일이 아니라고 생각했다. 어느 토요일에 여섯 식구가 집구석에 들어앉아 있는데 도저히 못 말리는 말썽꾸러기 아이들은 계속 뭔가 해달라고 졸라대며 사방에 감자튀김을 흩뿌려놓고, 식탁은 기름이 덕지덕지 눌어붙어 차고바닥과 구분이 안 되는 경우와 비교하면 그다지 심각한 일이 아니라고 여겼다.

'로지'는 늦은 밤에 찾아와 말을 거는 그 손님에게 '드 니로'라는 별명을 붙여주었다. 로버트 드 니로와 비슷한 연배로 보이는데다 스프링거 스패니얼 개처럼 축 처져있는 표정이 닮았기 때문이었다. 드 니로와 마찬가지로 이유를 알 수 없지만 피곤에 찌들어 보이는데다 세상만사 아랑곳하지 않아 보이는 그 태도 역시 닮아보였다.

무엇보다 울피스에는 여주인 잉빌 룬데가 있었다. 잉빌을 표현하는 말을 영어 단어에서 찾자면 딱 하나 '고저스(gorgeous)[35]' 뿐이었다. 잉빌 룬데는 빛나는 사람이었다. 노르웨이인 피를 물려받은 쉰여덟 살의 이 여인은 말 잔등에 올라탔을

---

35) 아주 멋진.
대체로 화려하고 원숙하며 고급스러운 매력의 이미지를 동반하는 말.

때 벌어질 수 있는 온갖 상황을 숙지한 승마선수의 우아함으로 이 식당을 꾸려가고 있었다. 결코 목소리를 높이지 않고도 직원들 사이에서 벌어진 분쟁을 해결하고, 근무시간을 넘겨가면서 일하는 경우가 없도록 챙겨주고, 피곤해하는 사람을 이해해주고, 누군가 결근하면 이유를 들어보고 나서 그럴 수밖에 없겠다고 두둔해주었다. 잉빌은 웨이터들이 음식과 음료를 받쳐 들고 홀을 오가는 동안 테이블 사이를 돌며 모든 손님들이 불편함 없이 즐거운 시간을 보내고 있는지, 음식은 입에 맞는지 확인했다. 나이가 지긋한 손님에게는 언제나 반갑게 인사를 건네며 일종의 찬사에 해당하는 관심을 보여주곤 했는데, 그런 손님들 가운데는 잉빌에게 몰래 연정을 품는 이들도 있었다. 사실 그들이 그러는 건 지극히 자연스러운 일이었다. 잉빌은 한 남자가 미성년시절부터 꿈꿀 수 있는 거의 모든 것을 구현하고 있었으니까. 다시 말하자면 그녀는 아버지의 품과 어머니의 몸을 동시에 지닌 상징적 존재였다. 잉빌의 몸은 아니타 에크베르그(스웨덴 출신 영화배우 : 옮긴이)의 몸매를 그대로 옮겨놓은 듯했지만 늘 단아하고 우아해보였다. 풍성한 몸의 굴곡은 언제나 절제된 의상 속에 감추어져 있었다. 덧붙여 말하자면 그저 그녀의 모든 면이 완벽하고 경이로웠다. 북유럽인 육체에 마란 인의 얼굴, 즉 가톨릭으로 개종한 그 스페인 유대인들의 얼굴을 올려놓았다고 상상해보자. '최소한'의 화장을 한 그 얼굴에서 가장 먼저 눈에 들어오는 부분은 섬세한 윤곽과 흔히 투명하다는 수식어가 붙는 그 피부였다. 마치 세상에 존재했던 성녀들이 잉빌을 통해 모두 되살아난 듯했다. 그녀의 눈빛은 검은 장식무늬가 있는 진초록이었고, 헤어스타일은 갈색 머리타래를 뒤로 모아 둥글게 틀어 올린 모습이었다. 울피스에 처음 발을 들여놓은 바로 그 순간부터 나는 마담 룬데를 사랑했다.

나는 파업의 은혜를 찬양했고, 〈더 월드 하이알라이 인코퍼레이티드〉와 바르보사의 비열함을 칭송했고, 내 공중인과 공탁금관리소의 게으른 일처리에 감사했다. 물론 기여도는 서로 다르지만 그 모든 요소들이 한데 어우러져 나를 콜린스 애비뉴에 있는 이 식당, 과거 노스이스트 항공에 기내식을 공급한 적이 있고, 아직 메이어 랜스키의 자취가 남아 있는 이 조촐한 식당에 있게 해주었으니까. 이 식당에 머무는 시간이 내게 순수한 행복을 가져다주었다. 나의 개는 그 점에 대해 어리둥절해하고 있었다. 왓슨은 매일 밤 내가 홀에서 서빙할 때 마담 룬데가 가까이 있다는 사실을 몰랐다. 나는 새벽 1시 30분쯤까지 그녀와 함께 하는 호사를 누렸다. 그 시간이 지나고 나면 그녀는 집으로 돌아갔다.

마담 룬데의 집에 미스터 룬데는 없다는 사실을 알고 있었다. 마담 룬데는 로버트 스와트버그 — 마이애미법원, 의회, 도서관, 여러 학교와 마이애미비치 시민센터를 설계한 열정적이고 솜씨 좋은 건축가이다 — 가 1947년에 설계한 열대 아르데코 스타일의 고풍스러운 주택 '델라노'에 살고 있었다. 그 주거용 주택은 원래 군인숙소로 지었는데, 프랭클린 델라노 루스벨트 대통령이 1933년 2월 15일에 저격을 당하고도 다행히 목숨을 구한 사건을 기념하기 위해 건물명을 델라노로 정했다. 그런 만큼 그 건물 계단을 오를 때는 어느 누구라도 루스벨트를 기리지 않을 수 없을 것이다.

주세페 장가라는 이탈리아의 벽돌공으로 미국에 이민을 떠나올 때 봇짐에 상당량의 복통과 몇 가지 고정관념과 두세 가지 강박증을 챙겨왔다. 그가 미국 땅에 발을 내딛자마자 그중에서도 가장 특별한 증상이 나타났다. 그 증상을 간단명료한 한마디로 표현하자면 미대통령 허버트 후버를 죽여야 한다는 강박관념이었다. 하지만 그가 행동에 나서야겠다고 마음먹었을 때는 이미 프랭클린 델라노 루스벨트가 허버트 후버의 재선을 가로막고 대통령에 당선된 뒤였다. 그래서 이번에는 루스벨트가 새로운 과녁이 되었다. 그는 플로리다에 살았는데, 마침 루스벨트 대통령이 2월 15일에 이 도시를 방문하기로 예정되어 있었다. 그날 아침 주세페 장가라는 한 전당포에서 구입한 32구경 5연발 권총을 소지하고 루스벨트 방문 환영인파 속으로 섞여 들어갔다. 그런데 문제가 한 가지 있었다. 그는 키가 작아 아무리 까치발을 해도 표적이 보이지 않았다. 당황한 그는 해결책을 찾아 두리번거리다가 철제 접이의자를 발견했다. 운집한 군중들 속에서 접이의자 위에 어설프게 올라선 그는 서둘러 총을 쏘아댔다. 결과는 얄궂었다. 구경꾼 네 사람이 부상당했고, 시카고 시장 안톤 서맥도 총상을 입어 치료 도중에 결국 사망했다. 안톤 서맥은 병원에 실려 가기 전 루스벨트에게 다음과 같이 말했다. "총을 맞은 사람이 대통령이 아니라 저라서 다행입니다. 미스터 프레지던트."

　주세페 장가라는 그 자리에서 체포되어 기소되었다. 마이애미 법정에 선 그는 피고인 심문이 시작되자 엉뚱한 말을 쏟아놓았다. "내 생각은 모두 이 위장에서 시작되는 거요. 뱃속에 문제가 있다는 말이지. 불행이 바로 이 몸 안에 있다니까. 난 언제나 몸이 아프거든. 위통이 있다고요. 내가 아직 꼬맹이였을 때 아버지가 나를 일하라고 내보냈기 때문에 위통이 생기고 말았지. 만약 이렇게까지 아프지만 않았다면 나는 불안감에 시달리지 않았을 테고, 대통령들을 죽이려들지도 않았을 거요. 자본가들이 가난한 사람들이 겪게 되는 불행의 원인이라는 생각도 갖지 않았겠지." 법정은 생생한 개인적 체험을 반영한 그의 주장을 받아들이지 않았다. 피고에게 24년형이 선고되었다. 판사가 판결문을 낭독할 때 주세폐 장가라가 몸을 벌떡 일으키더니 수탉처럼 목을 길게 빼고 소리쳤다. "판사님이 쩨쩨하시네. 이왕이면 크게 선심을 써서 백년 형을 때려보라고요."

피격 당한 시카고 시장 안톤 서맥이 사건으로부터 19일이 지날 무렵 사망했다. 주세폐 장가라는 다시 기소되었다. 새로 적용된 죄목은 의도적이고 계획적인 살인이었다. 재심이 열리고, 재판이 진행되는 동안 그는 또다시 위통을 호소했고, 스스로 유죄를 주장했고, 사형판결을 받았다. 그는 전기의자형 선고를 받아들고 법정을 떠나기 전 외쳤다. "전기의자는 겁나지 않소. 대통령을 죽이려한 건 옳은 일이었다는 게 내 생각이오. 재판관은 뒤가 구린 인간이요. 왜냐하면 뒤가 구린 인간만이 다른 사람을 전기의자에 앉힐 수 있거든."

열흘 뒤 레이포드 주립교도소에서 주세폐 장가라의 사형이 집행되었다. 그는 죽기 직전 입회인들을 돌아보며 물었다. "내 죽음을 사진으로 남길 카메라를 준비하지 않은 거요? 악당들 같으니라고. 헤이, 이보쇼, 그만 버튼을 누르쇼."

델라노가 여느 주택과 달리 매우 특별한 곳으로 내 머릿속에 자리 잡은 이유는 주세페 장가라 이야기 때문이었다. 나는 키 작은 그 벽돌공이 루스벨트 대통령이 보이는 지점을 찾아 건물 계단을 뛰어올라가 뱃속 통증을 저주하며 샹들리에를 향해 끝없이 총을 쏘아대는 모습을 상상하곤 했다. 세계를 쥐어짜 배를 불리는 자본가들을 심판하려는 플로리다의 라바콜[36]을 그려보기도 했다. 그런 만큼 잉빌 룬데가 내 상상 속 그 델라노에 살고 있다는 사실을 알게 되었을 때 나는 한층 더 그녀에게 매혹당할 수밖에 없었다.

내가 우리의 첫 만남이라고 생각하는 그 일이 일어날 수 있었던 건 예기치 못한 어떤 사건 덕분이었다. 식당 근무를 시작한 지 두 번째 주가 끝나갈 때였다. 자정 무렵, 손님 하나가 흔히 아는 이유로 인사불성이 되었다. 의식을 잃어버린 데 이어 경련을 일으키는 걸로 봐서 간질발작을 일으킨 게 분명했다. 환자 옆에서 특별히 도와줄 수 있는 일은 없었다. 주위에 넉넉한 공간을 확보해주고, 몸을 옆으로 돌려 눕히고, 발작이 멎기를 기다리는 게 최선이었다. 환자가 경련을 일으키는 동안 얼굴과 사지가 불규칙하게 떨렸다. 발작이 너무 길어지면 문제였으므로 환자의 상태를 유심히 지켜볼 필요가 있었다. 대개의 경우 간질발작 증상은 1분가량 지속되다가 사라지지만 점차 환자의 의식이 돌아오면서 어김없이 불안과 좌절감에 휩싸

36) 프랑스 아나키스트.
1892년 단두대에서 처형된 후 다소 낭만적으로 색칠된 저항의 상징이 되었다.

이기 마련이었다. 내가 당황하지 않고 침착하게 대처하는 모습이 홀의 분위기를 어느 정도 가라앉히는데 도움이 됐다. 사실 환자가 처음 발작을 일으켰을 때만 해도 너도나도 테이블에서 몸을 일으켜 구경꾼이 되는 바람에 실내가 어수선했었다. 이제 남은 일은 남자를 진정시켜 전에도 같은 증상이 있었는지 알아보고 집으로 돌아갈 수 있도록 돕거나, 보다 안심할 수 있는 방법으로는 병원으로 데려가 하룻밤을 보내도록 해주는 것이었다. 남자는 이전에도 자주 발작을 일으킨 듯 집으로 돌아가겠다고 했다. 택시를 불러 그를 태워 보냈다.

잉빌은 당혹스러운 상황이 벌어지는 동안 내가 침착하게 대처하는 모습에 감명을 받은 듯, 어디서 그런 응급처지 방법을 배웠는지 물었다. 내가 의사라고 대답하자 그녀는 다정하게 웃어보였다. 잉빌이 단번에 나를 신뢰하게 되었다는 걸 알 수 있었다. 그녀가 내 팔뚝에 손을 올려놓으며 말했다. "오늘 밤에는 일찍 퇴근하세요."

몇 시간 뒤, 나는 델라노 앞을 지나가면서 건물을 올려다보았다. 대여섯 개 창문에 아직 불이 켜져 있었다. 어서 시간이 되어 다시 하루일이 시작되기를 바랐다. 어서 빨리 올피스로 돌아가 다시 홀에 있고 싶었다.

집으로 돌아와 보니 자동응답기에 에피파니오의 음성메시

지가 들어와 있었다. 선수조합과 구단 간에 또 다시 충돌이 빚어졌고, 선수 두 명이 부상당했고, 다른 두 명이 경찰서로 연행되었다고 했다.

시간이 갈수록 나는 잉빌 룬데에게 더욱 깊이 빠져들었다. 그 여자가 나를 얼마나 흔들어놓고 있는지 조이에게 털어놓았다. 조이는 즉시 예전에 내가 알던 그 '노는 친구'로 돌아갔다. 장난기 많고 대놓고 밝히는 친구의 모습으로. 그가 둘러 입고 있던 선수조합 방호복은 내가 잉빌 룬데를 사랑하게 된 것 같다고 털어놓는 순간 펑 터지면서 날아가 버렸다. "무엇에 대한 사랑이냐, 바로 코뇨(여자성기)에 대한 사랑이지. 그 여자의 엉덩이와 그걸 사랑하는 거야. 넌 아직 그걸 한 번도 본 적 없잖아. 네가 그 노르웨이 여자와 얼마나 헤매게 될지 걱정이야. 빌어먹을! 그 여자는 너보다 스물여섯 살이나 더 먹었잖아. 어쩌려고 그래? 네 엄마랑 하고 싶어? 그러고 나서 테라스로 나가 다른 노인네들과 차나 한 잔 마시려고? 게다가 그 여자는 네가 일하는 식당 주인이야. 노는 데도 규칙이 있어. 주인하고 그걸 해서는 안 돼. 주인여자 손이 네 팬티 속으로 들어오게 해서는 안 된다니까."

어쩌면 잉빌 룬데에 대한 내 사랑이 사춘기 소년이 친구 엄마에게 느낄 수 있는 감정과 크게 다르지 않았을 수도 있다.

다가갈 수는 없지만 같은 공간에 있다는 사실만으로도 다른 모든 여자들의 존재를 예외 없이 지워버리는 사람이었으니까. 그 아름다움은 나이를 넘어서는 것이었으니까. 그저 "12번 테이블에서 주문한 돼지갈비가 나갔나요?"라고 묻는 것만으로도 나를 진땀나게 만들고, "오늘은 일찍 퇴근해요."라는 대수롭지 않은 말 한마디로도 내 피를 얼어붙게 했으니까. 나는 매일 밤 여섯 시간씩 그 세계에서 살았다. 한 손에 그레이비소스 로스비프를 받쳐 들고, 다른 손으로는 노르웨이 땅만큼 큼직한 딸기타르트를 들어 날랐다. 자정 무렵 이따금 발기할 때가 있었다. 손님들 시중을 들고 나서 일이 한가해진 휴식시간에 너무나 아름다운 그 노르웨이 여인을 행복하게 바라보고 있을 때면 그랬다. 그녀의 키는 내 머리꼭대기를 거의 넘어갔고, 체형은 유럽을 정복할 수 있을 만큼 강건했다. 혹은 그 늙은 대륙 정복이 별로 마음 내키는 일이 아니라면 오로지 내 거시기를 정복하기 위해 만들어진 몸이라고 해도 좋았다. 그렇다, 나는 소년처럼 바지 앞섶이 팽팽해져서는 그 안의 돌출물, 리크루터 라슬로 퍼프가 나를 선택하면서 겨누었던 그 손가락보다도 더 기세등등한 거시기를 웨이터용 회색 앞치마로 감추곤 했다. 신에게 충성하고 그 보상으로 안도감을 얻는 자들이 가산점을 챙긴다는 퍼프이론도 다시 고려해보았다. 그 이론이

성립하자면 우선 두 가지 전제가 필요했다. 신이 존재해야하고, 이어서 그 신이 하이알라이 경기에 관심이 있어야만 했다. 물론 내 현재상황과 나날이 읊기하는 욕망만을 고려한다면 비록 일고여덟 점이라는 그 가상의 가산점을 성 활동 영역에서 획득한다는 게 결코 그냥 되는 일이 아니라는 점까지 계산에 넣는다 해도 어쨌거나 한시바삐 신앙의 품속으로 몸을 던지는 편이 나았겠지만, 어쨌거나 그러기에 앞서 나는 다음과 같은 근본적인 의문을 제기하지 않을 수 없었다. 육체로 사랑을 나누는 사람들을 위한 신, 성교를 돕는 영원한 아버지가 과연 존재할까? 정말이지 삽입이나 오럴을 돕는 영원한 아버지가 있을까? 다만 채찍질 고행자들이 자신의 수행방식에 몹시도 몰두하는 걸로 봐서 채찍질을 돕는 성부의 존재를 생각해볼 수는 있을 듯했다.

나는 잉빌 룬데의 다리를 훔쳐보면서 그런 문제들을 생각했다. 물론 그녀의 탄탄한 엉덩이, 보기 좋은 곡선으로 다듬어진 어깨, 정수리로 틀어 올렸다가 종려이파리처럼 펼쳐놓은 머리카락과 그 아래로 매끈하게 이어진 뒷목도 훔쳐보았다. 내 눈길이 그녀의 가슴에 가닿는 순간이면 생각을 멈췄다. 그녀가 트레비분수 안으로 들어가 "마르첼로, 마르첼로, 난 죽고 싶지 않아(Marcello, Marcello, I don't want to die).[37]"라고 몇 번이고 중얼거

---

37) 펠리니 영화 〈달콤한 인생〉에서 아니타 에크베르그의 트레비분수 장면에 잉빌 룬데를 대신 옮겨놓고 상상해보는 말이다.

리고, 그럴 때 그녀의 젖가슴에 물방울이 맺혀 흘러내리는 상상을 얼른 쫓아버렸다.

왓슨과 나는 함께 지내는 삶을 계속 이어갔다. 왓슨은 내가 배를 탈 때 동행했고, 경기장에도 따라와 파업 피켓의 마스코트 노릇을 했다. 조이 에피파니오는 '황색' 선수가 지나갈 때마다 짖어야 한다는 걸 왓슨에게 가르쳐주고 싶어 했다. 파업가담 선수와 황색선수를 구별하는 방법을 개에게 어떻게 알려줄 것인가? 조이는 과자와 소시지, 땅콩버터를 바른 토스트 조각을 미끼로 동원했다. 선수조합 대표의 노력이 매번 쓰라린 실패로 끝날 때마다 그의 동료들은 물론 적들까지 배를 잡고 웃어댔다. 왓슨은 미끼만 열심히 삼킬 뿐 황색선수가 코앞에서 지나가도 도무지 짖을 생각을 하지 않았다.

나와 함께 바닷가에 갔을 때는 그 반대였다. 내가 수영을 하려고 물속에 들어가면 개는 안절부절못하고 눈으로 나를 좇았다. 과거에 경험한 그 끔찍한 순간의 기억이 되살아나는 게 분명했다. 어째서 지난날 생명을 구해준 사람이 이번에는 스스로 그 괴물의 아가리 속으로 들어가는지 이해가 되지 않는 듯했다. 개는 파도가 밀려드는 모래밭 가장자리를 따라 경중경중 뛰며 절박하게 낑낑거렸다. 애원이자 탄식의 소리였다. 그러다가 내가 모래밭으로 돌아오면 그제야 마음을 놓고 개구쟁이 같은 눈빛을 보내왔다.

　조카리(펠로타 경기의 일종으로 공을 고무줄에 묶어놓고 친다 : 옮긴이) 공처럼 내 생각은 어김없이 노르웨이로 되돌아가곤 했다. 내 생각의 진원지는 트론하임, 릴레함메르, 베르겐, 스타방에르는 아니었고, 크리스티안산, 오슬로는 더더욱 아니었다. 대지의 긴 머리카락을 늘어뜨려 피오르드 절벽해안에 담그고 있는 그 왕국, 뉘노르스크와 함께 보크몰이 공용어로 쓰이고, 사과를 매일 하나씩 아이들에게 주고, '사슴스테이크'가 위안을 주는 음식인 그 왕국의 중심부는 콜린스 애비뉴에서 21번가로 들어서는 모퉁이에 있었다. 그 왕국의 여왕이자 델라노 주택 임차인이자 능력 있고 성실한 고용인들을 근무시간보다 곧잘 일찍 퇴근시켜주는 잉빌 룬데가 식당 홀의 어느 지점에 있으면 그 자리가 바로 그 왕국의 수도였다.

　그 여인이 나의 정신을 몽롱하게 만들었다. 그녀 곁에 있으면 내 가족의 염색체 배열을 잊을 수 있었다. 스카치테이프 붕대도, 마지막 콰가의 죽음도, 내가 만난 리크루터의 이름이 복싱선수의 이름과 같다는 것도, 펠로타 라켓을 만드는 공방의 이름도 잊었다. 흐루쇼프, 베리야, 말렌코프가 페이지 하단 사진에서 꿈적거리고 있어도 눈에 들어오지 않았다. 잉빌 룬데 곁에 있으면 어머니가 내 손을 감싸 쥐고 있는 것 같았다. 어머니가 내게 그 말들을 속삭여주고 있는 것 같았다. 아이라면 누구나 들어야했을 말들이었다. 두려움을 없애주고 외로움이 새어나올 구멍들을 모두 틀어막아주고 무서운 신들은 멀리 쫓아버리는, 그리하여 내가 이 세상에 자리 잡도록 해주면서 또한 이 세상에 살고자 하는 욕구, 이 세상에 살고 싶다는 욕망과 살아갈 힘을 부여해줄 말들이었다.

나는 식당에 출근할 때 카르만 기아를 이용했다. 간혹 운이 좋으면 식당 앞이나 바로 길 건너편에 차를 세울 자리가 날 때도 있었다. 어느 날 밤, 잉빌이 내가 울피스 바로 앞에 주차하는 모습을 보았다. 옷을 갈아입고 일을 시작하자 최고참 웨이터가 내게로 다가오더니 말했다. "식당 앞에 차를 세우지 않는 게 좋겠어. 유대인들이 자네의 저 고물 독일차를 보면 이 동네에서 전부 달아나버릴 거야." 그러고 나서 주방으로 들어가면서 주문받은 내용을 툭 던져놓았다. "시저 둘, 파스트라미 하나, 로스비프 하나."

카르만이 예기치 못한 중개자가 되어 나를 그 노르웨이 해안으로 데려다주었다. 피크타임이 지난 시각이었다. 내가 카운터로 가자 잉빌이 불쑥 말을 건넸다. 이제까지 한 번도 꺼낸 적이 없는 화제였다. "내가 15년 전에 탔던 차가 당신 차와 같은 종류예요. 1300cc 오토매틱 모델이었죠. 내가 탔던 차들 중에서 최악의 쿠페였어요. 브레이크가 잘 먹지 않았고, 스티어링이 조금씩 엇나가곤 했으니까요. 여름에는 차안이 펄펄 끓는데다 엔진 소음이 얼마나 큰지 귀가 먹먹할 정도였어요." 그렇게 말하고 나서 잉빌은 내게 푸에르토리코 사람들이 앉은 테이블의 계산서를 내주었다. 그 손님들은 다른 곳으로 자리를 옮기려고 서두르고 있었다.

이틀 후, 우리가 함께 있을 수 있었던 데도 역시 카르만이 매개 역할을 했고, 거센 바람과 폭우도 협력했다. 잉빌은 가끔 차 없이 출근할 때가 있었다. 집에서부터 식당까지 걸어왔다가 한밤중에 걸어서 돌아갔다. 여성이라는 점을 감안하면 거의 반미국적인 행동방식이었다. 그날 밤에는 식당을 나서다가 폭우 때문에 멈춰 설 수밖에 없었다. 근무가 끝나지 않은 시간이었지만 나는 잠시 짬을 내 집까지 그녀를 데려다주겠다고 제안했다. 운전하는 동안 비가 와이퍼를 쓸어낼 기세로 퍼부었다. 차 지붕을 때리는 빗줄기 소리가 요란했다. 내가 없는 동안 조이 에피파니오가 차 바닥을 교체해놓은 게 진심으로 기뻤다. 양동이로 쏟아 붓듯이 내리는 폭우 탓에 우리는 저수조 한가운데에서 굴러가는 느낌이었다. 나는 아무 말도 하지 않았다. 설령 뭔가 말했더라도 빗소리와 엔진소리가 내 목소리를 잠식해버려 들리지 않았을 것이다. 내가 마담 룬데를 집에 데려다주고 있었다. 곁에서 그녀의 향기가 느껴졌다. 그녀의 가슴이 내가 손을 뻗으면 닿을 거리에 있었다. 행복감이 차올랐다. 기쁘고 자랑스러웠다. 그녀가 플로리다 북쪽 끝 잭슨빌에 살았다면 얼마나 좋았을지 생각했다. 북쪽으로 달리다가 자동차가 고장 나고, 바로 근처에 모텔이 있다면, 그 다음 모든 일이 시시한 장르영화와 비슷하게 전개된다면 얼마나 좋을까? 내가 그녀를 껴안고, 그녀도 같은 유형의 영화를 본 적이 있어서 모든 일이 그렇고 그런 공식대로 흘러가게 내버려둔다면 얼마나 좋을까?

나는 마담 룬데를 델라노 앞에 내려주었다. 그녀는 "덕분에 잘 왔어요."라고 말했고, 차의 시동을 꺼야하는 일은 일어나지 않았다. 그녀는 건물계단을 올라가 출입구 안으로 사라졌다.

폭우는 그로부터 이틀 밤낮을 더 쏟아졌다. 하수구에서 역류한 물이 도로 위로 솟구쳐 올라왔고, 배수구는 전부 막혀버렸다. 도로침하가 생긴 지역은 그야말로 어디나 저수조처럼 되었다. 경기장 앞에서 파업농성 중인 선수들은 공사장 방수포로 임시대피소를 마련했다. 방수복을 입고 쏟아지는 비를 맞고 있는 그들의 모습이 흡사 대구 낚시꾼들처럼 보였다. 그들은 그런 모습으로 집행부 편에 선 황색선수들에게 계속 야유를 퍼부어댔다. 바스크에서 데려온 젊은 선수들은 점차 상업화가 빚어낸 이 그늘을 깨달아가는 중이었다. 돈에 눈이 먼 구단주들이 선수들을 화폐 찍는 압연기에 밀어 넣고, 가장 뛰어난 선수들을 블랙리스트에 올려 경기에 나서지 못하게 하고 있었으니까. 에피파니오는 새로 영입해온 선수들, 아직 어리거나 나이가 많아봐야 그보다 서너 살쯤 더 먹은 이 선수들을 향해 여전히 발성연습을 하듯 무심한 야유를 보냈다. 그들이 저지르고 있는 잘못, 즉 다른 선수들을 대신해 경기에 나서는 바람에 '아이엔시(Inc)'가 연봉을 후려치는데 협력하고 있다는 사실을 일깨워주려고 했다. '인코퍼레이티드(Incorporated)' 대신 '아이엔시'라고 부르는 건 에피파니오가 구단주를 규탄하는 새로운 방식이었다. 선수들이 없으면 구단이 존재할 수 없는데도 '아이엔시'는 선수들을 '포용하기(인코퍼레이트)'는커녕 싸구려 일꾼으로 만들어 모욕하고 해고한다는 비난이었다. '아이엔시'는 회양목과 버들가지로 구축된 세계를 푸줏간 칼을 휘둘러 해체하고 있었다. 이 유서 깊은 세계를 산채로 껍질을 벗기고 잘디잘게 잘라 뼈를 발라내고 있었다.

《마이애미 헤럴드》,《올랜도 센티널》,《템파베이 비즈니스 저널》같은 신문들이 선수조합의 파업을 바라보는 관점을 논설이나 기사로 다루고 있었다. 그 신문들이 어떤 관점을 취하든 '아이엔시'의 강박적 주제, 즉 이번 파업으로 키니엘라 경기를 열지 못해 입게 된 경제적 손실을 아쉬워하는 입장은 동일했다. 바스크 출신이든 아르헨티나 출신이든 새로 경기에 투입된 젊은 선수들은 그들이 뛰는 '칸차' 아래 달러냄비 속에 자기들 몫이 넉넉하게 준비돼 있을 거라고 철석같이 믿었다.

잉빌은 내가 파업 가담 선수라는 사실을 알고 관련기사가 꽤 길게 실린 잡지 한 권을 내밀며 말했다. "이길 수 없을 거예요. 그런 종류의 사람들이 어떤지 알아요. 그들은 지금 그 세계를 다시 계산해 새로운 규칙을 만드는 중일 거예요. 보지도 듣지도 못해 자기 아이들을 잡아먹는 몰록(아이를 제물로 삼는 셈족의 신 : 옮긴이) 같은 사람들이죠. 내 오빠 마그누스는 주택건설업을 했는데, 그런 종류의 자본가들에게 당해 인생을 망쳤어요. 오빠의 이야기를 들어보니 그 사람들은 우선적으로 권력을 원하고, 그 다음은 물질, 그 다음은 사람을 가지려 하고, 이어서 시간을 탐낸다.'고 하더군요. 그래서 매 시간을 틀어쥐고, 일분 일 분을 쥐어짠대요. 이제 곧 파업에 참가한 선수들이나 내 오빠 같은 사람들을 위한 자리는 모두 사라져버릴 거예요. 우리가 보기에는 삶으로 충만해 보이는 것들이 그들 눈에는 너무 느릴 테니까요." 잉빌은 잠시 말을 끊더니 우울한 생각을 떨쳐버리려는 듯 소다수를 한 모금 마셨다. 그러고는 잡지의 기사 하나를 펼쳐 보였다. '하이알라이에서 무슨 일이 벌어졌는가?'라는 제목의 기사였다. 제목 아래에 '죽어가는 한 스포츠에 대한 고찰'이라는 부제가 달려 있었다. "오늘 밤, 읽어봐요."

에피파니오가 만약 그 자리에 있었다면, 잉빌이 자본가들에 대해 어떤 관점을 취하는지 보았다면, 공산당 최고간부회의에서 영원히 기릴만한 언사로 우리의 삶을 옹호하는 그녀의 말을 들었다면 선수조합 대표의 공식적인 표정으로 나를 돌아보며 감탄에 차서 외쳤을 것이다. "푸타 마드레, 티에네 우에보스! (젠장, 불알을 가졌네!)"

쿠바에서 용기 있다는 뜻으로 쓰는 표현인데, 하여간 용기 있는 사람은 불알이 있기 마련이라는 것이었다.

울피스에서 일한 지 한 달이 되었다. 그날 아침에는 에피파니오를 만나러 갔고, 오후에는 왓슨을 데리고 산책했다. 밤이 되어 식당에 가서 중성지방을 잔뜩 공급해줄 음식들을 날랐다. 그런 한편 그 노르웨이 여인을 어디까지든 한없이 찬미했다. 쉰여덟 살의 이 여인은 매일 밤 만날수록 더욱 아름답고, 매력적이고, 섹시하고, 오묘해보였다. 나는 그녀가 일을 지시하는 방식이 좋았다. 그 북유럽 억양이 좋았고, 무슨 이야기를 하든지 그 너머에서는 이 모든 게 결국은 아무래도 상관없는 일이고, 어쨌거나 마지막은 죽음으로 끝나기 마련이라고 속삭이는 것 같은 그녀의 분위기가 좋았다. 아마도 그녀에 대한 이런 인상에는 내 개인적인 해석이 지나치게 많이 개입되었을 것이다. 연극이 끝나기 전에 극장을 나서려는 이 고질적 가족 성향이 작동했을 테니까. 잉빌의 눈에서는 내 미치광이 가족들 눈에서 이따금씩 감지했던 그 착란의 기미는 조금도 발견할 수 없었다. 기껏해야 이따금 피로감이 부추긴 가벼운 불만의 빛이 스쳐갈 뿐이었다.

하이알라이에 텐트를 친 선수들은 농성이 몇 주일이나 이어지면서 공중에 붕 뜬 상황이 되고 말았다. 마치 연극의 주인공으로 캐스팅되었는데 작가가 별안간 휴가를 떠나버리고 없는 형국이었다. 어찌되었든 하이알라이는 이제 자기 운명에 결박당한 세계, 유폐되어 화석으로 남게 될 위기에 처한 세계였다. 플로리다의 다른 모든 하이알라이는 이미 문을 닫은 상태였고, 마이애미와 탬파의 경기장만 '황색선수'들을 끌어 모아 그럭저럭 베팅사업을 계속해나가고 있었다.

툴루즈의 공증인이 보낸 우편물이 도착했다. 상속받은 돈을 내 손에 받아들기 위해 내야할 세금계산서였다. '적용세율을 감안할 때 현금과 금융자산 상속분을 모두 합해야 귀하의 상속에 부과된 세금총액을 충당할 수 있습니다. 하지만 고무적인 소식 한 가지를 전해드리자면 상속받은 주택을 그대로 보존할 수 있게 되었습니다.' 어떻게 그렇지 않을 수도 있단 말인가? 스탈린의 케케묵은 뇌조각, 트라이엄프의 골동품 트윈SU 기화기, 충돌사고 후 어머니가 기어이 보관해둔 아리엘 오토바이의 부서진 속도계를 국세청이 가져가서 무엇에 쓰겠는가? 내가 그 집으로 다시 돌아가 끌어 담을 수 있는 것이라고는 고통밖에 없었다. 감정평가사를 동원해본들 값을 쳐줄만한 물건도 없었다.

5월의 더위가 바닷물 온도를 올리기 시작했다. 잉빌과 나는 홀이 붐비는 시간을 넘기고 밤이 깊어지기 시작할 즈음에 짧은 대화를 나누는 일이 점점 잦아졌다. 잉빌은 종종 오빠 마그누스와 함께 보낸 젊은 시절 일화들에 대해 이야기했다. 매번 과거에 대한 회상으로 그쳤기 때문에 그녀의 이야기만으로는 그 오빠가 아직 살아있는지 가늠하기 어려웠다. 나는 잉빌에게 바스크 지방에 대해, 퍼프가 주장한 믿음가산점에 대해 들려주었다. 잉빌은 내가 들려준 이야기 가운데 세계 각지를 여행한 조르주 라비에 대해 가장 큰 흥미를 보였다. 그녀는 지구상의 온갖 위험을 무릅썼던 탐험가가 결혼식을 며칠 앞두고 집안으로 몰래 숨어든 옛 '처남'의 손에 성기를 절단 당해 죽었다는 그 이야기를 눈빛을 반짝이며 들어주었다. 아마도 동시대였다면 내 이웃에 살았음직한 그 인물의 묘한 운명이 그토록 그녀의 관심을 끌줄은 미처 몰랐다. '라비'가 영어로 무슨 의미(영어 라비트labit는 주로 뜨내기를 등치거나 비역질하고 돈을 받는 건달, 남창 : 옮긴이)인지 알려주자 잉빌은 뭔가를 그렇게까지 깊이 이해하려 드는 사람들은 프랑스인밖에 없을 거라고 자신 있게 결론지었다.

이야기를 나눌 기회가 점차 많아지면서 이전보다는 잉빌을 대하기 편해졌다. 처음에는 몇 마디 짧은 말을 건네기조차 벅찼지만 이제는 그녀의 얼굴을 바라보며 나누는 대화도 가능해졌다. 미래가 가능성으로 가득 차 있었다.

새벽 두시쯤 마담 룬데는 집으로 돌아가기 위해 여느 날과 마찬가지로 빠르게 홀을 돌며 직원들에게 인사를 건넸다. 그녀가 내 앞을 지나가면서 말했다. "나를 데려다줘요." 그녀가 정말로 이렇게 말했는지 아니면 집에 데려다줄 수 있느냐고 말꼬리를 올려 물었는지는 잘 모르겠다. 어쨌든 그날 밤 왓슨은 어쩌면 평소와 달리 나를 오래도록 기다려야 할지도 모른다는 예감이 들었다.

흔한 영화의 한 장면 같은 일은 일어나지 않았다. 낡은 모텔은 없었고, 자동차가 고장을 일으키지도 않았다. 그저 델라노를 향해 굴러가 침실에 닿기만 하면 되었다. 나는 새벽 여명 속에서 하나둘씩 사그라지는 도시의 불빛을 내다보았다. 어떻게 이런 식으로 일이 흘러갈 수 있었는지, 어떤 기적이 작용했기에 퍼프의 이론이 이렇게까지 어긋날 수 있었는지 이해해보려고 했다.

잉빌은 먼동이 터올 때까지 잠들어 있었다. 마치 첫잠이 든 아이 같았다. 나는 살아있다는 기쁨을 느꼈다. 방금 전 내가 믿을 수 없는 여정을 통과해왔다는 생각이 들었다.

나는 잉빌의 엉덩이를 바라보았다. 잠에서 깬 잉빌은 해가 떠오르는 모습을 바라보았다. 모든 게 서서히 제자리를 잡았다. 나의 개 왓슨이 기다리고 있다는 사실만 제외하면 내 눈앞에 펼쳐진 이 세계는 거의 완벽했다.

매일 밤, 문턱을 넘어 식당 안으로 들어서면서부터 나는 다시 평범한 파트타임 웨이터, 주문을 받고, 음식을 나르고, 접시를 치우고, 여주인에게로 가서 계산서를 받아오고, 필요할 경우 간질발작을 일으킨 손님을 진정시키는 역할에 충실했다. 내 입에서 나오는 그 어떤 말, 그 어떤 행동에도 내가 몇 시간 전 식당 여주인의 성기에 키스하고 있었음을, 또한 여주인은 그녀가 원하는 쾌락을 노르웨이 언어로, 뉘노르스크가 아니면 보크몰로 서슴없이 요구했음을 짐작하게 할 만 한 건 없었다. 나는 울피스에서 신중한 태도를 유지해야 한다는 의무조항을 준수했지만 아무리 그렇더라도 틈날 때마다 주위의 시선을 피해 그녀를 바라보며 예찬의 말을 건넸다.

이런 상황이 여름까지 이어졌다. 두 달 간의 더 없는 행복, 두 달간의 아찔한 열정이 매일 밤낮 어느 한 순간도 거르지 않고 정신에 화롯불을 피우고 내 몸을 새로 태어나게 했다.

이런 삶이라면 나는 수백 년이라도 살아낼 수 있었을 것이다. 생명의 필라멘트가 저절로 끊어질 때까지 살아갈 수 있었을 것이다. 하지만 이 영원함은 내가 그것에 동의하기까지 했음에도 60일밖에 지속되지 못했다.

어느 날 밤, 잉빌은 델라노에서 여느 날처럼 식당에서 퇴근해올 나를 기다리고 있었다. 그녀는 문을 열어주면서 내게 거실로 들어와 앉지 말고 바깥에 서있으라고 했다. 그래야만 조금이나마 쉽게 이야기를 풀어놓을 수 있을 것 같다고 했다. 그랬다. 잉빌은 나에게 더 이상 그 집에 오지 말라고 했다. 식당일도 그만두라고 했다. 다시는 서로 만나려 해서는 안 된다고 했다. 더 이상 그녀를 사랑하지 말고, 욕망하지도 말고, 만지려고 하지도 말고, 생각하지도 말라고 했다. 이제 그녀 앞에서 옷을 벗는 일은 없어야 한다고 했다. 그게 그녀가 하고 싶은 말의 전부라고 했다. 그냥 그렇다는 것이었다. '무스 에스 자인? 에스 무스 자인. (그래야만 하나요? 그래야만 해요.)[38]'

내가 당황하자 잉빌이 내 팔을 잡았다. 툴루즈에 살 때 어머니가 몇 번 그런 식으로 내 팔을 잡은 적이 있었다. 그 어색함,

38) Muss es sein? Es muss sein. 베토벤 현악4중주 16번 op.135. '어렵게 내린 결정'이라는 부제가 붙은 4악장 악보에 적힌 구절.

그 곤혹스러움이 똑같았다. 자기에게 매달리는 동물을 어떻게 해야 할지 모를 때 노출하는 곤혹스러움이었다.

잉빌이 어째서 별안간 나에게 노르웨이 체류금지 결정을 내린 것인지 알 수 없었다. 이유를 듣고 싶어 전화나 편지로 몇 번 연락해보았지만 아무런 말도 들을 수 없었다. 나는 갑작스러운 결별과 이어지는 냉담한 침묵의 충격에서 오랫동안 헤어나지 못했다. 완강한 벽에 맞닥뜨린 느낌이었다. 눈에 보이지 않는 국경선이 내 앞을 가로막고 있었다. 그 벽을 향해 끝없이 몸을 부딪쳤다. 그러다가 지쳐 원래의 자리로 돌아왔다. 나는 이제 그 아름다운 왕국을 답사했던 행복한 날들의 기억을 머릿속에 소중히 간직할 최소한의 권리만 부여잡고 일상의 관습법에 복종했다.

"여자들은 우리 같지 않아. 뇌구조가 달라. 여자들의 머릿속에서는 이상한 일들이 벌어지고 있어. 네가 상상할 수도 없고, 이해하기도 힘든 일들이야. 여자들은 앞날을 읽을 수 있다고 하잖아. 미래가 어떻게 될지 내다볼 수 있다는 거야. 우리가 여자들이 뭘 하는지, 왜 그런 짓을 하는지 이해하지 못하는 건 그 때문이래. 실제로 여자들은 뭔가 일이 닥쳐오기 전에 미리미리 대비를 하더군. 온갖 미친 짓거리의 뒷감당을 하지 않으려고 선수를 치더란 말이지. 우리 남자들은 결과야 어찌 되든 미친 짓들에 붙잡혀 있기 일쑤잖아. 이제 그 식당 여주인이 왜 너를 쫓아냈는지 알겠지? 네가 조만간 그 여자를 엄마라 부르게 되리라는 걸 알았거든. 너보다 스물여섯 살이나 더 많잖아. 푸타 마드레, 빌어먹을! 스물여섯 살 차이야."

에피파니오는 나름 내 실연사건을 분석해 원리를 설명해주었다. 막연하긴 하지만 남자는 자신과 똑같은 개체를 만들 수 있다는 환상을 품는다. 그런 까닭에 누구나 알다시피 자기 엄마를 낳는 일은 없다는 것이다. 파충류의 허물벗기를 연상시키는 에피파니오의 이론은 가산점을 얻기 위해 신을 믿어야 한다는 라슬로 퍼프의 이론만큼이나 우스꽝스러웠다. 나는 그 어떤 이론도 수긍할 수 없었다. 내가 믿을 거라고는 최근 몇 달간 한 여자 덕분에, 만남의 시간이 쌓일수록 나날이 더 아름답고 매혹적으로 보였던 유일한 여자 덕분에 경험했던 그 기적뿐이었다.

21번가에 사는 유대인들은 이제 울피스 앞 보도에 세워둔 내 낡은 독일차를 볼 일이 없어졌다. 늘 그렇듯 그들은 파트너와 함께 평온한 기분으로 그 식당에 왔다가 저녁식사를 하고 돌아갔다.

수습 과정

그해, 긴 봄을 보내는 동안 나는 행복으로 가는 모든 문을 열어줄 마법의 열쇠고리를 갖게 되었다고 생각했다. 적어도 행복을 구성하는 데 필요한 요소들을 확보하게 되었다고 믿었다. 이제 별안간 나에게는 기본적인 열쇠 네 개만이 남아 있었다. 폭스바겐 엠블럼이 달린 카르만 자동차 열쇠, 살인흉기로도 사용가능해 보이는 툴루즈 집 열쇠, 윗부분이 플라스틱으로 되어 있는 하이얼리어 드라이브의 내 아파트 열쇠, 부주의로 바닷물에 떨어뜨렸을 때 얼마간 떠있을 수 있도록 코르크 꼭지가 달려 있는 요트 열쇠 그렇게 네 개였다.

다양한 열쇠가 걸려있던 내 열쇠꾸러미에 이제 단 네 개의 열쇠만이 남아있게 되었다. 내가 속한 세계도 별안간 좁혀졌다. 그래도 왓슨은 별로 불만이 없었다. 다만 밤에 내가 잡지를 넘기며 이따금 혼자 울고 있을 때 영문을 몰라 하며 시무룩해지긴 했다.

울피스에서 해고된 이후 한동안 일거리를 찾지 못해 돈이 궁해졌다. 분명 삶까지도 나에게 이 하루살이 땅에서 어서 나가라고 문을 가리켜 보이고 있었다. 이 땅에 정착해 살 수 있으리라 믿었던 내 생각은 여지없이 빗나갔다. 이곳의 그 무엇도 더는 나에게 호의를 베풀지 않았다. 선수조합의 파업은 나날이 혹주머니처럼 고립되다가 곪아버린 종기처럼 되었고, 내가 임시방편으로 일할 수 있는 몇몇 보조직종의 미국인 지배인들은 오슬로의 스튜던터룬덴 공원에는 가본 적이 없어도 마이애미 돌핀스(마이애미를 연고지로 하는 프로미식축구팀 : 옮긴이)의 경기는 반드시 챙겨보았고, '우에보(불알)' 한 쌍도 언제라도 쓸 수 있게 상비해두고 있었다. 그런 것 말고는 어디에도 관심이 없는 사람들이다보니 내가 바라는 최소한의 요구와 그들이 제시하는 조건 사이의 차이가 컸다.

결국 현실이 내 소박한 공상의 발목을 잡는 순간이 왔다. 이제는 프랑스로 돌아갈 수밖에 없었다. 얼마 전부터 머릿속에서 맴돌던 암울한 생각, 즉 아버지의 의원을 이어받아야 한다는 결론에 다다를 수밖에 없었다. 절대로 그럴 가능성은 없다고 부인해보았다. 막 시작된 치통을 인정하지 않으려는 심리와 비슷한 반응이었다. 위협적으로 욱신거리는 충치가 있다는 사실을 뻔히 알면서도 일단 부인해보는 식이었다.

에피파니오에게 내 결심을 밝히자 그는 웃음을 터뜨렸다. "젠장! 멍청한 짓거리는 집어치워. 너 미쳤어? 정말 돌아가고 싶어? 맙소사! 그 노르웨이 여자가 네 머리를 꽝꽝 얼려놓은 게 분명해. 이봐, 정신 차려! 네 의학은 나처럼 여자들 거기를 맛볼 때나 써먹도록 해. 추페톤의 엉덩이에 손가락을 찔러 넣어 그 작자가 제대로 먹고 싸는지 확인해주려는 거야? 넌 여기에 있어야 해. 내 친구로 남아 있어야 한다고. 다시 판이 열리면 경기에 나서야 해. 아미고, 분명 다시 열릴 거야."

일주일 후, 나는 에피파니오를 불러 저녁을 샀다. 우리가 간 식당은 가오리와 상어 요리를 현미밥과 함께 내오는 집이었는데, 요리에 곁들인 소스가 눈물을 쏙 빼놓을 만큼 매웠다.

식사를 끝내고 나서 내가 떠나기로 한 날짜를 말해주었다. 그런 다음 카르만과 요트 열쇠를 꺼내 식탁에 올려놓았다. 차와 요트의 명의를 그에게 이전한다는 서류를 미리 작성해두었다가 함께 내밀었다. 오래되고 낡아 그다지 값나가는 선물이 아니었지만 친구의 눈에 눈물이 고이는 걸 보면서 그 선물이 그에게 각별한 의미로 받아들여졌다는 걸 알 수 있었다. "넌 정말 멋진 놈이야, 파블리토. 이제껏 너처럼 좋은 놈을 만나본

적이 없어. 네 차와 요트를 잘 돌볼 테니까 걱정 마. 정말이지 이런 선물을 받아본 건 난생 처음이야. 차와 요트라니, 젠장." 매운 소스가 끝까지 눈물을 빼놓는 바람에 결국 그는 한참 동안 나를 두 팔로 끌어안고 있었다. "네가 다시 돌아오리라는 걸 알아, 아미고. 우리가 승리를 거두고 파업을 끝내면 다시 돌아와. 저 카르만과 배는 내가 잘 보관해두고 있을 테니까. 언제가 되었든 난 네가 돌아올 때까지 기다리고 있을 거야."

에피파니오가 카르만을 운전해 나를 공항까지 바래다주었다. 왓슨은 또다시 운송케이지에 실려 하늘을 건너가야 한다는 걸 알고 있었다. 개는 분명 콜린스 애비뉴에서 21번가로 들어가는 모퉁이에 행복이 있다고 믿던 주인이 어쩌다가 방랑벽에 빠져 복잡한 문제를 찾아다니게 되었는지 무척이나 의아했을 것이다.

툴루즈에는 온화한 가을이 펼쳐져 있었다. 집 정원은 초목이 울창했던 계절이 지나면서 완연히 시들어가고 있었다. 건조한 대기 속에서 돌보는 사람 하나 없이 방치되어온 결과가 사방에서 드러났다. 대지가 끓어오를 만큼 뜨거웠던 지난여름의 열기는 시들어버린 몇몇 화초와 때 이르게 노란빛을 띤 잎사귀들에 고스란히 흔적으로 남아 있었다. 집안으로 들어서는 순간 내가 나고 자란 집이 바로 여기라는 느낌이 곧바로 전달

되어 왔다. 쾌쾌한 곰팡내에 가려져 있었지만 나는 가족의 냄새, 갈리에니 남매와 카트라킬리스 부자의 유출물들이 뒤섞인 그 특별한 냄새를 분간할 수 있었다. 육체에서 발산되는 체취와 주방에서 피어오르던 연기, 역겨운 생각들, 포르말린에 담긴 과거, 자동차배기가스, 소독용 에탄올이 만들어냈던 냄새의 소용돌이였다. 그 모든 냄새가 석회 벽, 커튼 직물, 벽지 틈새에 스며들어 있었다. 내 가족들이 모두 거기에 있었다. 언제나 거기 있어왔듯이 그들은 여전히 그 집에 존재했다. 나는 이제 그들의 집에서 계속해서 살아가기로 했다. 그렇게 되리라는 걸 대문을 지나 집안으로 들어오기 전부터, 현관문을 밀어 열기 전부터 알고 있었다.

집안의 모든 창문들을 활짝 열어젖혔다. 미지근한 저녁 공기가 점차 집안을 가득 채웠다. 플로리다의 비좁은 내 아파트 대신 터무니없이 넓은 공간이 눈앞에 놓여 있었다. 비유적으로 말하자면 이 집에서 생활하며 계단을 오르내리고, 이 방 저 방 옮겨 다닌다는 건 그 자체로 하나의 스포츠였다. 여전히 낯선 여행에 적응하지 못한 왓슨은 눈앞에 주어진 공간을 어리둥절한 표정으로 바라보면서 과거에 잠시 머물렀던 흔적을 다시 찾아내려고 애썼다. 녀석이 고개를 좌우로 돌리며 집안을 살펴보는 모습이 마치 임대차계약서에 서명할지말지 고민하는 세입자 같았다.

집에 도착한 첫날밤에는 할 일이 많았다. 집안의 배관 자체는 문제가 없었지만 너무 오래 사용하지 않은 탓에 온수가 제대로 나오지 않아 손을 봐야했다. 전기 시스템 역시 몇 가지 문제가 있었다. 나는 바삐 일하느라 끼니를 세 차례나 건너뛰었고, 왓슨은 가까스로 저녁거리를 챙겨먹을 수 있었다. 우리는 여행에 익숙하지 않았다. 이사에도 소질이 없었다. 게다가 새로운 세계에서 발길을 돌려 낡은 세계로 되돌아온 형편이라 그다지 흥이 나지 않았다.

플로리다가 미국에서 라틴독립구로 인식되는 것처럼 툴루즈도 프랑스 땅에 자리 잡은 스페인 공국 같은 도시였다. 게다가 스페인 내전 당시 공화파 망명자들이 이 도시를 임시수도로 삼은 적이 있었다. 툴루즈 사람 다수가 국경선 건너편에 살던 사람들이라는 건 전화번호부만 넘겨봐도 알 수 있었다. 마찬가지로 툴루즈 사람들에게는 바르셀로나의 람블라스 거리나 마드리드의 키벨레스 분수가 파리의 그랑팔레와 프티팔레보다 모든 면에서 더 가깝고 친숙했다. 사정이 이러하다보니 설령 에피파니오가 문 앞에 나타나 "올라 케 딸(안녕 어떻게 지내?)"라며 말을 걸어왔다고 하더라도 크게 놀라지 않았을 것이다.

자정이었다. 울피스에서는 테이블이 하나둘 비면서 일이 한

결 느슨해질 시각이었다. 그러면 잉빌 룬데는 테이블 사이를 돌며 야밤의 식객들에게 인사를 건네곤 했었다. 그곳에서 해고된 지 어느새 한 달이 지났지만 나는 여전히 내 자리로 돌아오지 못하고 있었다. 마담 룬데가 왜 그처럼 갑자기 나를 쫓아내버렸는지 납득되지 않았다. 그날 밤, 나는 내가 태어난 집에서 길을 잃었다. 그 바람에 에피파니오의 관점에서 보자면 남자가 결코 해서는 안 될 행동을 저질렀다. 전화기를 집어 들고 울피스 전화번호를 누른 것이다.

잉빌이 전화를 받았다. 나는 전화기를 통해 들려오는 홀의 소음을 이용해 침묵했다. 그곳에 거의 가닿은 느낌이었다. 구운 베이컨과 파스트라미의 냄새를 맡을 수 있었다. 그 순간을 가능하게 해준 전화국에 축복을 보내면서 나는 그녀의 오빠 마그누스가 했다는 말처럼 시간을 일 초 일 초 쥐어짜며 음미했다. 그러고는 전화기를 내려놓았다. 심장에 몇 번 어른거리던 이상 수축증상이 사라지고 잠시나마 숨쉬기가 한결 편안해진 느낌이 들었다. 사실 전화기를 들고 있는 동안 나는 이제껏 한 번도 그래본 적 없을 만큼 긴장해 꼼짝달싹하지 못했다.

이 집과 내부의 모든 집기와 물건들이 내 머리 위로 떨어졌다. 천장이 무너져 내리고, 그와 함께 다락에 쌓아두었던 온갖 잡동사니들과 시체공시소의 봉헌용 양초처럼 나란히 누운 이

미치광이 가족들의 광기어린 달들이 우수수 떨어졌다. 그들은 시체공시소에 들어가 눕기 전 자기네 분변을 피와 내장, 부러진 뼈와 함께 남겨두었다. 내가 그런 것들을 물려받으라고 남겨놓았다. 그런 것들을 물려받는 대신 내가 아버지의 진료실에 들어가 구석구석 청소하고 모든 걸 원래대로 돌려놓으라는 조건을 붙여놓았다. 환자들이 다시 돌아오게 해서 아버지가 여름날 쇼트팬츠 차림으로 진료하던 시절처럼 그들의 맥박을 재고 여기저기 눌러보고 청진기를 갖다 대야 한다는 조건이었다.

그래서 나는 철없는 아이처럼 가소로운 행동을 했다. 나와는 전혀 어울리지 않는 행동이었다. 주방으로 들어가 손에 잡히는 대로 전부 집어던져 깨버렸다. 새벽 두 시, 왓슨이 다칠까봐 겁이 나 궁상맞게 쭈그리고 앉아 사방에 흩어진 유리조각과 도자기 파편, 플라스틱 혹은 금속 쪼가리들을 주워 모은 다음 진공청소기를 돌렸다. 새벽 세 시, 나는 하늘이 머리 위로 무너져 내린 그 자리에 앉아 있었다. 지붕은 분별이 있어 같은 자리에 두 번 무너지지 않는다는 걸 알고 있었다. 나는 왓슨을 끌어안고 심장박동을 느끼며 소파에서 잠이 들었다.

그해 가을, 서울올림픽 마라톤 경기에서 이탈리아선수 젤린도 보르딘이 금메달을 땄고, 미국에서는 부시가 대통령에 당선되었고, 고르바초프가 유럽의회를 방문했고, 소더비 경매에서 드가의 조각 〈14살의 어린무용수〉가 5천2백만 프랑, 자코메티의 조각 〈걷는 사람〉이 3천5백만 프랑, 피카소의 그림 〈곡예사와 어린 광대〉가 2억1천2백만 프랑에 팔렸다. 그런 사이 프랑스의 미테랑 정부는 'RMI법안(사회적응 최소수당제 법안)'을 의회에서 통과시켰다.

나는 이 도시에 다시 발붙여보려고 애썼다. 아버지의 부고를 받고 돌아와 발을 디뎠던 이 땅을 새로운 시각으로 바라보려고 노력했다. 그건 그다지 어려운 일이 아니었다. 하지만 펠로타 선수로 지내온 날들을 지워버리기 힘들었다. 손에 라켓을 낄 때마다 여전히 내 안에서 일렁거리는 그 기쁨을 포기할 수는 없었다. 게다가 아버지가 운영하던 의원을 물려받는다는 건 나에게 카노사의 굴욕[39]이나 다름없었다.

다시 잉빌 룬데를 생각했다. 그녀의 나라에 가보아야 한다는 생각이 머릿속을 떠나지 않았다. 비행기를 탈 필요 없이 자동차로도 충분히 갈 수 있는 곳이었다. 프랑스를 가로질러 독일로 가서 덴마크로 넘어간 다음, 그곳 히르트스할스 항구에서 페리호를 타고 크리스티안센으로 가서 내리면 되었다. 기껏해야 사흘이면 족히 갈 수 있는 거리였다. 그곳에서 눈을 활짝 열고 주변을 둘러보고, 듣고, 냄새 맡고, 잠시 눈을 붙인 뒤 돌아오면 되었다. 그러고 나면 전화기를 들고 마침내 말할 수

---

39) 1077년 신성로마제국 하인리히4세가 교황 그레고리오 7세로부터
    파문 당하자 교황이 있는 카노사 성문 앞으로 가서
    사흘간 단식하며 용서를 구한 사건.

있을 것이다. 내가 보고 알게 된 모든 것에 대해, 차분하고 분명한 목소리로, 그녀와도 과거와도 화해한 목소리로 말할 수 있을 것이다. "노르웨이에 다녀왔어요. 스타방에르 근처 거대한 절벽바위 프레케스톨렌을 보았고, 베르겐에 가서 울리켄 산도 보았어요. 오슬로에 가서는 프로그네르 공원에서 구스타프 비겔란의 모든 조각 작품을 감상했죠. 비그되위의 박물관에 가서 콘티키 호의 사진을 찍어오기도 했어요. 또 페날라르[40]를 먹고, 모르 소시지도 먹고, 율레올 맥주[41]도 마시고, 배겔란 톤 호텔에서 묵었어요. 오슬로 시 지역전화번호부에서 룬데라는 이름을 찾아내 세어보니 여든네 사람이더군요. 당신의 이름 룬데가 아주 아름다운, 아주 독특한 새의 이름이라는 걸 알았어요. 붉은색 부리와 다리를 가진 퍼핀[42] 말이에요. 그 새의 학명은 '프라테르쿨라 아르크티카'인데 '북극의 어린형제'라는 의미더군요. 그 새의 기대수명은 25년이래요. 도둑갈매기, 제비갈매기들이 오면 물밑으로 들어가 공격을 피한다고 해요. 바다에서 지치면 물 위에 둥둥 떠서 부리를 날갯죽지 밑에 파묻고 쉰대요. 나도 그렇게 물 위에서 떠다닐 수 있었으면 좋겠어요."

전화선 너머에서 잉빌이 깊이 감동해 내 말을 들어줄 거라고 확신했다. 그녀는 아마 내 말에 반응해주었을 것이다. "당

---

40) 소금에 절인 양다리. 야생 양 빌사우 고기를 재료로 쓴다.
41) 크리스마스용 맥주.
42) 우리말로는 코뿔바다오리.

신이 그 새를 알고 있을 줄은 몰랐는데." 나는 그 말을 듣고 나서 전화기를 내려놓았을 것이다. 그녀가 나보다 먼저 전화를 끊으면 안 되니까.

공증인이 이미 계산해보고 전해온 대로 현금과 저축으로 상속세를 얼추 충당할 수 있었다. 아무튼 내 청년시절은 완전히 끝났다. 33세에 나는 현실적인 밥벌이에 나서야 했다. 어릴 적에 나는 물질적인 면에서는 응석받이로 자랐다. 가족이 내게 연속으로 가한 시련만 없었다면 대단히 운 좋은 청춘이었다고 할 수도 있었다.

어쨌거나 히포크라테스가 있었다. 경제적 자립 초기단계에서 내가 밥벌이를 하려면 의원을 열고 환자들을 진료하는 수밖에 없었다. 새삼 준비할 것도 없이 대문기둥에 의원 간판을 달기만 하면 되었다.

내게 있어 의학은 늘 불편한 감정을 불러일으켰지만 그렇더라도 치료해서 낫게 한다는 건 멋진 말이었다. 아마도 펠로타와 더불어 가장 아름다운 말일 것이다. 환자에게 다가가 "이제 당신은 말끔히 나았습니다."라고 말할 수 있게 된다는 것, 바로 그것이니까. 그러고는 그 일을 해냈다는 성취감에 부풀어 병실을 나설 수 있다는 것이니까. 불행히도 의학에는 이 멋진 부분 이외에 나머지들이 있었다. 아들이 수재인지 확인하고 싶어 하는 아버지들, 소화기능이 걱정인 어머니들, 시간을 보내러온 과부들의 이야기를 들어주느라 시간을 허비하는 시간이 있었다. 또한 체감증을 앓는 사람들, 신체적으로 아무 이상이 없고, 심지어 그 어떤 검사를 해봐도 원인이 드러나지 않는데 계속 어딘가 몸이 불편하고 아프다고 호소하는 환자들을 치료하느라 거의 평생에 해당하는 시간을 바쳐야 했다. 세상에는, 이 도시의 모든 병의원들에는 이런 체감장애환자들이 넘쳐났다. 자기 스스로 계속 병을 만들어내는 체감증 환자들을 상대하다보면 짜증도 나고, 너무 지쳐 맥이 빠질 수밖에 없었다. 코앞에 내밀 특효약도 없으니 더욱 미칠 노릇이었다. 의사가 손으로 환자의 몸을 만져야하는 촉진 과정도 문제였다. 아무리 의사라지만 타인의 몸에 자신을 적응시켜야 하는 이 방식이 거부감을 불러일으켰다. 환자 몸에 손가락을 찔러 넣어야 할 때도 있었다. 라텍스장갑을 동원해야 하는 순간이었다. 그 장면과 추페톤이 엉덩이를 까 내리고 돌아눕는 순간의 모습이 겹쳐졌다. 머릿속에서 떠오른 그 이미지가 견딜 수 없이 역겨웠다. 조이의 말이 옳았다. 의사 일은 내게 맞지 않았다. 허공으로 날아올라 공을 잡아채서 질주하는 자동차 속도로 벽을 향해 되던지는 펠로타 선수의 일이 나의 일이었다. 그래서 펠로타 공이 벽과 충돌할 때의 충격으로 두 조각나면서 안에 든 회양목 심장, 너무 오랫동안 갇혀있던 그 심장이 해방되도록 하는 일, 그것이었다.

지출을 최소한으로 줄였다. 얼마 되지 않는 저축이 점점 줄어들고 있었다. 1989년 초겨울, 결원을 메울 의사를 찾는 어느 병원의 구인공고를 보았고, 언뜻 생계문제의 해법이 될 수도 있겠다는 생각이 들었다. 일반의들이 모여 공동 개업한 병원이었는데, 몇몇 의사들은 내 아버지 아드리앙처럼 묘한 성격의 괴짜로 보였다. 물론 나를 면접하는 자리에 팬티나 쇼트팬츠 바람으로 나와 앉아있었던 건 아니었지만 — 계절도 맞지 않았다—, 그들은 의학과는 아무 상관없는 질문들을 연발총사격처럼 퍼부어댔다. "겨울스포츠를 즐기는 편입니까?", "독일차를 신용카드 결제로 사는 것과 프랑스차를 현금으로 사는 것 중에 어느 쪽을 택하시겠습니까?", "부모님은 아직 살아계시죠?", "어떤 독신 엄마가 당신에게 자기 아들 이름을 지어달라고 할 경우 어떻게 대응하시겠습니까?" 그 자리에서 나는 그 의사들이 몸담고 있는 세계를 꼼꼼하게 관찰했다. 이를테면 그들의 진료실, 진료도구, 조명, 가구들 각각을 사진 찍듯 세밀하게 관찰해 머릿속에 각인시켜 두었다. 그래야만 내가 나중에 그들을 대신해 동일한 배경 속에 자리 잡을 위험을 피할 수 있을 테니까.

1989년 봄, 의사를 채용하려는 어느 개인사업체에 지원했다. 주말에 출장 진료를 다닐 수 있는 의사들을 모집한다고 했다. 주말의 병리학은 별개의 한 세계로 보아야 했다. 병가 기한연장용 갖가지 증상들, 가정폭력, 과음, 약물과다복용 혹은 우울증 발작 등이 그 세계의 주요 구성요소였다. 내가 할 수 있는 일을 요령 있게 해나갔다. 처방전을 발행해주고 돈을 받고 그 다음 집으로 이동했다. 이렇게 해서 금전적으로는 살아남을 수 있었다. 최대한 아껴 쓴다면 생계유지가 될 정도로는 벌었다.

일 년 조금 못 되는 기간 동안 나는 이렇게 이 도시를 순회하며 보냈다. 낮이건 밤이건 누군가의 집을 방문해 그때그때 상황에 맞춰 꿰매고, 붙이고, 임시로 고쳐놓았다. 내가 진찰하게 될 사람이 누구인지 환자의 신상에 대해서는 전혀 몰랐지만 그런 상태로 사적 영역에 발을 들여놓았다. 대개는 침실로 들어가 이불을 들추고, 그들의 몸을 살펴보고, 피부를 손가락으로 눌러보고, 그런 다음 미소를 지어보이고, 그러면서 말할 때도 있었다. "이삼일이면 다 나을 겁니다."

1990년 2월, 라 콜롱베타 거리에 있는 간판집에 가서 가로

세로 길이가 각각 30, 20센티미터 크기인 동판을 주문했다. 새 길 글자를 종이에 따로 적어가 내밀었다. '일반의 폴 카트라킬리스. 진료시간 월-금요일 14시-16시30분. 진료예약 매주 수, 금요일.'

가족 명 앞에 내 이름을 넣어야한다는 점만 아니었다면 아버지 때 걸었던 의원간판을 다시 꺼내 달아도 무방했을 것이다. 이렇게 새 간판을 달아본들 과연 의사 이름이 바뀌었다는 사실을 알아볼 사람이 있을까? 푸주간이나 이삿짐운반업체 상호들이 흔히 그렇듯 카트라킬리스 '부자(父子)의원'으로 받아들이기 십상이었다. 대개는 '카트라킬리스'라는 가족이름이 먼저 눈에 들어왔다. 상표, 인증표, 직인, 특히 간판에서는 모두들 가족이름을 먼저 읽었다. 구리판이나 황동판처럼 은은하게 반짝이는 바탕이든 아니면 간판집 주인이 자외선에 강하다며 추천한 알루미늄판과 아크릴판처럼 현대적이고 실용적인 소재이든 간판에서 무엇보다 중요한 건 '카트라킬리스'라는 글자였다.

1990년 2월 17일 토요일, 나는 대문기둥 목재패널 위에 내 이름이 새겨진 의원간판을 달았다. 개원날짜는 20일 화요일 오후 2시로 정했다. 그때까지 나는 왓슨과 함께 해야 할 일이 있었다. 트라이엄프의 엔진룸, 기어, 리어엑슬 어셈블리를 청소한 다음 이 도시의 아름다운 삼부작인 식물원, 그랑롱 공원,

르와얄 공원을 돌아보고, 펠로타 훈련을 할 생각이었다. 툴루 즈에는 프론톤이 열군데 남짓 있었고, 그중 다섯 곳이 바스크 펠로타가 가능한 경기장이었다. 보통 때는 사람이 없는 시간 에 지로니 경기장이나 툴루즈 스타디움으로 가서 연습했다. 공을 던져 보내고, 벽에서 튕겨 나오는 공을 잡았다. 격하게 움직일 필요는 없었다. 몸의 유연성을 유지하고 다양한 동작 을 기억해두는 것만으로도 충분했다. 그러다 이따금 마이애미 에서 그랬듯이 온몸의 힘을 끌어 모아 한 번에 폭발시키기도 했다. 그럴 때면 마치 채찍으로 후려치는 것 같은 강렬한 파열 음이 났다. 내가 던진 공이 50미터가량 되는 거리에서 소리의 삼분의 일 속도로 날아간다는 사실을 다시금 떠올렸다.

일요일에는 집에서 대청소를 했다. 특히 진료실과 환자대기 실을 꼼꼼히 쓸고 닦았다. 다양한 종류의 잡지와 읽을거리를 구입했다. 무엇보다 내원객이 많다는 인상을 주기 위해서였 다. 그래야 환자들이 조바심이 나서 서둘러 진료실로 오게 할 수 있었다. 개원 초부터 의원으로 달려와야 할 이유가 있는 사 람은 많지 않을 테니까. 잡지들을 마치 헌병대 사열하듯 각을 맞춰 테이블 위에 올려두었다. 의원을 찾아올 첫 번째 환자는 아직 그 잡지들을 아무도 펼쳐보지 않았을 뿐 아니라 읽은 사 람은 더더욱 없다는 사실을 금세 알아차릴 듯했다. 아버지 카트라킬리스가 서가 한 가운데 유골단지 안에 들어앉아 꼼꼼하고 호기심에 찬 눈길을, 신장개업한 지점의 영업 감사에 들어간 주주 같은 눈길을 보내왔다. 아버지 유골을 다른 곳으로 옮겨놓을 생각은 없었다. 어쨌거나 아버지는 죽어서조차 자기 자리를 지키고 있었다.

2월 20일 화요일 오후 2시 정각, 나는 대문을 열었다. 대문 위에 아버지가 붙여놓은 또 다른 안내판이 보였다. 크기가 조금 더 작은 안내판이 방문객들을 향해 "벨을 누르고 들어오시오."라고 행동요령을 알려주고 있었다. 현관으로 들어서면 '대기실'이라고 적힌 구리문패가 곧바로 눈에 들어오는 만큼 환자들이 길을 찾지 못하는 경우는 없었다.

그는 2시 반쯤에 왔다. 그가 마당을 가로질러 걸어오는 모습이 보였다. 나는 그의 등 뒤로 대기실 문이 닫히는 소리를 들으며 조금 두려운 기분이 되었다. 그는 창문 앞에 앉아 잡지들을 뒤적이다가 대기실 안을 둘러볼 것이다. 실내에 있는 모든 집기들이 구닥다리이고, 그럼에도 관리상태가 좋고, 무엇보다 잡지들은 새것이라는 사실을 알아볼 것이다. 천연 밀랍에서 추출한 성분이 들어있다는 방진스프레이를 진료실에 뿌리기에는 향이 너무 진했다. 아무튼 첫 환자는 그 남자였다. 이름이 기억나지는 않는다. 사실 그의 얼굴도 기억하지는 못한다. 하지만 그의 목소리는 지금도 여전히 귓가에 맴돈다. 아주 가까이에서 듣는 것 같다. "안녕하세요, 선생님." 이어서 자리에 앉기 전 덧붙인다. "뱃속에 문제가 있는 것 같아요." 남자는 '배가 아프다.'고 하는 게 아니라 '뱃속에 문제가 있다.'고 한다. 일찍이 주세페 장가라가 했던 말이다. 장가라가 내세운 주장과 똑같다. 물론 그날 그 남자는 대통령을, 하물며 사회당 소속 대통령을 암살할 생각이 있는 사람은 아니었다. 그렇지만 진료를 시작하고 나서 처음 얼마간 나는 어쩔 수 없이 그의 얼굴에 겹쳐진 키 작은 벽돌공, 접이의자 위에 올라서서 악착같이 총을 쏘아대고 나서 재판관들에게 자신을 전기의자로 보내달라고 요청한 그 인물의 모습을 보았다.

"뱃속에 문제가 있다고요, 선생님. 은근히 쑤셔요. 상추와 토마토를 먹으면 특히 더 그래요. 먹을 때 말고는 어떠냐고요? 괜찮죠." 그럼 나는 손가락으로 눌러보고, 평소 소화기능은 어떤지 몇 마디 묻고 나서 "운동을 하세요, 과민성대장증후군입니다, 걱정하지 않아도 됩니다. 한동안 상추와 토마토를 드시지 않는 게 좋겠습니다." 이런 처방은 그의 어머니라도 내릴 수 있었을 것이다. "상추와 토마토를 꾸역꾸역 먹어대니까 그렇잖아. 그걸 먹고 속이 안 좋으면 그만 먹어야지." 하지만 환자는 이 말이 닥터 카트라킬리스의 입에서 나오는 걸 듣고 싶었던 것이다. 그는 진료비를 계산하고, 들어올 때와 동일한 방식으로 나갔다.

첫째 날 찾아온 환자는 그 남자가 유일했다. 그의 뒤를 이어 내일은 또 다른 환자들이 찾아오리라는 걸 알고 있었다. 이 세상은 상추와 토마토 섭취에 문제가 있는 키 작은 장가라들로 가득 차 있으니까.

여름이 되면서 진료실은 예전 명성을 거의 되찾았다. 불과 여섯 달 만에 다시금 그 연륜 있는 의원이 되어 동네 단골들을 끌어 모았다. 그럴 수밖에 없는 이유가 있었다. 지그비가 예견한 대로 아버지의 고객들 가운데 일부는 카트라킬리스의 아들이 어떤 인물인지 궁금해 구실을 만들어 진료실을 찾아오기도 했다. 그들은 젊은 카트라킬리스가 분명 그 아버지로부터 물려받은 뭔가가 있어 보인다고 했다. 다만 아버지에 비해 붙임성이 없다고도 했다. "아드리앙 카트라킬리스, 그 양반은 정말 사람이 좋았지. 믿음이 가는 의사였어. 그의 젊은 아들은 아직 시간이 좀 더 필요해. 듣자하니 플로리다에서 공부했다던데 앞으로 곧 나아질 거야."

진료 도중 아버지에 대해 언급하는 환자들이 드물지 않게 있었다. 그들이 말하는 아버지는 내가 전혀 모르는 인물로 자상하고, 배려심이 넘치고, 다정하고, 아이들을 아주 좋아하는 사람이었다. 처음에는 아버지를 성인반열에 올려놓는 찬양을 들을 때마다 무척이나 화가 났지만 시간이 지나면서 한 성스러운 인간의 아들 노릇에 익숙해졌다. 상추와 토마토를 먹으면 생기는 위통에 차츰 익숙해지는 것과 같은 이치였다. 노르웨이 여행계획을 세웠는데 진료시간에 얽매인 일상에 빠져 지내다보니 기세가 꺾였다. 일이 많다는 이유에 밀려 매번 다음 달로 미뤄지기 일쑤였다. 잉빌은 굳이 머릿속에 떠올리지 않아도 늘 나와 함께 있었다. 왕진과 진료실을 오가는 반복적인 일상 속에서도 그랬다. 그러다가 마침내 뜨거운 갈망이 수그러들었고, 왜 노르웨이 여행을 꼭 떠나야만 하는지 알 수 없는 상태가 되었다. 시간이 흘러가고 있었다. 흘려보낸 시간도 이미 일 년 이상이었다. 잉빌을 잃어버린 나의 상실감은 여전했다. 나는 그 여자를 사랑했다. 지금도 미친 듯이 사랑하고 있었다. 내 남은 생 내내 이렇듯 허망하게 그녀를 사랑해야만 한다는 사실이 조금은 겁났다. 그녀의 나이는 어느새 쉰아홉이었다. 나는 전보다 더 간절하게 바랐다. 그녀가 내 '크빈넨 이 미트 리브(내 생의 여인)[43]'라는 걸 알게 되기를.

나는 간호사와 비서 역할을 동시에 했고, 집안일도 혼자 했다. 그러다보니 해야 할 일이 갈수록 늘어났다. 오래된 트라이엄프는 할 수 있는 한 최선을 다해 나를 도와주었다. 플로리

---

43) 〈Kvinnen i mitt liv〉.
   Woman in my life. 2003년에 발표되어 우리에게 〈내 인생의 여인〉으로 소개된 노르웨이 영화의 제목이기도 하다.

다 코럴게이블즈의 카페 테라스에서 밤을 보냈던 기억, 또 요 트를 몰아 비스케인 만으로 나갔던 기억이 아주 먼 다른 세기 에 있었던 일처럼 여겨졌다. 버릇없는 아이 시절 프론톤 벽을 향해 폭발하듯 공을 쳐서 보냈던 기억과 동일선상에 놓일 정 도였다. 하지만 나는 그 세계로 이어지는 끈을 놓고 싶지 않았 다. 매달 에피파니오에게 전화해 소식을 물으면서 이곳과는 다른 그 세계의 끈을 계속 붙잡고 있었다. 파업이 어떻게 진행 되고 있는지 물었을 때 그가 대답했다.

"세 아카보(끝났어), 파블리토, 세 아카보. 오늘 계약했어. 그 개자식들이 마침내 도장을 찍었다고. 우리를 물에 빠뜨려 죽 이려고 일 년하고도 육 개월 동안 그렇게 용을 쓰더니 자기들 도 알았던 거야. 머리를 물속에 처박았는데도 우리가 계속 숨 을 쉬고 있다는 걸. 우리에게는 빨대가 있었잖아. 그 자식들에 게 본때를 보여줘야 했어. 너도 바르보사 그 잡놈이 찍소리 못 하고 우리에게 매주 키니엘라 단복식 마흔 경기씩을 배당하는 꼴을 봤어야 하는데. 계약 절차를 마치고 도마뱀 혓바닥을 가 진 그 잡놈이 우리를 돌아가면서 한 사람씩 껴안으려는 거야. 하필이면 나부터 시작해서. 내가 추페톤 그놈에게 뭐라고 했 는지 알아? 머릿속에 딱 처음 떠오르는 말을 그대로 쏘아주었 어. 그렇다면 내 머릿속에서 딱 떠오른 첫마디가 뭐였느냐, 어릴 적에 잘 써먹던 바로 이 말이었어. '돈 키호테 드 라 만차. 코메 미에르다 이 노 세 만차!(라만차의 돈키호테, 똥이나 처먹고 나를 더럽히지 마!)' 그래서 어떻게 된 줄 알아? 그 '카라쿨로(역겨운 상판 대기)'가 내게 아일라모라다 섬에 가서 데이트하자고 치근대지는 못했지. 어쨌거나 이제 다 끝났어. 구단주들이 선수조합을 인정한다고 발표했으니까. 앞으로는 괜찮아질 거라는 뜻이야. 경기장들도 전부 다시 문을 열게 되겠지. 그러면 선수들 대부분이 다시 뛸 수 있어. 이미 떠난 친구들도 많지만 할 수 없지 뭐, 산다는 게 그런 거니까. 나는 경기를 뛰게 되지는 않을 거야. 선수대표 일을 계속 할 생각이거든. 조합에서 상근 직을 맡을까 해. 빌어먹을! 나는 죽어라 벽을 쳐대면서 한창때를 보냈어. 이번 파업 때문에 십년은 더 팍삭 늙어버렸다고. 아참, 카르만은 상태가 아주 좋아. 네게 사진을 한 장 찍어 보내줘야겠군. 배는 물에서 건져내 밑바닥에 달라붙어 있는 너저분한 것들을 전부 긁어내고 페인트칠을 새로 했어. 배 위에서 내 애인하고 뭘 했는지 알아? 킴바르하고 또 신가르했지. '소브레 엘라구아(물위에 떠서).' 그랬다니까, 물위에 떠서 했다고. 배가 내게 뭘 해주었는지 알겠지?"

그리고 나서도 조이는 그 세계를 한 시간도 넘게 자신의 물감으로 색칠해나갔다. 그가 그려주는 그 세계가 나에게는 일종의 비타민수액 주사나 다름없었다. 그것은 조이가 VTR 뒤에 감춰둔, 바꿔 말해 습기를 피해 보관해둔 그 봉지 안의 내용물들과 같은 효과를 냈다.

매번 그랬듯이 나는 가까운 시일 내에 그를 만나러 가겠다고 약속했다. 그러면 그는 기대된다고 말했고, 다시 자동차와 배 이야기를 했고, 선수조합 동료들과 함께 한잔 하러 가자고, 아일라모라다 섬으로 가는 게 좋겠다고 했다.

그해 봄은 그렇게 지나갔다. 이어서 가을이 지나갔다.

그는 여러 번 나를 찾아왔다. 그는 아버지의 환자였다. 암이었고, 항암화학요법 치료를 받아야했고, 전문병원에 입원했다. 최근 몇 달 동안 통증과 싸워야했고, 질병이 인간에게 떠안기는 온갖 굴욕을 감당해내야 했다. 그러고 나서 집으로 돌아왔다. 타인의 공간에서 죽음을 맞고 싶지 않았다고 했다. 죽음을 아무 데서나 맞아서는 안 되는 거라고 했다. 그는 집에서 요양하기로 마음을 정했다. 물론 그 한계도 받아들였다. 기력이 고갈되었고, 피로는 원래부터 있었던 것처럼 깊숙이 자리잡았다. 몸이 스스로 신변정리를 했다. 냄새가 풀려나 한껏 날뛰었다. 그 질병이 빚어내는 온갖 오물들이 흘러나와 시트를 적시고, 이어서 바닥으로 흘러내렸다. 내가 왕진을 갔다. "오

늘은 더 좋아 보이는 걸요. 혈압도 정상이고요.", "식사를 해야
합니다, 아시죠. 또 물을 충분히 마셔야 해요.", "주사를 한 대
놓아드릴게요. 그럼 한결 나을 겁니다. 걱정하지 마세요. 곧
통증이 가라앉을 테니까." 무슨 말이든 해야 했으므로, 그래
서 침묵을 떨쳐버려야 했으므로 매번 무엇에 대해서든 말하곤
했다. 말을 하고 있는 한 죽음과의 거리를 떼어놓을 수 있으니
까. 검사결과는 절망적이었고, 모든 지표가 끝을 예고하고 있
었고, 심장박동은 이제 반절쯤밖에 뛰지 못하고 있을지라도,
이 모든 게 한때 겪는 곤경이라고 생각하는 척했다. 남은 시간
이 고작 일주일이라는 걸, 어쩌면 이틀일지도 모른다는 걸 서
로가 잘 알지라도 그랬다. 그래서 그는 말을 했다. 겨우 알아
들을 수 있는 무슨 말. 그 중에서 내가 알아들은 건 "선생, 나
를 도와줄 거죠?"라는 말뿐이었다. 뭐라고 대답해야할지 막막
했다. 그래서 그의 손을 잡았다. 그러자 그가 말했다. "선생의
부친도 이런 시점이 되면 그렇게 해주곤 했어요." 내가 잡은
그의 손, 그의 손마디 뼈들이 내 손가락 사이로 빠져나가는 느
낌이 들었다. 그가 내 눈 속을 들여다보고 있었다. 그의 생명
이 더 이상 버틸 수 없다면 나도 그가 고통 없이 떠날 수 있도
록 그렇게 해주고 싶었다. 그가 내게 말했다. "부친의 장례식
에 조문객이 그렇게 많았던 건 그래서였어요. 부친은 도와주

었거든. 부친이 그렇게 해준 건 좋은 사람이어서라는 걸 사람들은 알고 있었어요. 그 순간이 오면 선생의 부친에게 부탁하면 된다는 걸 알았지." 이 말을 할 때 그의 눈빛이 어땠는지 나는 볼 수 없었다. 그가 나에게서 눈길을 돌렸으니까. 나는 그의사선생님의 젊은 아들일 뿐이었으니까. 처방전을 쓸 줄 알아서 진료실을 물려받은 아들, 이제 수습단계에 있는, 즉 아직은 그들을 도와줄 줄 모르는 아들에 불과했으니까.

나는 나흘 연속 그를 보러 갔다. 하지만 그는 내가 곁에 와도 잠시 눈을 뜨는 시늉을 하다가 다시 감았다. 가져온 진통제를 전부 투여했지만 부족했다. 왕진을 마치고 복도로 나서자 그의 아내가 기다리고 있었다. 나에게 이제 다시 올 필요가 없다는 말을 하기 위해서였다.

아버지가 쓰던 책상의 서랍들은 그동안 손대지 않았다. 나는 그저 아버지를 대행하고 있다는, 임시근무 중이라는 생각이 어렴풋이 있었기 때문이다. 하여간 아버지는 여전히 이 집에 있었다. 아무 때나 돌아와 자기 물건을 원래 놓아둔 자리에서 찾을 수 있었다. 나는 아버지 책상에 있는 여섯 개의 서랍가운데 맨 오른쪽에 있는 한 개만 사용했다. 처방전과 관공서서류를 넣어두기 위해서였다. 나머지 서랍들은 여전히 아버지의 소유로 남아 있었다.

아버지와 내가 의학에 대해 이야기를 나눈 적은 없었다. 아버지는 나를 의학공부의 길로 들어서게 했지만 그게 전부였다. 때가 되면 내가 아버지의 일을 물려받기를 바란다는 걸 암시하기는 했다. 철물점 주인이 가게와 재고 창고를 아들에게 물려주고 싶어 하는 심리와 전혀 다르지 않았다. 아버지와 내가 의학이나 의료기술에 대해, 혹은 의사의 윤리에 대해 각자 가지고 있는 생각을 꺼내놓은 적은 없었다. 아버지에게 나는 하찮은 펠로타꾼, 세상물정 모르는 철부지, 팔에 나룻배모양 펠로타 라켓을 낀 피터팬, 라켓 덕분에 팔 길이가 남들보다 길어지니까 그 버들가지 나룻배에 세상을 모아 담을 수 있다고 착각한 피터팬이었을 뿐이다. 아버지가 생각한 그 철부지는 바스크를 사랑했다. 바스크의 그 바다를 사랑했다. 그래서 어떻다는 건가? 모두가 바스크와 그 바다를 사랑하는데 말이다.

내가 의대 학위논문에 대해 처음 이야기를 꺼냈을 때 아버지는 내가 생각하는 주제를 반복해서 말하게 하더니 ― "쇼크에 대항하는 도파민 효과에 대해 써보려고 해요." ― 짤막하게 대답했다. "해보렴." 논문을 완성하자 아버지는 우편물로 받은 상품카탈로그를 넘겨보듯이 건성으로 페이지를 넘기다가 결론부분에 이르자 서너 줄 읽어 내려갔다. '41개의 데이터를 통계적으로 분석한 결과 다음과 같은 결론을 내릴 수 있었다. 즉 도파민 처방은 심근경색으로 인한 심인성 쇼크, 폐색전증, 심 낭압전, 출혈, 긴장성기흉, 혹은 부신기능부전으로 인한 쇼크 에 효과적이라는 것이다. 도파민을 투여할 때는 혈압의 변화 (스완간즈카테터 및 심전도)를 주시해야 한다.' 아버지는 머리를 끄 덕이는 동작으로 미지근한 칭찬의 뜻을 드러낸 뒤 종이뭉치의 두께를 재듯이 엄지손가락으로 페이지를 처음부터 끝까지 가 볍게 훑고 나서 논문을 내 책상에 내려놓았다. 그러고는 한마 디 말도 없이 자신의 진료실로 돌아갔다.

나는 아버지가 환자들을 어떤 방식으로 진료하는지, 그들과 의 관계가 어떤지 전혀 몰랐다. 아버지가 세상을 떠난 지 2년 이 지난 이제야 비로소 한 가지 알게 되었다. 때가 되면 아버 지는 환자를 '도와주었다'는 사실을, 이건 꽤 중요한 일이었다.

아버지는 어떤 밀폐된 공간, 일종의 금고에 틀어박혀 살면 서, 고약을 발라주거나 처방전을 쓸 때 혹은 혈압을 재거나 임 파선의 염증을 치료할 때만 바깥으로 나왔던 것 같다. 나에게 도와달라고 청한 그 환자의 죽음은 생각보다 훨씬 강하게 나 를 흔들어놓았다. 우연히 그가 죽고 나서 며칠 후 나는 스카치 테이프 롤을 찾다가 ― 이런 게 존재의 아이러니일 것이다 ― 그때까지 한 번도 열어보지 않았던 아버지의 서랍 한 곳에서 얄팍한 검정수첩 두 권을 발견했다. 가로 9센티미터 세로 14센티미터 크기의 몰스킨 노트였다.

먼저 열어본 수첩에 담긴 내용은 환자의 죽음으로 끝난 열네 건의 질병 기록이었다. 각 질병 건마다 병증의 진행과정과 함께 환자의 마지막 순간이 연월일시로 정리되어 있었다. 두 번째 수첩에는 그 열네 사람의 성과 이름, 나이 그리고 역시 연월일시가 적혀 있었다. 첫 번째 수첩의 질병 옆에 적힌 날짜를 두 번째 수첩의 날짜와 맞춰 보았다. 하나의 질병에 붙은 날짜가 한 여자 혹은 한 남자의 사망 날짜라는 걸 쉽게 알 수 있었다. 머릿속으로 빠르게 계산해보았다. 30년간 의사로 일하는 동안 아버지가 '도와주어서' 이 세상을 떠난 사람은 매년 평균 0.46명이었다. 그리 많은 수는 아니라는 생각이 들었다.

나는 이 목록을 손에 들고 한참 동안 그대로 앉아 있었다. 수첩들을 원래 자리에 되돌려놓고 아무 일도 없었다는 듯, 그런 수첩을 본 적도 없다는 듯 평소처럼 지내며 지금껏 아버지에 대해 지녀온 생각, 무관심덩어리라는 생각을 계속 고수해야 하는지 알 수 없었다. 아니면 반대로 그 수첩들을 내가 사용하는 서랍으로 옮겨놓고, 명단의 이름들을 수시로 읽으며 그들 각각의 사람 옆에 닥터 아드리앙이 와있는 모습을 상상해볼 수도 있었을 것이다. 아버지가 최후의 휴식업자로서 할 일을 완수하는 동안 환자는 그 일을 맡아준 아버지의 팔을 잡고 일하는 모습을 지켜보았을 것이다. 아버지는 약속을 어기지 않고 시간을 지켜 와서는, 환자의 숨이 완전히 멎은 뒤에야 떠났을 것이다.

진료실로 돌아와 몰스킨 수첩을 꺼내는 아버지의 모습을 상상해보았다. 환자의 이름과 날짜와 시각을 적은 다음 수첩을 왼쪽 서랍에 다시 집어넣고 진료실 문을 열고 나오는 모습이었다. 아버지가 진료실 밖으로 나서는 순간부터 맞닥뜨린 건 한 가족의 소음이었다. 특이한 가족이었지만 아버지는 어쨌거나 요령 있게 적응했다.

수첩 두 개를 왼쪽 서랍에서 오른쪽 서랍으로 옮겨놓았다. 유골단지가 나를 지켜본다는 걸 알고 있었다. 지금 나는 고인이 된 아버지의 삶을 파내 열어본 셈이었다.

이 발굴결과가 나사송곳처럼 나를 찔렀다. 불쾌한 느낌이었고, 그런데도 떨쳐버릴 수 없었다. 온갖 상상이 피어올랐다. 잡다한 질문들이 어지럽게 고개를 들었다. 쇼트팬츠 차림의 진료와 주검들, 트라이엄프와 아리엘, 시한부 환자들에 대한 직업적 '구호', 가족 간의 무관심, 어머니가 죽은 날 아버지의 입속으로 들어가던 송아지 간, 스탈린의 뇌조각, 스카치테이프 붕대의 기억이 그 질문들과 뒤섞였다. 또 다시 나는 낯선 한 세계를 목격하는 아이, 그 세계를 이해할 수 없는 아이가 되었다. 그 세계를 생겨나게 한 사람에게 내가 이해하지 못하는 것들을 묻고 싶었다. 하지만 그 사람은 유골단지 안에 들어가 있었고, 혀는 화장로의 화염에 타버리고 없었다. 닥터 아드리앙 카트라킬리스에 대해 내게 이야기해줄 수 있는 사람은 이제 단 한명밖에 없었다. 낭패스럽게도 지그비 그 사람이 유일했다.

지그비는 태연했다. 마음에 뭔가를 쌓아두는 사람은 아니었다. 부끄러움은 남의 이야기였고, 남이 보내는 경멸에는 무감각했고, 자기가 한 짓은 금방 잊어버렸다. 자기가 콰가 이야기를 함부로 입에 올리는 바람에 어떤 일이 생겼었는지도 잊어버렸다. 우리 사이에 껄끄러운 장면이 있었다는 사실도 이미 오래전에 술에 씻겨나간 뒤였다. 임시 화해에 차질 없이 도달하기 위해, 그의 기억력을 촉진하고 혀에 붙은 쓸데없는 근육을 이완시키기 위해 나는 글렌리벳 아카이브 21년 몰트위스키한 병을 준비해놓았다.

그는 거실로 들어왔다. 처음 이 집에 온 날부터 자기 자리처럼 차지했던 그 소파에 앉아 위스키를 한잔 따라 들었다. 이제 그는 자기 욕구대로 술잔을 채우기 위해 대화를 이어나가기만 하면 되었다.

눈앞에 수첩 두 개를 내놓자 그는 눈썹으로 지붕을 만들면서 상상할 수 있는 가장 멍청한 표정을 지었다. 놀란 눈은 수첩에 못 박혔고, 입은 헤벌어진 채 닫힐 줄을 몰랐다. 혀가 태엽을 감아놓은 듯 기계적으로 움직였다. "찾아냈군." 이윽고 놀라움을 가라앉히자 평소의 그 성형외과의사로 돌아와 술을 목구멍에 털어 넣었다. 그런 다음 확고하고 노골적인 손놀림으로 위스키를 한잔 더 따라 마셔서 경련을 일으킨 살을 진정시켰다. "이 일을 내가 자네에게 말해야 하는 건 아니지. 자네가 직접 알아내야할 일이었으니까. 나는 이 수첩들에 대해 진작부터 알고 있었네. 자네 부친이 나에게 보여준 적이 있거든. 이 수첩에 적어 넣기 시작할 때였지. 여기 적어둔 사람들을 하나하나 기억해두려고 했으니까. 환자의 나이, 앓은 질병, 사망시각까지. 자네 부친은 자기도 일부 책임을 져야하는 일이라고 생각했어. 이 수첩들은 그의 내밀한 기록이야. 비밀이 아니고 내밀한 기록이었다고. 죽어가는 그 환자들을 도와주면서 의사로서 해야 할 일의 정점을 찍는 느낌이었다고 하더군. 분명 자네 부친이 내게 해준 이야기야. 꼭 해야 할 일을 하는, 가장 힘들지만 하지 않으면 안 될 과제를 해내는 기분이라고 했어. 자네 부친은 자기만의 역할을 수행하고 있었어. 턱을 깎고 새 유방을 만들어주는 나야 그런 종류의 생각을 해볼 기회가 없었지."

"자네 부친이 정확히 몇 명을 그런 식으로 도와주었는지는 나도 몰라. 하지만 그가 내게 들려준 말로는 시간이 아무리 많이 흐르고 경험이 쌓여도 그 빌어먹을 액체를 주입하는 일에는 적응이 되지 않는다더군. 그 일은 그냥 그렇게 금방 지나가고, 환자의 고통도 금세 멎지만, 모든 절차가 다 끝났을 때 주사기를 찔러 넣은 사람이 그 자신이라는 사실은 남는다는 게 문제라고 했어. 언젠가 들은 기억이 나는데, 한번은 그런 문제 때문에 자네 부친도 마음이 흔들린 적이 있었다더군. 도움을 원한 어느 환자가 일차마취제, 아마 티오펜탈나트륨이었겠지, 그게 효과를 내기까지 시간이 걸렸대. 그러다보니 그 환자는 아내와 아들에게 여전히 이야기를 건네고 있더라는 거야. 마치 앞으로 몇 년은 더 함께 살 것처럼 이야기를 나누더래. 그래서 자네 부친이 약물 주입량을 더 늘렸음에도 환자가 계속 버티더라는 거야. 환자가 약물에 저항하면서 얼굴을 돌려 자네 부친을 바라보는데, 그 순간 그 눈빛에 뭔가 언뜻 스쳐가더래. 그 눈은 자네 부친을 알아보기는커녕 자기한테 왜 이런 짓을 하느냐고 묻더라는 거지. 그러고는 떨걱, 눈이 감겼다고 했어. 그래서 자네 부친은 판쿠로늄 브로마이드를 주사했겠지.[44] 그러고도 부족했다면 포타슘클로라이드를 추가했을 테고. 자네 부친은 죽어가는 사람의 침실로 들어가 슬픔에 잠겨 눈물범벅

---

[44] 조력자살에서 일반적으로 신경마취제(티오펜탈나트륨)를 이용해 잠이 든 뒤 근육마비제(판쿠로늄 브로마이드)를 이용한다.

이 된 가족친지들이 환자의 손을 부여잡고 있는 상황에서 침착하게 감정을 통제해가며 마저 그 일을 해낸다는 게 어떤 건지 상상도 못 할 거라고 하더군. 그 순간 그 두려움을 억누르며 주사기 피스톤을 누른다는 게 어떤 일인지 말이야."

지그비는 잠시 말을 끊고 글렌리벳을 목구멍에 들이 부었다. 아버지가 주입량을 늘려 또 다시 쩔러 넣었다는 주사기 피스톤을 생각했다. 지그비가 빈 술잔바닥을 힐끗 들여다보았다. 그 환자의 눈빛에 언뜻 스쳐갔다는 뭔가를 생각했다. 그 침실, 그 침대를 생각했다.

"그날 결정한 일은 아니었어. 환자들, 가족들, 자네 부친, 모두가 한참 전부터 준비해왔던 일이지. 하지만 빌어먹을! 그런 일이 생길 줄 누가 알았겠어. 기가 막힐 노릇이었을 거야. 생각해보게. 이 집에서 출발하기에 앞서 자네 부친은 왕진가방을 챙겨야했겠지. 주사기, 그 금지약물들, 청진기를 챙겨 넣었어. 그런 다음 아무 일도 없었다는 듯 거리로 나서는 거야. 목감기에 걸린 환자를 돌보러 왕진을 가는 의사처럼 말이지. 가는 동안 머릿속에 온갖 생각이 떠올랐을 거야. 맙소사! 그런 일이 생길 줄 어찌 알았겠어."

글렌리벳 병은 어느새 비어가고 있었다. 나는 그의 기억재생에 감정이 끼어드는 정도가 남아있는 술의 양과 연동되고 있다는 사실을 알아차렸다. 술병에 남은 액체가 중간보다 아래로 내려가면서부터 그의 기억은 위험부담을 떠안으며 수시로 분절되기 시작했다.

"게다가 법적인 위험부담도 있었어. 나는 수시로 자네 부친에게 그 점을 일깨워주려고 했는데 들은 척도 하지 않더군. 아마도 법적인 문제가 얼마나 위험한지 고려하지 않은 탓이었을 거야. 생각해봐. 그 가족들 중에서 누군가가 단 한마디라도 말을 흘릴 경우 금세 소문이 퍼져나갔겠지. 그렇게 되면 판사나 경찰의 귀에도 소문이 흘러들어가게 될 거란 말이야. 그때부터는 일이 어디로 튈지 모르는 거야. 신문기자들, TV방송국, 의사협회 윤리위원회로서야 좋은 먹잇감을 만난 셈일 테니까. 그런 측면에서 보자면 자네 부친은 정말 운이 좋았어. 수첩에 적혀있는 사람이 몇 명 정도 되나? 열넷? 그야말로 운이 좋았던 거야. 빌어먹을! 들통 나지 않은 건 기적이야. 그야말로 기적이라고."

글렌리벳 술잔이 다섯 번째로 채워졌다. 그의 혀는 아직 잘 움직였고, 정신도 말짱했다. 지그비는 일종의 수수께끼, 말하자면 흡수력이 엄청나고 말도 할 줄 아는 스펀지였다.

"자네 부친은 좋은 사람이었어. 이렇게 이야기를 풀어놓다 보니 한층 더 자신 있게 말할 수 있을 것 같군. 게다가 용기 있는 사람이었지. 자네와 부친과의 관계가 그리 원만하지 않았다는 걸 알아. 그렇지만 자네 부친의 가정생활도 그리 쉽지 않았다는 사실을 고려해야 할 거야. 다소 묘한 가족이었잖아. 자네 모친과 삼촌을 생각해봐. 삼촌이 늘 자네 가족과 함께 살았어. 자네 부친 입장에서 보자면 분명 그리 간단한 문제가 아니었을 거야. 의사로서 환자를 진료하면서 마주치는 문제도 있었겠지. 게다가 자네 조부가 벌인 일 역시 받아들이기 쉽지 않았을 거야. 암, 쉽지 않고말고."

비로소 알코올이 효력을 발휘하기 시작했다. 점차 열기가 피어오르면서 바닥에 가라앉아 있던 찌꺼기들도 차츰 위로 떠올랐다. 지그비가 주절거리는 말들이 짓궂은 암시를 달고 역겨운 냄새를 피우고 있다는 걸 알 수 있었다. 내 삼촌, 내 어머니, 이 두 사람을 노골적으로 한데 붙여 근친상간의 분비액을 끼었더니, 그 모욕적 세례를 감행한 축축하고 냄새나는 손으로 내 조부를 개종시켜 성당에서 유혈이 낭자한 성사를 거행했다. 술 때문에 지그비의 분별력이 썰물처럼 빠져나가면서 깊숙이 가라앉아 있던 앙심이 신트림과 함께 올라오고 있었다.

"내가 이런 이야기를 하는 이유는 뭔가 다른 의도가 있어서가 아니야. 아드리앙에게 삶이란 해야 할 일을 하는 것이었으니까. 그 말을 하고 싶었을 따름이네. 한 가지 물어볼 게 있네.

자네가 의원을 개원한 지 일이 년쯤 된 것 같은데, 그동안 누군가의 안락사를 도와준 적 있나?"

이따금 금요일을 포함해 주말을 보낼 수 있을 때면 바다를 찾아가곤 했다. 바스크의 겨울은 다른 계절과 다를 바 없는 그저 하나의 계절, 비와 세찬 바람이 있어 살아있음을 느낄 수 있는 계절이었다. 왓슨은 바닷가를 누비고 다녔고, 나는 얼마간 펠로타 공을 쳤다. 트라이엄프는 쏟아지는 비에 젖었고, 그러는 내내 하이스키벨 산은 우리를 주시했다. 또 라슬로 퍼프가 있었다. 그는 자신이 있는 곳에서 우리를 내려다보면서 매번 동일한 이유로 일고여덟 점의 벌점을 안겼다. 퍼프가 자신의 이론을 수정할 가능성은 없어보였다. 물론 우리도 우리의 방식을 바꿀 생각은 없었다.

산세바스티안으로 가서 지낼 수도 있었을 것이다. 아마도 그러는 게 내게 좋았을 것 같다. 요즘에는 산세바스티안을 도노스티아[45]라고 부른다. 나도 바스크어를 배우는 게 좋았을 것이다. 턱과 코의 수염이 제멋대로 자라도록 내버려둘 수도 있었을 것이다. 작은 항구에 가서 작은 배를 한척 살 수도 있었다. 어물가게를 차려 생선을 팔거나 잡화점을 열어 노르웨이에서 옷가지와 장신구를 들여와 장사를 할 수도 있었다. 일

45) 산세바스티안의 바스크어 지명.

종의 북극상점을 차리는 것이다. 대형스크린을 벽마다 걸어놓고 영상으로 노르웨이의 아름다운 풍경을 온종일 바라보는 것이다. 여섯 달간 낮이 이어지고, 여섯 달간 밤이 지속되는 그곳의 영상을 스물네 시간 동안 보며 지낼 수도 있었다. 그러면 바스크 사람들이 내 상점을 찾아와 바이킹의 형상들을 구경하고 아이들에게 줄 작은 모형해적선을 사갔을 것이다. 상점 안 여기저기에 잉빌 룬데의 사진을 걸어놓을 수도 있었을 것이다. 내가 사랑하는 그 여자의 더없이 아름답고 고상한 모습을 걸어놓았어야 했다. 머리를 날갯죽지에 파묻은 채 물위에 떠 있는 그 모습을 말이다.

결국 그렇게 하지는 못했지만 내게는 콘차 해변을 따라 뻗어 있는 타마리스크 가로수 길을 걷는 즐거움이 있었다. 왓슨과 함께 세르반테스 광장을 출발해 콘스티투시온 광장에 이르기까지 항구 근처 좁은 골목길들을 배회하는 것도 좋았다. 그 골목길들은 긴 도관 속에 들어선 듯 어두웠고, 길 끝에는 매번 성당이 있었다. 산타마리아 아니면 산비센테 성당이었다. 퍼프가 권하는 방식을 따르자면 그 성당 안으로 들어가 초를 전부 사서 차례로 불을 붙이고, 창조의 모든 성모마리아에게 봉헌했어야 했다. 무릎을 꿇고, 두 눈을 감고, 두 손을 모으고, 기도를 올렸어야 했다. 밤이 되어 어두워질 때까지 마지막 촛

농 한 방울이 신들의 목구멍 속으로 굴러 떨어질 때까지, 제의실 깊숙한 곳에서 전화벨 소리가 울리고, 교회지기가 달려와 나에게 폴 카트라킬리스가 맞는지 묻고 어느 여성이 전화를 걸어 나를 찾는다고, 미국에서 잉빌 룬데라는 여성이 걸어온 전화라고 말해줄 때까지 기도를 올렸어야 했다.

도노스티아에서는 이따금 어느 길모퉁이에서 소나기를 만날 경우 어차피 삶이란 이토록 단순할 뿐이라고 중얼거리곤 했다. 툴루즈였더라면 전혀 다른 문제였다. 1991년 1월, '사막의 폭풍' 작전이 삶과 죽음을 가르고 있을 때, 내 진료실에는 겨울독감 환자들이 줄을 이었다. 파라세타몰(진통해열제)을 만드는 제약회사는 '기쁘다 구주 오셨네(Joy to the world),'를 외칠 만했다. 어느 의학 잡지의 계산에 따르자면 그해 겨울에 유행성독감으로 의료계에 지불된 비용이 2억6천6백만 달러라고 했다. 그것도 해가 바뀌기 전까지 지불된 비용이 그랬다. 병원을 찾은 환자 수가 지역에 따라 150퍼센트에서 450퍼센트까지 증가한 것으로 추산되었고, 유행성독감이 프랑스 경제 전반에 끼친 여파는 1990년 한해에만 20억 달러에 달했다. 다소 양심에 찔리긴 하지만 나는 이런 종류의 기사에서 어떤 종류의 자선활동, 이를테면 교회에서 주관하는 자선사업에 매진하는 신앙심 깊은 여자들의 활동이 떠올랐다. 이들은 자선사업에 열

성적이긴 하지만 경제적으로나 건강상 취약한 사람들 때문에 이 사회가 얼마나 많은 비용을 지불해야 하는지 기회만 있으면 일깨우려들었다.

아무튼 그해 툴루즈에서는 파라세타몰 홍수가 났고, 이라크에는 포탄 8만8천5백 톤이 쏟아져 내렸다.

툴루즈 생활리듬에 익숙해진 왓슨은 독감의 기세가 한시바삐 꺾여 다시 식물원으로 산책 나갈 수 있기를 고대했다. 함께 있을 때가 아니면 녀석은 거실이나 주방에서 나를 기다렸다. 아니면 2층으로 올라가 생쥐 수색작전을 펼쳤다. 내가 환자를 진료하는 동안 종종 녀석이 뭔지 모를 상대를 추격해 나무계단을 뛰어내려오는 소리가 들려올 때가 있었다. 대개는 녀석이 현관바닥에 미끄러지는 소리에 이어 진료실 문짝 아랫부분을 우당탕 들이받는 것으로 마무리되었다. 그러면 태즈메이니아 데블이 떼를 지어 몰려와 처박힌 듯 문짝이 부르르 떨렸다. 나는 짐짓 맹한 표정을 지어 환자를 안심시키며 말했다. "별일 아닙니다. 내 개가 바닥에서 미끄러져 그렇습니다." 하지만 환자들은 분명 내 말을 믿지 못하는 눈치였다.

에피파니오는 새로 연 선수조합 사무실에서 일하기 시작했고, 프론톤들도 전부 다시 문을 열었다. 선수들은 유니폼을 입고, 라켓을 끼고 다시 코트에 나섰다. 조이의 말에 따르자면 분위기가 예전 같지는 않지만 어쨌거나 현재는 모두들 들 떠 있다고 했다. 하이알라이에서 〈마이애미 바이스(Miami Vice, NBC TV드라마)〉를 촬영하고 있고, 조이도 촬영현장 주변을 어슬렁거리다가 두 주역배우와 마주친 적이 있다고 했다. 마이애미경찰 '소니 크로켓' 역할을 맡은 돈 존슨과 '리카도 텁스' 역할을 맡은 필립 마이클 토마스였다. "두 사람 다 괜찮은 친구들이더군. 그렇지만 그 두 사람이 경찰을 닮았다면 내가 글로리아 에스테판을 백배는 더 닮았을 거야. 하여간 더운 날이었어. 무이 칼리엔테, 그야말로 아주 뜨거운 날이었는데 야외 주차장에 여자아이들이 새까맣게 몰려와 있는 거야. 크로켓이나 텁스와 눈이라도 한번 마주쳐보려고 그 난리를 부리는 거였어. 그 둘이 어찌 되었을지 생각해봐. 머큐리 차안에 들어앉아 꼼짝도 못하는 두 마리 새 신세가 되어 있더라고. 내가 그런 꼴을 보고도 그냥 지나칠 놈은 아니잖아. 주차장으로 달려가 그들을 구출해주었지. 그다지 시간이 걸리지도 않았어. 그들을 곧바로 선수조합건물의 내 사무실로 데려왔거든. 그러고는 에노아. 그 친구 이름인데, 에노아와 함께 그 둘, 텁스와 크로켓에게 '마이애미 바이스'가 뭔지 제대로 가르쳐줬지. 넌 여기로 와야 해. 거기서 뭘 하는 거야, 의사양반? 의사 노릇은 이곳으로 와서 해도 되잖아. 툴루즈에 누군가 있기라도 한 거야?

그 노르웨이 여자 이후로는 없지 않았어? 빌어먹을! 내가 너 때문에 걱정이 태산이야. 절간에 들어가 살 작정이야? 목탁이나 두드리면서 인생 종 칠 생각이냐고."

조이와는 자주 이야기를 나누었다. 통화 횟수가 점점 늘어났다. 통화가 짤막하게 끝날 때도 많았고, 내용도 현실적인 문제들과 그다지 관련이 없기는 했지만 그 대화가 우리 사이를 끈끈하게 이어주고 있었다. 공동의 기억을 충전상태로 유지시켜주고, 또한 우리가 물리적으로는 서로 아주 멀리 떨어져 있으면서도 계속해서 가까이 있다는 느낌을 갖게 해준 것이다. 조이에게 혹시 울피스에 가본 적이 있는지 묻자 그는 "아니, 그 식당에는 가지 않았어." 라고 대답했다.

나는 35세였고, 고독했다. 내가 고독하다는 게 조이가 자나 깨나 걱정을 내려놓을 수 없는 이유였지만 나에게는 고독이 다른 습관과 마찬가지로 하나의 생활습관이 되어 있었다. 나는 왓슨과 더불어 늙어가는 중이었다. 그러고 보면 나는 수도승들과 달리 반려견과 함께 지내는 혜택을 누리고 있었다. 게다가 진료실이 있었다. 전화벨도 울렸고, 사람들이 의원을 찾아왔다가 떠나면서 자주 문이 닫히는 소리를 내주었다. 의원을 찾아온 환자들은 나에게 가족이 되어주었다. 그들은 살아온 혹은 살아가는 이야기를 들려주었고, 이야기로 듣는 그들의 삶 역시 대개는 나의 삶만큼이나 우울했다. 그들은 아기를 안고 와 아기의 대변이 어떤 상태인지 설명했다. 성기에 생긴 헤르페스포진에 대해서도 이야기했고, 부인이 자신을 화나게 한다고 또는 남편이 지나치게 섹스를 밝힌다고 하소연했다. 그 나머지 경우에는 몸이 아팠다. 그들은 여기가 아니면 저기가 아팠다. "아뇨, 선생님 조금 더 위쪽이요. 네, 거기, 바로 거기요."

바람도 쐴 겸 한 달에 두세 번은 왕진을 돌았다. 제약회사 영업사원들이 찾아와 신약 샘플을 두고 돌아갔다. '삶의 의욕을 북돋고, 면역력을 강화시키고, 발기상태를 지속시키고, 얼굴홍조를 없애고, 다리부종을 가라앉히는' 약들이었지만 무엇보다 얼마 전 구입한 BMW 자동차에 대해 나와 이야기를 나눌 기회를 갖기 위한 구실이기도 했다.

잉빌이 그리웠다. 하이알라이가 그리웠다. 요트가 그리웠다. 카르만이 그리웠다. 마이애미 생활이 그리웠다. 또 물론 조이가 그리웠다.

그가 병원에서 퇴원해 집으로 돌아온 지 벌써 2주째였다. 좋은 사람이었다. 뭐든 이해가 빨랐고, 유쾌했고, 튼튼한 체구에 기분 좋은 활력이 있었고, 친절한 사람이었다. 아버지가 세상을 떠나기 전 그 시절에 그는 우리 집에 와서 일했다. 지붕을 손보고 구석구석 들여다보며 빗물받이 홈통을 점검했다. 여름이건 겨울이건 아침부터 저녁까지, 실족 위험이 있었지만 아랑곳하지 않고 지붕 위를 종종걸음으로 건너다니느라, 그렇게 죽음을 쫓아내느라, 그의 생애 전부가 지나갔다. 그랬는데 그가 이제 그 죽음과 마주해야 할 때가 되었다.

골수, 폐, 온몸에 암세포가 퍼져있었다. 산소호흡기, 모르핀, 투석, 그런 다음에는 탈진이 왔다. 나는 매일 밤 진료를 끝내면 그를 보러 갔다. 그에게 몇 마디 말을 건네고, 두서너 가지 조치를 취해주었다. 별로 도움이 되지 않는 조치였지만 내가 곁에 있음을, 그를 돌보고 있음을 알려주는 방편이었다. 이웃집 TV가 켜져 있었다. 벽을 통해 TV소음이 들려왔다. 그가 말했다. "끝내야해. 너무 오래 끌었어." 그가 내 손을 잡았다. 가쁜 호흡소리를 들을 수 있었다. 그의 심장박동이 전해져왔다. "그걸 할 때가 되었네. 아내도 그러자고 했어. 그걸 내게 해주게." 우리는 서로의 곁에 한참동안 그대로 머물러 있었다. 둘다 아무 말도 하지 않았다. 이따금 그의 손이 내 팔뚝을 힘없이 두드렸다. 내게 용기를 주려는 신호 같았다. "자 어서. 막상 해보면 별 일 아닐 거야. 아무 문제없어."라고 말하는 듯했다. 그의 부인이 방으로 들어왔고, 나는 그 틈에 달아나려고 몸을 일으켰다. "내일 다시 올게요." 층계참에서 그의 부인이 내게

손을 내밀며 인사했다. "와줘서 고마워요." 거리에는 생명의
활기가 넘쳐흐르는 느낌이었다. 걸어서 레드무아젤 다리를 건
너 집으로 돌아왔다. 문을 열고 들어서자마자 전화기를 집어
들었다. 나보다 앞서 아버지는 그 말을 열네 번쯤 했을 것이
다. "말씀 전해주세요. 내일 저녁에 필요한 주사약을 갖춰 방
문하겠다고요."

그날은 하루 종일 진료가 끊임없이 이어졌다. 나는 비염, 장
미색비강진, 어깨관절주위염에 대해, 혹은 위식도 역류 증상
말고는 건강에 별 이상 없는 노인환자들에 대해 처방을 내리
느라 몹시 힘겨운 하루를 보냈다. 아버지의 유골은 여전히 서
가에 놓여 있었다. 단지를 철제상자에 넣어 직사광선을 피하
고, 서가도 열쇠로 잠가둔 상태였다. 마지막 환자가 진료실 문
을 닫고 돌아간 뒤 준비물을 챙겼다. 걸어서 그의 집으로 갔다.

부부가 함께 있었다. 그의 부인이 침대 옆에 앉아 남편의 손
을 잡고 있는 모습이 눈에 들어왔다. 이웃집에서 켜놓은 TV소
음이 들려왔다. 방안에 있는 우리 세 사람 모두 이제 무슨 일
이 벌어지려고 하는지 또렷이 의식했다. 그의 부인이 말했다.
"이 사람 옆에 있을게요." 그가 고개를 끄덕였다. 아내가 옆에
있어주기를 바란다는 뜻이었다. 그의 부인이 몸을 숙여 남편
을 두 팔로 감싸 안았다. 내가 말했다. "문밖에 나가 있을게요.

준비되면 말씀해주세요." 거실로 통하는 대기실에서 창밖을 내다보며 한참동안 기다렸다. 벽 건너 TV 앞에 앉아있는 이웃집 가족들은 옆집에서 무슨 일이 벌어지고 있는지 전혀 모를 것이다. 뭔가 군것질을 하고 있는 그들의 머릿속으로 TV화면 영상이 나무들 사이를 통과하는 바람처럼 스쳐지나가고 있을 것이다. 그들은 다가오는 밤을 두려워할 이유가 없었다. 나는 침착하기 위해 애썼다. 상황을 한순간도 놓치지 않고 오로지 중요한 그 일에만 집중하려 했다. 일체의 불필요한 행동 없이 간결하게 일을 해내야한다고 나 자신을 다독였다. 다른 어느 것도, 그 누구도 생각하고 싶지 않았다. 그저 요청받은 그 일을 해내야 했다. 직업적인 행위 하나를 실수하지 않고 수행해야 했다.

"준비되었어요." 나는 방으로 들어갔다. 닥쳐올 상황을 맞아들이기 위해 두 사람이 서로 손을 맞잡고 있는 모습을 보는 순간 나는 차디찬 물, 살과 뼈를 에는 계곡물에 몸을 담근 느낌이 들었다. 또한 나는 그에게로 발걸음을 옮겨놓아야 한다는 사실을 알고 있었다. 손을 내밀어 그의 볼을 감싸고 눈을 들여다보며 침착한 목소리로 다음과 같이 말해야만 했다. "이제 잠이 들 거예요." 그는 나를 향해 고개를 끄덕여 잘 알아들었다는 표시를 하고 나서 아내와 포옹하며 마지막 인사를 나누었다. 나는 준비해온 주사기와 약물을 꺼냈다. 일차로 티오펜탈나트륨을 주사하자마자 그의 눈이 감겼다. 이어서 판쿠로늄브로마이드를 주사하자마자 그에게 아직 남아있던 얼마간의생명이 완전히 끊겼다. 그의 부인은 남편의 가슴에 얼굴을 묻고 소리 없이 눈물을 흘렸다. 나는 도구와 약병들을 다시 가방에 챙겨 넣었지만 차마 방을 나서지 못하고 그들 부부 곁에 머물러 있었다. 그의 부인은 여전히 남편을 끌어안고 있었다. 두사람의 자녀들에게 내가 전화로 소식을 알렸다. 자녀들이 달려올 때까지 그의 부인은 남편을 끌어안은 팔을 풀지 않았다. 나는 사망진단서를 작성해서 서명했다. 그의 가족들이 모두모였을 때 그 집에서 나왔다.

집으로 돌아와 식탁의자에 걸터앉았다. 이 집에는 아무도없었다. 내가 본 것에 대해, 내가 한 일에 대해, 지금 내가 느끼는 감정에 대해, 후회하는지 아니면 마땅히 해야 할 일을 했다고 여기는지 이야기를 나누고 싶었지만 들어줄 사람이 없었다. 2층에 포르말린에 잠겨 있는 구 소비에트사회주의연방의 기억이 있다는 걸 제외하면 이 집은 공허하고 말없는 무덤이었다. 나는 이 무덤의 유일한 하숙인이었다. 왓슨은 긴 소파 위에서 잠들어 있었고, 잉빌은 어디에 있는지 알 수 없었다. 그러므로 이제 나에게 남은 사람은 에피파니오밖에 없었다. 그는 여섯 시간 시차가 나는 대도시 플로리다 어딘가에서 그날그날 삶을 꾸려가고 있었다. 내가 환자를 도와 생을 끝내도록 했다는 사실을 안다면 에피파니오는 그다지 좋아하지 않을 게 뻔했다. 그에게는 인간이 결코 넘어서는 안 될 선이 있었다.

어둠이 잠식해가는 이 주방에서 나는 아버지를 생각했다. 내게 아무 말도 해주지 않은 걸 원망했다. 아버지는 자신이 이 세상에서 밀어낸 열네 사람에 대해 입을 다물었다. 왜 그런 일을 하게 되었는지 말하지 않았다. 처음 그 일을 할 때 어떤 감정이었는지, 또 횟수가 쌓여갈수록 무얼 느끼게 되었는지, 어떤 방법을 썼고, 어떤 난관에 부딪쳤는지, 심리적 고통을 느꼈는지, 죽은 사람 옆에 있다가 돌아온 그날 저녁에 가족들과 둘러앉아 식사를 할 때 어떤 기분이 들었는지 말하지 않았다. 진료실 책상서랍에 들어있는 몰스킨 수첩 두 권에 대해서도 말하지 않았다. 수첩은 왜 두 권이어야 했을까? 수첩 각각에 동일한 날짜를 기록해놓은 이유는 뭘까? 무엇보다 알 수 없는 건 죽은 사람들의 이름과 질병기록을 두 권의 수첩에 나누어 적어놓은 이유였다.

나는 이제 곧 닥쳐올 밤에 맞서 어떻게든 견뎌낼 준비가 되어 있어야 마땅했다. 의사 아버지의 아들이라면 이 길을 홀로 걸어갈 필요가 없었다. 아들을 이끌어주는 것이 아버지의 의무였으니까. 카트라킬리스 가족의 아버지는 그런 의무를 떠맡는 대신 술주정뱅이에게만 속마음을 털어놓은 뒤 스카치테이프로 자기 자신의 몸을 휘감아 스스로 염습했다. 그런 모습으로 예각으로 떨어지는 바람에 주차장에 세워둔 스쿠터를 파손했고, 보상을 거부한 보험사 대신 아들이 스쿠터 값을 치르게 만들었다. 아버지는 말 한마디, 유서 한 줄 남기지 않고 스스로 생을 끝냈다. 범죄를 저지른 사람이 교도소에서 목을 매는 경우와 유사할 것 같았다. 회한이라는 목줄에 머리를 끼워 넣는 것이다. 아버지 역시 어떤 형태의 고독에 유폐되어 있었다. 가족이라는 교도소, 수감자들이 각각 다른 언어를 쓰는 그 교도소에 갇혀 있었다.

처음 그 일을 하고 맞은 그날 밤에 내게 필요했던 단 한사람은 잉빌이었다. 그녀가 내 곁에 있었어야 했다. 그녀와 함께 있으면서 뭔가 따스한 음식을 먹었어야 했다. 그 아파트에서 있었던 일에 대해서는 아무 말도 하지 않고, 자동차 배터리 수명이 다 되어간다는 이야기와 왓슨의 발톱을 깎아주어야 한다는 이야기를 나누었어야 했다. 그녀가 창가에서 담배 한 개비를 피우는 동안 나는 설거지를 마치고, 그런 다음 왓슨을 데리고 셋이 함께 산책을 나갔어야 했다. 그녀가 노르웨이어로 왓슨에게 말하는 소리에 귀 기울일 수 있었어야 했다. 집으로 돌아오는 길에는 뭔가를 내려놓았어야, 그래서 어떤 짐, 걱정거리가 한결 가벼워졌어야 했다. 그녀가 내 곁에 있다고, 중요한 건 그거라고 생각했어야 했다. 그녀를 바라보고 품에 안고 있었어야 했다. 날이 밝으면 둘 중 어느 누가 먼저든 손을 내밀어 상대의 손을 잡았어야 했다. 주방으로 가 차 주전자의 물이 끓는 소리를 들었어야 했다. 그런 다음 욕조의 따뜻한 물에 몸을 담그고 창문너머로 거리의 자동차들을 바라보다가 저 세상도 이곳과 그리 멀리 떨어져있는 건 아니라고, 그는 고통스럽지 않게 떠난 거라고 나직이 중얼거렸어야 했다. 욕실 거울에 비친 내 얼굴은 외면했어야 했다. 옷을 벗고 침대 이불 속 잉빌 곁으로 돌아가 누웠어야 했다. 그녀의 따스한 젖가슴을, 부드러운 다리의 촉감을 느꼈어야 했다. 그녀를 껴안고 피부를 어루만졌어야, 행복을, 평화를 빚어내는 그 비법에 가닿았어야 했다. '크빈넨 이 미트 리브(내 생의 여인)'라고 속삭이면서 산타마리아와 산비센테 성당의 모든 초에 몰래 불을 밝혔어야 했다. 그러고는 이 여인이 오래도록, 영원히 살아있기를 기도했어야 했다.

끝내 잠을 이루지 못하다가 새벽 3시경 진료실에 가서 그 두 권의 수첩을 펼쳤다. 첫 번째 수첩에 No.15라고 적고, 이어서 그의 병증을 상세히 기록하고 나서 내가 그 병에 개입해 끝을 낸 연월일시를 적어 넣었다. 두 번째 수첩에도 작성규칙에 맞춰 나이와 연월일시를 적었다.

그런 다음 그 수첩들을 오른쪽 맨 위 서랍에 넣었다.

1998년, 플로리다

나는 그의 이름을 잊지 않았다. 여섯 살인가 일곱 살 생일날에 그 이름을 처음 들었다. 그날 쥘 삼촌이 나에게 디키토이즈 자동차를 생일선물로 주었다. 쥘 삼촌은 그 작은 모형자동차를 내밀며 아주 엄숙한 목소리를 꾸며냈다. "잘 관리해. 이 차는 얼마 전 르망24시간 레이스에서 올리비에 장드비엥이 타고 우승했던 바로 그 페라리야." 재미있는 점은 그가 우승한 대회나 차종보다 그 인물의 이름이 내 기억에 선명하게 아로새겨졌다는 것이다. 장드비엥, 올리비에 장드비엥. 이 벨기에 출신 자동차경주선수는 르망24시간 경기에 8번 출전해 4번 우승했는데, 매번 같은 선수와 팀을 이루어 얻어낸 결과였다. 당시 그와 팀을 이루었던 선수는 미국 플로리다 출신의 필 힐이었다.

그 모형 페라리는 늘 내 방에 놓여 있었고, 지금도 여전히 같은 자리에 잠들어있었다. 장드비엥은 유년기의 환상이 작용한 결과 나의 첫 우상이 되었다. 당시 사람들은 그를 가리켜 최후의 위대한 '젠틀맨드라이버'라고 불렀다. 이 멋진 호칭이 나를 매혹시켰다. '장드비엥(Gen(s)debien = 프랑스어로 Gens de bien은 좋은 사람, 미덕이 가족내력인 사람)'이 젠틀맨이라는 사실은 내 생각에는 당연한 일로 보였다. 게다가 그는 당대의 표상이라고도 할 수 있을 만큼 낙천적이고 반듯한 용모, 다시 말해 즐거움에 닻을 내리고 올바름으로 빛이 나는 용모의 소유자였다. 그에 비하면 제임스 딘과 그의 애마 포르쉐550스파이더쯤은 아이들 장난감이었다.

1998년 10월 2일, 그날 아침 공항으로 향하는 택시 안에서 나는 올리비에 장드비엥의 사망 소식을 전하는 라디오 뉴스를 들었다. 뉴스는 수많은 자동차대회에서 우승한 올리비에 장드비엥이 프랑스 타라스콩에 있는 자택에서 생을 마쳤다는 소식을 전하며 예전에 그와 함께 경주로를 누볐던 선수 모리스 트랭티냥이 그의 이웃이라는 말을 덧붙였다.

플로리다행 비행기에 탑승하는 순간 빨간색 페라리330 TRI/LM 스파이더를 여전히 지니고 있는 사람은 나밖에 없을 거라고 확신했다. 내 유년기의 '젠틀맨드라이버' 올리비에 장드비엥이 1962년 마지막으로 르망 24시간 경기에서 우승한 차였다.

북극항로를 이용하는 경우 마이애미까지의 비행시간은 10시간이었다. 비행기는 포물선을 그리며 그린란드를 스치고 뉴펀들랜드, 캐나다의 호수들을 내려다보다가 이어서 기수를 남쪽으로 꺾어 미국 동부해안을 따라 내려갔다. 나에게는 그 10시간이 끝나지 않을 만큼 길었지만 힐과 장드비엥은 굉음을 내며 고속 질주하는 페라리의 뜨거운 조종석에 붙어 앉아 툴루즈-파리-마이애미 구간을 왕복하는 시간인 24시간을 쉬지 않고 달렸다.

보잉기가 고도를 높게 유지하는 동안 나는 두 가지 질문을 떠올려보았다. 반드시 해답을 찾아낼 필요는 없는 질문들이었다. 생의 막바지 구간에 다다른 장드비엥은 마지막 결승선을 넘어설 때 누군가의 도움을 받았을까? 29년 된 내 자동차 트라이엄프 비테스 카브리올레, 4기통에 오버드라이브가 장착된 그 차를 운전하는 나 역시 '젠틀맨드라이버'라는 명예로운 호칭을 얻을 수 있을까?

몹시 지루한데다가 하늘의 평화 속에서 로라제팜(항불안제) 몇 알이 약효를 발휘하고 산소부족까지 겹치면서 졸음이 밀려왔다. 눈을 감고 내 우상을, 내 방의 장식장에 주차해있는 그의 빨간색 포르쉐를 생각했다. 또한 내 이름의 '그리스적인 성격'은 아무 쓸모가 없다고 생각했다. 내 이름의 배은망덕한 헬

레니즘은 그 '젠틀맨'의 헬레니즘과는 달리 낙원으로 통하는
문을 활짝 열어주는 법이 없었다.

의원을 폐업하기로 마음먹기까지 몇 년을 흘려보냈다. 지나
온 삶을 되돌아볼 시간이 필요했다. 내가 청춘을 바친 바스크
펠로타를 다시 만나고 싶었고, 펠로타 선수들의 발할라[46]인 그
하이알라이에도 가보고 싶었다. 물론 그곳은 내 상상 속에서
는 그런 이미지일지라도 현실에서는 그저 하나의 사업체에 불
과한 게 사실이었다. 민첩한 노동자들을 고용해 벽을 향해 공
을 쳐 보내고 판돈을 끌어 모으는 사업체였다.

우리는 파업을 거치면서 미국 내 몇몇 프론톤에서 생계를
위해 뛰는 펠로타 선수들의 절박한 처지를 명확하게 인식할
수 있었다. 천여 명의 펠로타 선수들이 각각의 하이알라이에
분산되어 뛰고 있었다. 그들 대부분은 스페인, 바스크, 남아메
리카에서 온 선수들이었다. 대개 한 방에서 네다섯 명이 합숙
했고, 본국의 가족에게 돈을 보내고 남은 돈으로 겨우 생활할
수 있을 정도의 보수를 받았다. 우리가 간과했던 점은 구단주
들이 타국에서 온 이 선수들이 공정한 보수 혹은 적절한 생계
보장을 요구할 때마다 해고라는 수단을 휘두른다는 사실이었
다. 구단에서 해고되면 취업비자를 연장할 수 없었고, 체류 신
분을 상실하게 되어 미국에서 추방당할 수밖에 없었다. 바르

46) 북유럽신화에서 전사들이 죽은 후 가는 큰 집, '기쁨의 집'.

보사가 걸핏하면 선수들을 본국으로 쫓아내 '똥이나 처먹게' 하겠다고 협박할 수 있었던 배경이다. 하이알라이라는 이 달러제조기계는 생산량을 유지하기 위해 외국에서 새 부품을 주문하기만 하면 되었다. 느슨해진 부품을 골라 내버리고, 품질에 크게 신경 쓸 필요 없이 그저 새 부품으로 갈아 끼우면 그만이었다. 그렇다고 하더라도 이 경기, 펠로타와 공의 매력은 너무나 강렬했기에 수많은 선수들이 굴욕을 참아내며 경기에 나서고 있었다. 어떤 대가를 치르든 공을 되받아치는 걸 멈출 수 없었기 때문이다.

세월이 흘렀지만 에피파니오는 마이애미공항 국제선 청사, 정확히 10년 전 우리가 작별했던 바로 그 자리에 서있었다. "미 페케누 메디코(마이 리틀 닥터)! 푸타 마드레(젠장). 키가 더 컸네. 제임스 본드라고 착각하겠어!"그의 두 팔이 나를 흔들고 감싸 안고 두드리고 문지른 뒤 급기야 무한한 호의를 담아 땅 위에서 들어올리기까지 했다. "올리비아! 올리비아! 바로 이 친구야, 이리 와, 이리 와, 내 의사친구를 소개해줄게. 나에게 카르만을 선물한 바로 그 의사친구야"

에피파니오의 삶도 많이 달라져 있었다. 구단 경영진의 무관심에 분통을 터뜨리는 데 지쳐있던 그는 가비의 후임자와 한판 붙은 사건을 계기로 마이애미 하이알라이를 떠난 상태였다. 가비의 후임자는 조지아 트빌리시 출신이었는데, 선수들의 계약서를 위조했다가 에피파니오의 주먹에 손가락 두 개가 부러지고 코뼈가 내려앉았다. 그 사건이 일어난 날 에피파니오가 툴루즈에 전화했던 일이 기억났다. "그 빌어먹을 조지아 놈이 뭐랬는지 알아? 그놈이 나를 원숭이라고 불렀어. 나한테 이러더라고. '내 사무실에서 꺼져, 이 공산당 원숭이새끼야.' 아무튼 그쪽 동네에서 온 놈들은 최악이야. 돈을 벌기 위해서라면 아마 자기 엄마도 산 채로 먹어치울 거야. 내가 누구야. 흐루쇼프 식으로 맛을 보여줬지. 그 놈은 한동안 입으로 숨을 쉬어야 할 거야."

1995년에 에피파니오는 올리비아 가드너와 결혼했다. 사우스캐롤라이나 주의 소도시 스파턴버그[47]에서 태어난 미국여자였다. 에피파니오는 스파턴버그 출신 여자와 결혼했다는 사실을 무척이나 뿌듯해했다. 그의 입에서 스파턴버그의 발음이 팀파니를 두드리는 소리처럼 울렸다. 그가 이 스파턴버그라는 지명을 얼마나 좋아했으면 올리비아의 애칭을 스파턴버그로 정했을 정도였다. 그들 두 사람은 모아놓은 돈을 합쳐 마이애미 서쪽 교외지역에 원예전문매장을 열었다. 마이애미에서 템파에 이르는 도로인 타마이애미 트레일 방면이었는데, 이 도로를 따라가다 보면 에버글레이즈 국립공원과 앨리게이터 앨

---

47) 미국독립운동 때 활약한 스파턴민병대를 기념한 이름이지만, 스파턴(Spartan)의 어원은 '정식 시민'을 가리키는 그리스어 '스파르티아테스'이다.

리를 만날 수 있었다. 그들 부부는 갖가지 종류의 열대식물을 판매했다. 이 식물들은 이 지역에서는 땅 속에서 분수처럼 솟아나오는 것들이었다. 다갈색 머리카락의 눈부신 스파턴버그가 풍만한 몸과 너그러운 품으로 나를 포옹하는 순간 나는 그들이 서로를 위해 태어난 사람들이라는 걸 알 수 있었다.

조이와 나는 또다시 만났다. 예전과 똑같았다. 다만 왓슨이 없었다. 왓슨은 한해 전 급성황달로 내 곁을 떠났다. 렙토스피라균 감염이 원인이었다. 나는 할 수 있는 일이 아무것도 없었다. 왓슨은 지난날 비스케인 만에서처럼 내가 구해주기를 바라며 마지막 순간까지 간절한 눈길을 던지고 있었지만 나는 녀석을 가슴에 끌어안고 생명이 빠져나가는 동안 속수무책으로 지켜보고 있어야만 했다. 개의 죽음은 내게 가눌 수 없는 슬픔을 떠안겼다. 눈물이 하염없이 쏟아졌다. 왓슨과 나는 삶을 함께 나누었다. 한 번도 가까이 있다는 느낌을 준 적 없는 나의 부모와 달리 왓슨은 늘 내 곁에 있었다. 우리는 같은 말을 썼고, 서로를 이해했다. 왓슨이 떠난 지 일 년이 지났지만 나는 여전히 다음 순간 계단을 뛰어내려오는 왓슨의 소리가 들려오지 않을까 기다리곤 했다.

10년 전, 조이는 이 공항에서 나를 배웅했었다. 그때도 카르만으로 나를 태워왔는데 지금도 역시 같은 차로 나를 마중 나와 있었다. 카르만은 멋지고 윤기가 흘렀다. 앞뒤 좌석에는 원래 씌워져있던 시트 대신 베이지색 천 시트가 씌워져있었다. 모서리를 돌아가며 짙은 색 벨루어로 바이어스 장식을 댄 시트였다. "네가 운전해, 구아포(미남)." 조이가 내 짐을 들어 차 트렁크에 쑤셔 넣었다. 의사가 운전대를 잡고, 스파턴버그는 조수석 안전벨트에 몸을 끼우고, 네르비오소는 비좁은 뒷좌석에 종이처럼 접혀 들어간 상태로 돌핀 익스프레스웨이를 달렸다.

집에 도착하자 그들은 마치 나를 특사처럼 맞아들였다. 집은 외관상으로는 별 특징이 없었지만 안에는 두 사람이 쌓아놓은 삶의 기쁨이 풍성하게 넘쳐났다. 에피파니오는 선수조합 일을 그만두고 자신과 여러모로 닮은 이 여자와 결혼하면서 다시금 네르비오소가 되어 쉴 새 없이 움직이고, 흥분하고, 매번 두세 가지 일을 한꺼번에 해내고 있었다. 문을 드나들 때마다 스파턴버그를 쓰다듬으며 포옹했고, '에크메아 브라크테아타' 혹은 '블랜치티아나' 화분들을 발주했고, 별안간 시동이 걸리지 않는다며 화물용 밴의 델코 배터리를 들쑤셨다.

두 사람은 그들에게 딱 어울리는 삶을 살아가고 있었다. 둘이서 4인분의 음식을 먹어치우고 저녁식사 때까지 일했다. 밤이 되면 그들의 방에서 울리는 웃음소리가 내게도 들려왔다. 사랑을 나누는 소리도 그들이 마침내 잠에 곯아떨어질 때까지 이어졌다. 올리비아는 변호사의 딸이자 이를테면 '모든 전쟁의 어머니[48]'였다. 주관이 뚜렷했고, 자기 생각을 저돌적으로 밀어붙였는데, 주로 식목수종으로 야자나무를 택하거나 다루기 힘든 어떤 나무는 베어내야겠다고 마음먹었을 때 그런 특징이 발휘되었다. 올리비아는 절단기를 휘두르듯 전지가위를 놀렸고, 쇠를 담금질하듯 땅을 길들였지만 어린묘목이나 새싹을 짚으로 덮어줄 때는 세심한 주의를 기울일 줄도 알았다. 얼굴은 예쁜 프로테스탄트였지만 육체는 이교도였다. 풍만하고도 단단한 살집으로 이루어진 그 육체가 변호사사무실 전등불 아래서 자랐다고 상상하기는 어려웠다. 나는 스파턴버그가 정말 좋았다. 믿고 의지할 수 있는 여자, 행복으로 가는 곧은길로 서슴없이 데려다주는 여자였다.

올리비아에 대한 이야기가 나올 때마다 에피파니오가 자주 하는 말이 있었다. "착한 신이 과거에 내가 한 일을 칭찬해주려고 올리비아를 내 곁에 데려다준 거야. 올리비아를 만난 뒤로는 다른 여자들을 쳐다본 적 없어. 웃지 마, 코뇨(제기랄), 정말이야. 꿈쩍도 안 했어. 손끝하나 댄 적 없다고. 올리비아가 어떤 방식으로 걷는지, 얼마나 복스럽게 먹는지, 또 어떻게 웃는지 너도 봤잖아? 힘을 쓰면 밴이 흔들리는 걸 봤잖아? 밴만 흔드는 게 아냐. 뭐든 덥석 들어 나른다고. 언젠가 장인이 농

---

48) 1991년 걸프전 당시 사담 후세인이 미국을 상대로 사용한 표현.

담 삼아 말한 적 있어. '얘가 내 둘째 아들이네.' 그건 그렇고 장인영감탱이는 꽉 막힌 사람이야. 거드름이 몸에 배었지. 한 번도 배고파 본 적 없는 사람이니까. 하지만 바지를 적시지 않으려면 앉아서 소변을 봐야할 거야. 장인을 위해 딸이 손톱치장을 하고 영국여자인 척하며 살았으면 좋았겠지만 어림없는 일이지. 스파턴버그가 홍차에 비스킷을 찍어먹는다는 게 말이 돼? 착한 신이 스파턴버그를 내 곁에 데려다준 거라고."

우리는 이렇게 집과 원예농원을 오가며 며칠을 보냈다. 농원에 갔을 때 나도 뭔가 쓸모 있는 일을 해보려고 애썼다. 나는 몸과 손으로 하는 노동을 싫어한 적이 없었다. 나도 만약 스파턴버그에서 태어났더라면, 한 여자가 내 곁에서 일을 도와주었더라면, 매일 저녁 그녀와 함께 식사를 할 수 있었더라면, 나도 분명 종묘업자로서 대성할 수 있었을 거라는 생각이 들었다. 그랬더라면 나도 분명 밴을 덥석 들어 흔들 수 있었을 것이다.

주말에 조이 부부는 나를 요트가 묶여있는 계류장에 데려갔다. 카르만이 그렇듯이 요트도 다시 새것이 되어 있었다. 요트는 예전과 다름없이 사람들의 왕래가 뜸한 이 도시 한쪽 귀퉁이 계류장에 묶여 있었다. 페인트로 선체를 새로 칠했고, 필요한 부분마다 미끄럼방지용 갑판으로 교체해놓은 게 보였다. 흰색 인조가족을 새롭게 씌운 조타석이 흥미로운 느낌을 자아냈다. 어찌 보면 나이를 숨기려고 과한 화장을 한 느낌이 들기도 했다. 부두에서 어느 정도 떨어졌을 때 문득 내가 피셔맨스 프렌드를 챙겨오지 않았다는 사실을 깨달았다. 그날 바다는 결코 잔잔한 편이 아니었다. 물결이 제법 크게 일렁였다. 조이는 카르만의 운전을 내게 맡겼던 것처럼 이번에도 기어이 나를 조타석에 앉혔다. 요트 뒷좌석에서 그들 부부는 프라이드 치킨을 먹었다. 닭다리를 한 입 뜯어먹고, 레몬 스무디를 한 모금 마셨다. 요트의 모터소리가 그들의 말소리와 뒤섞였다.

바다는 한적했다. 바다 한가운데 떠 있으면 시간과 물결이 존재감을 강하게 드러내곤 했다. 우리는 북쪽으로 항해했다. 내가 잘 아는 구역이었다. 왓슨을 바다에서 건져낸 지점도 알아볼 수 있었다. 왓슨이 주둥이를 수면에 걸어놓고 있던 모습이 마치 어제 일처럼 눈에 선했다. 어떻게든 물위로 내밀려고 버둥거리던 그 머리는 살려는 의지의 표출이었다. 개가 네 개의 다리로 나를 부둥켜 잡던 감각이 되살아났다. 집 안 계단을 우당탕 뛰어내려와 진료실 문짝에 박치기하던 소리도 들을 수 있었다. 나는 두 손을 조타핸들에 올려두고, 뱃머리를 가상의 목적지를 향하게 내버려둔 채 울기 시작했다. 그런 순간에 이성을 지닌 사람이 할 수 있는 일이라고는 눈물을 흘리는 것밖에 없었으므로 나는 아이처럼 울었다.

바다 한가운데서 위장이 별안간 나에게 부주의한 짓을 저지른 대가를 치르게 했다. 나를 지켜줄 '어부의 벗'을 챙겨오지 않은 결과 결국 울렁증을 이겨내지 못했다. 구역질이 치밀어 올랐다. 엔진을 끄고 키에서 손을 놓은 뒤 왼쪽 뱃전에 몸을 걸치고 고개를 내밀어 뱃속에 든 음식물을 게워냈다. 돌아오는 길에 두 번 더 이런 식으로 뱃전에 엎어져야만 했다. 올리비아는 오랫동안 배를 소유했던 내가 이처럼 심한 배 멀미를 하는 걸 보고 어리둥절해했다. 무엇보다 멀미를 하면서도 고집스럽게 배를 타고 싶어 한다는 걸 이해하지 못했다. 보통은 '어부의 벗'이 멀미를 막아주었다고 그녀에게 설명해주려는데 뱃속에서 또 다른 축포가 터졌다. 그 바람에 나는 설명을 끊고 다시 뱃전에 엎어졌다.

저녁 식사 후 두 사람이 다시 거침없는 연인의 시간으로 들어서기 전 나는 조이에게 밴을 빌려 마이애미를 한 바퀴 돌아도 되겠느냐고 물었다. 조이는 내가 카르만을 놓아두고 농장용 밴을 타겠다는 게 언뜻 이해되지 않는 얼굴이었다. 그가 어깨를 으쓱 추어올리며 물었다. "정말로 밴을 가져가겠다고? 그건 트랙터 속도일 텐데. 아무튼 아스타 마냐나 미 코라손(부디 내일 만나)."

그 길은 익숙했다. 마이애미의 모든 길은 내가 가고 있는 그 장소로 통하고 있었다. 그날은 836번 도로를 이용해 A1A 하이웨이로 들어섰고, 그 길 도중의 한 구간인 맥아더 코즈웨이를 타고 달렸다. 사우스비치로 들어와 왼쪽으로 방향을 틀어 콜린스 애비뉴로 들어선 다음 21번가로 꺾어 들어가는 모퉁이까지 갔다. 내가 카르만을 운전해올 수 없었던 이유가 여기에 있었다.

콜린스 애비뉴에서 21번가 모퉁이를 마주보는 지점에 차를 세웠다. 그 식당 앞이었다. 내가 지난 10년간 기다려온 것이 어쩌면 바로 그 순간일 수도 있었다. 도로 하나를 건너 보도 위로 올라서기만 하면 잉빌 룬데에게로 갈 수 있는 지점이었다. 기껏해야 내 걸음걸이로 30보쯤 되는 거리였다. 차를 세운 지점에서는 울피스 내부가 일부밖에 보이지 않았다. 밴에서 내려 도로 위에 섰다. 밤이 깊었지만 대기는 여전히 후덥지근했다. 아스팔트가 머금은 열기가 얼굴까지 퍼져 올라왔다. 식당 안으로 들어가 보고 싶은 마음은 없었다. 어쩌면 다른 날에는 안으로 들어가 보고 싶은 마음이 생길지 몰랐지만 아무튼 그날 밤에는 그럴 마음이 없었다. 그저 식당 앞에서 차창 너머로 그녀의 모습을 보고 싶었다. 식당에 가서 그녀를 보고 되돌아오는 것만으로도 충분했다. 딱 한번만 보면 되었다. 그런 다음 다시 차에 올라타 돌아오려고 했다.

잉빌 룬데는 없었다. 그녀가 맡아 하던 역할을 어떤 나이든 남자가 대신하고 있었다. 음식을 만들어 파는 공간에는 전혀 어울리지 않아 보이는 옥스퍼드셔츠 차림 남자가 몇 명의 종업원을 지휘하는 중이었다. 그 종업원들 중에 내가 아는 얼굴은 없었다. 어느새 10년의 세월이 흘렀다. 그 식당도 다른 세계만큼이나 변해버린 것이다.

나는 식당 앞을 몇 차례 왕복해서 걸으며 안을 기웃거렸다. 실낱같은 정보라도 얻어내고 싶었다. 아는 얼굴을, 뭔가 의미를 알아낼 수 있는 표식을 찾아내고 싶었다. 다시 밴에 올랐다. 그 노르웨이여인은 사라지고 없었다. 이제 내가 사랑했던 모든 것이 사라지고 없었다.

돌아오는 길에 출항에 나선 대형유람선 두 척과 마주쳤다. 각각 바하마의 나소와 푸에르토리코의 산후안으로 가는 배였다. 두 유람선의 갑판에는 불빛이 휘황했고, 선체는 검은 바다를 가르고 있었다. 마치 뭍에서 멀어지는 두 개의 작은 대륙 같았다.

다음날 에피파니오에게 콜린스 애비뉴에 갔었다는 이야기를 털어놓았다. "거긴 뭣 하러 갔었는데? 벌써 끝난 일이야. 십년이면 끝나지. 다 바뀌었잖아. 세 아카보(끝난 일이라고)." 툴루즈에서 이미 전화로 물어봤던 것처럼 이번에도 물었다. 잉빌에 대해 뭔가 알고 있는지, 울피스에 간 적이 있는지, 그녀의 모습을 보았는지 그에게 또 다시 물었다. 그가 "아니."라고 대답했다. 그 식당에 간 적이 없다고, 그러기에는 거리가 너무 멀다고, 평소 할 일이 너무 많고, 아무튼 맥아더 코즈웨이는 요즘에는 전혀 이용하지 않는 길이고, 무엇보다도 그 식당에 가서 밥을 먹어야할 이유는 없었다고 했다. 그는 그 모든 대답을 거짓말하는 사람이 대개 그러하듯 아주 자신 있게, 화통하게, 태연하게 했다.

뒤엉킨 머릿속을 추스르기 위해 다음날부터 이틀 연속 일에 매달렸다. 어린 플로리다 야자나무 백여 그루를 트럭에서 내려 자동차판매점의 새 차들처럼 열 맞춰 진열해놓았다. 일명 톱야자나무로 학명은 '세레노아 레펜스'였다. 화분 하나하나가 죽은 당나귀처럼 천근만근으로 무거웠다. 스파턴버그는 이 하역작업을 재미있어 하면서 해변의 덱 체어를 들듯 톱야자나무 화분들을 번쩍 들어 옮겨놓곤 했다. 조이와 올리비아는 서로 간에 스페인어와 영어를 되는대로 섞어가며 의사를 교환했다. 그들이 이 언어에서 저 언어로 자연스럽게 옮겨 다니는 모습을 보자니 마치 피아니스트의 손가락이 낮은 음에서 높은 음 건반으로 미끄러져가는 듯했다. 그들은 음이 충돌하거나 불협

화음을 낼 걱정 없이 마음 내키는 대로 음계를 오르락내리락 할 수 있었는데, 그러다보면 대화는 어느 누구도 예상하지 못한 음색을 띠며 두 사람을 이어놓은 어떤 끈끈한 공감을 드러내곤 했다.

바깥에서 보았을 때는 아무것도 변한 게 없었다. 예전과 마찬가지로 거대한 평행육면체 건축물이었다. 일종의 공항화물 터미널에 고전적인 플로리다 주의회의사당 건물의 앞모습만 날림으로 흉내 내서 갖다 붙이고, 그 위에 어떤 건축가가 웅장한 크기의 검은색 펠로타라켓 여섯 개를 부채꼴로 배치해놓은 그 모습 그대로였다. 사실 그런 상징물이 덜컥 시야에 들어오면 굳이 경기장 문을 통과해 안으로 들어가 보지 않아도 그 안에서 어떤 일이 벌어지고 있는지 저마다 알아차리는 법이다.

나는 이곳에 다시 와봐야만 했다. 울타리를 둘러친 이 작은 세계에서 보낸 4년이 내 생에서 가장 행복했던 시간이었던 만큼 언젠가 꼭 한 번 다시 와보고 싶었다. 이제는 가버린 시간이지만 여기서 지낸 그 4년은 내가 오랫동안 찾아다니던 장소를 비로소 발견했다는 생각이 들게 했었다. 이 경기장은 하나의 세계를 그 구성원들에게 알맞은 크기로 축소해놓은 곳이었다. 버들가지 라켓을 손에 끼고 단순한 동작을 수없이 반복할 수만 있다면 이곳에 거주할 자격을 얻었다. 저지 유니폼으로 몸을 감싸고 라커룸의 냄새를 들이마신 다음 이 거대한 유리 수족관에 뛰어드는 것만으로도 행복에 취할 수 있었다. 한동안의 잠수상태, 한시적 호흡정지와 같은 행복이었다.

선수조합 일을 그만둔 조이도 하이알라이에 발걸음을 끊고 지내왔고, 그런 만큼 그에게도 이곳은 이미 과거에 파묻어버린 세계였다. 내 눈에 비치는 모습이 그렇듯이 그의 눈에도 이곳은 그저 한 세계의 유적으로 보였을 것이다. 휑뎅그렁한 경기장에서 선수들, 건장한 체구의 그 환영들이 여전히 자신의 임무를 수행하고 있었다. 그들은 규칙을 준수하며 키니엘라 경기를 이어가고 있었지만 코트의 삼면 벽 맞은편에 앉은 관객 수는 고작 열댓 명에 불과했다. 그들은 달리 할 일이 없어 비둘기나 바라보는 공원의 산책객들처럼 선수들에게 무심한 눈길을 던지고 있었다. 키니엘라 경기에 이삼 달러가량 베팅해놓고, 그 돈이 운 좋게 두 배로 부풀기를 기다리고 있는 분위기였다. 우리를 알아보고 인사를 건넨 경비원은 요즘은 늘 이렇게 한산한 편이라고 귀띔해주었다. 주말이나 되어야 백오십에서 이백 석을 채운다고 했다. 이층은? 아예 폐쇄되었다고 했다. 그 4성급 레스토랑은? 일찍이 폐업하고 다른 곳으로 옮겨갔다고 했다. "파업을 너무 길게 끌어 사람들이 다른 즐길거리를 찾아 떠난 거지. 베팅이 가능한 게임이야 사방에 널려

있으니까. 얼마나 더 버틸 수 있을지 모르겠어. 들리는 말로는 이 하이알라이 옆에 카지노하우스를 열 계획이라더군. 자네들이 키니엘라를 뛰던 시절에 이곳에 있었던 사람이라고는 이제 나밖에 없어. 구단 일을 하는 사람들도 바뀌었고, 선수들도 바뀌었지."

키니엘라 경기는 잠시 휴식에 들어갔다. 그 어스름한 정적 속에서 어떤 소리를 들을 수 있었다. 묻혀버린 이 세계가 다시 솟아오르는 소리였다. 할당된 즐거움을 소비하기 위해 찾아온 1만5천 명의 '행복한 납세자'들이 내지르는 환호성, 술잔과 술병이 부딪치고, 포크가 접시를 스치며 내는 소리가 귓가에 맴돌았다. 쾌락을 갈망하는 여자들과 남자들의 모습이 보였다. 기세 오른 라켓들이 뿜어낸 펠로타 공이 연달아 벽에 부딪치며 격렬하게 튀어 올랐다. 박스 좌석 테이블마다 빛이 휘황했다. 영원한 파티의 불빛이었다. 담배연기가 하늘을 향해 자욱하게 피어올랐고, 발권 창구 앞은 어떻게든 운을 매입해보려는 사람들로 넘쳐났다. 프랭크 시나트라, 폴 뉴먼, 어네스트 보그나인, 니콜라스 케이지, 브루스 윌리스, 톰 크루즈가 혜성처럼 나타났고, 또 어쩌면 2층에는 잉빌 룬데가 눈부시게 아름다운 모습으로 앉아있을지도 몰랐다. 그랬다면 그녀는 이 경박한 세계가 스스로를 가둔 채 뛰어노는 모습을 냉정한 눈으로 지켜보고 있었을 것이다. 그 시절 우리 모두는 팡당고 무용수였고, 이제 곧 왈츠가 유행하며 우리를 밀어내리라는 걸 짐작조차 못하고 있었다.

조이와 경비원 그리고 나, 우리 세 사람은 모두가 떠나고 난 텅 빈 이 역(驛)에 나란히 앉아 있었다. 눈앞에서 키니엘라 경기가 차례차례 시작되었다가 끝났다. 그렇게 얼마간 시간이 흘렀다. 어느새 우리는 경기에 흥분하고 있었다. 화려한 포장이 떨어져나간 이 세계의 궁색, 우리를 한꺼번에 쓸어내는 무의미도 얼마간 잊었다. 공을 치고 되받는 열기가 다시 우리를 사로잡았다. 상대편을 꼼짝없이 묶어버릴 서브를 날려 보내고 싶다는, 그처럼 오랫동안 외면해왔음에도 몸이 기억하고 있는 그 동작들을 다시 코트 위에 서서 풀어놓고 싶다는 열망이 밀려왔다. 어느새 우리는 기원의 웃음, 운동피질의 체성감각이 촉발하고, 광대뼈의 크고 작은 관골근이 부추겨 마침내 행복의 신비한 림프샘에서 솟아나는 그 단순한 웃음을 되찾았다.

내가 어릴 적에 아버지가 내 얼굴에서 어떤 이유에서인지 모르지만 그날과 동일한 상태의 만족과 기쁨이 피어나는 순간을 목도할 때가 있었다. 그러면 아버지는 그것을 덜 떨어진 혹은 아둔한 도취로 치부하며 거만한 경멸과 함께 습관처럼 이 한마디를 내뱉곤 했다. "폴, 바스크 사람처럼 웃는 짓은 그만

뒤." 그때로부터 많은 세월이 흐른 그날 오후, 초라하게 변해 버린 한 세계에서 나는 그 기쁨의 표정을 짓고 있었다. 호들갑스레 손발을 나부대는 무신앙의 요람을 마주보면서.

원예농원으로 돌아오는 길에 에피파니오와 나는 서로 별 말이 없었다. 하이알라이에서 우리가 본 장면들은 말로 표현하기에는 적당하지 않았다. 하나의 장례식을 그 규모나 분위기로 규정할 수 있는 건 아니니까. 다만 우리가 조금 전 조문을 다녀온 장례식에서는 죽은 자들이 너무나 멀쩡하고 팔팔해 산 자들의 다리까지 근질거리게 만든다는 점이 달랐다.

조이와 나는 그날 오후에 둘러본 경기장 모습과 분위기에서 쉽게 벗어나지 못한 탓에 저녁식사를 하는 동안에도 평소보다 말수가 줄어들었다. 스파턴버그는 음식에 양념을 듬뿍 쳐 우리의 혀를 풀어주려다가 그 정도로는 부족하다고 생각했는지 사우스캐롤라이나 주의 익살과 만담을 몇 가지 늘어놓았다. 하지만 박애정신을 발휘한 그녀의 목소리는 우리가 헤매다가 온 허공 속으로 허무하게 사라졌다. 식사를 마친 뒤 에피파니오가 식탁에서 일어나 내 목덜미를 다정하게 쓰다듬었다. 그런 다음 올리비아의 허리에 팔을 두르고 키스하더니 그녀를 데리고 곧장 침실로 사라졌다. 그가 섹스하려 한다는 걸, 키니엘라 경기에서 전부 이기고 돌아온 날 그랬듯이 섹스하려 한다는 걸 알고 있었다. 그런 다음에 그는 천장을 바라보고 누워 바스크의 웃음을 떠올릴 것이다.

그해 가을은 유난히 뜨거웠다. 낮 동안은 숨 막히게 무더웠고, 밤에는 눌러 짜면 물이 뚝뚝 떨어질 듯 높은 습도 탓에 잠깐씩 이어지는 선잠조차 끈적거렸다. 그날은 온종일 비가 내렸고, 나는 온종일 울피스를 생각했다. 저녁이 되자 조이가 측은해 못 봐주겠다는 듯이 고개를 절레절레 흔들며 밴 열쇠를 내밀었다. "지금 이 열쇠가 필요할 것 같아서." 그런 다음 스파턴버그를 돌아보며 물었다. "'카베사 드 이에로(Cabeza de hierro 무쇠 대가리, 고집 센 사람)'를 영어로 뭐라고 하지? 들었지, 파블리토? 노새처럼 '스터번하다'고 한대. 넌 노새처럼 고집 센 의사야. 가봐 잔말 말고, 이 노새야."

836번 도로를 타고 A1A 하이웨이에 접속해 맥아더 코즈웨이를 달리다가 콜린스 애비뉴로 들어와 차를 세웠다. 심장이 빠르게 뛰었다. 다리가 후들거렸다. 몇 걸음 가다가 쓰러질 것 같았다. 도로 난간을 잠시 붙잡고 있다가 다시 걸음을 떼어놓았다. 비가 내리고 있었지만 식당 유리문은 활짝 열린 상태였다. 음식 냄새가 밤기운에 농축되어 농무처럼 번지고 있었다. 그 냄새는 맥아더 코즈웨이를 타고 바다 위로 퍼져나갈 게 분명했다. 사우스포인트비치까지, 어쩌면 그 아래 채널이 끝나고 넓은 바다가 열리는 지점까지 흘러갈 것이다. 많은 시간이 흘러갔다. 그 사이 프랭클린 델라노 루스벨트, 로버트 스와트버그, 안톤 서맥, 주세페 장가라가 있었다. 또 기원에는 누구보다 울프레드 코언, 그가 있었다. 1940년에 그가 이 '주이시 델리'를 열었고, 이 식당이 내 삶의 흐름을 바꾸어놓았다.

거세게 퍼붓는 빗속에서 도로를 건너느라 식당 안으로 들어설 때 나는 물속에 넣었다 건져낸 꼴이 되어 있었다. 홀의 테이블들과 카운터 바에는 손님이 반 정도만 차 있었다. 10년 전 이 시각에는 바에 서서 한잔 하며 자리가 나기를 기다려야 하는 경우가 많았다.

지난번에 봤을 때 지배인 같았던 남자에게로 다가갔다. 남자는 물기라면 질색이라는 표정으로 내 몰골을 훑어보더니 비닐을 씌운 메뉴판을 내밀며 말했다. "아무 테이블에나 앉아요. 주문을 받을 사람을 보내겠습니다." 식사를 하러 온 게 아니라 마담 룬데와 연락이 되는지 알고 싶어서 왔다고 하자 남자는 거만한 표정을 지었다. 그 바람에 그는 잠시 조셉 로지 감독의 영화 〈하인〉에 나온 더크 보가드와 닮아보였다. "그 사람은 이제 여기서 일하지 않습니다."

남자가 내게서 눈길을 돌렸다. 그에게 나는 이미 그 자리에 없는, 식당을 나가서 밴에 올라타고 마이애미 도로를 달리고 있는 사람일 뿐이었다. 남자는 주문서들을 뒤적거리다가 한 웨이터에게 손가락으로 테이블 한 곳을 가리켰다. 내가 다시 물었다. "마담 룬데와 연락할 수 있는 주소나 전화번호를 알 수 있을까요?" 보가드가 대답하려는 순간 누군가 내 어깨를 잡았다. "그 의사선생이시군. 예전에 여기서 일하지 않았나요?" 척 보기에도 이 식당에서 가장 나이 많은 웨이터였다. 이곳 사우스비치, 또 어쩌면 플로리다 전역의 웨이터 가운데서도 가장 나이가 많을 수도 있었다. 앙상한 몸이 헐렁한 웨이터제복 안에서 떠다녔고, 짧은 목은 몸과 수직을 유지하려 애쓰고 있었다. "어떤 손님이 간질발작을 일으켜 바닥에 쓰러졌을 때 당신이 응급처치를 했던 기억이 나요." 나이든 웨이터가 주인을 돌아보며 말했다. "예전 주인이 있을 때 여기서 일했던 사람입니다." 브리티시룩 셔츠 차림에 웨이브를 넣은 헤어스타일 주인이 고개를 까닥해보였다. 세무서 직원이 소득신고서를 접수하는 것 같은 동작이었다.

원예농원으로 돌아오기 전 나는 나이든 웨이터에게 마담 잉빌 룬데의 소식을 알고 있는지 물었다. "기억하기로는 당신이 식당 일을 그만둔 그 무렵에 그 분도 떠났어요. 어느 날 우리를 전부 불러 모으더니 떠날 거라고 했죠. 마담 룬데가 중병을 앓고 있다는 사실은 그 다음에야 알았어요. 병명이 뭔지는 확실히 기억나지 않는데, 신경이나 뇌 관련 병이었던 것 같아요. 이삼년 전에 듣기로는 키웨스트의 전문요양병원에서 치료 중이라고 했어요. 정말이지 아름답고 친절한 여성이었죠. 당신도 새 주인을 봤죠? 말하긴 뭣하지만 정말 역겨운 자식이죠. 그렇다보니 식당에 오는 손님도 반으로 쪼그라들었어요. 예전에는 이 식당이 어땠는지, 당신도 그 시절을 기억하죠?"

밴이 원예농원으로 돌아가고 있었다. 운전대는 내가 잡고 있었지만 밴이 나를 데려가는 중이었다. 내가 그 시절을 기억하냐고? 그 시절의 일분일초를, 식당일을 끝마친 다음 델라노의 계단을 걸어 올라가 사랑하는 여인과 다시 만나던 그 시절, 나를 땅에서 들어 올려 아침이 올 때까지 세상 모든 것의 기원에, 세계가 탄생하는 가장 깊은 골짜기에 품어주었던 여인과의 모든 순간을 나는 기억했다.

퍼붓는 빗줄기가 더욱 굵어졌다. 올리비아와 조이는 잠들어 있었다. 어쩌면 꿈속에서 스파턴버그를, 그곳 타이어공장과 3만 명의 주민을 만나고 있을지도 몰랐다. 샤워기 물줄기에 한참 동안 몸을 내맡겼다가 내 방으로 돌아왔다. 침대를 바라보았다. 넓은 침대였다. '킹사이즈' 크기일 것이다. 하지만 오래 전부터 내게는 퀸이 없었다.

반대에 부딪칠 거라 생각했는데 그런 우려와는 정반대로 조이는 잉빌을 찾아가보겠다는 내 결심을 금세 이해해주었다. 개인정보보호 문제가 걸려있는 만큼 요양병원에 전화로 문의해봤자 환자 신상이나 건강상태에 대한 이야기를 듣기 어려울 게 뻔했다. 다만 병원을 직접 찾아가 나 역시 의사신분임을 내세워 요청한다면 마담 룬데의 입원여부나 투병에 대한 정보를 얼마간 얻을 수 있으리라 생각했다. 미국 최남단인 키웨스트는 적도와 가까운 작은 섬마을로 삼밧줄 같은 도로 하나가 그곳을 아메리카 대륙과 연결해주고 있었다. 살기 좋은 곳이다 보니 에이즈환자들이 생의 마지막 날들을 보내기 위해 섬을 찾기도 했다. 키웨스트로 가는 길은 잘 알고 있었다. 마이애미에 살 때 가보았던 곳이었다.

자동차를 렌트했다. 우선 1번 하이웨이를 타고 키라고 섬으로 가서 타베르니에, 이슬라모라다, 마라톤, 피존 키를 지나 글자그대로 바다 위를 달리는 세븐마일브리지를 건넜다. 이윽고 마지막 섬인 키웨스트에 도착했다. 이 섬을 포함해 플로리다 키스 제도의 모든 섬들은 아스팔트밴드 같은 이 '오버시스 하이웨이'로 본토대륙에 이어져 있었다.

마이애미가 라틴아메리카를 느끼게 한다면 키웨스트는 벌써부터 자메이카를 펼쳐놓고 있었다. 컴퓨터과학이나 로봇공

학 같은 분야에서 무슨 일인가 해보려고 이곳을 찾아오는 경우는 없었다. 키웨스트는 그런 직업적 성공과는 거리가 멀었다. 가능한 한 행복해지길 기대하며 그저 빈둥거리고 여유를 즐기기 위해 찾는 섬이었다. 목조가옥들이 종려나무와 열대수목들 사이로 이어졌다. 관광객들 가운데 약은 사람들은 태양이 도로를 끈끈하게 녹이는 시간에는 천장에 붙은 큰 선풍기 아래에 앉아 신문을 뒤적이며 시원한 음료를 마셨고, 어떤 사람들은 화이트헤드 스트리트와 사우스 스트리트가 만나는 모퉁이로 가서 줄을 섰다. 그들은 사우던모스트 포인트(최남단지점)라는 이름이 붙은 소라고둥 모양의 큼직한 조형물을 배경으로 사진을 찍을 차례를 기다렸는데, 누구라도 이 주물 고둥 앞에서 포즈를 취하는 동안에는 그곳에서 남쪽으로 겨우 60킬로미터 거리에 쿠바의 최북단이 있다는 사실을 잊은 척하기 마련이었다. 세계에는 '최남단지점'이 헤아릴 수 없이 많았다. 그러니 키웨스트 최남단지점에 서서 만족감을 느끼려면 우선 미국인이어야 했고, 그리 까다롭게 따지지도 말아야했다.

방을 하나 빌렸다. 바로 부근에 오듀본 하우스의 열대정원이 있었다. 헤밍웨이가 살던 집, 작가의 단골술집과 더불어 사람들이 가장 많이 찾는 장소였다. 존 제임스 오듀본은 프랑스 퇴역 해군사관의 아들로 태어나 미국으로 귀화한 유명 조류연구가로 새들을 묘사한 탁월한 그림을 그렸고, 미국 조류의 생태연구를 집대성한 업적이 있었지만 그 과정에서 무척이나 논란이 되는 방법을 썼다. 조류도감을 완성하기 위해, 새를 정확하고 생생한 그림으로 재현하기 위해, 깃털을 손상시키는 사냥방법은 피해야만 했는데, 그러느라 산탄총으로 아주 작은 크기의 납 총알을 흩뿌렸다. 그런 방법으로 표본용 새를 한꺼번에 수십 마리씩 잡아 가느다란 철사를 이용해 마치 살아있는 것처럼 형태를 만들어 고정시켰다. 그렇게 해서 조류 표본을 완성한 다음에는 그림으로 묘사하기 시작했다. 조류에 대한 그의 호기심은 끝이 없었다. 그렇다보니 그가 들르는 곳마다 조류대학살이 벌어졌다. 그는 날아다니는 새가 무슨 종이든 일단 죽이고 나서 땅에 떨어진 새의 사체 가운데에서 자신이 찾고 있는 희귀종이 있는지 살펴보곤 했다. 그가 입버릇처럼 "내가 새들을 하루에 적어도 백 마리씩은 죽여서 이제는 새가 거의 남아 있지 않아."라고 한탄했다는 이야기가 전해지는데, 그것이야말로 한탄하지 않을 수 없는 이야기이다.

1850년, 이런 인물에게 '자연애호가', '새를 사랑한 사람'이라는 영예가 주어졌다.

내 방 창문에서 내다보니 눈에 들어오는 풍경이라고는 나무들과 한 무리 새들뿐이었다. 새들은 옛 학살자의 열대정원에서 이 나뭇가지 저 나뭇가지로 옮겨 다니며 생을 이야기하고 있었다. 이제는 작은 박물관으로 바뀐 존 제임스 오듀본의 옛 집 지붕 위에 똥을 갈기면서 의기양양해 하는 듯이 보이기도 했다. 나는 늦게야 잠이 들었다. 창문을 그대로 열어놓아 밤새 미풍이 마음대로 들어왔다 빠져나갔다.

키웨스트에는 병원이 단 한 곳밖에 없었다. 드푸 병원이었다. 병원 안내창구 직원은 친절했다. 내가 찾아온 목적을 말하자 진지하게 들어주었다. 내 말을 듣고 나서 그가 메디컬센터의 입원환자 가운데 룬데라는 이름은 없다고 했다. 대신 키웨스트 시내에서 북쪽으로 조금 더 올라간 곳인 스톡 아일랜드에 위치한 전문요양병원 이름을 알려주었다.

키스 신경의학센터는 키웨스트 골프클럽에서 그리 멀지 않은 곳에 있었다. 근처에 단과대학도 하나 자리 잡고 있었다. 바다와 가까운 곳에 마치 프랜차이즈 호텔처럼 생긴 신경의학센터 외관이 보였다. 싱그러운 나무들과 손질이 잘된 잔디밭이 있었다. 꽃이 핀 산수유나무 사이에 자리 잡은 정자 두 개가 보였다. 방문목적을 말하자 친절한 안내를 받을 수 있었다. 복잡한 절차를 밟을 필요도 없었다. 간호사가 말했다. "직업이 의사이고, 룬데 부인의 친구라는 말씀이죠. 맞아요, 룬데 부인은 여기 계세요. 닥터 글러모건이 허락하시면 부인을 면회하실 수 있을 거예요. 닥터 글러모건이 곧 오실 겁니다."

글러모건이 나타났다. 이름과 동일한 지역 출신이 틀림없었다. 어느 모로 보나 웨일스 인이었다. 얼굴과 손등은 주근깨로 덮여있었고, 체구는 이탄 배달부처럼 튼튼했고, 목소리는 맥아와 세븐지라프 맥주로 길들여져 부드러웠다. 그는 5년 전 잉빌 룬데의 주치의가 되었다. 헌팅턴 병이며, 그중 늦게 발병하는 유형이라고 했다. 1988년에 진단이 내려졌다. 운동 조정 능력을 잃어 근육들이 불규칙하게 움직이고, 인지능력 저하가 첫 증상으로 나타났다. 그 과정에서 불가피하게 신경계통의 퇴행이 일어났다. 잉빌 룬데는 가끔 본래의 모습으로 돌아올 때가 있긴 하지만 대개의 경우 삶이 그녀 바깥에서 흘러가고 있었다. 현재는 동작을 제어하지 못하는 증상은 없었는데, 병이 진행되면서 경련 같은 움직임이 잠잠해지는 경우도 있다고 했다. 하지만 여전히 음식을 삼키는 동작에 어려움을 겪고 있었고, 몸의 중심을 잡지 못할 때가 많아 의자에 앉아 지낼 수밖에 없다고 했다. 주치의인 글러모건이 68세인 잉빌 룬데의 건강상태에 대해 내게 설명해준 내용이었다. "만나고 싶을 때 언제든지 와서 만나도 됩니다. 부인이 당신을 알아보지 못한다고 해서 그리 놀라지는 말아요. 당신도 의사이니까 이 병이 어떤 증상을 보이는지 알겠군요. 이 요양원은 마흔 개 병상을 운영하고 있어요. 우리는 각기 다른 마흔 가지 수수께끼를 풀려고 애쓰고 있죠. 하지만 결국 도달할 수 없는 목표라는 사실을 압니다. 이곳에서 병이 완치되어 나간 환자는 없어요. 우리는 그저 의학을 통해 환자들의 고통을 덜어주고, 조금이나마 시간을 벌어 임종을 뒤로 미루려 애쓰고 있습니다." 글러모건은 펼친 손바닥을 하늘을 향해 뻗었다. 스러져가는 생을 마주한 환자들과 하루하루를 보내야하는 사람의 체념이 엿보였다. 그는 몸을 돌리기 전에 작별인사로 내 손을 잡아 흔들고 나서 왔던 복도로 다시 멀어져갔다.

그녀는 남자 옷처럼 보이는 품이 넉넉한 흰 셔츠에 베이지색 린넨 바지를 입은 모습이었다. 신발은 마린블루 바탕에 베이지색 끈을 맨 캔버스 테니스화였다. 머리카락만큼은 변하지 않아 둥글게 틀어 올린 머리타래가 조금 느슨해지긴 했어도 예전 모습 그대로였다. 그녀는 휠체어에 앉아 있었다. 눈길은 산수유나무를 향해 있었다. 산수유 주위를 맴도는 곤충들을 보고 있는 듯했다. 아니면 뭔가 다른 것, 나를 포함해 그 누구도 알아볼 수 없는 뭔가를 바라보고 있는지도 몰랐다. 얼굴은 여위고 세월에 침식당하긴 했어도 여전히 아름다웠다. 델라노 맨 꼭대기 층에서 아침 햇살을 받아 빛나던 고상하고 품위 있는 내 기억 속의 얼굴 그대로였다. 내가 앞으로 나서자 그녀는 팔랑거리는 나비들 혹은 푸른 잠자리 떼를 바라보듯이 나를 보았다.

그녀의 손을 내 손 안에 감싸 쥐었다. 그 살갗 안에 있는 뼈, 연골, 힘줄들이 느껴졌다. 내가 말했다. "폴이에요." 그녀의 얼굴에 내 말 소리가 들린다는, 내 말을 알아들었고 나를 알아보았다는 그 어떤 표식도 나타나지 않았다. 나는 그녀의 손에 입을 맞추고 울었다. 그녀가 아직도 여기 있다고, 이 육체의 그늘 속 어딘가에 숨어 있다고, 어딘가에 웅크린 채 조각난 삶을 다시 이어 맞추고, 그래서 나에게 어떤 신호를 보내려 애쓰고 있다고 믿고 싶었다. 우리는 다시 만났다. 이 정원, 이 정자, 삼면의 바다가 보이는 이 지점은 우리의 집이었다. 이 여인이 있는 곳은 어디나 나의 집이었다. 나는 두 팔을 뻗어 잉빌을 안고 싶었다. 뼈와 힘줄, 살갗 전부를 안아 휠체어에서 일으켜 세우고 싶었다. 그녀의 머리에서 헌팅턴을 뽑아내버리고 싶었다. 그래서 베이지색 끈의 이 마린블루 캔버스 테니스화를 신은 그대로 그녀가 몸을 곧게 일으켜 세워 내가 음식을 서빙하며 사랑하는 방법을 배우던 시절처럼 행복하고 아름다운 모습으로 이 잔디밭을 가로질러 걸어서 함께 북쪽나라로 떠나고 싶었다.

그날 하루 종일 나는 그녀 곁에 머물며 뭔가를 찾아내려, 의미 있는 한 번의 시선, 한 순간의 기억, 나를 붙잡는 한 번의 손길을 찾아내려 했다. 그래서 그 눈길과 손짓을 통해 그녀가 내게 전하고자 하는 다음과 같은 말을 듣고 싶었다. "걱정하지 말아요, 난 여기 있어요. 없는 것처럼 보이겠지만 그래도 분명 있어요. 당신을 알아볼 수 있어요. 폴이죠. 당신이 와주어서 기뻐요." 나는 그녀를 바닷가로 데려갔다. 그러고는 지난 10년간 내 삶이 어땠는지 이야기해주었다. 내 소중한 길동무였던 왓슨에 대해, 현재 직업이지만 한 번도 좋아해본 적 없는 그 일에 대해, 내가 살고 있지만 너무 넓기만 한 그 집에 대해 그리고 바스크에 대해, 바위산 하이스키벨과 콘차 해변에 대해, 산타마리아와 산비센테 이름이 붙은 성당들에 들어가 봉헌한 촛불에 대해 이야기했다. 내가 아는 노르웨이의 모든 것에 대해서도, 구스타프 비겔란의 조각 작품들에서 스타방에르의 절벽바위에 이르기까지, 콘티키 호도 포함해서 그 모든 것에 대해 이야기했다. 그렇게 모든 말을 다 쏟아놓았을 때, 흘려보낸 그 시간에 대해 더 이상 할 말을 찾을 수 없을 때, 나는 두 손을 뻗어 그녀의 얼굴을 감쌌다. 그러고는 어쩌면 보크몰, 어쩌면 뉘노르스크일 그 언어로 그녀에게 하염없이 속삭였다, '크빈넨 이 미트 리브(당신은 내 생의 여인)'이라고.

요양원으로 돌아와 우리는 저녁노을을 바라보며 조금 더 함께 시간을 보냈다. 태양이 수평선 아래로 아주 사라지려는 찰라 모리스 카렘의 짧은 시가 떠올랐다, 어릴 적 학교에서 배운 시였다. 나는 잉빌의 얼굴에 내 얼굴을 바싹 붙이고 그녀만이 알아들을 수 있는 목소리로 시구를 속삭였다, "고양이가 눈을 떴다 / 태양이 그 눈 속으로 들어갔다 / 고양이가 눈을 감았다 / 태양은 거기 그대로 있었다.[49]"

불현듯 그녀의 손이 떨리는 게 느껴졌다. 그렇지만 헌팅턴과 그 망령이 조종 끈을 당겨 이 떨림을 만들어낸다는 걸 알고 있었다. 나는 그녀에게 키스했고, 헤어지기에 앞서 한참동안 그녀의 얼굴을 내 기억에 새겨 넣었다. 간호사가 다가와 면회 시간이 끝났음을 알렸다. 잉빌의 모습이 어둠 속으로 천천히 사라졌다.

밤이 거의 새도록 거리를 걸어 다녔다. 루케이즈 구역(바하마 구역), 듀발, 플레밍, 멜러리 스퀘어, 어디든 발길이 닿는 대로 헤매고 다녔다. 나는 바둑판 모양으로 구획된 한 세계를 원형으로 떠돌고 있었다. 그날 하루 일을 다시 떠올리지 않으려고 애쓰면서, 오로지 그 순간 내가 해야 할 의무, 한쪽 다리를 반대편 다리 앞으로 박자에 맞춰 옮겨놓을 의무, 예전에 목동 스피리돈이 그랬듯이 그저 초콜릿, 황소 한 마리, 상금 일백만 드라크마만을 생각하며 앞으로 나아가는 일에 집중했다. 항

49) Maurice Carême, 〈고양이와 태양〉 앞부분. 나머지 구절은 '그래서 매일 밤 / 고양이가 잠에서 깨면 / 어둠 속에서 / 태양 두 조각이 빛난다.'

구를 따라 걸어가 헤밍웨이의 음주벽을 서로 자신이 길렀다고 다투는 슬로피조스[50]와 다른 몇 군데 술집을 뒤로 하고 키웨스트 묘지로 들어섰다. 죽은 이들을 방해하지 않도록 묘지를 조용히 가로질러 통과했다. 바다에 몸을 적신 '카사 마리나(바다의 집)[51]'도 지나쳤다. 카페테라스들이 눈에 들어왔다. 그곳에선 삶이 술 익는 냄새를 풍기며 발효되고 있었다. 즐거움이 마르가리타, 피냐콜라다, 스위트티 버번 같은 갖가지 칵테일에 실려 퍼져나갔다.

새벽 3시 30분이 되어서야 거의 만 하루 동안 아무것도 먹지 않았다는 사실을 의식했다. 한 노천식당에서 아직 생선을 굽고 있었다. '레드 스내퍼'를 주문했다. 라임 즙을 뿌린 빨간 통돔이었다. 접시에 놓인 생선살을 기계적으로 입 속에 밀어 넣었다. 장거리 육상선수가 그저 경주도중 바닥난 체력을 끌어올릴 필요에 따라 음식물을 삼키는 경우가 그럴 것 같았다. 식욕도 맛도 느낄 수 없었다.

식당을 나오면서 묘한 욕구에 사로잡혔다. 거의 생리적인 현상에 가까울 만큼 절박한 욕구였다. 한바탕 싸우지 않으면 안 될 것 같았다. 무슨 이유로든 어느 누구하고든 맞붙어 싸우고 싶었다. 그래서 술주정뱅이처럼, 야만인처럼, 아무 이유 없이 그에게 달려들었다. 그저 그가 거기에 있었고, 나는 내가

50) 헤밍웨이의 단골술집. 스톡아일랜드에서 남쪽으로 방향을 잡아 섬 남단 오듀본하우스로 가는 도중에 위치한다.
51) 월도프 아스토리아 리조트에 있는 호텔 명.

아니기 때문이었다. 주먹을 날렸고, 이어서 땅바닥에 굴렀다. 묵직한 주먹이 날아왔지만 아무 감각이 없었다. 몸을 일으키는데 입 안에서 비릿한 피 맛이 감돌았다. '좋아, 바로 이거야.' 하고 속으로 중얼거렸다. 본격적으로 격투를 시작했다. 상대방에게 달려들어 주먹을 먹였다. 그의 얼굴 정중앙을 머리로 세차게 들이받으면서 승기를 잡았다고, 거의 끝장냈다고 생각했다. 하지만 호흡을 가다듬는 순간 어느 방향에서 날아온 것인지 알 수 없는 발길질이 턱에 꽂혔다. 그때까지 참을성 있게 버티던 뭔가가 툭 부러진 느낌이 들었다. 이어 눈 주위에서 와지끈 소리가 났다. 주먹 하나가 다시 날아오고 있었다. 그 다음을 보지 않으려고 눈을 질끈 감았다. 거리의 소음과 행인들의 고함소리가 희미하게 멀어져갔다. 통증이 사라지면서 근육들이 차례로 풀렸다. 이윽고 몸 전체가, 기능정지 상태로, 한두 걸음 비틀거려보지도 못한 채 내 스스로 불러들인 이 결과에 만족해하며, 내가 바라던 망각의 순간이 도래한 걸 기뻐하며 무너져 내렸다.

침대에 쓰러질 때 오듀본의 새들이 지저귀기 시작했다. 깨어났을 때는 폭우가 쏟아지고 있었다. 천둥소리가 이 섬을 두 쪽으로 쪼개놓을 듯 요란하게 울렸다. 아마도 신들이 내게 지난밤처럼 싸움꾼 행세를 하면 이 '콘치 리퍼블릭(Conch Republic

소라공화국, 키웨스트의 다른 이름 : 옮긴이)'에 발을 들여놓지 못하게 하
겠다고 경고하려는 듯했다.

플래거 스트리트에서 장미와 이 섬의 들꽃들이 어우러진 큼
직한 꽃다발을 주문했다. 주인은 꽃다발을 만들면서 내게 뭔
가 말을 붙여보려고 했다. 장신이고, 손이 두툼하고 넓적한 남
자였다. 나는 그가 꽃대를 자르고 손질하는 모습을 지켜보았
다. 손동작이 꽃을 다루기보다는 우편물 꾸러미를 싸는 편이
어울릴 정도로 거칠었다. 계산을 하면서 만약 지난밤 싸움판
에서 맞붙었더라면 이 남자는 무시무시한 상대가 되었을 거라
는 생각이 들었다.

당직 간호사가 잉빌 룬데가 정원에 나가있으며 잠시 후에는
물리치료를 받으러가야 한다고 말해주었다. 그녀의 방이 어
딘지 알려달라고 해서 꽃을 큼직한 화병에 꽂아두었다. 싱싱
한 꽃들의 색채가 허공에서 춤을 추었다. 마치 좋은 소식을 알
리려고 조바심을 치는 듯했다. "멋지군요. 부인이 분명 좋아할
거예요." 간호사가 말했다.

그러고 나서 나는 도둑처럼 그곳을 빠져나왔다. 말 한마디
하지 못한 채 쏟아지는 눈물에 쫓겨 자동차에 몸을 실었다. 렌
트해 온 차가 왔던 길을 되돌아가기 위해 출발했다. 에어컨디
셔너가 고장 난 상태였다. 차창을 활짝 열었다. 바닷바람이 불

어왔다.

키웨스트를 떠나면서 지금 내 눈에 들어오는 풍경들이 이미 글로 묘사되어 있다는 생각이 났다. 1937년에 헤밍웨이는 다음과 같이 써놓았다. '흰색 대형요트 한 척이 항구로 들어오고 있었다. 세븐마일브리지 쪽 먼 바다 수평선에 유조선 한 척의 윤곽이 선명히 눈에 들어왔다. 푸른 바다 위의 그 작은 윤곽은 암초들에 바싹 붙어서 서쪽으로 가고 있었다. 그편이 역류를 거스르느라 연료를 낭비하는 것보다 나았다.'

오래 전부터 세상은 그대로였다.

에스페로판[52]

스파턴버그와 조이는 지난 며칠 동안 내게 일어난 일들이
어떻게 끝맺음되는지 듣고 있다가 서로 손을 맞잡았다. 이야
기의 예기치 못한 결말에 놀란 두 아이가, 여왕의 불운과 왕의
슬픔, 고양이 눈 속에 담긴 태양과 여왕은 보지 못할 꽃다발
이야기에 어쩔 줄 몰라 서로를 안심시키려는 몸짓 같았다. 그
래도 자신의 본원을 잊지 않은 올리비아는 이따금 포장박스에
서 프라이드치킨 한 조각을 들어 올리곤 했다. 에피파니오는
아무런 동작도 하지 않았다. 먹지도 않았고, 아예 꼼짝도 하지
않았다. 방금 들은 내 이야기 때문에 몸이 굳어버린 듯했다.
그러다 어느 순간에 입을 열어 말했다. 지난주 내게 해주었던
그 갸륵한 거짓말에 대해 변명하기 위해서였다. "맞아, 그 여
자가 아프다는 건 알고 있었지만 그런 지경인줄은 몰랐어."

52) Hespérophane, '밤에(hésperos) 나타나는(phane) 것'.
　　딱정벌레목 하늘소과의 학명.

아마도 이 이야기를 매듭짓고 고통스러운 과거를 씻어버리기라도 하듯 세찬 소나기가 쏟아져 테라스를 금세 물웅덩이로 만들어버렸다. 그 물웅덩이는 일제사격처럼 퍼붓는 빗줄기에 맞아 산산조각 난 거울 같았다. 그때 내가 올리비아에게 다음과 같은 생뚱맞은 말을 했다. "빗방울이 떨어지는 속도가 시속 몇 킬로미터인지 알아요? 빗방울들은 비를 머금은 구름이 어느 정도 높이에 있는지, 각각의 구름덩어리 무게가 얼마나 되는지 상관없이 거의 모두 일정한 속도로 지면에 떨어져요. 시속 8킬로에서 10킬로미터 사이의 속도로요. 그 이유는 빗방울의 형태 때문인데요. 대기를 통과하는 도중 빗방울의 형태 탓에 마찰저항이 커져 가속도가 붙지 않기 때문이죠."

어머니가 목숨을 끊은 날 저녁, 아버지는 송아지 간을 요리해달라고 했다. 잉빌을 잃어버린 날 저녁, 나는 대기역학과 유체역학을 끌어다대며 거드름을 피웠다. 영락없이 그 아버지에 그 아들이었다.

"네가 깜짝 놀랄 일이 있어." 조이가 주방문을 열었다. 강아지 한 마리가 주방으로 들어오는 게 보였다. 태어난 지 겨우 몇 달밖에 안된 암캉아지였다. 강아지가 흰털을 부르르 털고 나서 잠을 깨워가면서까지 자신을 불러들인 인간들을 쳐다보다가 몸을 한껏 늘려 기지개를 켜더니 에피파니오의 발밑으로 걸어가 다시 잠을 청했다. 에피파니오는 자신의 발이 잠자리로 선택받자 몹시 우쭐해했다. "놀랐지? 이 녀석을 키우기로 스파턴버그와 마음을 정했어. 어제 데려왔는데 아직 이름을 지어주진 않았어. 네가 돌아오길 기다렸거든. 넌 개들을 잘 알고 잘 다루잖아. 너에게 이름을 지어달라고 부탁하고 싶었지. 네가 이 녀석에게 행운을 불어넣어줄 테니까."

이 세상에서 내가 누군가에게 행운을 불어넣어줄 수 있다고 진지하게 믿는 사람은 에피파니오밖에 없었다. 하이알라이에서 뛰던 시절에도 조이 말고 다른 선수들은 나를 재수 없는 녀석이라 의심했었다. 그럼에도 에피파니오의 말이 끝나자마지 내 입에서 이름 하나가 튀어나왔다. "라이카."

1962년, 툴루즈 퓌클로 거리에 강아지를 파는 가게가 있었다. 강아지들을 바구니에 담아 유리진열장에 넣어두는 가게였다. 강아지들은 바구니에서 벗어나 밀짚처럼 보이는 뭔가가 깔린 유리진열장 안을 돌아다녔다. 나는 강아지들을 보기 위해 그 가게 진열장 앞에 몇 시간이고 붙어있었다. 강아지가 내 소중한 친구가 되어줄 거라고, 우리는 언제나 함께 있게 될 거라고 마음속으로 혼자 생각하곤 했다. 운명의 여신이 그런 내 마음을 읽었는지 어느 날 어머니와 함께 그 거리를 지나게 되었다. 어머니는 가게에 들어가 강아지를 보고 싶다는 내 청을 받아주었다. 그때 나는 고작 여섯 살이었고, 그날은 내 생에서 가장 행복한 날이었다. 가게 안에서 강아지 한 마리에게 마음을 완전히 빼앗기기까지 그리 오랜 시간이 걸리지 않았다. 암캉아지였다. 그 강아지는 나를 기다리고 있었고, 나는 녀석을 데리러 온 것이었다. 어머니가 그 강아지를 사겠다고 점원에게 말했다. 나는 강아지를 품에 안고 시내를 가로질러 집으로 돌아왔다. 기적이 일어난 셈이었다. 강아지의 이름은 벌써 지어놓았다. 라이카. 1957년에 러시아가 우주로 쏘아 보낸 개의 이름이었다. 나는 그 개의 우주여행에 대한 감동적인 이야기를 할아버지로부터 들어 알고 있었다.

아버지는 내 강아지가 그 슬라브 개와 같은 이름을 갖게 되었다는 사실 따위에는 전혀 관심이 없었고, 대신 자신이 죽기 전에는 그 어떤 종류의 동물도 집안에 들여놓을 수 없다고 선언했다. 의원을 겸하는 집이라는 이유였다. 라이카는 그날 밤까지 내 곁에 있었는데 아침에 눈을 떠보니 사라지고 없었다. 아버지가 퓌클로 거리의 가게에 강아지를 다시 데려다놓았던 것이다. 그걸로 끝이었다.

아드리앙 카트라킬리스가 내게 안긴 여러 가지 고통 가운데 바로 그날 내게서 강아지를 빼앗아간 일은 결코 용서할 수 없었다. 당시 신문들이 '우주 개'로 불렸던 라이카의 숨겨진 이야기와 그 개가 맞닥뜨렸던 운명을 나중에 알게 되면서는 더더욱 용서할 수 없었다. 구 소비에트사회주의연방은 10월 혁명 40주년을 축하하기 위해 지구의 생명체를 최초로 대기권 밖으로 실어 보낼 로켓을 서둘러 — 겨우 7주 만에 — 제작해 스푸트니크라는 이름을 붙였다. 무게가 508킬로그램, 4개의 안테나가 달린 구형 발사체로 내부에 라이카를 태울 수 있는 구조였다. 이 로켓은 1957년 11월 3일에 발사되었다. 바이코누르 로켓발사기지에서 생산된 전설에 따르면 로켓 내부는 라이카의 안전을 충분히 고려해 설계되었고, 물과 먹이, 공기를 공급하고, 심지어 배설물 재활용시스템까지 갖춰져 있었다고 했다. 지구귀환이 불가하도록 설계된 스푸트니크호가 성층권으로 떨어져 파괴되기 전 라이카의 먹이에 독을 주입해 안락사 시키는 장치가 작동되도록 설계되어 있었다. 실제로 라이카는 러시아어로 '짖는 녀석'이라는 의미라고 조이에게 말해주었다. 개는 로켓 발사 일곱 시간 후 발사체 내부의 열기와 스트레스로 죽었다. 로켓하단 분리 단계에서 열 차단 시스템이 작동하지 않은 탓이었다. '소비에트최고회의 간부회'의 영광을 위해, 또한 '스탈린 격하운동'의 주인공이자 소비에트사회주의연방을 빛나게 할 책임을 맡은 '철공장(鐵工匠)' 니키타 흐루쇼프를 위해 그 작은 암캐는 163일 동안 죽은 채로 지구궤도를 돌다가 1958년 4월 14일 다시 성층권으로 들어와 불타는 로켓 안에서 완전히 숯덩이가 되었다. 동서 냉전기란 바로 그런 시대였다.

조이는 내 이야기를 귀 기울여 듣더니 뺨을 쓰다듬으면서 잠시 생각에 잠겼다. 그는 눈빛으로 스파턴버그의 동의를 구했다. 이어서 승인이 떨어지자 그가 말했다. "'짖는 녀석'이라니, 마음에 드는 이름이야." 조이가 강아지를 쓰다듬었다. 강아지는 눈을 뜨고, 자기를 둘러싼 인간 무리를 잠시 쳐다보았다. 그 무리가 그다지 위협적으로 보이지는 않았는지 강아지는 룬데 새처럼 주둥이를 주인의 옆구리에 끼우고 빠른 속도로 잠의 궤도로 진입했다.

다음날, 에피파니오가 하이알라이에 가서 한 바퀴 돌아보고 오자고 제안했다. 나는 내키지 않는다고 대답했다. 여전히 펠로타 경기를 보고 싶다는 유혹이 강했지만 먼젓번에 받았던 느낌이 또다시 되풀이될 게 뻔했다. 영안실에서 진행되는 발레공연을 보는 느낌이랄까. 내가 하이알라이 나들이를 마다하자 에피파니오는 뭔가 좀 먹자면서 나를 '타케리아(타코전문식당)' 엘 카르날로 데려갔다. 리틀 하바나 서쪽에 있는 멕시코 음식점이었다. 보도 위에 철제의자와 테이블을 내놓고 손님을 받는 곳이라 차량들의 소음이 배경음악처럼 주변에 깔렸다. "나는 이 집 타코가 우라지게 좋아. 하여간 입에 딱 맞는 걸 어 쩌겠어. 스파턴버그는 타코를 싫어해. '데마시아도 피칸테(지나치게 매운)'니까. 너도 봤지. 올리비아는 집에서 매일이다시피 치킨, 치킨, 치킨만 먹잖아. 그래서 이따금 혼자 이 집을 찾아 오거든. 칠리, 타코, 부리토, 판초 핫도그가 있으니까." 집으로 돌아오자 올리비아가 노르웨이에서 온 사람을 맞이하듯 우리 를 반겼다. 라이카도 꼬리를 흔들어대며 나름의 환영의식을 베풀었다.

이제 마이애미에 머물 수 있는 시간은 끝났다. 피부염, 건염, 결장염을 앓는 환자들이 진료실 문 앞에서 발을 동동 구르고 있을 게 뻔했다. 조이와 올리비아에게 돌아갈 때가 되었다고 말하면서 별안간 집에서 나를 기다리는 건 질병들뿐이라는 사실을 깨달았다. 두 사람이 나를 공항까지 배웅하러 따라나섰다. '짖는 녀석'이 공항으로 가는 내내 내 무릎 위에 앉아있었다. 스파턴버그가 출국장 앞에서 두 팔을 활짝 펼쳐 나를 포옹했다. 조이는 한참 동안 나를 껴안고 있었다. 마지막 작별의 순간 조이가 내 귀에 대고 속삭였다. "네가 원한다면 내가 그 여자를 보러갈게."

크리스마스였다. 나는 정원에 나와 낙엽들을 긁어모았다. 새해를 맞이하기 위해 트라이엄프 엔진을 청소하고, 바닥 깔개를 들어내 물로 씻고, 차 내부를 닦았다. '홀로 매몰된' 남자가 크리스마스와 새해 연휴를 보내는 방식이었다.

의원에 온 환자들을 진료하고, 규칙적으로 왕진을 나가는 생활패턴이 다시 이어졌다. 계절 독감은 제 역할을 수행해냈고, 그에 따라 나도 바삐 일했다.

1월부터 진료비를 유로화로 받았다. 진료비를 새 화폐로 다시 계산하는 일이 몇 달 동안 진료실에서 주고받는 대화의 중심이 되었다. 반면 1999년 6월 10일에 공표된 99-477조 법안에 대해 내게 내용이 뭔지 문의하는 환자는 없었다. 그 법안의 핵심내용은 '환자의 몸 상태가 요구할 경우, 통증을 완화시켜주는 의료적 치료를 지원받을 권리를 보장받는다.'는 것이었다. 법안은 '통증완화의료치료'를 "여러 분과가 참여한 전담팀에 의해 의료기관 혹은 가정에서 적극적이고 지속적으로 시행되는 치료"로 정의하고, "통증을 완화하고 정신적 고통을 진정시키며 환자들의 존엄성을 보호하고 주변사람들을 지원하는데" 이 치료의 목적이 있음을 명시하고 있었다.

삶이란 묘해서, 이 법안이 공표되고 나서 두 달도 안 되는 기간 동안 환자 두 사람이 일주일 간격을 두고 내게 조력자살을 원한다는 의사를 밝혀왔다. 내가 99-477조 법안 내용에 대해 알려주었더니 두 사람 모두 거부감을 드러냈다. 법안의 세부 내용이나 시행 상황에 대해서는 알려고도 하지 않았다. 그들의 주요 관심사는 '통증완화'가 아니었다. 그게 무엇이건 진정시키고 위안하고 보호하는 건 중요하지 않았다. 그때까지 견뎌온 모든 고통을 돌이켜볼 때 그 단계에서 환자의 존엄성을 보호해준다는 건 아무런 의미도 없었다. 오로지 죽음만이 그들을 고통에서 구출해줄 수 있었다. 그들은 한시바삐 고통에서 벗어날 수 있길 바랐다. 다른 불필요한 이야기는 더 이상 거론하고 싶지 않다고 했다. "나를 도와줘요. 직접 하기 어려우면 내게 그 약을 줘요. 그럴 때 쓰는 약이 있잖아요." 한 사람이 말했다. "이제 더는 견딜 수 없어요. 어서 고통이 끝나게 해줘요." 다른 한사람도 애원했다. 앞 환자는 가족들이 둘러앉아 지켜보고 있었고, 뒤 환자는 나와 단둘이었다. 나는 그들로부터 부탁받은 미션을 수행했다. 소요시간이 예상 밖으로 길어지는 상황은 없어야 했다. 나는 각 단계마다 정성을 쏟았다. 손을 정확하고 신속하게 움직였다. 각각의 조치는 부드럽게 이어졌고, 마지막 순간에는 서로 맞잡은 손만이 남았다. 사망진단서를 작성했다. 진료실로 돌아오는 길이 끝없이 멀게 느껴졌다. 그래도 매번 걸었다. 정원 쪽문을 열고 마당을 가로질렀다. 현관문을 열고 집 안으로 들어왔다. 현관 마룻바닥, 예전에는 나를 기다리는 개가 있었던 그 자리에 발을 디뎠다. 진료실로 들어가 두 권의 수첩을 꺼냈다. 죽은 사람의 병증과 이름을 각각 적어 넣었다. 최종 연령을 적고, 연월일시를 적었다. 수첩을 다시 서랍에 넣었다. 주방으로 들어가 소다수를 한잔 마셨다. 어느 방이든 비어 있었다. 고요했다. 아무도 없었다.

그런 날 불을 끄고 누우면 어느 야행성곤충의 애벌레들이 내 몸과 머릿속에서 우글거리는 느낌이 들었다. 그 애벌레들이 버드나무나 떡갈나무 들보를 파들어 가듯이 내 몸에 여러 개의 굴을 만들었다. 끈질기고 맹목적인 굴 파기였다. 애벌레들이 내 몸속에서 기어 다니는 느낌이 들었고, 큰 턱을 움직여 내 몸을 갉아대는 소리가 들려왔다. 갈리에니 남매와 카트라킬리스 부자라는 골조에서 기어 나온 애벌레가 분명했다. 그 골조의 이음매를 날림으로 끼워 맞추는 바람에 부실한 건축물이 생겨났다. 그 골조의 역사에 도파민은 등장할 자리가 없었다. 도파민은 밤마다 이런 종류의 애벌레들처럼 굴을 파는 일이 없었다. 도파민은 마디가 진 큰 턱도 없었고, 고리모양 통통한 체절로 이루어진 흰색 몸통도 없었다.

나는 마흔네 살이었고, 가정생활은 일인용 식탁으로 설명될 수 있었고, 섹스라이프는 길랭바레 증후군(염증성질환으로 말

초신경계가 손상돼 급성마비가 온다.) 탓에 큰 타격을 받았다. 나는 존중받긴 해도 적성에 맞지 않는 의사 직을 여전히 열심히 수행해내고 있었다. 가끔 혼자 영화관에 가고, 음악을 듣고, 요트항해 전문잡지를 읽고, 이따금 미식축구경기 결과를 기웃거리기도 했다. 나는 대부분의 이웃들과 비슷한 모습으로 살아가고 있었다. 이웃들은 판쿠로늄 브로마이드를 접해본 적 없다는 사실만 빼면 그랬다. 내 아버지가 수행한 일들, 뒤이어 내가 물려받은 그 일들은 지극히 정상적이고, 완벽히 적당하고, 전적으로 인간적인 행위였다. 다만 그 행동을 수행하기 어려울 뿐이었다. 주사기의 피스톤을 눌러야할 손가락은 어쩔 수 없이 움츠러들었다. 그럴 때마다 뇌가 나서서 강제로 명령을 내려야 했다. 어떤 때는 부르쥔 주먹을 잡아 비틀고 손을 억지로 펴게 한 다음 주사기를 눌러야 했다. 그 누구도 우리에게 생명을 끊는 법을 가르쳐준 적이 없었다. 우리의 어쩔 수 없는 선택에 따라 한 사람의 삶이 끝나는 모습을 지켜볼 힘을 키워주지도 않았다. 그런 일들은 신들의 특권에 속하는 것이며, 그러니 인간이 신이 아니어서 정말 다행이라고 배워왔을 뿐이었다.

내 주위를 둘러볼 때마다 생명은 눈에 띄지 않았다. 나는 늘 질병을 다루었고, 죽음과 접촉했고, 죽은 내 가족과 씨름했다.

3년 전 마고 헤밍웨이가 자살로 생을 마쳤을 때 나는 헤밍웨이 가족을 옭아맸던 믿을 수 없는 운명에 큰 충격을 받았다. 그의 가족은 어떤 면에서 내 가족을 떠올리게 했다. 어네스트 헤밍웨이와 그의 손녀 마고 헤밍웨이만이 자살로 생을 마친 게 아니었다. 헤밍웨이의 조부어네스트 홀, 부친 클라렌스, 동생 레스터, 여동생 우술라가 모두들 하나같이 스스로 생의 종지부를 찍었다. 어네스트 헤밍웨이의 경우 눈에 띄는 점은 '헤모크로마토시스(Haemochromatosis 혈색소증)'를 앓았다는 사실이다. 이 병은 일종의 유전질환으로, 대사에 이상이 생겨 체내 특히 뇌하수체, 간, 심장에 철분이 과다하게 축적되는데, 신체와 정신에 회복불능의 손상이 초래될 수도 있었다. 클라렌스 헤밍웨이의 체내에 축적되어 있던 철분수치가 어느 정도였는지 조사한 자료는 없었지만 그가 일리노이 주 오크파크 집에서 자살했다는 사실 역시 눈길을 끌었다. 클라렌스는 정오경 점심식사를 하기 위해 집으로 돌아와 개인서류를 벽난로에 던져 태워버리고, 자기 방으로 올라갔다. 스미스 앤 웨슨 32구경 리볼버를 꺼낸 그는 침대 가장자리에 걸터앉아 오른쪽 귀 뒷부분에 한 발을 발사했다. 그는 자신이 어떻게 해야 하는지 알고 있었다. 의사였으니까.

어네스트 헤밍웨이는 오랫동안 부친의 권총자살을 비난했

다. 심지어 비겁한 행동으로 여겼다. 분명 그랬던 그가 아이다 호 케첨의 자택에서 철분 과다로 피폐해진 몸을 엽총으로 쏘아 생을 마쳤다.

나는 야행성곤충 애벌레들이 기승을 부리는 바람에 밤이 고통스러울 때마다 두 가족의 음울한 내력을 나란히 머릿속에 떠올려두고 유사성을 찾아보았다. 우선 두 가족은 의학과 불행이라는 공통분모가 있었다. 카트라킬리스 가족은 슬라브족 피가 섞인 그레코로만인으로 비극에는 일가견이 있었고, 무대 연출에도 솜씨를 발휘했다. 헤밍웨이 가족은 미국인으로 실용주의자들이었고, 최소한의 필요만 충족되면 만족했고, 자기 스스로 직접 솜씨를 발휘하기보다는 믿음직한 조력자에게, 즉 아버지 헤밍웨이는 스미스 앤 웨슨 38구경 리볼버, 아들 헤밍웨이와 그 동생은 보스 상표인 2연발 엽총의 도움을 받았다.

헤밍웨이 가족은 여섯 명, 카트라킬리스 가족은 네 명이 자살했다. 두 가족의 혈통을 타고 이어진 끈질긴 죽음의 기운, 죽음이 거머쥔 백년 패권이 그들을 장악해버린 것이다. 최근에 받아본 내 혈액검사 결과를 보자면 혈액100ml당 철분수치가 102마이크로그램으로 지극히 정상이었다. 다만 내 몸에 들어찬 애벌레 수치가 얼마나 되는지는 측정할 방법이 없었다. 밤마다 난리법석을 떨어대며 내 머릿속을 뒤집어놓는 것으로 볼 때 어마어마하게 높은 수치일 게 뻔했다.

2000년, 새 밀레니엄을 맞이하던 날 밤도 이전 날들과 다르지 않았다. 그날 밤 나는 제법 두꺼운 해양과학 간행물을 읽었다. 거대파도가 발생하는 지역과 그 유형을 정리해놓은 자료였다. 1995년 1월 1일, 노르웨이 연안 드라우프너 석유굴착 플랫폼을 강타해 '드라우프너'라는 이름을 얻은 그 거대파도를 분석한 내용도 있었다. 드라우프너는 파고가 무려 31미터에 달하는 해양괴물이었는데, 플랫폼 구조물에 부착된 센서 덕분에 규모를 측정할 수 있었다. 그런 거대파도는 초대형 컨테이너선 선수를 부수거나 미국 항공모함 USS밸리포지(CV-45)의 상갑판과 갑판 위 구조물을 모두 날려버릴 수 있을 만큼 어마어마한 위력을 갖추고 있었다. 거대파도가 눈앞에 나타날 때는 피셔맨스프렌드를 손닿는 거리에 놔두어야 할 것이다.

밤 11시경 올리비아와 조이에게 전화를 걸어 새해맞이 인사를 건넨 다음 라이카의 안부를 물었다. 행복한 사람들의 목소리가 만들어내는 특별한 울림이 전화기를 통해 전달되어왔다. 그들은 오늘 친구집에서 열리는 신년파티에 갈 거라고 했다. "프랑스산 샴페인을 샀어. 너도 스파턴버그가 빼입은 모습을 봤어야 하는데. 에르모사(아름다워)! 에스플렌디다(눈부시다니까)! 올리비아가 파티드레스를 입은 모습을 본다면 너도 아마신을 믿고 싶은 마음이 솟아오를 거야. 그나저나 넌 오늘 밤에 뭘 할 건데, 파블리토?"

오늘 밤에 뭘 할 거냐고? 뜨거운 물로 샤워하고, 2층을 한 바퀴 돌아보고, 주가시빌리의 뇌조각에게 신년인사를 건넨 다음 로라제팜 2회 분량을 한꺼번에 삼키고 등을 대고 누워 '드라우프너'를 생각하고, 그 거대한 파도 꼭대기에 올라앉아 나도 모르는 사이에 새 밀레니엄으로 옮겨갈 것이다.

천지개벽 이래로 이 세상을 바라보는 방식은 늘 두 가지로 나뉘어져 있었다. 첫 번째는 세상을 빛 없는 시공간으로 보는 시각이었다. 빛은 소중한 축복일진대 다른 어떤 우주만을 비추고, 그 우주 둘레를 이 세상을 포함한 암흑이 둘러싸고 있다는 관점이었다. 두 번째는 이 세상을 빛이 없는 어떤 지하세계로 들어가는 관문으로 보는 시각이었다. 그 지하세계란 까마득히 깊은 검은 구멍 같은 것으로 천지개벽 이래 1천80억 명의 인간을 삼켜왔다. 스스로 영혼을 지녔다고 믿을 만큼 갈망이 크고 자만심도 큰 인간을 말이다. 의학은 이런 문제들은 다루지 않았다. 의학의 입장에서는 손톱이 살 속을 파고드는 일이 현상에 의미를 부여하거나 신의 뜻을 해석하는 일보다 매번 더 중요했다. 의과대학 시절 나를 가르친 어느 선생은 그 점에 대해 다음과 같이 말했다. 걸핏하면 싸우려드는 몇몇 인

턴들을 야단칠 때 한 말이었다. "우리가 할 일은 겸자로 절개 부위를 벌릴 때의 통증부터 상처를 긁어낼 때의 통증에 이르기까지, 환자에게 고통이 가장 덜한 지대를 밟아나가는 깃뿐이야."

새 밀레니엄이 시작되고 처음 몇 주 동안 누군가가 이 문제에 대한 내 생각이 어떤지 물어왔더라면 세상은 잠시 머무는 누추한 여인숙이고 어리석은 속임수일 뿐이라는 주장에 믿음이 간다고 대답했을 것이다. 밤낮으로 내 정신을 갉아 구멍을 내고, 아마도 지금쯤 뇌수에 도달해 뜯어먹고 있을 그 애벌레만 보더라도 그랬다.

육체적으로 지치고 정신적으로도 무너진 나는 진료를 시작한 지 딱 10년이 되는 날 의원을 폐업하기로 결단을 내리고 간판을 떼어냈다. 2000년 2월 20일 저녁, 마지막 진료를 끝낸 다음이었다. 일은 늘 그렇게 끝나기 마련이라는 듯 마지막 환자는 그저 진단서를 재발급 받기 위해 방문한 사람이었다. 나는 마지막 환자의 혈압을 재고, 그가 내게 지정해주는 위치에 청진기를 갖다 댄 다음 처방전을 써주고 진료비는 내지 않아도 된다고 말했다. 그는 내 말을 지극히 당연하다는 듯이 받아들였다. 술집 주인도 영업을 끝내기 전 남아 있는 손님들에게 한 잔씩 돌리기 마련이지 않으냐는 태도였다.

그날 밤, 라디오는 아나톨리 숍차크가 63세를 일기로 사망했다는 소식을 간략하게 전했다. 스피리돈 할아버지가 소비에트 권력층 인사들의 죽음을 호메로스 풍 이야기로 각색해놓은 덕분에 나는 그 대제국 정치실세들의 사망 소식이 있을 때마다 관심이 갔다. 아나톨리 숍차크도 러시아의 유력정치인 가운데 하나였다. 그는 러시아 최초의 민주적 선거를 통해 레닌그라드 시장에 당선되어 그 도시를 러시아제국 시절 이름인 상트페테르부르크로 재개명한 인물이었다. 숍차크는 러시아 연방 최고회의의 실력자였고, 제헌의회 의장을 역임했다. 그가 법학교수로 재직하면서 엘리트청년들에게 법을 가르친 시절이 있었는데, 당시 그에게 배운 학생들이 지금은 그 나라 최고위층이 되어 있었다. 푸틴과 메드베데프가 바로 숍차크의 제자들이었다. 숍차크는 내가 진료실 문을 마지막으로 닫고 열쇠를 문 아래에 밀어 넣은 날 저녁에 심장마비로 죽었다. 러시아 정부는 숍차크의 장례를 국가장으로 치렀고, 푸틴은 눈물로 그의 죽음을 애도했다. 스피리돈 할아버지가 새 러시아연방을 높이 평가했을 것 같지는 않지만 이 엘리트 정치인이 저녁기도 시간에 쓰러진 모습을 봤다면 그의 취약한 면모에 대해 무심결에 한마디 던졌을 것이다. "내가 생각하기에 그 친구는 네가 의사 일을 그만둔 사실을 알고 견딜 수 없었던 거야. 흥분이 그 친구를 죽음으로 몰아넣었지."

2월 20일에 나는 의사 일을 그만두었다. 더 이상 해나갈 수 없었다. 밤마다 겪는 불면증과 기억력 감퇴가 결단을 내리게 만들었다. 나 자신으로 인해 아픈 내가 다른 사람들을 돌볼 생각을 한다는 건 어불성설이었다. 의학수련시절과 의원을 운영해온 시간은 내 인생에서 긴 침체기, 구멍 난 시간일 뿐이었다. 나는 의사로서의 소신도 없었고, 세 사람을 죽음에 이르게 한 걸 제외하면 기억에 남는 일도 없었다. 그 세 사람은 늘 내 주변을 맴돌며 이따금 나에게 그 일을 떠맡아준 이유가 무엇인지, 혹시 아버지 때문은 아닌지 묻곤 했다. 어느 때는 죽은 그들이 내 양쪽에 붙어 서서 애벌레들이 내 몸속으로 파고들어오지 못하도록 막아주고 있다는 느낌이 들기도 했다.

그 진료실에 내 자리가 있었던 적은 없었다. 그저 편의상 그 방에 익숙한 척했을 뿐이었다. 그 방에서 내가 취한 태도와 행동들은 흉내 내기의 범주에 머물렀다. 나는 농가진을 치료하는 데도 소질이 없었고, 암을 조기에 진단해내는 재주도 없었다. 환자에게 불행이 닥쳐왔음을 밝히고, 경건한 표현을 동원해 그 불행에 이름을 붙여주는 일이란 내 앞에 앉아있는 사람에게 세상의 종말이 왔다고 통보해주는 일이나 다름없었다. 그럴 때는 나 자신이 빛 없는 그 지하세계의 불길한 안내자가 되어, 새로 도착한 고객에게 문을 열어주는 기분이 들었다. 처음 의원을 시작할 때는 적응할 수 있다고, 적어도 변화하려는 노력은 해볼 수 있다고 생각했었다. 하지만 제대로 해낼 수 있는 일이 없었다. 의사라는 직업은 나에게 맞지 않았다. 사실상 이 의원은 내 병원이 아니었다. 이 집은 내 집이 아니었다. 나는 이 집에 포함되어 있는 그 어떤 것도 갖길 원하지 않았다.

두 달 후, 집안 물건들을 정리했다. 앰마우스 구호공동체에서 나온 사람들이 가구들을 전부 실어갔다. 아버지 유골단지, 두 권의 검정수첩, 내 펠로타 라켓, 테이블 하나, 의자 하나, 소파 하나, 침대 하나만 남겨두었다. 나머지 가구들은 전부 다른 집으로 옮겨가 새롭게 만난 가족들과 함께 새 출발할 것이다. 그 가족들은 집에 들여놓은 큰 장롱에 시트와 수건들을 개어넣을 것이다. 그 장롱이 이전에는 매우 진귀한 뇌조각을 보관하고 있었다는 사실을 알 리는 없을 것이다.

구 소비에트사회주의연방의 포르말린은 욕실 세면대에 쏟아버렸다. 베리야, 프로코피에프, 불가닌을 두려움에 떨게 했던 뇌조각은 유기폐기물 전용인 파란색 쓰레기통에 버렸다. 다음날, 나는 쓰레기수거 시간을 놓치지 않으려고 아침 6시에 일어났다. 창가에 붙어 서서 1953년 3월 이후 유폐되어 있던 그 뇌조각이 집게 팔에 잡혀 덤프트럭에 실리는 모습을 지켜보았다. 스탈린의 생각을 담당했던 그 뇌조각은 다른 쓰레기들과 뒤죽박죽 섞인 가운데 악취를 풍기며 동네를 한 바퀴 돌고 나서 하치장으로 떠났다.

카트라킬리스 부자가 만들어놓은 그 특별한 공간, 그들의 기묘한 물건들은 뿔뿔이 흩어져 사라졌지만 그들 부자와 갈리에니 남매는 여전히 집 안을 돌아다니고 있었다. 그들의 발자국 소리가 내 머릿속으로 들어와 울리면서 스멀스멀 기어 다니는 흰 애벌레들의 희미한 소음과 합쳐졌다. 나는 그들을 내 가족으로 원하지 않았다. 모스크바의 부검의, '고통을 끝내주는' 천사, 복잡하게 얽힌 한 쌍의 시계공과 한 가족이기를 바라지 않았다. 나는 그들이 하던 일을 이어받지 않았다. 물려받은 물건들을 죄다 버렸다. 그들이 나를 어디로 데려가려하는지 꿰뚫어보고 있었다. 나의 철분수치는 지극히 정상이었다. 나는 헤밍웨이가 아니었다. 물론 내 아버지도 의사이긴 했다. 하지만 헤밍웨이의 경우와 달리 내 아버지는 쇼트팬츠만 입고 환자들을 진료했다. 게다가 나는 소설이라고는 단 한권도 쓰지 않았다. 나는 남동생도 없었고, 여동생도 없었고, 자식도 없었다. 그런데도 내 머릿속에서는 애벌레들이 우글거렸다. 누가 그것들을 내 머릿속에 심어놓았는지 알 수 없는 일이었다.

가구를 전부 들어내자 방들이 하나같이 두 배로 넓어보였다. 천장도 까마득히 치솟았다. 그 공간은 그 어떤 소리로든 소름 돋는 울림을 만들어냈다. 매일 나는 키웨스트에서의 어느 긴긴 밤에 그랬듯이 온종일 거리를 돌아다녔다. 정처 없이, 발길이 이끄는 대로, 때로는 동쪽에서 남쪽으로 꺾어 들어가거나 북쪽에서 서쪽으로 돌아나가다가 눈앞에 나타나는 '칸차(펠로타 코트)'로 들어가 모든 시대를 통틀어 가장 위대한 펠로타 선수들인 과리타, 카미, 에체바리아, 에칼루스, 이라스토자를 상대로 상상 속에서 끊임없이 거창한 경기를 벌였다. 그 선수들과 나는 게르니카, 하바나, 브리지포트의 프론톤에서 객석을 가득 메운 관객들의 환호성을 들으며 경기했다. 내가 선수 생활을 하던 마이애미 프론톤에서 뛸 때면 라인 바깥으로 떨어지는 공까지 살려냈고, 한 번도 도달해보지 못한 높이로 뛰어올라 공을 잡아채서는 다시 벽을 향해 소리의 속도로 쳐 보냈다. 이제까지 그런 움직임을 보여준 선수는 없었다. 구단주들은 나에게 파격적인 조건을 내걸며 계약을 제안해왔다. 에피파니오와 스파턴버그는 매일 저녁마다 내가 준 초대권을 이용해 2층 vip석에서 근사한 식사를 하며 경기를 보았다. 바에서는 시나트라가 이야기에 열중해 두 팔을 치켜 올리는 시늉을 해보였고, 디킨슨, 케이지, 뉴먼은 선 자세로 각자의 베팅

표를 흔들어대고 있었다. 여자든 남자든 모두가 나에게 환호성을 보냈고, 여자든 남자든 모두가 나에게 돈을 걸었다. 나는 강철 심장과 황금 팔을 가진 선수였다.

그런 상상에 빠져 하염없이 걷는 동안 하이알라이는 그 이름 그대로 '즐거운 축제'였다.

밤이 되면 피로에 지치고 부어오른 다리가 휴식을 갈망했다. 하지만 2층에 있는 내 침실 문을 열고 안으로 들어서는 순간 머릿속에서 애벌레들이 다시 군무를 벌이기 시작했다. 나는 끝내 잠을 이루지 못하고, 앉아서 밤을 새웠다. 1895년형 나강 리볼버를 눈앞에서 다시 보아야 했고, 환상적인 스카치테이프 수의와 아리엘 오토바이의 속도계 그리고 자동차 창유리에 기댄 시계공방 여주인의 이마를 보아야 했다. 어느 때는 애벌레들이 내게 질문을 던졌는데, 하나같이 대답하기 쉽지 않았다. 예를 들어 어머니가 자살할 때 이용한 자동차를 어떻게 20년 동안 타고 다닐 수 있었는지 물었다. 어머니가 앉아있던 바로 그 조수석에 앉기도 하고, 깜박이를 켜기도 하고, 와이퍼를 작동시키기도 하고, 또 어머니가 생의 마지막 순간에 이마를 기대었던 그 창유리를 내리는 게 어떻게 가능하냐고 물었다.

그럴 때마다 갖가지 종류의 진통제를 삼켰다. 고통을 덜어낸다고 해서 소리가 멈추는 건 아니었다. 애벌레들은 오히려 내가 코데인이나 트라마돌을 제공해줄 때마다 환호성을 질러 댔다. 한층 더 활력을 더해주는 약이기 때문이었다.

결국 낮에는 걷고 밤에는 죽은 사람들과 이야기를 나누면서 애벌레들이 원하는 대로 하도록 내버려두는 수밖에 없었다. 달리 무슨 방법이 있겠는가? 물론 내가 아무리 의사라고 해도 다른 의원을 찾아가 가족의 누추한 유령들로부터 벗어나게 해줄, 혹은 내가 판쿠로늄 브로마이드를 써서 눈을 감게 한 환자들을 잊게 해줄 처방을 받아올 수도 있었다. 그 애벌레들의 정체를 확인하고 밤마다 벌이는 소동을 피할 방법은 없는지, 내 두개골과 정수리까지 파고들어오는 짓을 멈추게 할 수는 없는지 물어볼 수도 있었다. 내 뇌 안에서 기어 다니는 그 작은 애벌레들의 차가운 감촉이 실제로 느껴지기도 한다는 사실을 신경정신과 의사에게 어떻게 설명해야할까? 아마도 그런 현상에 '카트라킬리스 증후군'이라는 용어를 만들어 붙일 수도 있을 것이다. 하지만 내가 그 증상을 이야기해준다고 하더라도 그 신경정신과 의사가 의미를 제대로 이해할 리는 없었다. 그 애벌레가 나중에 성체가 되어 날아다닐지 어쩔지는 중요하지 않았다. 그 애벌레들의 감촉이 얼음처럼 차다는 게 문제였다. 나사못처럼 차고 날카로운 촉감을 가진 애벌레들이 내 몸 안에서 기어 다니는 게 문제였다. 자정 무렵이 되면 종종 그 작은 나사못들이 내 불행의 이유가 무엇인지 일러주곤 했다. 내가 이 지경으로 불행해진 원인은 그동안 살아오면서 무엇이든 제대로 결정을 내리거나 선택하지 못한 탓이라고, 나처럼 우유부단한 사람들, 자꾸만 결단을 뒤로 미루고 일을 질질 끄는, 말하자면 겁쟁이들은 자기 잘못을 감면받으려고 매번 운명을 탓하고, 죽음, 망령, 헌팅턴 병을 이유로 내세우고, 심지어 작은 애벌레들까지 끌어들여 구실로 삼는다고, 그건 누구나 다 아는 사실이라고 일러주었다.

　지치지도 않고 나를 갉아먹는 애벌레들과 한 달 정도 지낸 것 같다. 제대로 잠을 이루지 못하는 날들의 연속이었다. 매일 입안에 넣은 음식이라고는 건빵 몇 조각이 거의 전부였다. 4월 초에는 병원에 입원했다. 거리에서 의식을 잃고 쓰러지는 바람에 병원으로 이송되어 갔다. 프랑수아베르디에 거리를 걷다가 길을 건너려고 횡단보도에 서 있다가 별안간 눈앞이 캄캄해졌다. 병원에서 검사를 받았고, X레이를 찍었고, 뇌 단층촬영을 했다. 검사결과가 나오자 의사가 나를 붙잡아 앉혀두고 질문을 던졌다. 나는 최근 몇 주간 애벌레들에게 시달려 기진맥진한 상태였고, 정신적으로도 무기력해져 있었던 탓에 결국 문제를 털어놓았다. 의사에게 곤충 애벌레들에 대해 설명

했다. 실토 결과 의사는 나를 정신의학과에 배정했다. 정신의
학과는 그런 종류의 벌레를 다루는데 이골이 나있을뿐더러 애
벌레 방제에 효과적인 약품을 구비하고 있다는 게 이유였다.
분명 다른 벌레들에 대해서도 보고 들었을 정신과의사가 나
를 진료실로 맞아들였다. 그 의사가 내게 던지는 눈길을 보며
몇 주 전까지 나도 그런 눈으로 내 환자들을 보았을 거라는 생
각이 들었다. 의사의 얼굴에 환멸과 권태가 들러붙어 있었다.
모르긴 해도 빛 없는 지하세계로 들어가는 문지기의 눈에서도
바로 그런 환멸과 권태를 읽을 수 있을 것이다. "직업이 의사
라고 들었습니다. 그러니 구구절절 자세히 설명할 필요는 없
겠네요. 현재 나타나는 증상을 보자면 환각을 동반한 강박장
애로 보입니다. 말씀하신 내용을 보니 아주 전형적인 증상이
네요. 최근 심리적으로 몹시 불안정한 상태가 된 원인이 있다
면 무엇일까요? 근래 들어 직업적으로 무슨 문제가 있었습니
까? 아니면 가족들 가운데 누군가 세상을 떠났나요?" 나는 의
사의 질문에 가볍게 고개를 저어보였다. 하지만 눈에서 미처
참을 새도 없이 눈물이 흘러내리는 바람에 의도와는 정반대의
대답을 한 셈이 되었다. "당장은 무엇보다 휴식을 취해야 합니
다. 사나흘 병원에 입원해 지낼 수 있도록 조치하겠습니다. 우
선 신경안정제와 벤조디아제핀(불안, 불면증 치료제 : 옮긴이)을 넣은

약을 처방해드리죠." 의사는 일종의 동료애가 깃든 미소를 지어보이며 한 마디 덧붙였다. "그 애벌레들을 떼어버리는 데는 특효약이죠."

그로부터 일주일 후에 퇴원했다. 머릿속에 고요와 평온이 되돌아와 있었다. 잠을 잘 잤고, 균형 잡힌 식사도 했다. 처방받은 약은 생각의 속도를 다소 늦추긴 했지만 머리가 몽롱해질 정도는 아니었다. 약 복용을 점차 줄여나가면 그 문제도 곧 정상으로 돌려놓을 수 있다는 걸 알고 있었다.

병원에서 지낼 때는 그 텅 빈 공간과 끈질긴 유령들이 기다리고 있는 집으로 돌아가기가 겁났지만 약 덕분에 한결 견딜 만했고, 내 가족도 멀찍이 떼어놓을 수 있었다. 며칠 뒤 ─ 결심한 지는 이미 한참 전이다 ─ 집을 매물로 내놓았고, 8월 중순경 공증인이 참석한 가운데 매매계약서를 작성했다. 부동산업자가 적극적으로 나서준 덕분에 매입희망자를 금방 찾아낼 수 있었다. 매입자는 한 가족이 살았던 그 집 부지에 소규모 공동주택을 짓겠다는 계획을 갖고 있었다. 열한 가족이 사는 4층짜리 다가구건물이 될 거라고 했다. 시대가 바뀌면서 주거 공간에 대한 인식도 많이 달라져 있었다. 만약 카트라킬리스 가족이 그 자리에서 계속 살아가길 바랐다고 해도 공동소유 규칙을 존중하고, 여러 세대가 함께 살아가는 도시의 혼거법

칙을 수용할 수밖에 없었을 거라는 생각이 들었다. 나는 그 집을 영구히 떠나기에 앞서 아버지의 유골을 정원에 뿌렸다. 이제 아버지가 이 집에 남아 있으려면 공사 현장감독과 교섭해야 할 처지였다.

몇 가지 남겨놓은 내 소유품을 트라이엄프의 트렁크에 싣고 바스크를 향해 출발했다. 바욘에 도착한 이후 줄곧 호텔에 머물렀다. 집을 임대할 때까지는 그럴 생각이었다. 온다리비아로 옮겨와 마침내 가구 딸린 소형아파트를 얻었다. 온다리비아는 국경을 이루는 비다소아 강을 사이에 두고 프랑스와 마주보는 스페인 도시였다. 온다리비아는 스페인 지명 푸엔테라비아를 바스크어로 부르는 이름이었다.

내가 임대한 집은 칭구디 만을 마주보는 위치의 12층짜리 주거용 아파트 맨 꼭대기 층에 있었다. 집 주소는 '라몬 이리바렌 파세알레쿠아 거리(바스크어로 이빌비데아) 10번지'로, 신경정신과 처방약이라는 구속복을 여전히 착용하고 있는 내가 기억하기에는 무리였다.

눈길이 가닿는 끝에 해안선이 보였고, 그 너머로 아롱진 수면을 펼쳐놓은 대양이 있었다. 끝없는 하나의 세계였다. 프랑스 땅으로 갈 때는 강을 건너는 연락선을 탔고, 그러면 몇 분만에 맞은편 엔다예에 가닿았다. 나는 걸어서 장을 볼 수 있었고, 가고자하는 식당에 갈 수 있었고, 하루에 몇 번씩 국경을 건너다닐 수 있었다. 집을 매각한 돈이 있는 만큼 일하지 않아도 먹고사는 데 문제는 없었다.

이른 시도였지만 약을 끊어보았다. 몸 상태가 전반적으로 나아졌다는 걸 확인할 수 있었다. 자동차를 운전해 하이스키벨 산 정상까지 올라가면 겨울폭풍이 몰려오는 광경을 보게 될 때도 있었다. 나는 산의 정상에서 폭풍이 힘을 응축해 대지를 휩쓸어가는 모습, 대양을 가르고 앞을 가로막는 대지 위 모든 장애물들을 거세게 흔들어놓는 모습을 지켜보곤 했다. 폭풍의 위력을 보고 있으려니 소코아의 그 집 절벽을 야금야금 먹어 들어가던 거센 파도가 떠올랐다. 그 집은 이를 악물고 악착같이 땅에 붙어있는 것 말고는 다른 선택의 여지가 없었다.

2001년 1월이었다. 비가 왔다. 비는 그 겨울 내내 이어졌다. 하늘은 빛을 보여주는 데 인색했다. 그저 몇 시간쯤 맛보기로 비춰줄 뿐이었다. 의식을 무디게 만들어 평온한 심리상태를 유지하려고 애썼는데 점점 정신이 몽롱해지더니 잠이 하염없이 쏟아졌다. 그러다가 점차 내 가족들이 돌아왔다. 그들이 도망친 나를 추적해오기까지 그리 오랜 시간이 걸리지 않았다. 그들은 발음하기조차 어려운 내 주소를 기어코 알아내 찾아왔다. 내가 약을 끊은 첫째 날부터 추적에 착수한 게 틀림없었다. 사실 그들은 나를 찾는데 그다지 큰 힘을 들일 필요가 없었다. 그저 시간이 지나가기를 기다리면 되었다. 시간이 흐를수록 그들에게 유리했다. 시간은 처음부터 그들 편이었으니까.

3월 말, 나는 결단을 내렸다.

애벌레들도 돌아왔다. 그들 역시 나를 추적하고 있었고, 마침내 찾아냈다. 그들은 또다시 나름의 작업에 착수했다. 처음에는 조금씩 신중하게 살을 갉아대기 시작했다. 밤이 깊어지기 전까지는 그랬다. 그러다가 점차 강도를 높이더니 아침까지 쉴 새 없이 큰 턱을 놀려댔다. 그들이 파놓은 굴 벽에 차가운 배를 댈 때마다 속이 뒤집어졌다. 그들은 그 큰 턱으로 내 살과 뼈를 공략했다. 애벌레들이 작업에 흥을 내며 밤을 최악의 상태로 몰아갈 때마다 나는 눈을 질끈 감고 소름끼치는 그 소음을 덮기 위해 큰 소리로 반복해서 중얼거렸다. '크빈넨 이 미트 리브, 크빈넨 이 미트 리브.' 내가 구할 수 있는 모든 도움을 청했다. '디그무스 파라디그무스.' 낮에는 또 다시 거리로 나섰다. 끝없이 걸었다. 라몬 이리바렌 파세알레쿠아 거리를 거슬러 올라가 부두에서 연락선을 타고 엔다에로 건너가 바닷가를 거닐다가 다시 돌아왔다. 다음날 또 다시 집을 나서서 같은 여정을 반복하거나 아니면 하이스키벨 산으로 갔다. 정상까지 도로를 걸어서 올라갔다. 산티아고 데 콤포스텔라로 향하는 순례길로 우연히 들어섰다가 길을 잃은 한 마리 짐승 같았다. 낮에는 하루하루를 남김없이 부수어야 했다. 녹초가 되도록 걸어 몸을 완전히 꺼꾸러뜨려야 했다. 그렇게 하루를 완전히 꺼꾸러뜨리는데 성공하면 한두 시간 눈을 붙일 수 있었다. 한밤의 요란한 춤판이 다시 벌어지기 전까지 잠시 주어지는 휴식이었다.

머릿속에서 들려오는 소리를 무시하려고 애써보았지만 불가능했다. '드라우프너'에 맞서는 것만큼이나, 30여 미터 높이의 그 거대파도에 맞서 홀로 버텨내는 것만큼이나 어림없는 일이었다. '디그무스 파라디그무스.' 어릴 적에 말로 하는 부적이 되어준 이 주문은 이제 별로 효험이 없었다. 애벌레들과 내 가족의 신성동맹은 바야흐로 목표 실현을 눈앞에 두고 있었다. 나를 그들의 일원으로 끌어들이기 위해 44년이나 노력을 쏟아 부은 끝에 마침내 뜻을 이루기 일보직전이었다. 어느 날 아침, 기진맥진한 상태였지만 남아있는 힘을 쥐어짜내 필요한 동작을 할 수 있을 만큼 정신을 가다듬고 나서 약을 처방했다. 우선 머리를 맑게 만들고 나서 남은 일을 처리할 생각이었다. 내게 남아있는 마지막 과제였다.

애벌레들은 일시적으로 잠이 들었다. 내 가족도 잠시 어느 구석으로 스며들어갔다.

나는 한 공중인사무소를 찾아가 올리비아 가드너와 조이 에피파니오를 내 공동상속인으로 지정했다. 트라이엄프는 정성껏 관리한다는 조건으로 어느 중고자동차상에게 무상으로 양도했다. 내가 가진 펠로타 라켓 세 개는 생장드뤼즈의 하이알라이 선수대기실에 요령껏 들어가 몰래 걸어놓고 올 생각이었다. 그 경기장이 내가 첫 토너먼트 경기를 벌인 곳이었다.

2001년 4월 5일 목요일, 나는 이 기록을 끝마쳤다. 내가 스스로 처방한 약이 부수효과를 내기는 했지만 그래도 나는 마지막 순간에 궤도를 벗어나는 일이 없도록 애썼다. 보름 전부터 나는 매일 아침 소량의 약을 써서 내 병을 임시로 틀어막아 왔다. 그래야 의식을 또렷하게 유지할 수 있을 테니까.

날씨는 서늘하고, 하늘은 구름에 덮여 있다. 하지만 이따금 태양이 구름 틈새로 슬그머니 나타나기도 한다. 애벌레들이 초저녁부터 침묵해서 먼동이 터올 때까지 잠자코 있게 된 이후로 나는 일종의 평화를 누려왔다.

그 평화는 아마도 예전에 내 아버지와 그 야행성곤충이 맺은 화친조약의 연장선 위에 있을 것이다. 아버지가 맺은 그 조약을 나 역시 이어받은 것이다. 애초에 내가 생겨난 이유는 아버지를 계승하기 위해서였다. 아버지는 자신을 계승하게 하려고 스카치테이프로 나를 자기에게 동여맨 것이다.

하지만 오늘 아침, 해가 떠오르는 광경을 본 이후로 불안과 두려움이 또 다시 내 안에 들어와 있다. 이 순간 두려움을 느끼는 건 지극히 정상이다. 주위를 둘러보며 이토록 아름다운 세상과 작별해야 할 때 두려움을 느끼는 건 당연하다. 그 최후의 콰가가 느꼈던 두려움이 바로 이와 같을 것이다. 이게 바로 마지막 순간의 두려움일 것이다.

내 심장이 뛰는 걸 느끼고 있다. 판쿠로늄 브로마이드를 쓰지는 않을 것이다.

내 자리를 찾아내지 못한 게 아쉽다.

아버지는 9층에서 뛰어내렸다. 내 발코니는 12층이다. 저 바닥에 가닿을 수 없을 것만 같다. 내가 비명을 지르지 않으면 좋겠다. 룬데처럼 우아한 몸짓이 되기를 바랄 뿐이다. 룬데는 바람이 아무리 세차게 몰아쳐도 날갯죽지에 머리를 묻고 잠이 든다고 하지 않는가. 그건 대양에서 불어오는 바람이니까. 심장이 과도하게 조여드는 게 느껴진다. 이제 다가올 일에 겁먹은 탓이다.

거실 탁자 위에 그 검정수첩 두 권을 눈에 잘 띄게 놓아두었다. 병증에 대해서는 다음과 같이 적었다. 'No.18, 곤충 애벌레 환각을 동반한 강박장애.' 두 번째 수첩에도 양식에 맞춰 마

저 기록해놓았다. '카트라킬리스, 폴, 44세, 2001년 4월 5일 목요일, 14시 40분.'

성이 맨 먼저, 그 다음이 이름, 이어서 나이 그리고 연월일시, 늘 이런 순서다.

<끝>

자유의 값을 치르는 방식

과거의 기억을 지우고 싶은 사람이 있다. 이 작품의 주인공 폴 카트라킬리스이다. 그는 가족으로부터 도망쳐 마이애미에서 펠로타 선수로 살았던 지난 4년간이 행복을 맛본 유일한 시간이라고 말한다. 툴루즈에 있는 그의 가족은 '지상에서 자신의 무게를 견뎌낼 힘이 없어' 스스로를 소멸시키는 사람들이었다. 그들 곁에서 함께 붕괴되지 않으려면 도망치는 수밖에 없었다. 하지만 가족의 유일한 자손인 폴은 불안감에 시달린다. 자신에게 있을 유전자, 그 최악의 염색체가 의미하는 것은 그 자신도 삶에 적합하지 않다는 사실이니까.

프랑스 경찰이 영사관을 통해 전해온 아버지의 자살 소식은 그의 평온한 삶을 흔들어놓는다. 이제 그는 아버지의 상을 치르기 위해 집으로 돌아가야 한다. 자신의 과거로, 가족의 기억으로 돌아가서 삶의 맨 얼굴과 대면해야 한다.

작품의 원제목인 'La Succssion'에는 '상속'과 나란히 '계승', '연속'이라는 의미가 있다. 이 작품은 가족의 상속자, 의사 아버지의 일을 이어받는 아들의 이야기이다. 보다 심층적으로는 가족으로부터 물려받은 유산, 자기 안에 도사린 유전자와 싸우는 남자의 이야기이다. 그런데 이 유전자는 이미 자기 안에 자리 잡고 삶을 결정하려 드는 무엇이다. 우리는 태어나면서 삶을 물려받아 죽을 때까지 짊어지고 다닌다. 말하자면 삶은 피할 수 없이 주어진다. 인간은 유산을 상속하듯 삶을 물려받는다. 게다가 폴이 자신을 세상에 내보낸 가족을 이해하지 못하듯이 우리도 근본적으로 이 삶을 이해하지 못한다. 어째서 가족은 어쩔수 없이 떠맡아야할 짐이면서 결국은 잃을 수밖에 없는 상실과 슬픔의 근원일까. 가족 구성원이 차례차례, 독특한 방식으로 자살하는 엉뚱하고 기이한 폴의 상황처럼 우리의 삶 역시 기이하고 난폭하고 불균형하다. 삶은 예기치 않게 다가오는 슬픔과 느닷없는 상실에 노출되어 있다. 개인의 힘으로는 어쩔 수 없이 불행은 덮쳐온다. 삶의 궤적은 필연적으로 파국을 향하기 마련이고, 그래서 우리는 삶을 앞에 두고 불안하게 흔들린다. 삶은 위태롭고 고단하다. 그렇더라도 우리는 삶을 거부할 수 없다. 인간에게서 인간에게로 계승되는 것, 연속되는 유전자가 바로 삶이니까. 인간인 이상 떠맡을 수밖에 없는 이 삶은 고통스럽다. 그래서 유전자를 의미하는 프랑스어 단어 'gène'는 삶의 고통과 장애, 거북함을 의미하는 단어 'gêne'와 겹쳐진다.

아버지의 자살은 아들인 폴이 삶의 불안과 다시금 대면하게 되는 계기가 된다. 아버지까지 구성원 내 사람이 차례차례 자살한 가족의 상속인인 폴은 말하자면 가장 난폭한 방식으로 삶에 노출되어 있다. 그는 자신이 가족으로부터 물려받았을 무엇인가를 매번 불안하게 응시한다. 이렇게 불안과 대면해서 삶에 질문을 던지는 일이 폴 카트라킬리스의 역할이다. 또한 장폴 뒤부아의 주인공 '폴'들이 지금까지 수행해왔고 아마도 계속 수행할 역할이기도 하다.[1] 하지만 이전에 등장한 '폴'들이 삶에 쉽게 적응하지 못하고 무력감과 불안에 시달리는 바탕에는 대개 외부에서 닥쳐온 불행의 상처가 작용하는데 비해 《상속》의 주인공 폴 카트라킬리스의 경우 불안의 원인이 그의 내부에 뿌리내린 무엇이라는 점에서 인간조건을 응시하는 작가의 시선이 보다 근본적인 지점에 가닿는다. 이 작품에서 작가는 전작들에서 되풀이 제기해온 '어떻게 살 것인가?'라는 질문 옆에 '우리가 정말로 자신의 삶을 선택할 수 있는가?'라는 질문을 덧붙인다. 유전자를 피할 수 없는 것처럼 삶 역시도 피할 수 없는 것이어서, 삶은 우리가 선택하기 전에 우리를 몰아간다. 그래서 우리는 자신의 자리를 찾기도 전에 얕은 뿌리로 생에 달라붙는데 급급할 수밖에 없다. 사실 폴에게 있을 유전자는 인간이 공유하는 유전자이다. 존재하는 일 자체가 불안

---

1) 장폴 뒤부아 작품들에서 주인공 화자는 대부분 폴이라는 이름을 지닌다. 이 작품 《상속》의 주인공 폴 카트라킬리스는 아홉 번째 폴이고, 열 번째 폴도 2019년에 등장했다. 하지만 이들 폴은 작가가 만든 인물이지 작가자신은 아니다. 그러므로 장폴 뒤부아의 세계에서 폴은 작가까지 포함해 현재 열한 명인 셈이다. 한 인터뷰에서 작가는 주인공 폴들의 목소리가 '나의 목소리'이긴 해도 자신은 자서전을 쓰는 게 아니라고 말한 바 있다. 작품을 쓸 때 폴을 주인공으로 하는 영화를 찍고 있다고 상상하면서 자신의 목소리로 그 영화 이야기를 들려줄 뿐이라는 것이다.

이니까. 우리는 삶을 살아가도록 만들어졌지만, 그와 동시에 삶은 누구든 제정신이라면 고통스럽고 불안한 것일 수밖에 없다. 생의 뿌리는 얕고 우리 서로 간의 관계는 실낱처럼 허망한 탓이다. 삶에 어떤 환상을 덮어씌워 날것의 모습을 숨길 수는 있겠지만, 그런다한들 이런 삶의 본질을 누구도 면제받지는 못한다.

삶의 횡포로부터 자신을 지키기 위해 인간이 붙잡을 수 있는 방법 중의 하나는 이성으로 무장하는 일이다. 이성은 르네상스 이후로 지상의 인간이 부여잡은 가장 확실한 보호구이다. '그리스인' 아드리앙 카트라킬리스, 헬레니즘의 자손이며 '이성의 인간'인 아버지가 삶에 저항하기 위해 선택한 방식은 의무와 책임을 수행하는 일이었다. 아버지에게 '삶이란 해야 할 일을 하는 것'이었고, 이렇게 그는 '수감자들이 각각 다른 언어를 쓰는 교도소' 같은 가족을 견뎌내며 자신에게 주어진 삶을 살아냈다. 가면을 쓰고서라도 책임과 의무의 삶을 살아내는 일은 사실 지상의 인간이 타인과 공동체로부터 칭찬받을 수 있는 몇 가지 삶의 유형에 속한다. 그 가면으로 인해 정작 자신은 얼마나 외롭고 숨 막혔는지는 별개문제로 하고 말이다. 생을 끝내는 순간 아버지가 자신의 얼굴에 씌워놓은 스카치테이프 가면은 그 자신의 삶을 요약하는, 그래서 아들이 읽고 해독해주기를 바란 기호였다.

이성이 어떤 권력에 의해 계산도구로 기능할 경우가 있다. 계산에 따라 관리되고 통제되는 사회는 장폴 뒤부아의 세계에서 대개 군대나 수용소의 이미지를 띤다. 이 군대와 수용소는 현실세계 도처에 자리 잡고 우리의 삶을 억압한다.

또 한편 불안에 지친 인간이 어떤 초월적 존재에 매달려 구원을 갈망하는 경우도 있다. 하지만 무신론자 작가의 눈에 종교는 인간을 비천하게 만드는 것일 뿐이다. 초월적 존재에 대한 믿음은 자신을 괴롭히는 존재를 찬양하며 무릎 꿇는 나약함이며, 이런 나약함을 권장하는 종교는 인간에게 굴종과 예속을 안기는 일 외에 할 수 있는 게 없다. 종교적 믿음은 구원을 미끼로 내건 낚싯줄 혹은 물에 빠져 허우적거리는 삶에 던지는 썩은 동아줄이다. 믿음은 자유를 억압한다는 점에서 특히 정신의 자유를 박탈한다는 점에서 또 하나의 수용소이다.

장폴 뒤부아의 세계에는 삶에 대한 환상이 없다. 구원에 대한 기대도 없다. 삶이란 있는 그대로 받아들여야하는 것일 뿐 다른 수가 있는 게 아니다. 폴 카트라킬리스는 자기 생에 유일한 행복이라고 말했던 마이애미 하이알라이에서의 삶마저 '유리수족관' 안에서의 한시적 호흡정지와 같은 행복이었음을 직시한다. 사랑하는 잉빌 룬데와 함께 나눈 시간의 기억을 필사적으로 부여잡으면서도, 두 사람의 사랑이 결국 각자의 고독과 유폐를 완성하는 통로였음을 부인하지 않는다. 이 작품에는 삶에 대한 허튼 희망도 없다. 희망이라고 해봤자 '나이를 먹어간다는 희망', 운하 제방 위를 달리는 사람들이 짐처럼 뒤에 매달아 끌고 가는 그 빈약한 희망이 전부다.

하지만 작가는 희망의 환상도 구원의 기대도 없는 이 상황에서 한 순간 어떤 전환을 이루어낸다. 폴이 스스로 아버지의 상속자임을 받아들이는 순간이다. '잉빌을 잃어버린 날 저녁, (…) 대기역학과 유체역학을 끌어다대며 거드름을' 피운 폴은 '어머니가 목숨을 끊은 날 저녁, 송아지 간을 요리해달라고 했던 아버지'를 떠올리며 '영락없이 그 아버지에 그 아들'임을 인정한다. 애초에 자신이 생겨난 이유는 '아버지를 계승하기 위해서'였음을 수용한다. 그러면서 이제 폴은 삶에 대한 질문을 '우리는 왜 불행한가?'에서 '불행을 어떻게 견뎌낼 것인가?'로 옮겨놓는다.

폴 카트라킬리스에게도 가족의 유산에 맞서 살아갈 힘을 주는 것들이 곁에 있다. 그가 바다에서 건져낸 개 왓슨은 늘 그의 곁을 지키며 '기어이 이 땅에 눌어붙어있겠다는 의지', '이 세상에서 살아가겠다는 고집'을 구현해 보인다. 삶의 활력 자체인 친구 에피파니오는 우정으로 그를 세계에 연결해주는 끈이다. 사랑하는 여인 잉빌 룬데는 그를 '세상 모든 것의 기원에 품어주는' 사람, 그에게 '살고 싶다는 욕망과 살아갈 힘을 부여해주는 말들'을 들려줄 수 있는 사람이다. 또한 폴에게는 펠로타 경기가 있고, 그 자신의 기원인 바스크가 있다. 가족의 땅 툴루즈에 속하기를 거부한 폴은 유년시절 펠로타 경기를 찾아 '바스크의 해변에 붙어 지냈다.' 바스크는 그가 스스로 선택한 기원이다.

이 작품 속에 그려지는 바스크 지방은 우리 삶의 이미지를 띠고 있다. 느닷없는 불행이 삶을 휩쓸고 갈라놓듯이, 하이스키벨 산 정상에서 만나는 겨울폭풍은 대지를 난폭하게 휩쓸고 대양을 가르며 지상의 모든 것을 흔들어놓는다. 소코아 항구 절벽 위의 그 위태로운 집은 파도에 야금야금 먹혀 언젠가는 붕괴되고 말 것이다. 바스크 사람들이 스페인과 프랑스 사이에 끼여 살아오면서도 고유의 삶을 지켜낼 수 있었던 것은 국가라는 제도나 제도를 포장하는 관념은 밀어내고 오로지 자기 땅의 흙냄새, 바다의 색깔, 사랑하는 사람의 온기 같은 삶의 실체만을 중요시한 그들의 태도에 힘입은 바가 크다고 한다. 그런 점에서 보면 '그리스인'의 관념적 삶에 반발한 폴의 어머니가 바스크에 애착을 느끼는 건 자연스럽다. 역사와 지리적 입지로 인해 바스크 땅의 사람들은 절벽 위의 그 집처럼 삶에 악착같이 달라붙는 것 말고 다른 방법이 없었다. 작가가 바스크에서 주목한 삶의 방식이 바로 이것이다. 바스크 사람들에게 펠로타 경기가 갖는 의미도 같은 맥락에서 이해할 수 있다. 펠로타 공은 나무를 깎아 가죽을 씌운 것으로, 마니스타라는 전통 펠로타 경기에서는 그 딱딱한 공을 맨손으로 쳤다고 한다. 매년 축제가 돌아오면 바스크 남자들은 펠로타 시합을 벌이는데, 시합이 끝난 후 손과 팔목에 감은 붕대를 풀면 온통 피투성이에 뼈가 조각나 있을 때도 많았다고 한다. 그럼에도 그들은 펠로타를 포기하지 않고 뛰고 또 뛰었다. 마치 무엇인가가 그들을 끌어당기는 것처럼, 그렇게 끝없이 뛰어서 분출하지 않으면 안 될 것이 있는 것처럼 그들은 매년 펠로타를 기다렸다. 바스크 사람들의 피에는 그렇게 펠로타를 해야만 하는 공통의 인자, 바스크의 유전자가 대대로 전해지고 있을 것이다. 그들에게 펠로타는 고통이 동반되는 즐거운 축제이자 계속 살아갈 동력이었다. 이렇게 펠로타를 하는 바스크 사람들의 몸짓에서 장폴 뒤부아는 삶의 자유를 향한 몸짓을 읽어낸다. 라켓으로 쳐 보낸 펠로타 공은 시속 300킬로미터로 날아 지상의 삶이라는 인간의 궤적을 뚫고 창공을 향해, 빛을 향해 솟구친다. 삶의 우울한 하강 궤적을 벗어나 자유를 향해 뛰어오르기, 빛을 향한 도약은 생명을 증명하는 방법이다. 삶이 슬픔의 상속이자 상실의 연속, 불행의 계승이라 할지라도, 또 우리 인간은 그런 고통 안에 감금된 수인이라 할지라도, 그래서 행복이란 도저히 실현 불가능한 것으로 비춰질지라도, 우리는 행복을 갈망하며 피투성이가 되도록 뛰어야 한다. 온몸을 내던져 자유를 향해 도약해야 한다. 펠로타 선수가 발을 굴러 빛을 향해 뛰어오르는 모습에서 작가는 인간의 조건으로부터 벗어나려는 어떤 절실한 몸짓을 읽어낸다. 그것은 자유를 향한 필사적인 도약이다. 펠로타 공을 쳐서 '공이 벽과 충돌할 때의 충격으로 두 조각나면서 안에 든 회양목 심장, 너무 오랫동안 갇혀있던 그 심장이 해방되도록' 하려는 것이 펠로타 선수 폴의 열망이었다.

물론 삶에서 달아나지는 못할 것이다. 그러나 자유를 얻기 위해 끊임없이 내딛고 뛰어올라야 한다. 그 고단하고 외로운 투쟁, 그 자체가 삶의 기쁨이고 의미이기 때문이다. 그렇게 해서야 우리는 '바스크의 웃음', 그 기원의 웃음을 웃을 수 있다. 이럴 때 삶은 '즐거운 축제', 바스크 말로 '하이 알라이jai alai'가 된다. 그것은 '고통을 통해 즐거운' 축제이다.

이 작품도 작가의 전작들이 그랬듯이 어떻게 살아야 하는가? 라는 질문으로 시작한다. 하지만 작가의 시선이 그저 삶이 불행한 이유를 더듬는 데 머물지 않고 그 불행을 어떻게 받아들이고 이겨낼 것인가로 옮겨가면서 또 하나의 질문이 딸려온다. '삶의 자유를 지키기 위해 어떤 값을 치러야하는가?'라는 질문이다. 사실 개인의 삶에서 중요한 문제는 자유의 값을 치르는 방식을 선택하는 일이다. 폴 카트라킬리스가 선택한 방식은 가짜 희망을 거부하는 것이었다. 구원이 어딘가에 있다고 스스로를 속이지 않는 것이었다. 세상에 자기 자리가 없음을 시인하는 것이었다. 그렇게 삶에 자리 잡지 못한 이유가 자신에게 있다고 고백함으로써 운명에 책임을 떠넘기지 않는 것이었다. 폴이 아버지를 상속했다는 말의 진정한 의미는 여기에 있다. 폴의 '그리스인' 아버지는 소포클레스 비극의 계승자였다. 이 '그리스인'은 자신의 죄를 벌하기 위해 눈을 찌름으로써 스스로 자기 운명의 주인임을 증명해보인 오이디푸스 왕의 아들이었고, 폴은 그런 아버지를 상속했다. 그가 상속한 유산은 삶을 가짜 믿음에 헌납하고 노예의 삶을 얻는 대신 파국을 통해서라도 스스로 삶의 주인임을 선언하는 자유인의 존엄이었다. 물론 자유의 값을 치르는 방식은 각자 다를 것이다. 또한 진정한 구원이란 종교나 이념이 던져주는 것이 아니라 스스로 선택하는 것이라고 할 때, 구원을 선택하는 방식도 각자 다를 수밖에 없다. 폴은 잉빌 룬데를 구원으로 선택했다. 잉빌은 결국 잃어버린 구원일지라도 폴에게는 분명 구원이었다. 구원은 자신이 그것을 구원이라고 이름붙일 때 구원이 되기 때문이다. 자살도 삶의 허상에 매달리지 않는 사람에게는, 헛된 희망으로 자유를 묶어놓기를 거부하는 사람에게는 하나의 결론이 될 수 있다. 모두가 같은 방식으로 사는 것은 아니기 때문이다. 삶에서 자유를 포기하지 않는 또 하나의 주인공, 자유에 대해 질문을 던지는 열 번째 폴[2]이 등장하는 작품 제목이 《모두가 같은 방식으로 사는 것은 아니다》인 점은 그래서 의미심장하다.

《상속》은 자살유전자가 대물림된다는 상상을 토대로 전개되는 지극히 개인적인 삶의 이야기이자 한 남자의 드물고 기이한 가족사로 읽힐 수도 있다. 그러나 이 인물이 상속받은 유산이란 사실 인간이면 누구나 떠안게 되는 삶이다. 주인공이 삶 앞에서 느끼는 위기와 불안은 고스란히 현실을 살아가는 우리의 불안과 위기이기도 하다. 장폴 뒤부아는 특이한 염색체에 대해 이야기하면서 어느새 오늘을 사는 현대인의 모습, 우리 자신의 삶의 풍경을 눈앞에 갖다놓는다. 작가가 그려

---

[2] 아홉 번째 폴이 등장하는 이 작품 《상속》은 2016년 공쿠르상 1차후보작으로 지명된 바 있다. 2019년 작가가 열 번 째 폴을 등장시키며 발표한 《모두가 같은 방식으로 사는 것은 아니다》는 평단으로부터 장폴 뒤부아의 작품세계의 결정판이라는 찬사를 들으며 같은 해 공쿠르상을 수상했다.

보이는 삶의 고통과 슬픔은 필연적으로 주어지는 인간조건, 존재의 본질을 응시하게 만든다. 하지만 작가는 이처럼 근본적 질문을 던지면서도 추상 개념을 끌어들이는 법은 없다. 관념 놀이에 발을 들여놓는 일도 없다. 장폴 뒤부아 작품이 그리는 삶은 늘 구체적 인간관계 속에, 생생한 현실 안에 자리 잡는다. 인물들 역시 그가 처한 현실에, 가족과 사회에 둘러싸여 있다. 이야기 속에 개인의 특이한 일화가 등장한다 싶으면 어느새 역사적 사실과 버무려지곤 한다. 작가는 어느 순간에도 시대와 사회 환경이라는 맥락을 놓치지 않는다. 예를 들어 플로리다 마이애미에 구축된 세계는 하이알라이 선수단의 파업을 계기로 자본의 권력 아래 관리되고 통제되는 사회의 모습을 노출한다. 장폴 뒤부아의 작품이 개인의 관념적 세계로 달아나지 않고 끊임없이 사회 현실에 접속해있는 이유는 작가의 이력과도 무관하지 않을 것이다. 작가는 사회학을 전공했고, 오랫동안 《누벨옵세르바퇴르》지의 기자였고, 또 미국사회에 대한 관찰기를 쓴 적도 있다.

　《상속》의 주인공 폴 카트라킬리스는 가족의 유산이라는 짐을 짊어진 채 삶을 찾으려 애썼지만, 결국 지상에 자기 자리를 찾지 못하고 스스로 죽음을 택한다. 이런 큰 줄거리만 놓고 보면 이 작품은 운명에 휘둘린 개인의 파멸기록, 상실과 절망에 대한 이야기로 다가온다. 차례차례 이어지는 가족의 죽음으로 부터 조력자살에 이르기까지 어둡고 무거운 이야기들이 이 작품을 채운다. 하지만 이 무거움을 그려내는 작가의 방식은 경쾌하다. 자살, 안락사, 삶의 부조리함, 돌이킬 수 없는 상실과 필연적 고독 같은 심각한 주제를 엮어나가는 작가의 행간에서 불현듯 유머가 새어나온다. 냉소와 아이러니는 우스꽝스러운 디테일과 함께 흘러가고, 비극은 엉뚱함으로 채색되며, 슬픔은 익살과 나란히 놓인다.

　작가의 문체가 보여주는 이 경쾌한 매력은 답을 강요하지 않는 질문이 지닌 속성이기도 하다. 작가는 삶에 대해, 자유에 대해 묻지만, 그러면서 그 어느 것도 규정하려 들지 않는다. 질문을 던질 뿐 답을 내리지 않는다. 답을 내리는 대신 모든 것은 양면이 있다고 말한다. 예를 들어 주인공 폴에게는 가족과 얽힌 과거를 기억하는 일이 고통스럽지만, 반대로 잉빌 룬데를 잠식한 병처럼 기억을 잃어버리는 일도 고통스럽다고 말한다. 가족이라는 뿌리에 달려있는 삶이 상처라면, 생의 뿌리가 뽑히는 일 역시도 상처라고 이야기한다. 간혹 작가가 답을 내놓는 일이 있다 해도 그건 그때그때 상황에 따라 그럴 수밖에 없는 범주에 한정된다. 장폴 뒤부아의 세계를 구성하는 질문들은

'반드시 해답을 찾아낼 필요는 없는', 무수한 답이 가능한 질문들이다. 누구나 저마다의 삶의 방식, 자유를 지키는 방식이 있는 것이다. 그리고 때로는 답을 강요하지 않는 질문이 진지한 대답보다 위로가 된다. 삶에 대한 질문은 대답과는 달리 우리를 구속하지 않고 오히려 다시 출발점에 데려다놓기 때문이다.

폴은 자신의 생에서 4년만 행복했다고 말한다. 삶이 불행했다고 읽어달라는 것이 아니다. 인생에서 행복한 시간이 얼마나 될까? 삶이라는 유산을 상속한 인간은 그 삶으로 고통스러울 수밖에 없다. 피할 수 없는 불안감을 견디기 위해 대개는 믿음이라든가 애정, 보호의 환상을 만들어낸다. 어른이 되어서는 신념, 이상이라는 이름이 붙은 환상을 만들어 가슴에 품고 다닌다. 환상은 고통스러운 삶을 견디는 데 필요하다. 하지만 삶에 아무 환상이 없는 사람은, 종교라는 가짜동아줄까지 거절한 사람은, 홀로 버텨야 한다. 삶의 불안은 인간의 기본조건이다. 폴의 자살은 삶에 절망해서가 아니라 그가 삶을 선택한 방식, 자유를 위해 치르기로 선택한 비용일 뿐이다. '태어나면 살게 되어 있다.'라는 지그비의 말은 부인할 수 없다. 우리는 삶이 지닌 그 불안과 고통을 그대로 떠안고 살아야 한다. 악착같이 떠안고 살아내야 한다. 작가가 자살을 이야기하는 것은 그 반대편의 삶에 눈길이 가있기 때문이다. 삶에 대한 애정이 작가의 세계를 떠받치기 때문이다. 《상속》에는 허공으로의 추락이 있지만 또한 펠로타 경기의 도약이 있다. 사실 추락은 도약이 없으면 성립하지 않는다. 작가는 삶이 절망이라는 사실을 부인하지 않지만 그럼에도 자유를 향한 도약은 행복하다고 말한다. 이 작품은 불행을 이야기하면서 그 심층에서는 행복에 대해 이야기하고 있다.

우리들 독자는 이 작품에서 좌절하고 절망하는 삶을 읽으며 고통스러울 수도 있다. 그러면서 어쩌면 그런 삶조차 긍정할 분명한 이유를 발견할 수도 있을 것이다. 그럴 가능성을 느끼기만 해도 우리는 위안을 얻는다. 슬픔과 상실을 이야기하는 이 작품은 한쪽에 이미 위로를 마련해놓았다.

내 삶의 자유를 어떻게 지킬 것인가? 이 질문에 대답하는 일은 개인의 몫이다. 하지만 답은 제각각 다를지라도 우리는 매번 이 질문을 던질 수밖에 없다. 이것은 우리가 살아가는 한 포기할 수 없는 치열하고 뜨거운 질문이다. 그래서 이 질문을 던지는 폴 카트라킬리스는 누구보다 치열하고 뜨거운 삶을 산다. 그의 무기력은 그저 페인트 모션이다.

임미경